insel taschenbuch 5092
Anna Lönnqvist
Verliebt in Stockholm

Vor vierzehn Jahren verliebten sich Mira, eine talentierte junge Geigerin, und William, ein ambitionierter Eishockeyspieler, Hals über Kopf ineinander. Doch die äußeren Umstände und ihre Ambitionen standen ihrer Liebe im Weg.

Heute lebt Mira in Stockholm und hat als Violinistin erste Erfolge. Auch privat hat sie ihr Glück mit dem Stargeiger Alessandro gefunden. Doch als sich Schmerzen in ihrer Schulter bemerkbar machen, muss Mira kurzzeitig mit dem Geigespielen aufhören, gerade als ein wichtiger Posten im Orchester frei wird. Sie lässt sich behandeln und trifft bei ihrer Ärztin auf niemand Geringeres als William.

Die Begegnung wühlt Mira zusätzlich auf: Vieles blieb damals ungesagt, vieles ungeklärt. Plötzlich steht sie vor der Frage, in welche Richtung ihr Leben gehen soll. Soll sie das sichere Leben an der Seite von Alessandro wählen oder sich erneut auf William einlassen, für den die Gefühle nie ganz erloschen sind?

Anna Lönnqvist, geboren 1973 in Luleå, ist Autorin von Feelgood-Romanen. Für ihre Bücher wurde sie vielfach ausgezeichnet, u. a. mit dem schwedischen Feelgood-Preis für den Roman des Jahres 2019. *Verliebt in Stockholm* ist ihr zweites Buch in deutscher Übersetzung und ihr achter Roman.

Regine Elsässer, geboren 1946 in Erlangen, studierte in Köln, Hamburg und Turku (Finnland) Germanistik, Theaterwissenschaften und Skandinavistik. Seit 1983 ist sie als Übersetzerin tätig. Regine Elsässer lebt in Mannheim.

Anna Lönnqvist

VERLIEBT IN STOCKHOLM

———

Roman

Aus dem Schwedischen von
Regine Elsässer

INSEL VERLAG

Die Originalausgabe erschien 2024 unter dem Titel
Den första gång jag såg dig bei Norstedts, Stockholm.

Erste Auflage 2025
insel taschenbuch 5092
Deutsche Erstausgabe
Umschlaggestaltung: zero-media.net, München
Umschlagabbildungen: drmakkoy/Getty Images;
FinePic®, München, unter Verwendung von Shutterstock KI
Satz: Satz-Offizin Hümmer GmbH, Waldbüttelbrunn
Druck: CPI books GmbH, Leck
Printed in Germany
ISBN 978-3-458-68392-6

Insel Verlag Anton Kippenberg GmbH & Co. KG
Torstraße 44, 10119 Berlin
info@insel-verlag.de
www.insel-verlag.de

KAPITEL EINS

Heute

Sobald mein Bogen die Saiten berührt, kann ich mich entspannen, und die Nervosität verschwindet. Je mehr schwierige Stellen ich schaffe, desto sicherer werde ich. Der tiefe, samtige Klang der Guarneri-Geige, die ich als Leihgabe spielen darf, erfüllt mich, macht mich leicht. Das Orchester spielt ein Stück von Brahms, meinem Lieblingskomponisten. Es ist seine zweite Symphonie in D-Dur, sie ist hell und perlend, so wie ich mir die Alpenbäche in einem postkartenschönen Österreich vorstelle, wo Brahms sich aufhielt, als er diese Symphonie komponierte. Sie passt ganz besonders gut zu einem Frühlingsabend wie heute, wenn die Natur in Stockholm förmlich explodiert, die Abende werden jeden Tag länger, und die meisten Menschen im Publikum sind bestimmt mit einem Gefühl der Hoffnung zu dem Konzert in der Berwaldhalle spaziert. Mit Hoffnung auf das Leben, auf die Zukunft! Bei mir zumindest war es so. Der ungewöhnlich lange und kalte Winter hat mich daran erinnert, wie es war, hoch im Norden in Luleå aufzuwachsen, und das ist wirklich das Letzte, an das ich denken möchte.

Ich schaue hinüber zu Daniela, mit der ich diese Woche das Notenpult teile, was ein Segen ist. Sie blinzelt mir zu, dann beugt sie sich vor und wendet das Notenblatt. Ich hebe den Arm zum nächsten Einsatz, werfe dem Dirigenten und ersten Konzertmeister einen Blick zu, dann fixiere ich mich auf die Noten. Jetzt kommt eine richtig schwierige Partie! Ich versuche, mich darauf zu konzentrieren, wie gut die Geige sich in der Hand anfühlt, in den Fingern, was für eine Wärme ich bis tief in meine Seele spüre, wenn ich sie spiele. Sie ist wirklich etwas ganz Besonderes, und als hätte ich es nicht schon während unserer Proben festgestellt und als ich allein auf ihr übte, es wird jetzt, bei meinem ersten Konzert mit ihr, nur noch deutlicher. Und das Gefühl, nach so vielen Stunden des Übens, einen Ton nach dem anderen zu setzen, das ist überwältigend. Ich verschwinde in die Welt der Musik und vergesse alles, was um mich herum geschieht. Ich will nur immer weiterspielen, will nicht, dass es endet. Ich möchte auf ewig in diesem Gefühl bleiben.

Schließlich haben wir das allerletzte Stück gespielt. Der Applaus brandet auf, wir erheben uns zum Verbeugen. Eine Art Rausch durchströmt mich. Als ich plötzlich Alessandro in der ersten Reihe unterhalb der Bühne entdecke, glaube ich fast an eine Sinnestäuschung, einen Teil des Rauschs, aber dann würde ich mich am liebsten direkt von der Bühne in seine Arme werfen. Ich war ganz sicher, er würde in diesem Moment in einem Flugzeug über den Atlantik sitzen. Er wirft mir eine Kusshand zu, und als der Beifall verebbt und die Leute aufstehen, macht er mir ein Zeichen, dass wir uns draußen sehen. Daniela hat ihn auch bemerkt.

»Wir beeilen uns mit dem Umziehen«, sagt sie zu mir, und wir rennen geradezu in den Umkleideraum.

Was für ein Glück, dass ich ein einigermaßen ordentliches Kleid dabeihabe, sage ich zu Daniela und drehe ihr den Rücken zu, damit sie den Reißverschluss meines leichten Sommerkleides zuziehen kann.

»Du siehst in jedem Kleid hübsch aus, aber ich verstehe, was du meinst. Ob Alessandro wohl seinen Flug verpasst hat, was meinst du?« Daniela zupft das kurze Kleid, das sie angezogen hat, zurecht, bürstet rasch die Haare und stellt sich dann vor den Spiegel, um ihr Make-up auszubessern.

»Sieht fast so aus, weil er noch da ist. Er bekommt vermutlich Probleme, aber ...«

»Ihr bekommt einen Abend und eine Nacht zusammen«, sagt Daniela und lächelt mich an.

Ich schaue hinüber zu den anderen Frauen aus dem Orchester, die sich auch in diesem Raum umziehen, und wünschte mir, Daniela würde sich ein wenig zurückhalten. Aber als ich neuen Lippenstift auftrage und an das denke, was sie gesagt hat, spüre ich, wie es den ganzen Rücken entlang kribbelt.

»Komm schon, bevor seine ganzen Bewunderer ihn in Beschlag nehmen«, flüstert Daniela, als würde sie meinen stummen Wunsch hören. Wir gehen ins Foyer der Berwaldhalle, wo Alessandro tatsächlich von Leuten umringt wird, die mit ihm sprechen wollen. Oder nur in seiner Nähe sein. Als er uns bemerkt, entschuldigt er sich jedoch schnell, und eine Taxifahrt später sind wir in der *Cadier Bar* im *Grand Hôtel*. Ich dachte, wir würden ins Elverket gehen, wie immer nach unseren Konzerten, aber Alessandro, der während seiner Gastspiel-Woche im *Grand Hôtel* gewohnt und jetzt für eine weitere Nacht eingecheckt hat, bestand darauf, dass wir hierhergehen. Und Champagner bestellen.

»Auf ein magisches Konzert«, sagt Alessandro und prostet mir und Daniela zu, dann beugt er sich vor und streichelt meine Wange. »*Du* warst heute Abend magisch, Mira. Ich bin froh, dass ich den Flug nach New York verpasst habe und es erleben durfte. Ich muss zugeben, ich hatte während der Konzerte dieser Woche den Fokus nur auf mein eigenes Spiel gerichtet.«

Ich nippe am Glas und lächle ein wenig, ich finde nach dem Konzert immer ein paar Passagen, die ich besser hätte spielen können. Und so muss es auch sein, sage ich dann zu Alessandro. Besonders als Solist. Und nicht irgendein Solist, denke ich. Ich werde nie das erste Mal vergessen, als ich Alessandro spielen hörte, seine phänomenale Bühnenpräsenz aus der Nähe erleben durfte. Er kann seine Zuhörer völlig verzaubern, und es war, als würde jede Faser in meinem Körper darauf reagieren, und auf ihn.

Alessandro zuckt mit den Schultern und lächelt. »Ja, vielleicht.«

»Alle wollen dich jetzt haben«, füge ich hinzu.

Alessandros Lächeln wird breiter, und er legt einen Arm um mich. »Und was willst du?«

»Das weißt du doch«, murmle ich und schaue etwas peinlich berührt zu Daniela hinüber. Ich habe es nicht so gemeint, sondern dass alle großen Konzerthäuser Schlange stehen, damit er bei ihnen spielt. Überall auf der Welt will man ihn sehen und spielen hören.

»Es gibt viele gute Solisten«, sagt Alessandro im nächsten Atemzug. »Aber genug von mir. Es war fantastisch, dich mit der Guarneri zu sehen, ich bin so stolz auf dich.« Er streichelt meine Schulter.

Ich schüttle ein wenig den Kopf. »Sie ist doch nur geliehen, und wenn meine Anstellung als Vertretung dieses Mal nicht für so besondere Konzerte wäre, würde ich sie nie spielen können.«

»Du bist zu bescheiden, Mira. Das Symphonieorchester des Schwedischen Rundfunks kann froh sein, dass du überhaupt mit ihnen spielen *willst*.« Alessandro zieht mich zu sich und küsst meine Wange, lässt seine Lippen auf meiner Haut. Ich bekomme Gänsehaut, muss dann doch wieder zu Daniela hinüberschauen.

Sie soll sich nicht wie das fünfte Rad am Wagen fühlen, weil sie mitgekommen ist. Sie hatte wohl auch nicht damit gerechnet. Als wir noch in der Berwaldhalle waren, schien sie auf jemanden zu warten, und die Enttäuschung in ihrem Gesicht veranlasste mich, sie aufzufordern, mich und Alessandro zu begleiten.

Aber sie zuckt nur mit den Schultern, dann beugt sie sich vor und flüstert mir zu: »Ich gehe, wenn ich das Glas ausgetrunken habe. Aber es ist nicht wegen ...« Sie schaut hinüber zu mir, Alessandro verzieht ein wenig den Mund. »Ich habe eine Verabredung mit jemandem.«

»Aha, prima«, entschlüpft es mir, und ich spüre sofort, wie meine Schultern sich ein wenig entspannen. Und ich glaube auch zu wissen, wer dieser jemand ist. Einer der Posaunisten im Orchester.

»Zurück zum Konzert heute Abend, ihr wart alle beide sehr gut«, sagt Alessandro, um Daniela in das Gespräch einzubeziehen.

»Das Zusammenspiel in diesem Orchester ist wirklich besonders«, sage ich. Als Freischaffende habe ich schon eine ganze Menge mitbekommen.

Alessandro streicht eine Haarsträhne hinter mein Ohr. »Es ist ein gutes Orchester«, bestätigt er. »Aber ...«

»Ja, ich weiß, für dich, der die ganze Welt als Arbeitsplatz hat ...« Ich mache eine entsprechende Handbewegung.

Er lacht. »So habe ich es nicht gemeint«, sagt er dann und wirft mir einen geheimnisvollen Blick zu.

* * *

Stunden später liege ich im großen Bett in Alessandros Hotelzimmer und schaue ihn von der Seite an. Seine Brust hebt und
senkt sich gleichmäßig. Ich selbst habe Schwierigkeiten, einzu-
schlafen, und überlege, ob ich lieber nach Hause hätte fahren
sollen, anstatt zu bleiben. Alessandro wird mich im Morgen-
grauen verlassen müssen und mit einem Taxi nach Arlanda fahren. Hier ganz allein in seinem Hotelzimmer aufzuwachen, das
wird sich seltsam anfühlen. Und schrecklich leer. Andererseits
möchte ich jede Sekunde nutzen, die ich mit ihm verbringen
kann, auch wenn ich mir wünsche, er hätte nicht so gestrahlt,
als Daniela in der Hotelbar sagte, sie würde bald gehen.

»Entschuldige. Ich weiß, ich bin egoistisch, aber ich möchte
dich für mich allein haben in diesen letzten Stunden vor meiner
Abreise«, hatte er gesagt, nachdem sie gegangen war.

Und eigentlich war diese Extrazeit gar nicht vorgesehen. Bei
diesem Gedanken schmiege ich mich so fest wie möglich an ihn.
Er zieht mich sofort in seine Arme, er hatte offenbar doch nicht
so tief geschlafen, wie ich gerade noch dachte. Seine Arme und
sein Duft, der mir inzwischen so vertraut geworden ist, umhüllen
mich. Ich kann nicht begreifen, dass er mich wieder verlassen
wird, weiß nicht, wie ich mich in diese Situation gebracht habe,
und irgendwie wird der Verlust, den ich jetzt schon empfinde,
noch größer, wenn ich sein Herz gegen meines schlagen fühle.
So hier zu liegen, völlig nackt, Haut an Haut. Aber als seine warmen Lippen meine suchen und seine Hand meinen Rücken und
Po hinuntergleitet, um dann weiter über meinen Körper zu wandern, drücke ich mich fest an ihn. Ich kann nicht anders. Und
weil ich irgendwie die Leere in mir loswerden möchte, die ich
schon so lange fühle.

KAPITEL ZWEI
Vierzehn Jahre zuvor

Ich schaufelte meine Portion so schnell wie möglich in mich hinein, und dennoch hatte ich das Gefühl, nicht schnell genug essen zu können. Mal wieder bereute ich es, zum Mittagessen in die Schulkantine gegangen zu sein. Nicht dass ich wirklich eine Wahl gehabt hätte. Ich hatte nicht gefrühstückt, und obwohl in der Schule kaum kulinarische Köstlichkeiten serviert wurden, war es immerhin ... Essen.

»Iss, iss, iss ...«, hörte ich von der anderen Seite des Speisesaals. Offenbar veranstaltete die Hockeygruppe aus der zweiten Klasse, die man immer hörte und sah, eine Art Wettkampf, wer die meisten Klöße in sich hineinstopfen konnte. Einer von ihnen sah aus, als müsste er sich übergeben.

Ich seufzte und starrte aus dem Fenster auf den großen Schneehaufen, der kaum geschmolzen zu sein schien, obwohl wir schon Mitte April hatten. Allerdings waren dort auch viele Ladungen Schnee abgekippt worden. Dann wurde meine Aufmerksamkeit, wie schon zuvor, auf den Nachbartisch gelenkt, an dem einige Mädchen aus meiner Klasse und der Parallelklasse saßen. Sie hatten eine Weile über eine Party gesprochen, und jetzt verstand ich, dass morgen Abend eine ganze Menge Leute sich am Strand treffen und feiern würden. Dann schaute eines der Mädchen herüber zu mir, beugte sich zu den anderen und flüsterte ihnen etwas zu. Ich rührte mich nicht. Alle schielten zu mir und sprachen leise weiter. Ich spürte einen Stich in der Brust, obwohl ich es inzwischen gewohnt sein sollte. Vielleicht war ich ja selbst schuld? Eine alte Erinnerung wollte sich bemerkbar machen. Und als ob es nicht schon schlimm genug wäre, das *Geigenmädchen* zu sein, es gab noch eine Menge andere Dinge in meinem Leben, die nicht zu meinem Vorteil ausfielen. Aber solange sie mich in Ruhe ließen ...

Ich starrte auf meinen Teller, schluckte den letzten Bissen hinunter, leerte das Glas Wasser in einem Zug und brachte das Tablett zur Geschirrrückgabe. Ich musste nur noch zwei Monate durchhalten. Dann würde ich mein Abitur machen und könnte das alles für immer hinter mir lassen.

Ich hatte gerade meinen Spind erreicht, als ich die Hockeyjungs wieder hörte. Es klang, als würden sie um die Ecke miteinander kabbeln. Ich öffnete schnell den Spind, um meine Sachen herauszuholen, doch im nächsten Moment waren sie schon da. Ich schaute nach unten und drückte mich automatisch näher an den Spind. Sie nahmen immer so viel Platz ein, mehr als sie eigentlich brauchten, aber jetzt schienen sie sich etwas beruhigt zu haben. Auf einmal waren sie an mir vorbei und auf dem Weg zu ihren Spinden weiter hinten. Außer dem einen, der sein Schließfach fast direkt neben meinem hatte. Es war ein Junge, den jeder kannte, obwohl er sich in dieser Gruppe meist im Hintergrund hielt. Er schaute zu mir herüber mit einem Gesichtsausdruck, den ich nicht deuten konnte. Dann holte er die Hockeytasche herunter, die er oben auf dem Spind abgestellt hatte. Ich spürte, wie ich mich verkrampfte, und anstatt die Bücher für die nächste Stunde herauszuholen, nahm ich instinktiv meinen Rucksack und meine Jacke und lief nach draußen.

Ich schwänzte normalerweise nicht, aber heute hatte ich nur noch eine Stunde. Außerdem musste ich donnerstags immer rennen, um den Bus nach Hause zu erwischen. Manchmal verpasste ich ihn trotzdem und musste dann eine Stunde auf den nächsten warten. Nicht dass ich so gern nach Hause wollte, an den Ort, der sich nie wirklich wie ein Zuhause angefühlt hatte ...

Eine ganze Weile später stieg ich aus dem Bus aus, mitten im Nirgendwo. So fühlte es sich jedenfalls an. Und oft war ich allein im Bus, besonders um diese Tageszeit. Dann bog ich von der Hauptstraße ab auf den Schotterweg, der zu unserem Haus führte. Wald, Wald und wieder Wald umgab mich, bis er sich schließlich öffnete und ich das heruntergekommene Haus sah. Mir wurde das Herz schwer, gefolgt von etwas, das sich wie Wut anfühlte. Doch kaum hatte ich die Tür geöffnet, da sah ich meinen Vater auf dem Sofa im Wohnzimmer liegen, er ruhte sich vor seiner Nachtschicht aus, und schon überkam mich ein schlechtes Gewissen. Er sah so abgearbeitet und blass aus, wie er dort zusammengerollt lag, mit leicht rasselndem Atem. Ich legte ihm eine Decke über und hörte ihn ein »Danke, mein Schatz« murmeln. Ich ging in die Küche und packte die Milch und ein paar andere Dinge aus, die ich im Kiosk an der Bushaltestelle gekauft hatte, denn als ich heute Morgen das Haus verließ, war der Kühlschrank mal wieder gähnend leer. Dann holte ich den Geigenkasten aus meinem Zimmer im oberen Stock und schlich wieder nach draußen.

Die Sonne, die gerade noch hervorgeblitzt hatte, war hinter den Wolken verschwunden, und die Welt war so grau, wie sie nur an einem Apriltag im hohen Norden sein konnte, wenn der noch vorhandene Schnee eher schmutzig grau als weiß war und die Natur sich noch im Winterschlaf befand. Zudem lag Regen in der Luft, als ob der Hof noch nasser und schlammiger werden

müsste, als er ohnehin schon war. Hätte ich bloß die Stiefel angezogen, die ich immer hier zu Hause anhatte, wo mich niemand
sehen konnte. Dann ging ich auf den Schuppen zu, der am Wald-
rand direkt an der Grundstücksgrenze stand. Ich musste versuchen, vorsichtig auf den Zehenspitzen zu gehen. Eine plötzliche
Sehnsucht nach Asphalt und trockenen Straßen überkam mich.
Eine Sehnsucht zurück, und weg von hier. Als ich die Tür des
Schuppens hinter mir geschlossen und die Geige ausgepackt
und gestimmt hatte, begann ich zu spielen, schnell und frustriert,
ohne irgendwelchen Noten zu folgen. Es wäre auch nicht nötig
gewesen, ich konnte dieses Stück auswendig. Aber dann hielt
ich fast genauso schnell wieder inne, als ich bemerkte, wie die
schiefe Tür im Wind schlug. Wie die Feuchtigkeit, die in den Wänden steckte, sich bemerkbar machte, als der Wind aufkam. Ich
zog den Poncho an, den ich gestern hier liegen gelassen hatte,
und schauderte, als der kalte, feuchte Stoff sich an meinen Körper drückte. Ich hätte ihn natürlich mit ins Haus nehmen sollen.
Aber es gab ständig so viel, woran man denken musste.

Frustriert sah ich mich um, ich spürte ein Loch im Bauch, und
ich kniete mich vor den kleinen Schrank, den ich hierherge-
schleppt hatte, und öffnete ihn. Ich atmete erleichtert auf, als
ich feststellte, dass mein Vorrat an Süßigkeiten noch nicht aufgebraucht war, und schob mir schnell einen kleinen Daim in den
Mund, dann machte ich den Deckel der durchsichtigen Schachtel, in der ich alles Mögliche aufbewahrte, wieder zu. Ich setzte
die Geige wieder an und spielte einige Tonleitern, das sollte ich
vermutlich stundenlang tun, damit jede noch so kleine Bewegung perfekt sitzt. Meine Mutter hatte immer wieder betont, wie
wichtig das monotone Üben ist.

Mama ... sie und ich, wir konnten stundenlang schweigend nebeneinandersitzen und wussten dennoch genau, was die andere dachte und fühlte. Und sie wusste, wovon sie sprach. Wie viele Stunden hatte sie wohl Tonleitern auf dieser Geige geübt?

Ich unterbrach mich erneut und strich routinemäßig mit den Fingern über den Hals der Geige, wo sie einst ihren Namen hineingeritzt hatte. Das beruhigte mich irgendwie. »Mama, wenn du doch jetzt hier wärst«, flüsterte ich.

Dann wurden plötzlich meine Trommelfelle von kräftigem Herzklopfen erfüllt, und ich war bald wieder genau an dem Punkt, wo ich gerade noch gewesen war. Ich spielte schnell, hart, fast elektrisch. Ich spielte so lange, bis all meine Frustration im Klang meiner Violine unterging und sich auf die Saiten übertrug. Bis alles andere verschwand und ich nur noch in meiner eigenen Welt war.

KAPITEL DREI
Heute

Ich betrachte mich selbst im Spiegel. Es ist, als würde diese Geige etwas mit mir machen. Mich verwandeln. Vielleicht liegt es einfach daran, dass ich weiß, wie einzigartig sie ist. Aber ich fühle mich einfach wie eine bessere Geigerin, sobald ich sie unter mein Kinn lege.

»Mira, bist du das …?« Ich höre Danielas Stimme, bevor sie hinter mir auftaucht und ich sie im Spiegel sehe. Ich lasse die Geige sofort sinken und drehe dem Spiegel den Rücken zu. Normalerweise nehmen wir die Instrumente nicht mit in die Umkleidekabine, wo wir unsere Spinde haben. Aber weil ich allein war, hatte ich eine Idee. Außerdem hatte ich vorhin zu Hause, als ich vor dem Spiegel geübt habe, etwas Eigenartiges gespürt. Und es war nicht das erste Mal. Eine Art Präsenz … oder eher eine Verbundenheit mit diesem Instrument, wie es mir noch nie zuvor ergangen war. Das geht bestimmt allen so, die jemals das Privileg haben, auf einer so wunderbaren Violine zu spielen.

Es war wirklich ein besonderes Gefühl, als ich die Guarneri-Geige zum ersten Mal unter mein Kinn legte und in Peter Bauers Atelier die ersten Töne spielte. Es war ähnlich wie damals, als ich das erste Mal die Geige meiner Mutter in den Händen hielt. Ein Gefühl von Ehrfurcht. Obwohl sie bei weitem nicht so wertvoll war. Aber nicht minder wertgeschätzt. Ich erschrecke, als ich merke, wie Daniela mich ansieht, ich bin wohl in Gedanken versunken, und sage: »Ja, ich musste einfach. Diese Geige …« Ich lächle und seufze zugleich.

Daniela lächelt ebenfalls und berührt meinen Arm. »Ich verstehe dich. Sie ist wunderbar, und du verdienst es wirklich, auf ihr zu spielen. Du bist eine wirklich gute Geigerin. Du hast doch gehört, was Alessandro gestern Abend gesagt hat?«

Ich sinke auf die Bank neben meinem Spind und zucke leicht mit einer Schulter. »Er hat übertrieben.«

Daniela schaut mich einen Moment lang an, dann setzt sie sich neben mich. »Ich habe gute Nachrichten. Sverker hat beschlossen, im Herbst in Pension zu gehen, er wird nicht zurückkehren. Seine Stelle wird ausgeschrieben. Weißt du, was das bedeutet?«

Ich starre Daniela nur an und sage dann langsam: »Dass zum ersten Mal seit – ich weiß nicht, wie lange – bei euch eine Festanstellung frei werden wird.« Und zwar genau in der begehrten Position der ersten Geige, die ich gerade spiele, denke ich.

»Die Stelle ist wie für dich geschaffen«, sagt Daniela.

»Nein, ehrlich, ich weiß nicht«, erwidere ich sofort. Und kann es gleichzeitig kaum fassen. Dass eine feste Stelle im Orchester frei wird. Im Symphonieorchester des Schwedischen Radios oder in einem der anderen großen professionellen Orchester des Landes passiert das so gut wie nie.

»Aber du bist die Vertretung für Sverker, der die Stelle jetzt hat, und du hast ihn in den letzten Jahren oft vertreten. Und es wäre so schön, wenn wir im gleichen Orchester spielen würden. Dauerhaft, meine ich. Du willst doch die Stelle, oder? Du wirst dich bewerben?«

»Machst du Witze?«, sage ich fast keuchend, aber mir wird auch beinahe schwindelig, und es fällt mir schwer, die Information zu verdauen. Dass die letzten Jahre im Orchester mehr bedeuteten als nur eine Vertretung, eine feste Anstellung in der ersten Geige des Orchesters. »Aber nur weil die Stelle frei wird, gehört sie noch lange nicht mir«, sage ich dann wieder. Weder die Tatsache, dass ich viel mit dem Orchester gespielt habe, noch dass ich jetzt für Sverker einspringe, ist eine Garantie dafür. Die Konkurrenz wird hart sein, und die Bewerber werden aus allen Ecken der Welt kommen. »Und bevor das überhaupt aktuell wird, haben sowohl ich als auch du noch einiges zu tun, oder?«, sage ich leicht gestresst zu Daniela, um das Thema zu wechseln. Denn auf einmal fühlt es sich an, als stünde mein ganzes weiteres Leben auf dem Spiel.

»Ja, zuerst die Abschlusskonzerte hier in der Berwaldhalle, dann ein ganzer Sommer mit Auftritten überall im Land, und nicht zu vergessen das Jubiläumskonzert zur Feier des fünfzigjährigen Thronjubiläums des Königs im September«, fasst Daniela zusammen, schaut mich an und lächelt.

»Ja, das ist ziemlich wichtig, und wenn nicht dieses Konzert für den König wäre, hätte ich dieses Instrument wohl kaum leihen dürfen.« Ich streiche mit einer Hand über die Geige, die ich auf meinem Schoß habe. Ich habe sie als Leihgabe vom Streichinstrumentefonds bekommen – das ist eine Stiftung der Königlichen Musikakademie, die Streichinstrumente der größten Geigenbauer der Geschichte besitzt und verleiht. »Also sollte ich mich einfach nur freuen, anstatt mich jetzt schon davor zu fürchten, sie zurückgeben zu müssen.«

»Wirklich? Fürchtest du dich davor?«, sagt Daniela mitfühlend. »Aber es könnte tatsächlich passieren, dass du sie weiterhin leihen kannst, wenn du die Stelle als erste Geige bekommst. Oder vielleicht wenn …« Sie verstummt plötzlich, als wolle sie mir keine zu großen Hoffnungen machen. Und tatsächlich verleiht der Streichinstrumentefonds manchmal Instrumente für längere Zeit an professionelle Musiker und nicht nur in Verbindung mit besonderen Auftritten, wie jetzt bei mir. Aber dann muss man nicht nur ausgesprochen begabt sein, sondern auch entweder ein herausragender Solist oder eine prominente Position in einem Orchester innehaben, als Stimmführer oder Konzertmeister. Es reicht meistens nicht, nur einen festen Platz in der ersten Geige zu haben, den ich ja auch nicht habe. »Ich weiß, dass ich ein Glückspilz bin«, sagt Daniela im nächsten Moment und windet sich etwas verlegen, bevor sie ihren Spind aufschließt, um sich für das Konzert am Abend umzuziehen.

Sie ist ein Glückspilz, weil sie aus einem entsprechenden Umfeld kommt und nicht darauf angewiesen ist, so eine Geige zu leihen, wie sie auf meinem Schoß liegt. Ihre Eltern haben ihr sofort eine solche Geige besorgt, als sie die Anstellung im Orchester bekam.

»So musst du nicht denken, Daniela.« Ich versuche, ihren Blick zu fangen. »Und meine eigene Geige ist auch sehr gut.« Ich lege die Guarneri-Geige auf die Bank, bevor ich aufstehe und in meinen Spind schaue.

Daniela sieht immer noch beschämt aus, sie geht ihre schwarzen Abendkleider durch, als würde sie überlegen, welches sie beim Konzert tragen soll. »Aber erzähl mir jetzt von Alessandro«, sagt sie dann plötzlich und schaut zu mir hinüber. »Er ist definitiv hin und weg von dir, also was sind die Pläne für die Zukunft?«

»Hin und weg?«, murmele ich und kann ein Lächeln nicht ganz unterdrücken. Dann denke ich an gestern Abend und letzte Nacht zurück und spüre, wie es in meinem Bauch flattert, obwohl es schrecklich war, heute Morgen ganz allein im großen Hotelbett aufzuwachen. Die ganze Woche war ein wenig unwirklich, als ob ich mich in einer anderen Welt befunden hätte, in der ich zwischen der Berwaldhalle und Alessandros Zimmer im *Grand Hôtel* mit Blick auf Stockholms Ström und das Schloss gependelt bin, anstatt in meiner kleinen Einzimmerwohnung auf Kungsholmen zu sein.

Ein wenig zu unwirklich …

Ich seufze und stelle mich auf die Zehenspitzen, um das lange Etuikleid aus dem Schrank zu holen, das ich beim Konzert tragen werde. »Nun, es gibt wohl nicht wirklich Pläne, weil die ganze Welt sein Arbeitsplatz ist und er selten länger als eine Woche in einem Land bleibt, während ich hier in Stockholm verankert bin. Ich möchte ja hier leben und arbeiten.«

»Wie schrecklich!«, ruft Daniela aus und schaut mich an. »Aber das hat man davon, wenn man einen Stargeiger datet.«

»Aber wir daten uns nicht«, sage ich abwehrend, kann jedoch nicht leugnen, dass ihre Worte mich kribbelig machen. »Oder, ich weiß nicht wirklich, wie man es nennen soll. Und wie gesagt, ich habe keine Ahnung, wann wir uns wiedersehen werden, angesichts seines vollen Terminkalenders, und soweit ich weiß, hat er in nächster Zeit keine Termine in Stockholm.«

»Aber vielleicht irgendwo anders, nicht allzu weit weg? Als er im Januar in Oslo war, bist du doch auch hingefahren«, erinnert mich Daniela sofort. »Und als wir mit den Radiosymphonikern im März im Wiener Konzerthaus gespielt haben, habt ihr euch auch getroffen. Und er hat wirklich einen besonderen Blick, wenn er dich ansieht.«

Mir wird warm ums Herz, aber ich kann mir keinesfalls erlauben, in die Richtung zu denken, dass ich etwas Besonderes für ihn bin. Schon in der ersten Nacht, die wir vor Weihnachten zusammen verbracht haben, als er für ein Konzert auf einem kurzen Besuch in Stockholm war, wusste ich, was Sache war. Trotzdem scheint es sich verändert zu haben, irgendwie selbstverständlicher, obwohl ich mir geschworen hatte, es nicht so werden zu lassen. Und so klischeehaft es auch klingen mag, konnte ich nicht anders, als mich auserwählt zu fühlen, in jener ersten Nacht, als er mich auf einer Veranstaltung nach seinem Konzert umwarb. Es fällt mir einfach schwer, mehr von mir selbst zu zeigen, aber es geht ja um mich.

Ich betrachte ein paar neue Sommersprossen auf meinem Arm und schaue hinüber zu Daniela. »Allein der Versuch, eine Beziehung mit ihm zu leben, ist aussichtslos. Ich müsste ständig hinter ihm herlaufen, und wie würde es dann mit meiner eigenen Karriere weitergehen? Selbst wenn ...« Ich muss daran denken, als ich in Wien zusammen mit Alessandro proben durfte. Es war fantastisch. Und er bestand darauf, dass ich nach Oslo komme und mit ihm zusammen bin, nicht umgekehrt.

»Stell dir vor, wie sehr ihr beide voneinander profitieren würdet!«, sagt Daniela kurz darauf.

»Wie ich von ihm profitieren würde«, verbessere ich sie. »Er ist wirklich begabt.«

»Mach dich jetzt nicht kleiner, als du bist«, sagt Daniela und schüttelt den Kopf. »Aber denk mal an die Bühnen, auf denen er spielt ... auf den größten der Welt.«

Ich hebe eine Augenbraue und lächle. »Klingt, als würdest du ihn beneiden und auch davon träumen, eine große Solistin zu sein?«

Daniela lacht auf. »Nein, eigentlich nicht. Es ist sicher ziemlich anstrengend, mehr oder weniger ständig unterwegs zu sein. Außerdem …« Sie beißt sich auf die Lippe.

»Du hast hier etwas am Laufen?«, sage ich.

Sie errötet leicht, bevor sie sich schnell das Kleid anzieht, das sie ausgewählt hat. »Irgendwie scheint es unmöglich zu sein, nicht mit einem Musiker zusammen zu sein, oder? Ich meine, wie könnte jemand, der nicht in diesem Beruf arbeitet, verstehen, wie viel Zeit wir dafür aufwenden müssen? Oder es richtig *verstehen*? Es ist kein Wunder, dass viele Musiker in unserem Orchester miteinander verheiratet sind, auch wenn es natürlich eine begrenzte Welt ist und man sich ständig in dieser Blase befindet …«

»Aber ich will überhaupt nichts anderes!«, sage ich so schnell, dass Daniela überrascht aufschaut. »Ich meine nur, dass …« Ich wende den Blick ab, will mir selbst nicht eingestehen, wie sehr ich mich zu Alessandro hingezogen fühle, angesichts der Situation. Auch wenn ich mir nicht sicher bin, ob das die Antwort auf die Frage war. Schmerzliche Erinnerungen wollen aufkommen, und ich murmele: »Ich meine nur, alles andere ist doch zum Scheitern verurteilt.«

KAPITEL VIER
Vierzehn Jahre zuvor

Es war Freitag, und ich wollte mich gerade in den Unterstand am Bahnhof stellen, um auf den Bus nach Hause zu warten, als ich bemerkte, dass da jemand auf der Bank saß. Ich zuckte zurück, und im gleichen Moment bewegte auch der Junge sich und schaute zu mir herüber. Ich sah, wer es war, mein Bauch zog sich zusammen. Er fluchte leise und drückte das blutige Klopapier, das er in der Hand hatte, fester gegen die Lippe und das Kinn. Ich wusste nicht so recht, was ich machen sollte, trat dann ein paar Schritte zurück und stellte mich neben den Unterstand. Meine Sinne waren angespannt, und die Sekunden schlichen dahin. Ich fühlte mich immer unwohler und überlegte, ob ich ein paar Schritte gehen sollte. Aber mein Bus würde jeden Augenblick kommen.

»Wartest du auf den Bus?«, hörte ich schließlich.

Ich schaute vorsichtig in den Unterstand. Er blickte in meine Richtung, ohne mich anzuschauen. Ich nickte.

»Ich habe nicht erwartet ... habe nicht gedacht, dass jemand kommen würde. Aber du fährst immer von hier mit dem Bus, nicht wahr? Keine Ahnung, wo der hinfährt ...« Er schaute hoch zum Fahrplan, der an der Wand des Unterstands hing, dann drückte er wieder das durchblutete Papier gegen die Lippen.

Zu den Dörfern, dachte ich und schaute ihn erstaunt an, ich holte ein Paket mit Papiertaschentüchern aus der Jackentasche und streckte es ihm hin.

Er nahm es zögernd an, murmelte ein Danke und holte ein Taschentuch heraus. Er gab mir das Paket zurück.

23

Ich schluckte und schüttelte leicht den Kopf. »Nimm es, sieht nicht so aus, als ob das Bluten aufhören würde.«

»Okay, danke. Es schien erst nicht so schlimm zu sein, aber ...« Er räusperte sich, dann errötete er im ganzen Gesicht und murmelte: »Ich komme auf dem Weg nach Hause von der Schule an der Bushaltestelle vorbei, es ist mir also nicht entgangen, dass du ... Und ich muss fast immer zu Hause vorbeifahren, um die Hockeytasche zu holen.«

»Wenn du sie nicht in der Schule dabeihast«, fügte ich hinzu, bevor ich merkte, was ich gesagt hatte. *Verdammt, verdammt, verdammt.* Es war das erste Mal, dass wir überhaupt ein Wort miteinander gewechselt haben.

»Ja, woher weißt du das?«, sagte er erstaunt. »Unsere Spinde liegen ja fast nebeneinander,« fügte er etwas zögernd hinzu. »Übrigens, schleppst du den immer mit dir herum?« Er nickte in Richtung meines Geigenkastens.

»Ja, der hat auch keinen Platz im Spind«, sagte ich und schob ihn auf der Schulter hoch.

»Spielst du jeden Tag nach der Schule?«

»Nicht jeden Tag. Aber heute habe ich in meiner Freistunde gespielt.« Ein paar Sekunden vergingen, mir wurde plötzlich bewusst, wie sehr mein Herz klopfte. »Und du?«, fragte ich. »Hast du dir beim Hockey ...?« Ich schaute auf sein Gesicht.

Er schien zu erschrecken, dann zuckte er leicht mit der einen Schulter und sagte schließlich: »Ja, ich habe oft Training, aber heute hatten wir frei, weil wir am Wochenende ein Match spielen. Bist du auf dem Weg nach Hause?«, sagte er dann. »Fährst du immer direkt nach der Schule oder deinen Geigenstunden nach Hause?«

»Ja, manchmal probe ich auch mit einem der Orchester, in denen ich spiele. Aber danach fahre ich auch ... direkt nach Hause«, murmelte ich.

»Du bist also gerne zu Hause«, stellte er fest.

»Nein, überhaupt nicht, aber ...« Ich schwieg abrupt und schlug die Augen nieder, meine langen Haare fielen mir übers Gesicht. Es hat einmal eine Zeit gegeben, da habe ich nichts lieber gemacht, als zu Hause herumzuhängen. Damals, bevor alles anders wurde und wir noch in dem anderen Haus wohnten. Eigentlich war das so lange her, dass ich mich an das neue Leben gewöhnt haben sollte, es war inzwischen auch nicht mehr neu. Vielleicht war es ja auch so, aber die Erinnerungen an ein anderes Dasein waren so gegenwärtig, dass ich manchmal fast einen Krampf bekam.

»Wo wohnst du denn? Auf einer Art Hof, oder?«

Ich schaute ihn verwirrt an, wollte in meiner Vergangenheit verweilen, in einem sehr viel glücklicheren Dasein, aber gleichzeitig wollte ich das auch nicht. Es tat zu weh. Seine Miene deutete an, was er vor sich sah, wie er sich das Haus und die Umgebung vorstellte, und es entsprach auch ungefähr der Wirklichkeit. Ich wurde verlegen, und anstatt eine Haarsträhne hinters Ohr zu streichen, benetzte ich meine Lippen und schluckte.

»Ja, das könnte man sagen. Aber es gibt nicht so viele Orte, an denen ich ... Oder, ich meine, wenn ich üben will ...« Ich brach wieder ab.

Er betrachtete mich schweigend. Dann drückte er das Taschentuch gegen die Lippen, holte Luft und sagte: »Ich bin auch nicht gern zu Hause.«

Ich schaute ihn nachdenklich an, er schien zu begreifen, was er gesagt hatte, und fügte hinzu: »Ich bin mir nicht sicher, ob du weißt, dass meine Eltern eine Arztpraxis haben?«

Alle wussten, dass seine Eltern eine Arztpraxis haben, es war nämlich die bekannteste Arztpraxis in der Stadt. Sein Vater war Hautarzt, er entfernte Leberflecke, Muttermale und andere Hautveränderungen. Vielleicht machte er auch andere Eingriffe, war auf der Grenze zu einem Schönheitschirurgen, ich wusste das nicht so genau. Seine Mutter war Gynäkologin. Eine ziemlich spannende Kombination. Also, jeder, der etwas auf sich hielt, ging in die Arztpraxis von Hammarströms, um die Probleme auf diesen Gebieten behandelt zu bekommen.

Ich nickte leicht, und er fuhr fort: »Die Praxis ist bei uns zu Hause – es ist ein abgetrennter Teil des Hauses, und das Haus ist ziemlich groß ...« Er stieß seinen Turnschuh auf den Boden. »Es ist einfacher, sich fernzuhalten.« Er schaute nach unten, bemerkte, dass das Taschentuch durchgeblutet war, und fluchte.

»Das müsste vielleicht doch genäht werden?«, sagte ich leise und gab ihm ein paar frische Taschentücher aus dem Paket.

Er faltete sie schnell zusammen und drückte sie auf die Unterlippe und das Kinn. »Ach was, das hört bald auf zu bluten«, sagte er dann und stand von der Bank auf. »Und ich muss ...« Er zögerte, als wisse er auf einmal nicht mehr, was er muss, und setzte sich wieder auf die Bank. »Ich bleibe doch noch ein wenig hier.«

Ich nickte langsam und versuchte dann, die stille Spannung zu ignorieren, die die Bushaltestelle zu füllen schien. Aber sie war genauso spürbar wie mein Puls. Endlich rollte mein Bus in die Haltestelle und blieb vor uns stehen. Ich schaute zu ihm hinüber. Er sah ein bisschen blass aus, und es fühlte sich irgendwie nicht richtig an, ihn einfach so zurückzulassen. Ich fragte mich auch, wo denn seine Freunde waren, mit denen er sonst immer zusammen war. Ich wollte ihn fragen, ob er zurechtkommen würde. Aber das war bestimmt albern und er bestimmt nur froh, mich los zu sein.

Er schaute mich aus dem Augenwinkel an, fast so, als wollte er fragen, warum ich immer noch dastand. Ich errötete und stieg schnell in den Bus. Setzte mich auf meinen üblichen Platz und versuchte, nicht hinaus zu schauen. Es fühlte sich an wie eine Ewigkeit, bis der Bus endlich losfuhr, wahrscheinlich war es nur eine Minute. Ich atmete aus. Aber meine Gedanken waren sofort wieder bei der Begegnung mit ihm, ich konnte an nichts anderes denken. Ich war aufgewühlt, verstand aber nicht richtig, warum. Die Busfahrt nach Hause war mir noch nie so lang vorgekommen, ich war irgendwie rastlos, konnte fast nicht stillsitzen. Auf dem Fußweg von der Haltestelle nach Hause schlug der Geigenkoffer gegen meinen Rücken. Dann holte ich einmal tief Luft und drückte vorsichtig die Türklinke herunter, um meinen Vater nicht zu wecken.

Ein paar vorsichtige Sonnenstrahlen drangen durch das Fenster im Flur, mein Blick wandte sich in den Spiegel, der an der Wand direkt neben der Haustür hing. Er war staubig und schmutzig. Ich sollte ihn mal putzen. Ich stellte mich davor, strich die Haare aus dem Gesicht und schaute mich an. Ich fragte mich, was wohl er, William Hammarström, dachte, als er mich anschaute. Und ob er das Gleiche sah wie ich selbst – jede Menge Sommersprossen und jede Menge rote Haare, keine weiblichen Formen, die weite Bluse und die schlabbrigen Jeans verdeckten ohnehin effektiv das wenige, was da war. Oder ob ich für ihn schlicht das seltsame Geigenmädchen mit den roten Haaren war. Die Haare konnte man wirklich nicht übersehen, und wie oft hatte ich mir gewünscht, mit einer anderen Haarfarbe geboren zu sein. Aber andererseits waren die roten Haare das Einzige, was ich noch von meiner Mutter hatte.

Das, und die Geige.

Ich fasste mein Haar mit einer Hand zusammen und spitzte plötzlich die Lippen vor meinem Spiegelbild, dann schnitt ich eine Grimasse, ließ das Haar wieder fallen und fragte mich, was zum Teufel ich da eigentlich machte. Warum ich überhaupt in solchen Bahnen dachte.

KAPITEL FÜNF
Heute

Ich gehe raschen Schritts auf dem Strandvägen zur Berwaldhalle. Heute Morgen war ich mit einer seltsamen Steifheit in meiner linken Schulter aufgewacht, die ich so nicht kannte, und dachte, ich könnte ausnahmsweise zu Fuß zu den Proben gehen. Ich hatte nur nicht damit gerechnet, dass es so lange dauern würde. Seit einiger Zeit spürte ich ein dumpfes Ziehen in der Schulter, aber ich konnte es mit Schmerztabletten in Schach halten. Ich habe die Gedanken daran verdrängt, als wäre es kaum vorhanden. Doch heute Vormittag, als ich zu Hause ein wenig aufräumte und zwischen meiner Wohnung und der Waschküche im Keller hin- und herlief, zuckte die Schulter ein paar Mal schmerzhaft, und die Muskeln fühlten sich ungewöhnlich wund und angespannt an. Oder bilde ich mir das nur ein? Ich gehe rasch weiter, als es plötzlich in meiner Handtasche vibriert. Oh Gott, ich habe keine Zeit ranzugehen. Dann denke ich, es könnte Alessandro sein. In den letzten Tagen haben wir nur geschrieben, und was, wenn …? Ich hole schnell das Handy hervor, bleibe stehen und wische über den Bildschirm. Er ist es wirklich. »Alessandro …«

»*Ciao, cara!* Ich vermisse dich.«

»Ich vermisse dich auch«, rufe ich aus. Mein Herz schlägt schneller, als ich mir seine warmen, dunklen Augen vorstelle, und es tut so gut, seine Stimme zu hören. Zu gut, weil er so weit weg ist. Es ist, als würde mein ganzer Körper auf seine tiefe, melodische Stimme reagieren, genau wie wenn er spielt. Ich atme tief durch und schüttle mich ein wenig. »Wie ist es in New York?« Seine Nachrichten waren ausgesprochen kurz, und ehrlich gesagt, ich habe auf dieses Gespräch gewartet, auch wenn ich es mir nicht eingestehen wollte.

»Alles gut. Ich muss zugeben, es ist fantastisch, wieder in der Carnegie Hall zu sein.«

»Oh Gott, spielst du in der Carnegie? Oder hattest du das schon erwähnt?«

»Ich bin mir nicht sicher. Es ist großartig, aber ich vermisse dich und unsere ... schönen Momente«, fügt er leise hinzu.

Ein lauer Windhauch hebt mein Kleid ein wenig an, und mir wird ganz warm bei seinen Worten. Außerdem habe ich das Gefühl, die Nächte lägen seit seiner Abreise wie eine Kluft vor mir.

»Ja, ich wünschte, wir könnten das bald wiederholen.«

»Das müssen wir. Sehr bald«, flüstert er. »Aber ich habe eigentlich gar keine Zeit, ich wollte dir nur sagen, dass ich sehr oft an dich denke. Jetzt muss ich leider los.«

Und ich denke an dich. Aber das kann ich schon nicht mehr sagen. Nachdem wir aufgelegt haben, bleibe ich am Kai stehen. Die Sonne glitzert in den sanften Wellen der Bucht, sie plätschern leise gegen die Boote, die am Kai festgemacht sind, und Stockholm ist so schön, dass es fast wehtut. Trotzdem sind mein Herz und meine Gedanken woanders, und eigentlich gibt es noch so vieles, worüber ich mit ihm sprechen wollte. Und wie das mit »sehr bald« funktionieren soll, weiß ich nicht. Für einen kurzen Moment verberge ich mein Gesicht in den Händen und versuche, meine Gefühle für ihn auszublenden.

* * *

In letzter Sekunde, und kurz bevor der erste Konzertmeister auf-
steht und alle den Ton A vom Oboisten bekommen, damit wir
unsere Instrumente stimmen, sinke ich neben Gabriel, mit dem
ich diese Woche das Notenpult teile, auf den Stuhl.

»Du bist spät«, zischt er.

»Ja, ich habe es gerade noch geschafft«, murmele ich. »Aber
ich habe einen Anruf bekommen, den ich annehmen musste.«

»Und dann bittet man wohl darum, zurückrufen zu dürfen?«,
sagt Gabriel. »Wenn man bedenkt, dass du nur die Vertretung
bist, solltest du vielleicht ...«

Er lässt den Satz unvollendet, aber ich spüre, wie es in meiner Brust sticht. Ich mag fast alle im Orchester, und wenn ich
die Berwaldhalle betrete, habe ich meist ein gutes Gefühl. Aber
Gabriel und Sverker, für den ich einspringe, die halten immer
zusammen. Ist das womöglich der Grund für seine Sticheleien?
Denn das ist nicht das erste Mal.

Ich atme langsam und versuche, mich auf das Stimmen der
Geige zu konzentrieren, aber ich sehne mich schon danach, nächste Woche neben jemand anderem zu sitzen. Ich wünschte mir,
seine Bemerkungen würden mich nicht beeinflussen, aber vor
der heutigen Probe bin ich wirklich nervös. Wofür es eigentlich
keinen Grund gibt, denn wir proben schon seit mehreren Tagen,
und das meiste sollte jetzt sitzen. Und morgen Abend haben wir
unser erstes Konzert in dieser Woche.

Da stürmt Bryan Lowe, der Chefdirigent des Schwedischen
Rundfunkorchesters, auf die Bühne. Gestern hat er ein paar Scher-
ze gemacht, bevor wir zu spielen begannen, aber jetzt begrüßt
er uns nur kurz, bevor er zur Sache kommt. Die 7. Symphonie
von Sibelius in C-Dur, die von vielen als Höhepunkt im Schaffen

des finnischen Komponisten angesehen wird. Den Dirigenten Bryan Lowe zeichnet aus, dass er deutlich und gut führt, was in einem Symphonieorchester mit rund hundert Mitgliedern ausschlaggebend ist. Leider ist er nicht immer bester Laune, und unglücklicherweise scheint dies einer seiner schlechteren Tage zu sein. Er unterbricht immer wieder und bittet uns, von vorne zu beginnen, und zu allem Überfluss fällt es mir immer schwerer, die Schmerzen in meiner Schulter zu ignorieren. Ich versuche, mich zu entspannen, aber wenn meine Finger über die Saiten gleiten, schießt es durch Schulter und Arm, und plötzlich sticht es so scharf, dass ich mit dem Bogen abrutsche.

Als die falschen Töne durch den großen Saal schneiden, schließe ich die Augen, und als ich sie wieder öffne, merke ich, dass es mucksmäuschenstill geworden ist und alle aufgehört haben zu spielen. Bryan Lowe starrt mich mit hochgezogenen Augenbrauen an, dann schwingt er den Taktstock durch die Luft und bittet uns, noch einmal mit dem Anfang der vorherigen Passage zu beginnen. Gabriel lächelt seltsam. Ich spanne mich automatisch an, und als der Schmerz in meiner Schulter anhält, habe ich Angst, es könnte erneut passieren. Ich konzentriere mich darauf, dass es nicht noch einmal geschieht, in meinem Kopf pocht es wie verrückt, und ich zähle die Minuten bis zur Pause.

»Es scheint nicht einmal zu helfen, dass du eine Guarneri geliehen bekommen hast, um richtig zu spielen«, kommentiert Gabriel, als wir uns zum Aufenthaltsraum bei den Umkleideräumen bewegen, wo normalerweise Kaffee und Sandwiches bereitgestellt werden.

Ich will den Mund öffnen, frage mich, ob ich richtig gehört habe, aber ich bekomme nichts Sinnvolles als Antwort heraus.

»Aber eigentlich hättest du sie gar nicht geliehen bekommen sollen«, sagt Gabriel mit leiserer Stimme. »Weißt du übrigens, dass bisher fast noch nie eine Frau sie gespielt hat? Zumindest keine Frauen, die sich einen Namen als Geigerin gemacht und es zu etwas gebracht haben.«

Ich bin schon wieder völlig sprachlos und frage mich dann, ob wirklich stimmt, was er gesagt hat. Und liegt es nur an der engen Beziehung zwischen Sverker und ihm, dass er mir diese kleinen Nadelstiche versetzt? Um Sverkers Stellung zu unterstützen, obwohl der gar nicht zurückkehren wird. Oder glaubt Gabriel wirklich, dass ich als Geigerin nicht genüge? Aber angesichts dessen, was gerade passiert ist ...

Ich muss schlucken, dann warte ich auf Daniela, die ein paar Schritte hinter uns ist.

»Was war das denn?«, fragt sie. Gabriel schlendert hinüber zu den anderen ersten Geigen. Ich muss noch einmal schlucken, dann schüttle ich den Kopf. »Alles okay?«, fragt sie.

»Ja, alles okay, Mira?«, fragt eine andere Frau aus dem Orchester im Vorbeigehen.

»Ja, ja«, sage ich und freue mich, dass sie fragt.

Als Daniela und ich wieder allein sind, legt sie den Arm um mich und schaut mich durchdringend an. »Stimmt das wirklich? Du bist tatsächlich ein bisschen blass.«

Ich versuche zu lächeln, sage dann zögernd: »Ja, ich hatte vorhin einen Blutzuckerabfall, aber jetzt geht es mir besser.«

»Gut.« Sie lächelt. »Und lass das, was da passiert ist, nicht an dich herankommen.«

Ich schaue hinüber zu Gabriel und sage dann: »Ich spiele normalerweise nicht so falsch aber, wie gesagt ...«

Daniela schüttelt den Kopf. »Denk nicht mehr daran, wenn du etwas gegessen und einen Kaffee getrunken hast, geht es dir bestimmt wieder besser.«

Ich nicke und versuche erneut zu lächeln. Aber als sie mich loslässt, fasse ich doch mit der Hand zur Schulter und drücke mit den Fingern auf die schmerzenden Stellen. Der Schmerz strahlt bis in den Nacken und in den Arm, einen Moment lang bin ich wie gelähmt, und dann erfüllt mich abgrundtiefe Angst.

KAPITEL SECHS
Vierzehn Jahre zuvor

»Hallo!«

Ich war mit dem Kopf halb im Spind, als ich seine Stimme direkt neben mir hörte. Ich erschauderte leicht, schnappte mir mein Mathebuch, das ich gesucht hatte, schaute zu ihm hinüber und nickte ihm zu. Dann stutzte ich. William Hammarströms rechtes Auge war geschwollen, die Haut darum blau, gelb und grün, was zeigte, dass das Veilchen schon ein paar Tage alt war. Ein paar Stiche unter der Augenbraue, die mit durchsichtigem Pflaster abgedeckt waren, verrieten, dass er genäht worden war. Als ich ihn letzten Freitag an der Bushaltestelle traf, hatte er eine geplatzte Lippe, und jetzt ... »Ist es beim Spiel am Wochenende so wild zugegangen?«, murmelte ich.

»Na ja, oder ... Ja, es ist etwas passiert.« Er blickte auf, schaute über meine Schulter, als würde es ihm auf einmal leidtun, dass er mit mir sprach.

»Okay.« Ich klemmte das Mathebuch unter den Arm und machte den Spind zu. »Warst du deswegen gestern nicht in der Schule?«, fragte ich dann und hätte mir auf die Zunge beißen können. Aber es war fast unvermeidlich, ihn mehrmals am Tag am Spind zu treffen, und gestern hatte ich nur seine Freunde gesehen.

William zuckte mit der Schulter, ich ging schnell zu meinem Klassenzimmer und fluchte vor mich hin. Nach ein paar Sekunden schloss er zu mir auf. »Ich habe den gleichen Weg«, sagte er.

Ich nickte, aber zwischen uns entstand ein peinliches Schweigen, eine Art Panik stieg in mir hoch. Als hinter uns ein paar seiner Freunde auftauchten und »Wille« riefen, murmelte er etwas wie »bis später«, er hatte es so eilig, zu ihnen umzukehren, dass unsere Ellenbogen aneinanderstießen. Für den Bruchteil einer Sekunde schaute er mich an, und ich musste nach Luft schnappen. Dann verschwand er.

Als ich nach dem Unterricht an der Schulkantine vorbeiging, hing die ganze Clique dort mit ein paar Mädchen aus meiner Parallelklasse ab. Eine von ihnen setzte sich auf Williams Schoß und legte den Arm um ihn, dann pulte sie an dem Pflaster unter seiner Augenbraue herum. Er zog den Kopf zurück, als ob es ihm unangenehm wäre. Sie hörte auf, fuhr mit einer Hand durch sein Haar und drückte sich an ihn. Seine Hand wanderte ihren Rücken hinauf, ich musste einfach nur hinstarren, wie eng sie beieinandersaßen. Plötzlich schaute William auf und starrte mich an. Meine Wangen brannten, und ich senkte schnell den Blick.

Den Rest des Tages schlich ich an den Wänden der Flure entlang und versuchte, in ihnen zu verschwinden. Ich hoffte, William würde nicht zur gleichen Zeit wie ich an den Spinden sein. Ich sah ihn tatsächlich nicht, was mich dann seltsamerweise fast enttäuschte. Oder ich kam mir dumm vor, weil ich den ganzen Tag angespannt gewesen war, und jetzt hatte ich auch noch Schwierigkeiten, mich auf die Geigenstunde direkt nach der Schule zu konzentrieren, was meiner Geigenlehrerin auffiel.

»Bist du sicher, dass es dir gut geht? Dass du nicht krank wirst? Oder ist am Wochenende etwas passiert? Ich habe schon gestern Abend, als wir mit dem Orchester probten, bemerkt, dass du nicht ganz bei der Sache warst, und heute …« Katarina verfolgte mit besorgtem Blick meine Bewegungen, als ich meine

Geige und den Bogen nach dem Spielen in den Kasten packte.

»Ja, ich habe einfach das Gefühl, als ob etwas nicht stimmt.«

»Ich habe schlecht gespielt, ich weiß, und werde mich bessern. Ich hätte diese Töne treffen mussen«, sagte ich und schloss den Kasten etwas geräuschvoller, als ich es beabsichtigt hatte.

»Mozart zu spielen ist wirklich nicht einfach, wie du weißt«, sagte Katarina langsam. »Es erfordert im Grunde perfekte Intonation, damit es gut klingt. Ich bin jedoch sicher, du wirst es schaffen. Deshalb habe ich dieses Stück für die Aufnahmeprüfung vorgeschlagen, und weil ein Mozart-Konzert in der Regel Pflicht ist. Aber wenn du willst, können wir ein anderes Stück nehmen?«

»Nein, nein, ich werde es schaffen«, sagte ich sofort. Ich wollte auf gar keinen Fall, dass Katarina an mir und meinen Fähigkeiten zweifelte, und es gab noch eine Erklärung für mein schlechtes Spielen, nur konnte ich das ihr gegenüber nicht eingestehen. Ich hatte am Wochenende einfach nicht genug geübt, obwohl ich alle Zeit der Welt dafür gehabt hätte, und das Geigespielen war das Einzige, was mir durch die vielen Stunden, in denen ich allein war, half. Beziehungsweise, ich hatte gespielt, nur nicht das, was ich hätte üben sollen. Ich musste immer wieder an das Treffen mit William an der Bushaltestelle denken und konnte mich nicht richtig konzentrieren. Jetzt schämte ich mich, sowohl vor Katarina als auch vor mir selbst, und verstand überhaupt nicht, wie mich das so beeinflussen konnte. Das Geigenspiel war das Wichtigste in meinem Leben und das Einzige, was ich wirklich gut konnte. Ich hatte keinen Plan B nach dem Gymnasium, und wenn ich auch nur eine Chance haben wollte, an der Musikhochschule angenommen zu werden, musste ich mich konzentrieren und meine ganze Freizeit dem Üben widmen. Ich zweifelte nicht daran, dass alle anderen, die sich dort bewarben, das taten. Und ich würde nur eine Chance bekommen, mich zu beweisen.

»Hast du übrigens schon eine Einladung zur Aufnahmeprüfung bekommen?«, fragte Katarina, als hätte sie meine Gedanken gelesen.

Ich schüttelte den Kopf. »Nein, aber sie müsste jeden Tag eintreffen, und wenn es so weit ist, muss ich natürlich viel besser spielen als heute.« Viel, viel besser. Alles andere wäre eine Schande.

Katarina lächelte aufmunternd. »Jeder kann mal einen schlechten Tag haben. Wir machen daraus keine große Sache, Mira. Ich wollte nur hören, wie es dir geht, nachfragen, wie es steht. Ich weiß ja, dass du viele Stunden allein verbringst.«

»Umso mehr Zeit habe ich zum Üben«, sagte ich.

»Ja, aber manchmal habe ich das Gefühl, als würdest du dich um sehr viele Dinge kümmern müssen, für die du eigentlich nicht verantwortlich bist.«

»Ich habe Zeit zum Üben«, sagte ich schnell, defensiv, weil ich wusste, worauf Katarina hinauswollte. Sie war nicht nur all die Jahre meine Geigenlehrerin an der Musikschule gewesen und leitete das Streichorchester, in dem ich mitspielte, sie war auch eine der engsten Freundinnen meiner Mutter gewesen und kannte meine Situation gut. Was einerseits eine Erleichterung war. Aber andererseits wusste sie auch, welchen Weg mein Vater eingeschlagen hatte, als ich ihn am meisten brauchte. Seitdem war er bei ihr nicht sehr beliebt, und sie deutete ziemlich oft an, dass er seinen Verpflichtungen mir gegenüber nicht nachkam und zu viel Zeit damit verbrachte, sich selbst zu bemitleiden. Es reichte, wenn ich ihm Vorwürfe machte, ich wollte nicht, dass andere das auch taten.

Katarina räusperte sich vorsichtig. »Du hast das Zeug, um in den klassischen Studiengang an der Musikhochschule aufgenommen zu werden, davon bin ich überzeugt, und ich möchte, dass du bestens vorbereitet zur Aufnahmeprüfung gehst. Ich will dich nicht unter Druck setzen, und ich weiß, du hast hohe Ansprüche an dich selbst. Aber du hast so viel Potenzial, Mira, und es wäre schade, wenn die Vorbereitungen durch ... äußere Einflüsse gestört würden.« Sie errötete leicht und blickte weg.

»Das werden sie nicht! Wie du gerade gesagt hast, ich hatte nur ein paar schlechte Tage.« Meine Stimme war in die Höhe gegangen, und Katarina sah mich nachdenklich an. »Du musst dir keine Sorgen machen, ich werde vorbereitet sein, wenn es darauf ankommt«, sagte ich mit leiserer Stimme. »Aber ich habe schon Angst vor der Aufnahmeprüfung«, gestand ich dann. Große Angst, um genau zu sein. Ich hatte noch nie eine wichtige Aufnahmeprüfung gemacht, aber ich hatte Horrorgeschichten von Geigern gehört, die vor Nervosität so gelähmt waren, dass sie es nicht einmal schafften, den Bogen auf die Saiten zu heben, oder die während des Spiels einen Blackout bekamen und einfach aufhören mussten. Ganz zu schweigen von denen, die ordentliche Patzer machten und wirklich falsch spielten. Bei einer Aufnahmeprüfung sein absolut Bestes zu geben, dafür brauchte man eine besondere Begabung, und es war nicht unbedingt ein Beweis dafür, wie gut man war.

»Es wird schon klappen«, sagte Katarina, legte eine Hand auf meinen Arm und sah mir in die Augen. »Es ist der Gesamteindruck, der zählt, ein paar kleine Fehler kann man sich leisten. Niemand spielt bei solchen Gelegenheiten perfekt, vergiss das nicht. Aber jetzt reden wir nicht mehr über die Aufnahmeprüfung, wir konzentrieren uns auf das, was du hier und jetzt beeinflussen kannst.«

»Üben«, sagte ich. »Ich werde den ganzen Nachmittag und Abend zu Hause im Schuppen verbringen.«

Katarina lächelte, bevor sich ihre Stirn zusammenzog. »In dem Schuppen auf eurem Grundstück?«, fragte sie. »Das ist doch eine Bretterbude! Willst du mir sagen, dass du immer noch zum Üben dorthin gehst? Dort ist es doch bestimmt zugig, feucht und kalt. Das ist nicht gut für die Finger, auch nicht für die Schultern, wenn du dich verspannst, könntest du sogar krank werden.«

»So schlimm ist es eigentlich nicht«, protestierte ich, konnte aber ihren Blick kaum erwidern und ärgerte mich, dass ich das mit dem Schuppen herausgeplaudert hatte. »Es ist einfacher für alle, wenn ich ... Also, ich gehe nur dorthin zum Üben, wenn Papa Ruhe braucht ...« Ich schwieg erneut, damit Katarina in Bezug auf meinen Vater nicht noch mehr Wasser auf ihre Mühle bekam, aber es war zu spät.

»Wann wirst du endlich an dich selbst denken, Mira?«, rief sie aus. »Das *musst* du. Du darfst nicht zulassen, dass dein Vater dich in deiner Entwicklung behindert!«

Ich bemerkte, wie ich den Kopf schüttelte. »Aber er verlangt gar nicht von mir, zum Üben in den Schuppen zu gehen. Ich mache es freiwillig.«

Es hatte keinen Sinn, das mit Katarina zu diskutieren, überhaupt mit ihr über meinen Vater zu sprechen. Sie verstand es nicht. Überhaupt nicht. Es war tatsächlich manchmal schön, in den Schuppen zu verschwinden. Ich konnte dort alle Probleme hinter mir lassen und so tun, als gäbe es sie nicht. Weil der Schuppen nur mein Ort war und mein Vater nie dorthin ging.

Oder vielleicht verstand sie genau das, und es machte ihr nur noch mehr Sorgen.

KAPITEL SIEBEN
Heute

»Du siehst heute nachdenklich aus, Mira«, sagt Peter Bauer, als er mit dem neu bespannten Bogen wiederkam.

»Nein, nein«, sage ich fast automatisch, aber das, was Gabriel gestern über die Guarneri-Geige gesagt hat, das hat mich nicht losgelassen. Und weil Peter der Instrumentenverwalter des Streichinstrumentefonds ist und alles über ihre Instrumente weiß, müsste er auch wissen, ob Gabriel recht hatte mit seinen Äußerungen. »Ich habe über etwas nachgedacht«, sage ich schließlich. »Du kennst doch die Geige, die ich für das Jubiläumskonzert im Herbst als Leihgabe bekommen habe? Die ich vor einiger Zeit hier bei dir abgeholt habe.«

»Ja ...«, sagt Peter leise und hält inne. »Gibt es Probleme mit der Geige? Entspricht sie nicht deinen Anforderungen?«

Ich muss wirklich lachen. »Ob sie nicht meinen Anforderungen entspricht? Eine Guarneri-Geige aus dem achtzehnten Jahrhundert?«

Peter fährt sich durch die Haare und lächelt unsicher. »Doch, das nehme ich an, aber ...«

»Ganz ehrlich, ich bin total verliebt in die Geige, darum geht es nicht«, sage ich rasch. Dann muss ich an Gabriels Bemerkung denken und bin irgendwie verunsichert.

»Aber du hast etwas auf dem Herzen in Bezug auf die Geige?«, sagt Peter nach ein paar Sekunden.

Ich blinzele und schaue ihn an. »Es ist eine recht einfache Frage. Ich wüsste gerne, welche Frauen diese Geige bisher gespielt haben. Jemand ... ein Bekannter behauptet, es seien noch nicht sehr viele bekannte Geigerinnen gewesen.«

Peters Gesicht verdüstert sich. »Tja, dieser jemand könnte recht haben, allerdings kann ich die Frage nicht direkt beantworten. Aber ich kann versuchen herauszubekommen, was du wissen möchtest.«

Ich bin ganz aufgeregt. »Das wäre großartig! Ich würde ihm gern das Gegenteil beweisen. Oder ich wüsste gerne, wer diese Geige überhaupt schon gespielt hat, sie ist schließlich ziemlich alt«, füge ich etwas leise hinzu. Ist es wirklich so wichtig, Gabriel zu widerlegen? Aber es geht nicht nur darum. Manchmal habe ich das Gefühl, dass die Geige wie geschaffen dafür ist, von einer Frau gespielt zu werden, obwohl ich natürlich weiß, dass dem nicht so ist. Sie passt so genau unter mein Kinn, ich kann mir nur schwer vorstellen, dass ein Mann das Gleiche erlebt.

»Aber wenn es kompliziert ist, an diese Informationen heranzukommen, dann solltest du nicht allzu viel Zeit darauf verwenden«, sage ich dann zu Peter. »Und noch etwas hat mich neugierig gemacht, zu erfahren, wer sie gespielt hat«, entschlüpft es mir.

»Und was wäre das?«, sagt Peter und verzieht den Mund.

Ich zögere und schaue hinüber zum Fenster. Ich habe diesen Gedanken selbst noch kaum in Worte gefasst, und es ist merkwürdig, ihn mit ihm zu besprechen, obwohl ich Peter inzwischen recht gut kenne, schließlich habe ich schon seit vielen Jahren meine Bögen zum Bespannen bei ihm abgegeben. Ich hatte immer das Gefühl, dass wir auf der gleichen Wellenlänge sind – wir sind immer gut miteinander ausgekommen, seit ich zum ersten Mal über die Schwelle seines Geigenateliers getreten bin.

Allerdings ist das, was ich jetzt im Kopf habe, doch ein wenig anders: die besondere Nähe, die ich manchmal mit dieser Geige erlebe. Das hat doch wohl nichts damit zu tun, wer die Geige bisher gespielt hat? »Ach, ich bin einfach nur neugierig, denn im Lauf der Zeit wurde sie von vielen gespielt. Und weil ich jetzt die Ehre habe«, sage ich und schaue hinüber zu ihm. Das ist doch wohl der Windhauch der Geschichte, den ich gespürt habe – dass die Geige eine Geschichte von mehreren hundert Jahren hat?

* * *

»Na, haben dich die Radiosymphoniker schon angestellt?«, fragt Alessandro, als er mich anruft, ein paar Minuten, bevor ich für das Konzert des Abends auf die Bühne muss.

»Sverkers Stelle ist ja noch nicht einmal auf der Webseite ausgeschrieben«, wende ich sofort ein, während ich den Airpod fester ins Ohr drücke und ein wenig Rouge auflege.

Alessandro lacht leise. »Entschuldige, ich will dir keinen Stress machen. Du kannst jetzt keinen Stress gebrauchen. Du kennst meine Meinung. Die haben Glück, dass du überhaupt mit ihnen spielen willst, und sie wären verrückt, wenn sie dich nicht einstellen würden. Und mit dieser Anstellung in deinem Lebenslauf …«

Ich spüre, wie es in der Schulter schmerzt, als ich den Rougepinsel in die Schminktasche zurücklege, und ziehe langsam den Reißverschluss zu. »Doch, aber die Konkurrenz ist ausgesprochen groß, und wenn ich in nächster Zeit nicht mein Bestes gebe …«

»Aber warum solltest du das nicht tun, Cara?«, unterbricht Alessandro mich sofort. »Du gehst doch immer bestens vorbereitet in alle Proben und Konzerte, nicht wahr? Du hast doch meistens die Lage unter Kontrolle.«

»Ja, schon«, murmele ich, massiere meine Schulter und versuche, langsam zu atmen. Ich habe seit der gestrigen Probe Schmerztabletten genommen, aber sie scheinen überhaupt nicht zu helfen. Die Schmerzen in der Schulter sind eher schlimmer geworden. Deshalb bin ich länger als die anderen im Umkleideraum geblieben. Ich musste allein sein, um mich zu sammeln.

»Nicht aus der Ruhe bringen lassen. Du wirst heute Abend auf der Bühne glänzen, das weiß ich. Lass dich doch nicht von so einem Besserwisser wie diesem Gabriel, von dem du mir geschrieben hast, verunsichern. Denke positiv und glaube an dich. ›Ich kann das, und ich habe die Lage unter Kontrolle.‹ Das musst du denken, bis du zu spielen beginnst«, ermahnt Alessandro mich. »Ich verwende manchmal solche kleinen Mantras, und wenn sonst nichts hilft, dann stellst du dir vor, dass außer dir niemand im Raum ist, wenn du spielst. Ich denke dann an mein Musikzimmer zu Hause in Italien. Ich bin allein im Zimmer, und ich spiele, weil ich es liebe. Niemand hört zu, ich bin ganz allein. Ich werde ganz fest an dich denken. Und du, Mira, ich sehne mich wirklich nach dir.« Die letzten leisen Worte sagt er auf eine Art und Weise, die mein Herz schneller schlagen lässt.

Ich seufze, dann schließe ich die Augen und wiederhole immer wieder für mich selbst: *Ich kann das, und ich habe die Lage unter Kontrolle.*

Dann öffne ich die Augen, wiederhole den Satz und starre in den Spiegel. Einen Moment lang ist es fast so, als sähe ich mich selbst von außen, wie ich dastehe, aufrecht in meinem langen Seidenkleid, mit hochgesteckten Haaren und einem dezenten Make-up. Das verleiht mir ein gewisses Selbstvertrauen. Und auch die Tatsache, dass nicht einmal Alessandro sich seiner Sache immer sicher ist und an seine Fähigkeiten glaubt. Dass er zu kleinen Tricks greifen muss. Aber als ich die Geige nehme, um zur Bühne zu gehen, sticht es in meiner Schulter. Adrenalin durchströmt mich, und wie sehr ich mich auch anstrenge, mich auf die Atmung zu konzentrieren, um die Nerven zu beruhigen, gelingt es mir nicht so recht.

KAPITEL ACHT
Vierzehn Jahre zuvor

Nach meiner letzten Unterrichtsstunde rannte ich los, um den Bus nach Hause zu erwischen, aber er fuhr mir direkt vor der Nase davon. Verdammt noch mal! Aber was sollte ich machen, ich musste wohl oder übel auf den nächsten Bus warten. Wenigstens wärmte die Sonne ein wenig, ich setzte mich auf die Bank im Unterstand, wandte das Gesicht Richtung Südwest und schloss die Augen. Ich war fast eingeschlafen, da wurde es auf einmal kühler, als säße ich im Schatten. Ich schlug die Augen auf und sah William Hammarström, ein Stück weiter weg. Er trat von einem Fuß auf den anderen. »Bist du – eingeschlafen?«

Ich blinzelte ein paar Mal, fuhr mir mit der Hand durch die Haare und spürte den Puls schneller werden. »Nein, ich habe … die Sonne genossen.«

Er nickte langsam, strich seine dunklen, langen Haare aus der Stirn. »Ich habe dich hier sitzen sehen und wollte mich für die Taschentücher bedanken … die du mir gegeben hast.«

Ich zuckte ein wenig mit der einen Schulter und ließ den Blick schweifen. »Ist es dir danach besser gegangen?«, fragte ich, was eigentlich eine ziemlich dumme Frage war, nachdem offenbar etwas sehr viel Schlimmeres passiert war, wenn man bedenkt, wie sein Gesicht jetzt aussah.

»Ja, auf jeden Fall. Du hast doch niemandem gesagt, dass ich …?« Er trat immer noch von einem Fuß auf den anderen, schaute nervös.

Ich schüttelte schnell den Kopf. Wem hätte ich etwas sagen sollen?

Er ließ seine Schultern sinken. »Heute keine Geige dabei?«, konstatierte er und ließ den Blick über die Bank und zu meinen Füßen wandern.

Ich schüttelte erneut den Kopf und wusste nicht, warum ich nicht einfach antwortete.

»Aber du fährst heim, um zu spielen, nehme ich an? Ist das alles, was du so machst?«

»Nicht alles, aber …« Ich stammelte beinahe, und als seine dunklen Augen intensiv auf mir ruhten, wusste ich auf einmal wieder, warum ich letztes Wochenende nicht richtig üben konnte, und ich fühlte mich bloßgestellt. »Ganz gleich, wie viel ich spiele, es wird doch nicht reichen«, sagte ich dann in einem Versuch, mich zu verteidigen. »Ich habe mich zum Herbst an der Musikhochschule beworben, aber der einzige Weg, dort angenommen zu werden, ist eine Aufnahmeprüfung. Oder eigentlich sind es zwei Prüfungen, man muss auch eine theoretische Prüfung ablegen. Aber wenn man das Vorspielen nicht schafft, dann ist es vorbei, es gibt nur sehr wenige Plätze.« Vorgestern hatte ich endlich die Einladung zum Vorspielen bekommen. Der Brief lag im Kasten und wartete auf mich, als ich von meiner Unterrichtsstunde bei Katarina nach Hause kam, wie eine weitere Erinnerung daran, dass ich in Zukunft üben, üben, üben musste. Ich hatte für nichts anderes Zeit, eigentlich hatte ich nicht mal Zeit, in die Schule zu gehen.

William hob die eine Augenbraue ein wenig. »Für die Musikhochschule in Stockholm?«

»Nein, da würde ich niemals angenommen werden. Also, ich

habe das bisher noch nicht als eine Alternative gesehen, obwohl man sagt, es sei die beste Schule, weil ...« Mein Vater schwebte vor meinen Augen vorbei. »Die Musikhochschule in Piteå«, erklärte ich. »Aber ich werde auch da bestimmt nicht angenommen.« Absurderweise fühlte es sich fast wie eine Niederlage ihm gegenüber an, wenn ich jetzt nicht angenommen würde, und als müsste ich mich noch zusätzlich unter Druck setzen, was nicht nötig war. Und ich verstand auch nicht, warum ich das erzählt hatte.

»Pah, ich wette, dass du das schaffst!« Er fasste sich mit der Hand in den Nacken, schaute zu mir herüber. »Klassische Musik ist eigentlich nicht so ... mein Ding. Aber das liegt vielleicht daran, dass mein Vater immer klassische Musik hört, wenn er arbeitet, und auch sonst.« Seine Augen wurden etwas schmaler, und er schaute schweigend vor sich hin.

»Das wirst du also nicht tun, wenn du erst mal deine eigene Arztpraxis hast?«, sagte ich leise. »Klassische Musik spielen?«

»Warum glauben die Leute immer, dass alle Arztkinder auch Arzt werden müssen?«, antwortete er etwas frustriert.

»Aber ist das nicht oft so?«, fragte ich vorsichtig.

»Der Arztberuf ist auf keinen Fall was für mich. Was meinen Vater nicht sonderlich freut«, fügte er hinzu und seufzte. »Aber wenn ich es schaffe, Hockey-Profi zu werden, dann ist er vielleicht zufrieden. Und deine Eltern? Sind sie stolz, dass du Geige spielst? Liegt das musikalische Talent in der Familie?« Er legte den Kopf ein wenig schief und blinzelte mir zu.

»Also, meine Mutter ...« Ich atmete unsicher ein. »Ja, es liegt irgendwie in der Familie«, murmelte ich. »Apropos Hockey, hast du gleich Training?«, brachte ich hervor. »Oder hat man Spielverbot, wenn man ...« Ich nickte zaghaft in Richtung seines blau geschlagenen Gesichts, ich wusste nicht so recht, wie ich den Satz zu Ende bringen sollte.

»Der Trainer hat mich angewiesen, ein paar Trainingseinheiten auszusetzen. Das war eigentlich nicht mein Plan. So kann man sich selbst ein Bein stellen«, seufzte William und ließ sich neben mir auf die Bank sinken. Er war auf einmal so nahe, dass ich die Wärme von seinem Körper spüren konnte. Ich merkte, dass ich mucksmäuschenstill saß und meinen Atem nicht unter Kontrolle bekam. Dann beugte er sich vor und stützte sich mit den Ellenbogen auf die Knie.

Ich dachte über das nach, was er gesagt hatte, und bekam beinahe den Eindruck, dass er in eine Art Schlägerei verwickelt gewesen war. »Warum machst du es dann?«, sagte ich leise, tastend.

Er musste fast lachen, aber dann starrte er mit einem harten Gesichtsausdruck vor sich hin.

»War von deinen Freunden auch jemand beteiligt?«, sagte ich leichthin. »Hattet ihr Ärger mit der gegnerischen Mannschaft, oder was ist passiert?«

Sein Blick verdunkelte sich, dann sagte er: »Nein, ich war allein.«

Ich nickte langsam. »Verstehe. Die anderen trainieren, aber du nicht?«

»Ja, aber es ist keine Katastrophe, wenn ich ein paar Trainingseinheiten auslasse«, verteidigte er sich, richtete sich auf und rutschte ein wenig zur Seite. »Es wäre schlimmer gewesen, wenn es mitten in der Saison passiert wäre. Auch wenn die neue bald beginnt, und da erwartet man noch bessere Leistungen von mir.«

»Gehen deine Eltern zu allen deinen Spielen? Haben sie gesehen, wie du ...?« Ich warf einen Blick auf sein blaues Auge und die Stiche unter der Augenbraue.

William schaute zur Seite. »Zu den meisten Spielen, und mein Vater sitzt im Vorstand des Hockeyvereins von Luleå. Gehen *deine* Eltern zu allen Konzerten, du hast vermutlich einige?« Er starrte mich angespannt an.

Jetzt war es an mir, seinem Blick auszuweichen, und ich fragte mich, warum ich all diese Fragen gestellt hatte. »Nein, nie. Aber es geht nicht darum, dass ...« Ich zog am Riemen meines Rucksacks, den ich neben mich auf die Bank gestellt hatte. »Mein Vater arbeitet viel und zu unregelmäßigen Zeiten. Und wenn er nicht arbeitet, ist der am liebsten zu Hause. Seine Arbeit macht ihn sehr müde. Und *so* viele Konzerte habe ich auch nicht.«

William starrte mich weiter an und rieb sich die Lippe, ich wünschte, mir wäre nicht so bewusst, wie gut er aussah. Es waren keine besonderen Züge, die hervorstachen. Es war alles – die wuscheligen langen Haare, die deutliche Falte in der Unterlippe, die dunklen, intensiven Augen. Und ich hatte mich noch nie so lange in seiner Nähe befunden. Etwas bewegte sich in meiner Brust, und ich konzentrierte mich auf das Unvollkommene, sein Veilchen, dann sagte er: »Habt ihr schon immer dort ... ja, dort draußen gewohnt?«

Ich schaute zu Boden. »Nein, wir sind hingezogen, als ...« Mein Herz schlug schneller, und ich spürte, wie ich feuchte Hände bekam. Das war wirklich das Allerletzte, worüber ich reden wollte. Zu jener Zeit war so viel verloren gegangen.

»Was ist passiert?«, sagte William nach einer Weile.

»Nichts, nichts ist passiert!« Ich hörte selbst, wie abwehrend das klang. *Alles ist passiert*, dachte ich dann, für den Bruchteil einer Sekunde hätte nicht viel gefehlt, und ich hätte die Wahrheit erzählt, dann besann ich mich eines Besseren und murmelte: »Mein Großvater ist gestorben, und mein Vater hat den Hof geerbt. Weil er dort aufgewachsen ist, wollte er ihn nicht verkaufen. Kindheitserinnerungen, du weißt schon.« Ein wenig von dem Gesagten war tatsächlich wahr. Mein Großvater war gestorben und hatte den Hof hinterlassen, und es mag makaber klingen, aber es hätte nicht passender sein können. Mein Vater und ich sind dort hingezogen, weil wir keine Alternative hatten. Mein Vater hätte den Hof gerne verkauft, wenn er gekonnt hätte und wenn der Hof etwas wert gewesen wäre – er und sein Vater hatten keine sehr enge Beziehung gehabt, und ich deshalb auch nicht zu meinem Großvater. Die Male, die wir ihn besucht haben, als ich klein war, die kann man an den Fingern einer Hand abzählen.

»Verstehe, Nostalgie und so«, sagte William. »Du scheinst da nicht sehr gern zu wohnen? Aber wenn du an der Musikhochschule angenommen wirst, ist es ja nicht mehr so lange hin.«

Ich schaute ihn verwirrt an, und er zuckte mit der Schulter. »Ja, dann wirst du doch umziehen?«

»Nein, warum sollte ich?«, sagte ich mit gerunzelter Stirn. »Piteå ist doch so nah, da kann man pendeln.«

William betrachtete mich nachdenklich. »Ist es nicht schöner, mit allen anderen auf dem Campus zu wohnen? Du scheinst dich da, wo ihr jetzt wohnt, nicht so recht wohl zu fühlen …?«, fügte er langsam hinzu.

Mein Herz schlug schneller. »Ich kann nicht allein … Es geht nicht nur um mich …«

»Du willst also deinen Eltern zuliebe wohnen bleiben?«

Ich starrte ihn an, dann sah ich meinen Vater vor mir. Wie er wie ein grauer Schatten umherging, meistens vor dem Fernseher saß, wenn er nicht arbeitete, und manchmal schien er die Lebenslust verloren zu haben. »Nein!«, sagte ich instinktiv. »Ich meine, ich habe noch gar nicht darüber nachgedacht, wegzuziehen.«

»Okay.«

Williams Tonlage hatte etwas, das mich noch weiter in die Verteidigung geraten ließ, und ich sagte plötzlich: »Es ist leicht, außen vor zu sein und zu glauben ... Aber in Wirklichkeit hast du keine Ahnung von mir und unserer Situation.«

Er schaute etwas erstaunt auf, dann blitzte es in seinen Augen. »Und du weißt nichts von mir, und dennoch ist es so verdammt einfach, alles Mögliche anzunehmen!«

Ich starrte ihn perplex an. Dann holte ich tief Luft, wünschte mir, ich könnte ihn bitten, es mir zu erzählen. Aber die ganze Situation, dass er überhaupt hier neben mir saß, war leicht surreal, ich hatte allmählich das Gefühl, mich in ein Netz verstrickt zu haben, aus dem ich mich nicht befreien konnte. Es kam etwas ganz anderes heraus: »Warum ...! Was willst du von mir? Gibt es irgendeinen Plan deinerseits, so viele Informationen wie möglich aus mir herauszuholen, um ... Ja, ich weiß nicht, schlecht über mich zu reden? Wolltest du deshalb jetzt mit mir reden? Oder mir etwas Gutes tun, weil du meinst, ich wäre allein? Das brauche ich nicht. Ich komme gut allein zurecht.« Ich merkte, wie ich zitterte, ich faltete die Hände, um das Zittern zu stoppen, aber es ging nicht.

William schaute mich an, dann spannten sich seine Kiefer an.

Er strich mit einer schnellen Bewegung die Haare aus der Stirn, dann stand er plötzlich von der Bank auf. »Daran zweifle ich keinen Augenblick! Das strahlst du wahrlich aus. Mein Gott, bist du immer so paranoid? Glaubst du immer, dass alle dir etwas Böses wollen? Ich wollte mich eigentlich nur … bedanken. Aber ehrlich gesagt, habe ich schon lange gedacht …« Er schaute mich ein paar Sekunden lang schweigend an, dann wandte er den Blick ab. »Ich fand dich irgendwie okay. Hatte das Gefühl, du machst dein Ding, ohne dich darum zu kümmern, was andere dachten. Aber da habe ich mich offenbar geirrt. Du hast mir deutlich zu verstehen gegeben, dass du in Ruhe gelassen werden willst, also lasse ich dich in Ruhe.« Er hob die Hände, stand auf und trat ein paar Schritte zurück.

Mein Mund war ganz trocken. *Wie, strahle ich das wirklich aus?*, dachte ich. Im nächsten Moment war ich fast sicher, dass *ich* mich in ihm geirrt hatte. Aber in seiner ganzen Wut war etwas Verletzliches, das mich verwunderte. Oder bildete ich mir das ein? Aber da war etwas, das … Sein Blick hatte eine Schwere, die etwas in mir berührte. Ich strich mit einer Hand übers Gesicht und wollte etwas sagen, aber das unsichere Mädchen in mir bekam keinen Ton heraus. Ich hatte mich tüchtig danebenbenommen. Die Worte waren nur so aus mir herausgeströmt, obwohl ich es überhaupt nicht wollte. Ich konnte wirklich nicht daran denken, was er nun von mir hielt.

KAPITEL NEUN
Heute

Ich habe alles unter Kontrolle ...

Es tut so weh, denke ich kurz darauf, es flimmert vor den Augen, ich setze mich neben Gabriel und warte darauf, dass der Oboist den Ton zum Stimmen gibt und Bryan Lowe auf die Bühne kommt. Mein Blick schweift über das Publikum, dann lasse ich meine Schultern kreisen, versuche, mich zu entspannen. Plötzlich erstarre ich, merke, wie mein Blick zurück zum Meer der Zuschauer wandern will und sich auf einen Punkt oder vielmehr auf eine Person in einer der vorderen Reihen fokussiert. Ein Schauer geht durch mich hindurch, ich frage mich, ob ich mir das nur einbilde. Mein Herz schlägt heftig, bis ich schließlich den Blick abwende.

Kann wirklich er es sein? Warum ist er hier, an diesem Ort? Es scheint fast unmöglich. Doch als ich wieder zu derselben Stelle hinüberschaue, kann ich mir nicht länger einreden, dass er es nicht ist, obwohl so viele Jahre vergangen sind, seit ich ihn zuletzt gesehen habe. Schlagartig beginnt mein Kopf vor lauter Gedanken zu schwirren. Was macht er jetzt? Wohnt er in Stockholm? Ist er in einer Beziehung, verheiratet? Ich werfe einen Blick auf die Frau, die neben ihm sitzt. Sie legt ihre Hand auf seinem Arm und flüstert ihm etwas ins Ohr, sie scheinen eindeutig auf eine vertraute Weise miteinander verbunden zu sein. Ich sollte wirklich wegsehen, aber ich *kann* nicht. Er sieht anders aus, was nicht verwunderlich ist, wenn man bedenkt, wie jung wir damals waren. Seine Gesichtszüge sind schärfer als in meiner Erinnerung, aber sein Haar ist mindestens genauso lang wie damals.

Dann müssen wir die Instrumente stimmen, und ich werde in die Realität zurückgezogen, ins Hier und Jetzt. Nur wenige Augenblicke später beginnen wir zu spielen.

Schmerz, Schmerz, Schmerz, donnert es in meinem Kopf, obwohl ich alles versuche, um die negativen Gedanken zu unterdrücken und sie durch positive zu ersetzen. Mein rechter Arm und die Finger meiner linken Hand arbeiten weiter, aber es ist, als hätte ich keine wirkliche Kontrolle über sie. Der Schmerz in der Schulter wird immer schlimmer, und es fühlt sich an, als wäre auch mein Bogenarm betroffen und irgendwie ... erschöpft. Panik breitet sich in mir aus.

Tief atmen, Mira, rede ich mir selbst ein. *Du schaffst das. Versuche, den Augenblick und dein wunderbares Instrument zu genießen.*

Die Harmonie im Spiel ist wie weggeblasen, und als nur noch ein paar Takte des ersten Stücks zu spielen sind, passiert das, was absolut nicht passieren darf. Ich weiß nicht, wie, aber während der allerletzten Töne verliere ich den Griff um den Bogen. Wie in Zeitlupe gleitet er mir aus der Hand, ohne dass ich etwas tun kann. Ich starre wie versteinert auf den Bogen, er liegt einige Meter entfernt von mir auf dem Bühnenboden, einige Orchestermitglieder halten den Atem an. Daniela sitzt nur ein paar Meter von mir entfernt, sie schaut mich erschrocken an, dann nimmt sie ihre Geige herunter, hebt meinen Bogen auf, gibt ihn mir, kurz bevor wir das nächste Stück spielen, ich scheine auf meinem Stuhl festgefroren zu sein. Ich murmle ein Danke, aber meine Wangen glühen vor Demütigung, ich wünschte, der Bühnenboden hätte ein Loch, in dem ich verschwinden könnte. Und das Wissen, dass *er* im Publikum ist, macht alles noch schlimmer. Es ist ein Wunder, dass es mir irgendwie gelingt, mich zusammenzunehmen und den Rest des Konzerts zu spielen.

Das Publikum applaudiert, wir stehen auf, ich danke höheren Mächten, dass ich es geschafft habe, das Konzert ohne weitere Fehler zu Ende zu spielen. Ich weiß nicht, wo ich hinschauen soll und will nur so schnell wie möglich von der Bühne. Gabriels Blick brennt in meiner Seite.

»Wie geht es dir, Mira?«, fragt Daniela lautlos und besorgt.

»Gut«, flüstere ich und zeige mit dem Daumen nach oben.

Sie scheint noch etwas sagen zu wollen. Aber dann überlegt sie es sich anders und nickt mir mit einem kleinen Lächeln zu. Ich will mich nur noch verstecken. Ich habe noch nie bei einem Konzert meinen Bogen fallen lassen, und ich habe auch noch nie erlebt, dass dies jemand anderem passiert wäre. So etwas *darf* einfach nicht passieren.

Das Publikum ist aufgestanden und geht zum Ausgang. Ich sammle die Noten zusammen und hoffe, dass *er* mich nicht gesehen hat. Dennoch kann ich es nicht lassen und schaue schließlich hinunter ins Publikum, ich sehe ihn und diese Frau auf dem Weg zum Ausgang. Die Härchen auf meinen Armen sträuben sich, ich kann kaum Luft holen und folge ihm mit dem Blick. Ich bemerke, dass er hinkt, das eine Bein ein wenig nachzieht, ein Flashback katapultiert mich zurück zu dem Moment, als wir uns das letzte Mal gesehen haben. Alle Gefühle, die ich zu verdrängen versucht habe, kommen hervor, als ich mich an das erinnere, was passiert ist, wie alles endete. In einer totalen Katastrophe.

* * *

Am nächsten Tag bin ich in einem Untersuchungsraum der *Musikerpraxis*, einer medizinischen Einrichtung, die sich auf Verletzungen spezialisiert hat, die Musiker erleiden können. Die Ärztin untersucht mich, und ich beobachte sie etwas genauer. Auf ihrem Namensschild steht Elin. Schon als ich den Raum betrat, erschrak ich ... ja, ich bin mir ziemlich sicher, dass es die Frau war, die ich gestern beim Konzert zusammen mit ... *ihm* gesehen habe. Es sollte eigentlich keine Rolle spielen, aber es berührt mich doch ein wenig unangenehm. Nachdem sie mich untersucht hat, schaut sie mich ein wenig zweifelnd an. Schließlich sagt sie: »Du spielst ja im Symphonieorchester des schwedischen Radios und hast im Moment ein sehr intensives Programm, aber bis zu einem ausgedehnten Sommerurlaub ist es ja nicht mehr lang. Oder irre ich mich?« Sie setzt sich an den Schreibtisch, weckt ihren Computer und schaut mich an.

Ich ziehe meine Bluse an und stecke sie in den Hosenbund. »Nein, ich bin nur vertretungsweise im Orchester, ansonsten bin ich freischaffend. Die Radiosymphoniker machen zwar eine längere Sommerpause, aber ich spiele den ganzen Sommer über, in anderen Ensembles. Das machen übrigens auch Musiker, die eine feste Stelle haben«, füge ich hinzu und denke an Daniela. »Die Pause wird sonst zu lang, während des Sommers passiert so viel überall im Land, jede Menge Festivals und Konzerte.«

Elin lächelt freundlich und bedeutet mir mit einer Geste, mich auf den Stuhl vor dem Schreibtisch zu setzen. »Ich verstehe, allerdings wäre eine längere Sommerpause genau das, was du brauchen würdest.«

Meine Anspannung steigt. »Schon, aber ich möchte wirklich gerne spielen«, betone ich. »Ich muss auch spielen, damit ich ...« *weiterhin Angebote bekomme*, denke ich im Stillen. Ich muss mich ständig auf dem Laufenden halten und zeigen, was ich kann.

»Ist nicht einfach, freischaffend zu sein?«, fragt sie vorsichtig und tippt etwas in die Tastatur.

Ich rutsche unruhig auf dem Stuhl herum. »Als angestellter Musiker hat man eine andere Art von Sicherheit. Es hat einen hohen Stellenwert, den Schwedischen Radiosymphonikern oder den Königlichen Philharmonikern anzugehören oder in der Oper zu spielen. Diese Orchester haben international einen guten Ruf, und deshalb gelingt es ihnen, viele anerkannte Dirigenten und Solisten zu engagieren.«

»Wäre das auch dein Ziel?«, fragt Elin und schaut mich an.

Mir wird heiß im Gesicht. »Ja, ich hätte sehr gerne eine feste Stelle bei den Radiosymphonikern, und im Herbst wird sich eine Gelegenheit bieten, was ausgesprochen selten vorkommt.«

Sie nickt und lächelt. »Und du hast lange für so eine Chance gekämpft, nehme ich an? Die meisten Musiker fangen früh an. Ungefähr wie Spitzensportler. Ich habe bis vor kurzem in einer Sportklinik gearbeitet«, fügt sie beiläufig hinzu. »Es erfordert viele Stunden Übung, um so weit zu kommen – aber das weißt du natürlich.«

Einen Moment lang ist es, als ob all die Stunden, Minuten und Sekunden des Übens an mir vorbeiziehen und mich fast in den Stuhl drücken. »Ja, ich habe schon mit vier Jahren angefangen zu spielen. Und wie kam es, dass du dich für diese Welt entschieden hast?« Ich schaue sie neugierig an, dann denke ich, dass ich das vielleicht nicht hätte fragen sollen. »Aber es ist wahrscheinlich nicht so viel anders, mit Musikern zu arbeiten als mit Sportlern«, murmele ich.

Sie lächelt. »Nein, ich sehe hier ähnliche Überlastungsverletzungen. Ich habe mich sehr lange in der Welt des Sports bewegt, schon bevor ich Ärztin wurde. Ich habe ein paar Jahre im Ausland gelebt, und mein Leben hat sich um den Sport gedreht, es war also Zeit für etwas Neues. Ich war übrigens gestern Abend in eurem Konzert in der Berwaldhalle, um einen Einblick zu bekommen.«

Unsere Blicke treffen sich, ich lächle leicht, spüre, wie mein Herz schneller schlägt, und schaue zu Boden.

»Aber zurück zu dir, du hast gesagt, dass du schon mit vier Jahren angefangen hast, Geige zu spielen, und jetzt bist du …« Sie schaut auf ihren Bildschirm, » … dreiunddreißig. Es ist also eigentlich kein Wunder, dass du … obwohl«, murmelt sie wie zu sich selbst und runzelt die Stirn. »Ich frage mich nur eins: Warum bist du nicht schon früher gekommen? Viele Musiker kommen her, sobald sie Probleme haben, dann sind die Aussichten, dass wir ihnen helfen können, viel größer.«

Ich erstarre und rufe dann aus: »Ist es so ernst mit mir, dass ich nicht einmal …?« Mir bleiben die Worte im Hals stecken«. »Wie gesagt, ich spüre meine Schulter schon seit einer ganzen Weile, aber bisher hat es gereicht, dass ich Schmerztabletten genommen habe. Aber jetzt ist es schlimmer geworden, und beim Konzert gestern …« Ich schließe einen Moment lang die Augen, will nicht daran denken, aber schließlich hat dieses Ereignis mich dazu veranlasst, heute Morgen direkt bei der Musikerpraxis anzurufen, und ich habe auch sofort einen Termin bei der

Ärztin bekommen. »Ich hatte es nicht als Problem wahrgenommen, bis es plötzlich zum Riesenproblem wurde«, murmele ich. Vielleicht sollte ich auch zugeben, dass ich im Konzert meinen Bogen habe fallen lassen, sofern sie das nicht sowieso schon mitbekommen hat?

Elin nickt mit einem neutralen Gesichtsausdruck. »Wenn man gewohnt ist, sich unter Druck zu setzen«, fügt sie hinzu. »Meine Aufgabe ist es, die Voraussetzungen zu schaffen, dass diejenigen, die zu uns kommen, weiterspielen können.«

»Ja, natürlich muss ich weiterspielen. Oder was meinst du?«, frage ich leise. »Nur weil ich Schmerzen habe, kann ich doch nicht aufhören zu spielen und zu arbeiten. Als Nächstes kommt das Abschlusskonzert mit den Radiosymphonikern, und den Sommer über habe ich ein volles Programm mit Auftritten. Und im Herbst …« Verzweiflung steigt in mir hoch, mir bleibt einen Moment lang die Luft weg, wenn ich an das Jubiläumskonzert denke und an die Stelle in der ersten Geige, die frei wird. Und bei der Erinnerung an das, was gestern Abend im Konzert passiert ist, habe ich das Gefühl, in keiner guten Position zu sein und mich beweisen zu müssen, obwohl ich mich bisher schon viele Male bewiesen habe. »Ich muss wirklich spielen können«, füge ich hinzu.

»Solche Verletzungen treten leider selten dann auf, wenn es passen würde«, bemerkt Elin vorsichtig. »Aber es sieht aus, als könntest du ohne Pausieren davonkommen. Wir sollten allerdings langfristig denken. Du hast hoffentlich noch viele Jahre als professionelle Musikerin vor dir. Wenn du allerdings nicht auf die Signale des Körpers hörst, dann kann die Entzündung, die du jetzt hast, erheblich schlimmer werden. Es können sich

Ablagerungen in der Schulter bilden, die im schlimmsten Fall zu chronischen Beschwerden führen.« Sie schaut mich ernst an. »Aber so weit muss es wirklich nicht kommen«, sagt sie und lächelt beschwichtigend, als wäre ihr bewusst geworden, dass es vielleicht keine gute Taktik war, mich so zu erschrecken. »Ich verschreibe dir ein Medikament, das die Entzündung bekämpft und die Schmerzen lindert. Du solltest dich von einem unserer Physiotherapeuten behandeln lassen und auch zu Hause bestimmte Übungen machen. Wenn du das alles verfolgst und in Zukunft auf deinen Körper hörst, wird es schon gut gehen. Wir werden das hinbekommen.« Sie schaut mich aufmunternd an, aber ich kann keine rechte Begeisterung aufbringen.

Wir werden das hinbekommen ... Das klingt in meinen Ohren nicht sehr beruhigend. Warum bin ich nicht schon früher hierhergegangen? Ich habe mir eben die ganze Zeit eingeredet, das mit der Schulter sei nicht so schlimm, habe gedacht, vielleicht bilde ich mir das mit den Schmerzen nur ein und stelle mich an. Wenn ich ihre Anweisungen haargenau befolge, dann wird es doch besser werden? Es gibt keine wirkliche Alternative. Und falls ich Ruhe brauche ... Nein, ich kann nicht einmal daran denken, was das bedeuten würde. Und was Elin über das Risiko von chronischen Beschwerden gesagt hat, bringt mich unglaublich ins Schwitzen.

So weit muss es wirklich nicht kommen, versuche ich mir einzureden. Es *darf* einfach nicht so weit kommen. Aber die Sorge, die Angst lässt mich nicht los.

KAPITEL ZEHN
Vierzehn Jahre zuvor

»Katarina, findest du, dass ich abweisend ...? Oder, ich meine, vermittele ich irgendwie den Eindruck, dass niemand ...?« *Mir nahekommen soll*, dachte ich, holte meinen Bogen aus dem Geigenkasten und kolophonierte ihn. Aber eigentlich wusste ich die Antwort auf meine Frage bereits.

Katarina schob ihre Brille auf die Stirn, eine Falte bildete sich zwischen ihren Augenbrauen. »Warum fragst du? Ist etwas passiert?«

William Hammarström flimmerte vor meinen Augen vorbei, dann schüttelte ich den Kopf. »Nein, nichts Besonderes.«

»Ich vermute, du strahlst aus, dass dein Fokus voll und ganz auf dem Geigespielen liegt«, sagte Katarina sachlich. »Apropos, wie ging es am Wochenende mit dem Üben? Hattest du genug Ruhe?«

»Unbedingt!«, sagte ich, denn ich hatte mich am Wochenende wirklich bemüht, alles andere beiseitezuschieben. »Es ist nur so, das Geigespielen ist fast das Einzige, was ich habe, und zwar schon ziemlich lange.«

Katarina betrachtete mich nachdenklich. »Ja, ich weiß, aber ich habe gedacht, das ist dir recht so? Oder warum denkst du darüber nach, ausgerechnet jetzt, wo du in einem Monat für die Aufnahme an der Musikhochschule vorspielen wirst? Hast du es dir anders überlegt?«

Genau heute in einem Monat, dachte ich und sagte dann: »Nein, überhaupt nicht! Ich will unbedingt angenommen werden. Es ist nur so, manchmal fehlt mir …« Ich schwieg, stellte meine Noten auf den Notenständer und holte meine Geige heraus, aber dann musste ich an Johanna denken. Die war meine beste Freundin im Kindergarten und auch in der Grundschule. Bis sie es eines Tages nicht mehr war. Ich weiß immer noch nicht, ob ich sie zurückgestoßen habe, oder ob sie von mir Abstand genommen hat. Weil ich, meine Situation zu Hause zu eigenartig war und sie Angst hatte, abgelehnt zu werden, wenn sie mit mir zusammen war. Aber ich habe verstanden, warum sie nicht für unsere Freundschaft kämpfte.

Als ich dann umzog und in eine andere Schule kam, habe ich nicht einmal versucht, neue Freunde zu finden. Die Angst, nicht akzeptiert zu werden, die falsche Art von Aufmerksamkeit zu bekommen, ließ es einfacher erscheinen, sich von Anfang an abseits zu halten. Ich konnte ja auch niemanden mit nach Hause nehmen.

»Du hast doch immer mich, Mira«, sagte Katarina im nächsten Moment, als würde sie ahnen, was ich dachte. »Und wenn man so zielstrebig ist wie du, dann gibt es nicht viel Platz für anderes im Leben. Du bist so begabt, das hat deine Mutter schon früh erkannt, und dass ich dich dann unterrichten durfte, obwohl wir beide uns wünschen, es wäre deine Mutter gewesen …« Katarinas Augen glänzten, sie drehte sich weg. »Meine Güte, jetzt werde ich sentimental. Aber ich kann es fast nicht glauben, dass ich dir bald keine Stunden mehr geben werde. Dass du im Herbst nicht mehr da sein wirst.«

Ich konnte das auch nicht so recht verstehen und hatte Schwierigkeiten, zu schlucken. »Nein, ich weiß. Ich freue mich zwar, dass die Schule bald vorbei ist, aber ich möchte dich nicht verlieren.« Katarina war im Lauf der Jahre eine sehr wichtige Person in meinem Leben geworden. Es gab Momente, als ich noch kleiner war, wenn mein Vater gearbeitet hat und weg war, und ich das Gefühl hatte, ganz allein auf der Welt zu sein, da konnte ich Katarina kontaktieren. Was ich dann manchmal hinterher bereut habe. Mein Vater ist dann in noch schlechterem Licht erschienen, aber es war ja nicht seine Schuld, dass er arbeiten musste. Und er hatte seine Arbeit behalten können, zu jener Zeit, als unser ganzes Leben kurz davor war, umzukippen, aber das war wohl auch nicht ganz sein Verdienst. Ich möchte gar nicht daran denken, wie es hätte laufen können.

»Wir werden Kontakt halten, ganz bestimmt!« Katarina hatte sich mir wieder zugewandt. »Ich möchte doch wissen, wie es weitergeht mit dir. Wenn du ...« Sie hielt in letzter Sekunde inne, als wolle sie nichts beschwören oder mich stressen. Aber ich wusste, was sie sagen wollte, und spürte sofort, wie der Stress mir in den Nacken kroch. *Wenn du angenommen wirst, auf der Musikhochschule angenommen wirst.*

Ich versuchte zu lächeln, aber mir war auf einmal sehr ernst zumute. Ich musste in nächster Zeit so viel üben, so viele Sätze mussten sitzen. Ich suchte den Namen meiner Mutter, der auf der Geige eingeritzt war, dann legte ich sie unter dem Kinn zurecht und spielte den ersten Satz in Mozarts Violinkonzert Nummer fünf in A-Dur. Erst ein wenig zögerlich, mithilfe der Noten und dem Muskelgedächtnis. Ich sah dann meine Mutter vor mir, wie sie mich anlächelt, mich ermuntert, wie sie es immer getan hat. Ich konzentrierte mich auf die schnellen, kurzen Töne, die den Raum erfüllten, auf die Atmung während der langsameren Passagen, bis das Tempo sich wieder steigerte. Als ich fertig gespielt hatte, fast ohne einen falschen Ton, sah ich, dass Katarina beinahe anfing zu weinen, das Gesicht meiner Mutter, für die ich in den letzten Minuten gespielt hatte, verblich.

* * *

Nach der Geigenstunde war ich richtig aufgekratzt und auch erleichtert, dass das viele Üben am Wochenende sich gelohnt hatte, obwohl ich fast meine ganze Mühe darauf verwendet hatte, Mozarts 5. Violinkonzert zu spielen, und kaum andere Stücke geübt hatte. *Aber eins nach dem andern*, dachte ich, denn das hatte Katarina auch gesagt. Sie glaubte so sehr an mich, und auch wenn wir uns gut kannten und ihre Unterrichtsstunden sehr anspruchsvoll waren, war es immer noch erniedrigend für mich, bei ihr falsch zu spielen – ich wollte sie vor allem nicht enttäuschen. Als ich das Klassenzimmer verließ, in dem ich Geigenstunde gehabt hatte, wurde mir klar, wie gerne ich auf der Musikhochschule angenommen werden würde. Ich hatte mir das bisher auch vor mir selbst nicht so recht eingestehen können. Aber jetzt war es wichtiger als alles andere. Und jetzt kam es darauf an, wie Katarina bemerkt hatte. Jetzt hatte wirklich nichts anderes Platz in meinem Leben. Wozu wäre das alles sonst gut gewesen? All die Zeit, die ich bisher dem Geigenüben geopfert hatte. Oder was heißt Opfer … Das Geigenspiel war das reine Überleben für mich gewesen. Das hatte ich offenbar in letzter Zeit ein wenig vergessen.

Ich wollte gerade um die Ecke im Flur biegen, als ich Stimmen hörte und ein wohlbekannter Name fiel, und ich blieb stehen.

»Ich möchte bloß wissen, was da verdammt noch mal passiert ist, mit Wille. Und es ist ja nicht das erste Mal.«

»Ich weiß, und er will ja auch nicht petzen«, sagte der andere Junge. »Wie sollen wir ihm da helfen?«

»Und er hat ja gesagt, wir sollen uns nicht einmischen ...«

»Sollen wir es einfach laufen lassen?«, sagte der Junge, der frustrierter zu sein schien als die anderen. »Wir sollten vielleicht die Polizei einschalten?«

»Das können wir auf keinen Fall machen, das kapierst du doch?« Sein Freund klang ärgerlich. »Erstens wissen wir eigentlich nichts, und das würde ja auch nicht bedeuten, Wille zu unterstützen, oder?«

»Fuck!«

Ein lauter Knall, als würde jemand mit der Hand in einen Schrank schlagen, ließ mich zusammenzucken. Danach hörte ich schnelle Schritte und trat instinktiv in den Flur zurück, bis ich hörte, dass die Schritte schwächer wurden. Die Eingangstür der Schule wurde zugeschlagen. Das Gespräch von Williams Freunden hallte in meinen Ohren nach. War William wieder in eine Schlägerei verwickelt gewesen? Ich hatte ihn seit dem Wochenende nicht gesehen, und aus der Unterhaltung, die ich gerade gehört hatte, konnte man das fast schließen, und vielleicht war das der Grund, warum er sich fernhielt. Letzten Freitag, am Tag nach unserem Gespräch an der Bushaltestelle, das so ... schlecht geendet hatte, sah ich ihn im Flur. Wir waren uns aber nicht begegnet. Immer wenn ich an meinem Spind war, sah ich ihn dort nicht. Darüber war ich froh, aber auch frustriert. In der Nacht zum Freitag hatte ich fast nicht geschlafen, ich hatte immer wieder über unser Gespräch nachgedacht. Ich wusste nicht so recht, warum ich so defensiv ihm gegenüber war, und es war mir immer noch peinlich, wie ich reagiert hatte. Ich hatte ihm freiwillig Dinge erzählt, und ihn dann dafür beschuldigt.

Danach hatte ich versucht, unser Gespräch aus meinem Gedächtnis zu tilgen. Jedes Mal, wenn er versucht hat, während des Wochenendes in meine Gedanken einzudringen, hatte ich ein lautes und deutliches *Nein, stopp!* gedacht.

Aber jetzt konnte ich die Gedanken an ihn natürlich nicht mehr verdrängen, ich machte mir Sorgen, fragte mich ...

Er hatte nicht abgestritten, dass er sich geprügelt hatte, als ich ihn letzte Woche damit konfrontiert hatte, er schien sich auch darüber zu ärgern und sprach davon, sich selbst ein Bein zu stellen. Das könnte natürlich auch reine Selbstverteidigung sein. Irgendwie bekam ich das alles nicht zusammen. Es schien ja mit dem Hockeyspielen zu tun zu haben, wieso wussten seine Freunde nicht mehr? Außerdem sollte so etwas ... doch irgendwie bearbeitet werden. Und nicht nur, indem der Trainer William von einigen Trainingseinheiten ausschloss. Vielleicht ging es auch um etwas ganz anderes, jenseits der Kontrolle des Trainers ... Es ist vielleicht außerhalb der Eisbahn passiert? Und William wollte es allein regeln und seine Freunde außen vor halten. Weil es so schlimm war? Hatte deshalb einer von ihnen das mit der Polizei gesagt?

Ich war tief besorgt und bekam Gänsehaut auf den Armen. Hatte William nicht auch etwas angedeutet, dass er unschuldig sei? Ich hatte das zumindest so verstanden, als er sagte, ich hätte in Wirklichkeit keine Ahnung.

Und ich hatte ja keine Ahnung. Alles, was ich gerade gedacht hatte, war reine Spekulation. Ich versuchte so, die Gedanken zu vertreiben, und das Letzte, was ich jetzt in meinem Leben brauchte, waren Störungen. Aber ich musste immer wieder daran denken, an William Hammarström, und da war noch etwas, was mir eben gerade einfiel. Dass er nie richtig lächelte. Auf jeden Fall nicht mit den Augen.

KAPITEL ELF
Heute

Ich hatte gerade den Behandlungsraum des Physiotherapeuten bei der Musikerpraxis verlassen, als ich bis in die Knochen erschrecke. William Hammarström sitzt auf einem Stuhl in dem ansonsten leeren Wartezimmer und starrt auf sein Handy. In Panik blicke ich auf die Tür, die ins Treppenhaus und zu den Aufzügen führt, da schaut er hoch. Er sperrt die Augen auf. Ich schaue zu Boden und vergesse, wie man atmet.

»Mira?«

Ich schaue langsam wieder hoch und huste fast, als ich antworte. »Ja.«

»Verdammt. Was in aller ...? Was machst du hier?«, sagt er und schaut mich immer noch an, als wäre ich ein Gespenst und würde in der Luft schweben, dann schaut er auf die Tür hinter mir.

»Ich habe Probleme mit der einen Schulter und war gerade beim Physiotherapeuten. Du hast es vielleicht gehört, von ...« Ich mache den Mund zu, frage mich, ob das jetzt so weitergeht? Dass ich ihm begegne, nur weil ich mich in der Musikerpraxis behandeln lasse und seine Partnerin offenbar hier arbeitet. »Aber es ist nicht sehr schlimm«, sage ich im nächsten Moment. »Ich komme hauptsächlich vorbeugend her.« Drücke meine Handtasche an mich und weiß nicht, warum ich nicht die Wahrheit sage.

»Arbeitest du denn mit ...?« Er macht eine Geste, und ein Duft von etwas, das ich nicht kenne, erreicht mich. Auch der Bart an Kinn und Wangen ist neu. »Bist du Musikerin, bist du jetzt Geigerin?«

Ich zögere, dann nicke ich, und ich sollte dankbar sein, dass er nicht bemerkt hatte, wer vorgestern Abend auf der Bühne den Bogen fallen ließ. Oder er ist einfach sehr gut darin, es sich nicht anmerken zu lassen. Genau wie auch Elin keine Miene verzog, als ich ihr erzählte, wie meine Probleme plötzlich während des Konzerts schlimmer wurden, als ich sie gestern für eine ärztliche Beratung aufgesucht hatte.

Ein aufgeladenes Schweigen senkt sich über uns. Tausend Fragen fliegen durch meinen Kopf, aber ich bekomme kein Wort heraus. Schließlich sagt er: »Wie toll, ich bin allerdings nicht wirklich überrascht.«

»Ich arbeite nur freischaffend, habe allerdings eine längerfristige Vertretung in einem ... großen Orchester«, sage ich. Dann verstehe ich, was er eigentlich gesagt hat und ich hebe mein Kinn ein wenig. »Das sollte dich übrigens ...« *erstaunen,* denke ich. In Anbetracht dessen, wie es endete, und die Monate davor, die so im Nachhinein gesehen nur eine lange Wegstrecke auf die unvermeidliche Bruchlandung hin gewesen waren. Das waren sie doch, oder?

Nicht dass es sein Fehler gewesen wäre, als ich mich damals selbst verloren habe. Es war mein Fehler, weil ... Plötzlich ist es, als würde ich mich im freien Fall befinden, und ich drücke meine Tasche noch fester an mich.

Wieder herrscht eine peinliche Stille, und ich habe das Gefühl, ich werde von ihr erstickt, von meinen Gedanken. Ich räuspere mich vernehmbar. »Du wohnst also jetzt in Stockholm?«

Er schaut mich ein paar Sekunden lang unablässig an, mir fällt auf, dass die Melancholie in seinen Augen immer noch vorhanden ist. »Ja, seit ein paar Jahren.«

»Und deine Eltern, wohnen sie noch in ...?«

Seine Kiefermuskeln bewegen sich, es kommt mir bekannt vor. Warum habe ich das gefragt?

»Ja, sie wohnen noch in Luleå.«

Ich nicke und bewege mich langsam Richtung Ausgang. »Ich muss ... gehen«, bekomme ich heraus. »Ich habe heute Abend ein Konzert, und ich ... Das ist mir gerade zu viel.« Ich mache eine rasche Handbewegung zwischen ihm und mir, ich weiß selbst nicht, was sie bedeuten soll. Die Begegnung hier und jetzt? Ihn überhaupt wiederzusehen? Die vielen Erinnerungen, die mich überschwemmen?

»Bis dann«, sage ich, drehe mich auf dem Absatz um und verlasse die Praxis.

Ich drücke hektisch auf den Aufzugsknopf. Ich habe plötzlich das Gefühl, als hätte mich jemand in die Brust gestochen, und ich sei am Verbluten, und ich weiß nicht einmal, warum ich so stark reagiere. Bevor ich ihn im Publikum sah, hatte ich seit sehr langer Zeit nicht einmal an ihn gedacht. Aber jetzt ist auf einmal alles wieder da. Die Zeit danach, als ich einfach nur einschlafen wollte, um dann aufzuwachen und festzustellen, dass alles nur ein böser Traum war. Als die Gedanken sich im Kreis drehten und jeder Ausweg schwarz war. Der Schmerz, der nie aufhörte, sich nur in der Stärke veränderte.

* * *

Daniela lässt den Cava, den wir bestellt haben, im Glas rotieren und schaut mich an. »Meinst du wirklich, dass es okay ist, wenn du Schampus trinkst, obwohl ... Ja, es hatte den Anschein, dass es dir gegen Ende nicht richtig gut ging? Aber es lief ja prima beim heutigen Konzert«, fügt sie hinzu und nippt an ihrem Glas. »Und was da im Konzert passiert ist, das kann jedem passieren. Ich habe mir nur Sorgen gemacht, dass du vielleicht nicht genug isst oder schläfst oder so ...«

Was neulich im Konzert passiert ist, das passiert nicht jedem, das weiß sie so gut wie ich. Und ich weiß auch, sie sagt das nur, damit es mir besser geht. Es ist absurd, dass sie denkt, ich würde vielleicht nicht genug essen oder schlafen, wenn der Grund für meine Fehler ein ganz anderer ist. Allerdings habe ich selbst etwas von Blutzuckerabfall gesagt, da ist es vielleicht nicht so merkwürdig, wenn sie diesen Schluss zieht. Ich wollte gerade erzählen, was mir fehlt, halte jedoch inne. Es ist nicht so, als würde ich Daniela nicht vertrauen, aber sie könnte unabsichtlich jemand anderem aus dem Orchester etwas sagen ... Das wäre im Moment ungünstig. Es ist schon besser, wenn ich die Beschwerden mit meiner Schulter für mich behalte. Besonders jetzt, wo ich behandelt werde.

Dennoch bin ich unruhig. Die Tabletten, die Elin mir verschrieben hat, scheinen zu wirken, die Schmerzen haben ein wenig abgenommen, und ich habe das Konzert heute Abend ordentlich gespielt, obwohl ich immer noch Angst hatte, als ich heute Nachmittag in die Berwaldhalle kam, nachdem ich William in der Musikerpraxis getroffen hatte. Die ganze Situation war irgendwie surreal. Ausgerechnet jetzt, wo alles, wonach ich gestrebt habe, in Reichweite ist, da ... Mir wird schwindlig im Kopf, und ich muss schlucken.

»Du, was ist los?«, sagt Daniela und legt eine Hand auf meinen Arm.

Ich schüttle den Kopf. »Nichts, ich esse genug, aber ich habe in letzter Zeit immer mal wieder schlecht geschlafen, genau wie du sagst. Aber es geht mir schon besser!«, versichere ich rasch.

»Zu lange nächtliche Gespräche mit Alessandro?«, sagt sie und lächelt.

»Nein, ich habe tatsächlich geübt!«, antworte ich ein wenig barsch.

Ihr Lächeln erlischt. »Okay, okay. Ich verstehe, du bist unter Druck. Soweit ich gehört habe, ist jetzt allgemein bekannt, dass Sverker im Herbst in Rente geht, und es scheint viele zu geben, die sich für seinen Posten interessieren.«

»Das ist doch klar, diese Art von Stellen werden doch fast nie ausgeschrieben«, murmele ich.

Daniela drückt meinen Arm, als habe sie gemerkt, dass dies kein gutes Thema ist. »Konzentriere dich auf deine Vertretung und die Konzerte im Sommer, es wird sich schon irgendwie lösen.«

»Ja, obwohl …« Ich beiße mir in die Lippe, spüre, wie die Unruhe in mir nagt, und wieder hätte nicht viel gefehlt und ich hätte ihr von meinen Problemen mit der Schulter erzählt. Daniela und ich haben uns bei einem Konzert vor ein paar Jahren kennengelernt, und obwohl sie sehr viel über mich nicht weiß, müsste ich ihr so etwas erzählen können. Aber in Anbetracht dessen, was sie gerade gesagt hat, ist es noch schwieriger. »Ich hoffe, du hast recht«, sage ich stattdessen und trinke einen Schluck Cava. »Was hast du für Pläne fürs Wochenende?«, frage ich dann, um das Gesprächsthema zu wechseln. Ich habe außerdem das Gefühl, unsere Gespräche haben sich in letzter Zeit immer um mich gedreht. »Es ist eine Weile her, dass wir ein konzertfreies Wochenende hatten.«

Daniela löst ihren Knoten und schüttelt ihre dunkelblonden Haare über die Schulter. »Außer dass ich für die Proben und Konzerte der nächsten Woche üben werde ... weiß ich nicht so recht«, sagt sie und schaut diskret zur Seite.

Ich schaue in die gleiche Richtung wie sie und sehe den Posaunisten, mit dem sie sich wohl ab und zu trifft. Er sitzt mit ein paar anderen aus dem Orchester ein paar Tische weiter weg. Sie sieht meinen Blick, holt Luft und hebt die Schultern wie zur Verteidigung. »Es ist nur so, Calle hat sich gerade getrennt, und ich weiß nicht, ob ich mich auf etwas einlassen will, das ...« Sie wickelt eine Haarsträhne um die Finger und beugt sich zu mir vor. »Ich bin nicht sicher, dass er schon so weit ist – also mental –, auch wenn er das behauptet. Seine Ex hat Schluss gemacht.«

Ich betrachte sie schweigend und kann wohl kaum sagen, dass dies ein Klassiker ist, etwas Neues anzufangen, bevor man eigentlich bereit dafür ist. Besonders dann nicht, wenn man ihr ansieht, wie verliebt sie in ihn ist. »Klingt anstrengend«, sage ich zögernd. »Du musst versuchen, es ruhig anzugehen und deinem Gefühl folgen, auch wenn ... ja, man merkt wirklich, dass du ihn magst.«

»Wirklich? Verdammt! Und wie soll man es da ruhig angehen?« Sie lehnt sich zurück und dreht ihr Glas. »Und du und Alessandro? Redet ihr nicht?«

»Doch, natürlich! Aber er ist in New York und arbeitet, wegen des Zeitunterschieds ist es nicht so einfach.« Merkwürdig, denke ich. Er hat angerufen, als ich heute gerade von der Musikerpraxis kam, er sagte, wie sehr er mich vermisse und sich nach meinem Körper sehne, aber das war nicht gerade der richtige Moment, vorsichtig ausgedrückt. Ich war noch völlig durcheinander nach der Begegnung mit William und ganz woanders mit meinen Gedanken.

Meine Hand schließt sich fest um das Glas auf dem Tisch, so wie die Schuldgefühle auf mein Herz drücken. Was war mit ihm in den letzten vierzehn Jahren? Wer ist er jetzt? Dass seine Partnerin von Beruf Ärztin ist, das ist überraschend, aber auch irgendwie erwartbar. Vielleicht ist er ja selbst Arzt?

»Sehnst du dich sehr nach Alessandro?«, fragt Daniela.

Ich lasse das Glas los. »Ja, schon.« Und ich will jetzt auch nicht mehr daran denken, an William. Ich habe das Gefühl, als würde ich in ein schwarzes Loch gezogen.

* * *

»Mira, entschuldige, dass ich so spät anrufe und noch dazu an einem Freitagabend, aber ich habe dir gerade ein Dokument per Mail geschickt, mit allen Personen, die offiziell die Guarneri-Geige, die du als Leihgabe hast, besessen und gespielt haben.«

»Aha. Meine Güte, ich hätte nicht gedacht, dass du …« Ich stelle meinen Geigenkasten im Flur ab, schlüpfe aus den Sandaletten, die ich nach dem Konzert angezogen habe, um nicht mehr auf hohen Absätzen gehen zu müssen. Ich habe fast vergessen, dass ich Peter Bauer danach gefragt habe. »Das macht gar nichts«, versichere ich ihm. »Ich war heute Abend nach dem Konzert mit ein paar Kollegen im *Elverket*, ich komme gerade zur Tür herein.«

»Da will ich nicht weiter stören«, antwortet Peter sofort, es scheint ihm peinlich zu sein. Als wäre er nicht mehr sicher, ob es richtig ist, mich anzurufen, um mir von seinen Erkenntnissen zu berichten. »Ich weiß, du hast gesagt, es sei nicht so wichtig, aber dann bin ich selbst neugierig geworden. Und es war gar nicht so schwierig, an diese eher ... offiziellen Informationen heranzukommen. Also, bevor du die Liste durchliest und enttäuscht bist, möchte ich dir noch sagen, dass sie nicht wirklich vollständig sein kann. Was dich vielleicht wiederum enttäuscht, aber gleichzeitig beweist, dass wir nicht das gesamte Bild haben. Entschuldige, ich spreche in Rätseln«, sagt er im nächsten Moment. »Du wirst es ja rasch feststellen, es ist nur eine Frau auf der Liste, das bedeutet aber nicht, dass nicht mehrere Frauen die Geige gespielt haben.«

»Nur eine Frau?«, sage ich und bemühe mich wirklich, die Enttäuschung in meiner Stimme zu verbergen, weiß aber nicht, ob mir das gelingt. Davor hat mich Peter bereits gewarnt, als ich ihn in seinem Atelier danach gefragt hatte.

»Früher hatten weibliche Musiker ja nicht die gleichen Möglichkeiten«, sagt Peter. »Überhaupt konnten nur Frauen aus guten Verhältnissen ein Instrument spielen. Und falls, oder eher wenn sie heirateten ...«

»Dann war es ganz vorbei?«, unterbreche ich ihn. »Dann mussten sie aufhören zu spielen?«

»Ja, oder heimlich spielen. Auf jeden Fall bestimmte der Ehemann einer Frau, ob sie als Musikerin weitermachen durfte oder nicht – also zu jener Zeit, als verheiratete Frauen noch unmündig waren. Und ich könnte mir vorstellen, sie hatten im 18. und 19. Jahrhundert höchstens dann eine Chance, wenn der Mann selbst Musiker war. Und oft nicht einmal dann.« Peter senkte die Stimme, fast als würde er sich für das, was er erzählte, schämen. »Das war der Punkt, zu dem ich kommen wollte, dass eine

Ehefrau ... oder eine Schwester oder ein anderes Familienmitglied die Geige gespielt haben könnte.«

»Aha, ich verstehe! Du willst damit sagen, dass mehr Frauen die Geige gespielt haben *können*, nur nicht offiziell. Was ja einerseits positiv ist, aber andererseits negativ, weil sie nie anerkannt wurden und sich keinen Namen als Geigerin machen konnten.«

»Ja, leider. Aber wie gesagt, jetzt will ich dich nicht länger stören«, sagt Peter etwas streng. »Schau dir die Liste an, und wenn du noch etwas wissen willst, kannst du mich fragen.«

»Das mache ich!«, antworte ich und kann kaum noch danke und gute Nacht sagen, bevor er aufgelegt hat. Ich starre nachdenklich vor mich hin, dann sinke ich auf das Sofa im großen Zimmer meiner Wohnung, hole meinen Laptop und öffne das Dokument, das Peter mir geschickt hat. Ich schaue die Liste durch und kann tatsächlich konstatieren, dass es nur eine Frau als »known player« für die Guarneri-Geige auf der Liste gibt. Ich sinke ein wenig in mich zusammen, es ist so frustrierend. Dann beschließe ich, mehr über sie herauszufinden. Der Name kommt mir vage bekannt vor, und nach der ersten Google-Suche erfahre ich, dass sie eine bekannte amerikanische Geigerin war, geboren im Jahr 1902, gestorben 1997, nach einer langen erfolgreichen Karriere. Sie war offenbar ein Wunderkind gewesen, hat von klein auf Unterstützung von zu Hause erfahren und bei sehr angesehenen Professoren Geigenunterricht bekommen. Was nur möglich war, weil sie aus einem vermögenden Haus stammte. Schon in jungen Jahren spielte sie mit den New Yorker Philharmonikern, und das war nur der Anfang einer internationalen Karriere. Eine sehr imponierende Geschichte, die beweist, dass

Gabriel unrecht hatte, als er behauptete, dass keine Frau, die diese Geige je gespielt habe, sich einen Namen als Violinistin machen konnte. Aber irgendwie rührt diese Geschichte nichts in mir an, auch nicht die alten Fotografien von ihr, die man im Netz finden kann. Sie war nicht die Frau, die ich gespürt habe.

Im nächsten Moment wird mir klar, was ich denke, und reibe mir fest das Gesicht. Warum sollte jemand, der einmal diese Geige gespielt hat …?

Ich hätte mir einfach gewünscht, dass die Frau, die so weit gekommen war, es geschafft hat, weil sie gut war. Und nicht, weil sie aus den richtigen Verhältnissen stammte. Andererseits war es früher einfach so, wie Peter sagte.

Diese Gedanken veranlassen mich, in den Flur zu gehen und die Geige auszupacken. Ein paar Minuten später stehe ich vor dem Spiegel und spiele. Die 1. Sinfonie von Sibelius, die wir in den letzten Konzerten mit dem Orchester gespielt haben. Dann mache ich weiter mit dem ersten Satz von Tschaikowskys Violinkonzert in D-dur. Ich spiele immer weiter, aber nicht um zu spielen, sondern weil ich dieses Gefühl hervorlocken will. Ich mache immer weiter, von einem Stück zum nächsten, Komponisten und Musikstücke in einer wilden Mischung. Aber wie sehr ich mich auch bemühe, ich spüre keinerlei Nähe zu jemandem. Schließlich bemerke ich, dass es draußen hell zu werden beginnt und die Stunden verflogen sind. Erschöpft sinke ich aufs Sofa und schlafe fast auf der Stelle ein.

KAPITEL ZWÖLF
Vierzehn Jahre zuvor

Ich hatte gerade das Haus der Kulturen verlassen, nach meiner wöchentlichen Probe mit dem Kammerorchester, als ich William ein Stück weiter weg auf der Skeppsbrogatan entdeckte. Er ging den Hügel hinauf und würde gleich am Hamburgerrestaurant Max vorbeikommen. Ich zögerte ein wenig, dann folgte ich ihm, weil das mein Weg zur Bushaltestelle war, wenn ich vom Haus der Kulturen kam. Ich wollte nicht, dass er mich sah und vielleicht dachte, ich würde ihm folgen. Er ging ziemlich schnell, und ich blieb bald weit zurück. Dann sah ich, dass er sich umdrehte, und genau, als ich die Kreuzung zur Kungsgatan passierte, warf er einen Blick über die Schulter und blieb stehen. Ich blieb auch stehen und wusste nicht so recht, was ich machen sollte. Ich konnte nicht umkehren und wie ein Idiot auf dem Bürgersteig stehen bleiben, das kam mir komisch vor. Schließlich bewegte ich mich langsam auf ihn zu.

»Warum habe ich das Gefühl, dass du mich verfolgst?«, sagte er steif. Ich schaukelte mit meinem Geigenkasten in der Hand und schüttelte den Kopf. »Ich hatte Probe im Haus der Kulturen und bin jetzt auf dem Weg zum Bus.«

William schaute hinunter auf meinen Geigenkasten und wirkte etwas unsicher. »Okay, verstehe. Es ist nur, dass …« Sein Blick verschwand hinter meinem Rücken und bekam etwas Gejagtes. »Es geht nicht um dich«, murmelte er.

Ich schaute über die Schulter zurück und dachte an das Gespräch von Williams Freunden vom Tag zuvor, vielleicht hat er allen Grund, paranoid zu sein, und mich schauderte. »Also ... worum geht es dann?«, fragte ich leise und versuchte, sichtbare Zeichen zu finden, für etwas, das ihm möglicherweise am Wochenende zugestoßen sein könnte. Ich hatte ihn an diesem Tag schon in der Schule gesehen, und zumindest sein Gesicht verriet nichts. Das Veilchen war inzwischen blasser geworden, die Fäden unter den Augenbrauen waren gezogen, jetzt waren da nur noch kleine rote Punkte.

Er schaute mich an, öffnete den Mund und schloss ihn gleich wieder. Seine Gesichtszüge wurden härter, es war ganz offensichtlich, dass er nicht darüber reden würde. Ein Schweigen breitete sich zwischen uns aus, und alle anderen Geräusche um uns herum, von vorbeifahrenden Autos, Leuten, die sprachen und lachten, machten das Schweigen zwischen uns immer unerträglicher. Schließlich sagte ich: »Das war nicht so gemeint ... also neulich. Es war nicht meine Absicht, dich ...« Ich schaute zu Boden. Es war so schwer, auszusprechen, was ich sagen wollte. »Ich bin es nur nicht gewohnt ...« Ich schwieg erneut und überlegte, ob ich einfach weiter zur Bushaltestelle gehen sollte. Er wollte mir ganz offensichtlich nicht helfen. Obwohl er ja in die gleiche Richtung unterwegs war ... »Wollen wir?«, sagte ich schließlich und nickte in Richtung Straße.

William schaute mich kurz an, dann nickte er. »Yes.«

Wir gingen nebeneinander her. Es wurde wieder still zwischen uns. Zu still. »Ich habe das Gefühl, du weichst mir aus?«, brachte ich hervor. Heute hatten wir zwar nebeneinander am Spind gestanden, aber es war, als würde ich nicht existieren, er hatte keinerlei Anstalten gemacht, mit mir zu reden. Warum sollte er das jetzt tun? Und ich hatte mich geärgert, weil ich mich fragte, was er wohl dachte.

»Findest du? Ich habe das auf jeden Fall nicht gedacht«, antwortete er und steckte die Hände in seine Jackentaschen. Ich kam mir sofort dumm vor.

Ich holte tief Luft. »Warst du Anfang der Woche krank? Oder war etwas anderes der Grund ...?« Ich biss mir in die Unterlippe. »Ich habe dich weder gestern noch vorgestern in der Schule gesehen.«

Eine Sekunde lang lag etwas Dunkles in seinem Blick. »Gestern habe ich sowohl die Theorieprüfung als auch die Fahrprüfung gemacht, das hat den ganzen Tag gedauert«, sagte er dann, als würde das alles erklären.

»Die Theorieprüfung für den Führerschein? Wie ist es gelaufen? Und die Fahrprüfung?«

»Okay, ich habe bestanden«, sagte er.

»Du hast jetzt also den Führerschein?«, sagte ich und bekam ein kurzes Nicken als Antwort. »Gratuliere, wie toll! Und beide Prüfungen am selben Tag. Wirklich super.« Ich hörte selbst, wie übertrieben das klang, und wünschte mir, ich wäre etwas leiser gewesen. Aber ich bekam wenigstens ein schiefes Lächeln als Antwort.

»Hast du den Führerschein?«, fragte er nach einer Weile.

»Nein, leider nicht. Ich kann irgendwie fahren, also ich kann fahren, aber ich habe es bisher noch nicht geschafft ... Das Theoriebuch ist ziemlich teuer und die Prüfungen auch ... und dann muss man ja auf der Glatteisbahn fahren und Pflichtstunden absolvieren.«

»Aber du hast schon fahren geübt?!«

Mir brach der Schweiß aus. Was sollte ich nur antworten?

»Nein, aber da in der Pampa, wo ich wohne ... menschenleere Straßen und ein großer Hof. Da kann man es gut lernen Und mit ein wenig Training ...«

William schaute erstaunt. »Warte ... Du bist also schon allein gefahren«, konstatierte er, fast wie zu sich selbst. »Verdammt cool!« Er lachte ein wenig.

»Aber du darfst es niemandem sagen«, sagte ich rasch. Und die Wahrheit war außerdem, dass ich nicht nur zu Hause und auf den menschenleeren Straßen in der Nähe von unserem Haus gefahren bin. Ich hatte auch schon mal das Auto zu einem großen Supermarkt einige Kilometer weiter weg genommen, aber davon wusste mein Vater nichts. Ich war heimlich hingefahren, wenn er schlief, er war oft zu müde, um zwischen seinen Schichten einzukaufen. In letzter Zeit schien die Arbeit meinen Vater mehr als bisher alle Kraft zu kosten. Er hatte oft Kopfschmerzen, war immer so müde ... William schaute mich an und unterbrach meine Gedanken. »Nein, warum sollte ich das jemandem sagen? Aber du denkst bestimmt, dass ich so etwas mache.« Er verdrehte die Augen und seufzte.

»Aber du ...« Ich fasste leicht an seinen Arm. Dann sah ich, dass er das Gesicht verzog, und ließ ihn sofort wieder los. Ich schaute ihn besorgt an. Ich hatte ihn kaum berührt, und doch hatte er reagiert, als würde es richtig weh tun. »Entschuldige«, murmelte ich. Er schüttelte den Kopf und schaute weg. Sah irgendwie beschämt aus. »Und entschuldige auch wegen neulich. Es war so merkwürdig, es wurde irgendwie falsch und ... Ja, du bist mir offenbar nicht ausgewichen, wie ich geglaubt hatte, aber ...«

Er schaute mich schuldbewusst an, dann sagte er mit fast tonloser Stimme: »Ich habe nur versucht, dir den Raum zu geben, den du offenbar unbedingt haben möchtest.«

»Das wollte ich gar nicht!«, sagte ich viel zu schnell und errötete. »Wie gesagt, ich bin es einfach nicht gewohnt, dass ... es kam mir so unwahrscheinlich vor ...« Ich hielt wieder inne und fragte mich, was ich eigentlich sagen wollte. Es war doch unwahrscheinlich, dass jemand wie er überhaupt etwas mit so jemandem wie mir zu tun haben wollte? Ich hatte das Gefühl, mich schon wieder zu blamieren. Und es gab ja Gründe, warum ich mich lieber abseits hielt. Aber darüber konnte ich ihm auch nichts erzählen. »Ich muss einfach immer Geige üben«, sagte ich schließlich. »Besonders jetzt.«

»Weil du dich für die Musikhochschule bewirbst?«

Ich nickte. »Ja, ich habe erfahren, wann ich vorspielen darf, in ungefähr einem Monat, ich muss also jede freie Minute spielen.«

William schwieg eine Weile. »Auch morgen?«

»Ja ...«, sagte ich etwas zögernd. »Hm ... Morgen haben wir Schule, aber am Abend muss ich natürlich ...«

Er verzog den Mund. »Ich habe nur gedacht, weil morgen Walpurgisnacht ist, hattest du vielleicht andere Pläne.«

»Aha, das hast du also gemeint.« Ich lächelte verlegen. Ich hatte überhaupt nicht an die Walpurgisnacht gedacht und kann mich auch nicht daran erinnern, wann ich zuletzt etwas Besonderes an diesem Abend gemacht habe. Obwohl, ich hatte eine vage Erinnerung an ein Walpurgisnachtfeuer mit meinen Eltern, als ich noch ganz klein war. Ich hatte eine heiße Wurst im Brötchen bekommen, und die Eltern hatten mich an den Händen gehalten. Und dann, als ich ein wenig älter war, durften Johanna und ich um das Feuer herumlaufen. Ich muss es irgendwie verdrängt haben, aber jetzt erinnerte ich mich wieder und räusperte mich, um die Vergangenheit beiseitezuschieben. »Aber das ändert nichts an meinen Plänen«, brachte ich hervor und blieb stehen, wir waren an der Bushaltestelle angekommen. »Ich muss auf jeden Fall üben.«

William lächelte, beinahe so, als würde er mir nicht glauben. Dann trat er mit dem Fuß gegen einen Stein. »Verstehe«, sagte er. »Ich habe ja auch oft Training, aber morgen Abend werde ich nicht trainieren.« Er schaute mich nachdenklich an. Seine Lippen öffneten sich ein wenig, der Brustkorb unter der Jacke hob sich. Dann hörte man ein Pling aus seiner Hosentasche. Er holte das Telefon heraus, schaute ein paar Sekunden auf den Bildschirm und fluchte. »Entschuldige, aber da ist etwas passiert, und ich muss los. Sofort. Bis bald!« Er ging ein paar Schritte rückwärts, schaute mich an, dann drehte er sich um und lief davon.

Ich folgte ihm mit dem Blick, bis er die Prästgatan überquert hatte und ganz aus meinem Blickfeld verschwunden war. Erst dann bemerkte ich, dass ich völlig bewegungslos dagestanden hatte, ohne zu blinzeln oder zu atmen. Etwas an ihm bohrte sich in mich und ließ mich nicht unberührt. Ich hatte das Gefühl, unser Gespräch hätte auch ohne die Handynachricht abrupt geendet. Irgendwie unabgeschlossen. Es war jedes Mal so mit ihm. Und mir gelang es nie, das Richtige zu sagen.

Ich muss sowieso immer Geige üben …

Ich seufzte über mich selbst, aber dann musste ich doch daran denken, wie eilig William es hatte, wegzukommen. Irgendetwas in seinem Blick, als er die Nachricht gelesen hatte, machte mir Bauchschmerzen.

KAPITEL DREIZEHN
Heute

Ich wache von Schmerzen in der linken Schulter auf, es sind Schmerzen, wie ich sie noch nie gespürt habe. Dann fällt mir ein, dass ich bis spät in die Nacht gespielt habe und verfluche mich laut. Wie konnte ich nur so dumm sein, mich schon wieder zu überanstrengen? Wozu sollte das gut sein? Nur weil ich einen so blöden Einfall hatte. Und ausgerechnet dann, als die Tabletten anfingen zu wirken und die Schulter sich ein wenig besser anfühlte.

Ich setze mich auf die Sofakante und drücke vorsichtig auf die Schulter. Die Muskeln und Sehnen verknoten sich, und ich keuche auf. Ich kann auch den Kopf fast nicht nach links drehen, es geht einfach nicht. Ich versuche, meinen linken Arm zu heben, es geht nicht einmal bis in Schulterhöhe, es tut so weh, dass ich ihn gleich wieder sinken lassen muss. Ich wische mir die Tränen aus den Augen, dann hole ich das Blatt mit den Übungen, das ich vom Physiotherapeuten bekommen habe. Ich atme langsam ein und aus, dann rolle ich die Schultern, um sie aufzuwärmen. Ein deutlicher und beinahe lähmender Schmerz schießt in die Schulter und den Nacken, ich versuche, ein paar Übungen zu machen, es ist völlig unmöglich. Es ist, als würde der Schmerz jegliche Energie aus mir saugen und mein ganzes Wesen übernehmen. Panik ergreift mich.

Ich beschließe, mich unter die Dusche zu stellen. Ich lasse das heiße Wasser über Nacken und Schultern und den Rücken entlanglaufen. Ich bleibe so lange unter der Dusche, bis ich das

Gefühl für die Zeit verliere und das Badezimmer voller Wasserdampf ist. Als ich endlich das Wasser abstelle und versuche, den Nacken und die Schultern zu stretchen, kann ich die Bewegungen tatsächlich ausführen, ohne vor Schmerz zu schreien, aber es ist alles immer noch sehr steif. Die schlimmsten Verspannungen haben sich offenbar unter der Wärme gelöst.

Ich nehme das große Handtuch von der Stange an der Wand und verwende nur die rechte Hand zum Abtrocknen, auch zum Anziehen der gemütlichen Kleider danach. Dann sinke ich wieder auf das Sofa. Ich versuche, meine ängstlichen Gedanken in Schach zu halten, was mir aber nicht immer gelingt. Das war definitiv eine Warnung. Was für ein Glück, dass ich an diesem Wochenende keine Konzerte habe, ich weiß nicht, wie ich das hätte schaffen sollen. Ich muss wohl in den sauren Apfel beißen und ein paar Tage lang aufs Spielen verzichten und darauf vertrauen, dass die Proben am Montag einigermaßen laufen, auch wenn ich die neuen Stücke nicht üben kann.

Aufs Spielen verzichten?, denke ich im nächsten Moment und schaudere. Vielleicht reicht es ja, wenn ich heute nicht spiele. Und auch nur sicherheitshalber, rede ich mir ein. Was soll ich sonst machen? Ich muss auf die Signale des Körpers hören, wie Elin gesagt hat. Und der Körper hat dieses Mal sehr deutlich nein gesagt.

Ich seufze und schließe die Augen, kann mich jedoch nicht entspannen, bin irgendwie rastlos. Was soll ich denn den ganzen Tag machen, wenn ich nicht übe? Daniela ist gestern mit Calle nach Haus gegangen, sie kann ich nicht stören.

Ich lasse den Blick durchs Zimmer schweifen, er bleibt auf dem Regal hängen. Da stehen lauter Bücher, die ich noch nicht gelesen habe. Die meisten habe ich gekauft, weil ich ... dazugehören wollte. Würde mir das jemals gelingen? Da gibt es auch Fotos von meinen Eltern. Ich starre auf meinen Vater, widersprüchliche Gefühle steigen in mir auf, und ich schaue schnell weg.

Dann fällt mein Blick auf die Geige, die ich auf den Sofatisch gelegt habe. Ich fühle mich besser und lege sie auf den Schoß, streiche vorsichtig darüber. Dann bleibt meine Aufmerksamkeit an etwas an der Seite der Geige hängen, wie eine Schramme in dem ansonsten glatten Holz. Mir bleibt für einen Moment die Luft weg. Habe ich sie zerkratzt? Ich drehe die Geige um und kann nichts Merkwürdiges erkennen. Aber dann, als ich noch genauer hinschaue, bemerke ich etwas, direkt neben dem Rand des Deckels sieht es aus, als ob ... Ich schaue genauer. Es ist winzig klein, aber ich habe den Eindruck, als seien Initialen eingeritzt, obwohl der Lauf der Zeit sie fast hat verschwinden lassen. Mein Puls steigt, ich strecke mich nach meinem Handy, damit ich es fotografieren und das Bild dann vergrößern kann. Ich schlucke. Ja, ich scheine recht zu haben.

»MB« lese ich laut für mich selbst, dann überzieht mich ein Schaudern, und ich sehe die Ritzung an der Geige meiner Mutter vor mir. Dann hole ich meinen Laptop und öffne das Dokument, das Peter mir gestern Abend geschickt hat. Aber nein, MB sind nicht die Initialen für einen Namen auf der Liste. Eigentlich spielt es auch keine Rolle. Mein Blick wandert hin und her zwischen den Namen auf der Liste, als könnte ich noch einige in Frauennamen verwandeln, stelle jedoch fest, dass keiner der Nachnamen mit B beginnt. Und ich muss wieder an das denken, was Peter Bauer gesagt hat, dass eine Frau oder Schwester von einem bekannteren männlichen Familienmitglied die Geige gespielt haben könnte. Eine Frau, die genauso gut gewesen sein könnte wie der Mann, nur dass sie nie die Gelegenheit bekommen hatte, es zu zeigen! Ich starre eine Weile frustriert vor mich hin, überlege, was ich mit den Informationen anfangen könnte. Dann beginne ich zu googeln.

* * *

Am nächsten Abend sitze ich auf dem Boden neben dem Sofa, umgeben von jeder Menge ausgedruckten Seiten und einem großen Blatt Papier, auf dem ich einen Stammbaum für die Personen auf Peters Liste gezeichnet habe. Ich bin ein wenig erschöpft, nachdem ich mich so lange in meine Detektivarbeit vertieft hatte, ich habe seit gestern Vormittag fast nichts anderes getan. Vielleicht dauert es deshalb eine ganze Weile, bis ich merke, dass mein Handy klingelt und ich keine Ahnung habe, wo es ist. Die langen, dünnen Gardinen vor dem Fenster tanzen im Hintergrund, ich schaue auf, es dauert immer noch eine Weile, bis ich wieder scharf sehe und das Handy auf dem Tisch erkenne. Mein Herz schlägt schneller, als ich entdecke, wer gerade versucht hat, mich zu erreichen, und als das Handy wieder klingelt, gehe ich sofort dran, damit ich ihn nicht verpasse. »Alessandro, hallo …«

»Hallo, Mira! Ich denke an dich, ständig und immerzu.«

Ein Lächeln breitet sich auf meinen Lippen aus, ich stelle mich ans Fenster, das ich weit geöffnet habe, und schaue hinunter in den grünen Innenhof, drei Stockwerke tiefer. »Bei deinem vollen Stundenplan, schaffst du das wirklich?« Am Freitag sagte er, er würde sich morgen wieder melden, aber das hat er nicht getan. Ich erwarte nicht, dass wir jeden Tag miteinander sprechen. Und ich hätte auch ihn anrufen können. Aber ich will mich auch nicht aufdrängen, ich weiß, wie beschäftigt er ist. Ich möchte eigentlich auch keine Erwartungen haben, doch das ist leichter gesagt als getan.

»Natürlich. Und glaub mir, in den letzten Stunden, als ich in einem Meeting saß, da habe ich wirklich an dich gedacht und hätte lieber mit dir geredet.« Alessandro seufzt leicht ins Telefon. »Mein Agent wurde nervös und hat ein zu frühes Taxi zum JFK gebucht. Vielleicht, weil ich sonst immer auf den letzten Drücker losfahre. Dann hat er auch noch diese Meetings gebucht. Und jetzt fliege ich gleich los, dabei will ich am liebsten nur mit dir reden. Das glaubst du mir doch?«

Ich nicke, dabei macht sich eine Enttäuschung in mir breit. »Du bist also auf dem Weg von New York?« Es ist auch ein wenig frustrierend, dass ich nie richtig weiß, wie sein Kalender aussieht, und wo in der Welt er als Nächstes ist.

»Genau, ich bin jetzt auf dem Weg zurück nach Europa«, sagt Alessandro. »Erst Berlin, nächster Stopp London, und danach will ich versuchen, ein paar Tage nach Hause zu fahren, ehe es dann wieder zurück in die USA geht.«

»Was für ein Herumgefliege«, sage ich. Ich sollte ihn loslassen, denke ich.

»Ja, aber vielleicht können wir uns sehen, jetzt, wenn ich nach Europa komme! Wir müssen uns treffen!«, ruft er. »Wann hast du das nächste Mal frei?«

»Eigentlich gar nicht«, sage ich. »Und dich brauche ich ja nicht mal zu fragen.«

Er seufzt laut ins Telefon. »Du musst aufhören zu spielen und mit mir auf Tournee kommen«, sagt er dann. »Aber das würde ich natürlich nie von dir verlangen, also aufzuhören. Das würde dich genauso unglücklich machen wie mich, wenn ich aufhören müsste, das weiß ich. Du bist so hingebungsvoll. Und deswegen mag ich dich ja so gern!«, sagt er einen Moment später. »Ich wette, ich habe dich mitten im Üben unterbrochen. Und du hast in den Konzerten letzte Woche geglänzt. Hat es geklappt, was ich gesagt habe? Wie du denken solltest?«

Vor meinem Inneren flimmert das Bild vorbei, als ich im Konzert den Bogen fallen ließ. Das wird nicht noch einmal passieren! Und der intensive Schmerz, mit dem ich gestern Morgen aufgewacht bin, ist zum Glück vorbei. Es tut immer noch ziemlich weh in der Schulter, obwohl ich auch heute die Geige nicht angefasst habe. Was soll ich bloß machen? Und sollten die Tabletten nicht besser helfen? Plötzlich kann ich meine Gedanken und Sorgen fast nicht im Zaum halten, und fast hätte ich alles aus mir hervorsprudeln lassen.

Dann sagt Alessandro: »Ich habe übrigens mit Bekannten über dich gesprochen. Ich weiß, dein Ziel sind die Radiosymphoniker, aber es gibt ja auch noch größere Bühnen.«

Ich hebe den Kopf. »Wie meinst du das?«

Ich höre, wie Alessandro lächelt. »Ich versuche, ein gutes Wort für dich einzulegen, wann immer ich kann, liebe Mira. Und ich bin erheblich öfter in New York und London als in Stockholm. Stell dir vor, wir könnten ab und zu zusammen spielen.«

»Das wäre ganz …« *Fantastisch.* Ich schlucke das letzte Wort, ich traue mich kaum, in diesen Bahnen zu denken. Aber dass Alessandro mit anderen über mich spricht, das ist toll.

»Wann sehen wir uns denn?«, sagt er. »Ich wünschte mir, du

könntest im Juni mit mir nach Hause nach Italien kommen, da habe ich nämlich ein paar Tage frei.«

»Das klingt wunderbar, und ich würde nichts lieber tun, Alessandro, aber du weißt doch, dass ich den ganzen Sommer verplant bin. Das ist fast die intensivste Zeit im Jahr für mich.«

»Mindestens genauso eifrig und hingebungsvoll wie ich. Was habe ich gerade gesagt!«, antwortet Alessandro und lacht. »Aber das Arbeiten als Freischaffende muss natürlich aufhören. Wir sehen uns sonst ja nie«, klagt er. »Vielleicht sollte ich nicht nach Hause fahren und stattdessen an diesen Tagen nach Stockholm kommen?«

Mein Herz schlägt wie wild. »Das würde mich sehr freuen!« Und ich wünschte nichts mehr, als dass wir uns genau in diesem Moment am gleichen Ort befunden hätten und ich auf seinen Schoß kriechen, seine Nähe und die Wärme seines Körpers spüren könnte. Dass er alle Verspannungen wegstreicheln würde.

»Die Sache ist nur die, ich habe meine Familie in Italien seit vielen Jahren nicht gesehen, und wenn ich jetzt nicht nach Hause komme, dann wird meine Mutter mich nicht mehr ihren Sohn nennen.«

»Dann musst du natürlich nach Hause fahren«, sage ich und setze mich enttäuscht in die Fensterlaibung, atme den Duft des frühsommerlichen Abends ein.

»Uns wird etwas einfallen, Cara. Jetzt bin ich leider auf der Straße. Ich kann noch einen Moment sprechen, aber dann muss ich aufhören. Apropos alles und nichts, spielt sich die Guarneri immer noch so gut?«

»Ja, natürlich, außer dass …« Ich fasse mir an die Schulter, spreche aber nicht weiter. Dann fällt mein Blick auf all die Papiere, die auf dem Boden liegen, und mir fällt ein, dass ich ihn etwas fragen will. »Apropos Guarneri, hast du jemals über die Geschichte deiner Geige nachgedacht – also die Menschen, die sie vor dir gespielt haben?«

»Nein, nicht direkt.« Alessandro scheint von der Frage überrascht zu sein. »Ich liebe meine Stradivari, und natürlich denke ich manchmal an das Handwerk, die unglaubliche Fähigkeit, ein solches Instrument zu erschaffen, das immer noch, viele hundert Jahre später, so außergewöhnlich klingt. Aber nicht viel mehr. Warum fragst du?«

»Aus keinem besonderen Grund«, sage ich, weil ich vermute, dass er es nicht verstehen würde. »Das Handwerk ist das Wichtige, na klar«, murmele ich.

»Ja, aber jetzt muss ich leider Schluss machen. Ciao, Cara.«

All diese flüchtigen Sekunden, die man zu greifen versucht, denke ich und drücke das Telefon an die Brust. Ich kann nichts dafür, aber ich weiß nicht so recht, wo wir stehen, und ich möchte mich nicht fragen, was uns eigentlich verbindet, auch wenn es ihm so wichtig zu sein scheint, mich zu sehen.

KAPITEL VIERZEHN
Vierzehn Jahre zuvor

Am Tag der Walpurgisnacht redeten alle in der Schule nur darüber, was sie am Abend tun würden, und ich verstand nicht, warum ich verpasst hatte, dass Walpurgisnacht war. Andererseits
hat dieses Fest schon seit Ewigkeiten keine größere Bedeutung
für mich gehabt. Ich war mir nicht sicher, ob mein Vater überhaupt wusste, an welchem Tag es war. Ich wollte mich nicht
weiter damit beschäftigen und sehnte mich danach, dass der
Schultag vorbei sein würde und ich nach Hause fahren könnte.
Besonders weil ... Ich hatte am Morgen William am Spind begrüßt, aber danach war er jedes Mal, wenn ich ihn sah, von seinen Freunden umgeben gewesen. Und in der Mittagspause war
dieses Mädchen aus meiner Parallelklasse, die sich bei der erst-
besten Gelegenheit an ihn klammerte, bei ihm. Auch damit wollte ich mich nicht beschäftigen.

In der letzten Pause setzte ich mich auf eine Bank neben dem
Zimmer des Hausmeisters und des Putzpersonals. Ich machte
das manchmal, die Bank stand in einem Flur, in dem sich fast
nie Schüler aufhielten. Und ich sprach dann mit einer der Putz-
frauen. Amina. Sie war vor ein paar Jahren allein nach Schweden gekommen, sie hatte ihre Familie zurücklassen müssen. Trotz
der Trauer in ihren Augen war ich immer etwas fröhlicher, wenn
ich mit ihr geredet hatte. Wir hatten offenbar mehr miteinander
gemein als die meisten anderen. Sie summte immer vor sich hin,
und ich ahnte, dass sie eine wunderbare Gesangsstimme hatte.
Sie fragte mich immer, wie es mit dem Geigespielen ging. Au-

ßerdem steckte sie mir trotz meiner Proteste immer etwas zu, Mandeln, Datteln oder eine Süßigkeit.

Heute war sie jedoch nicht zu sehen, obwohl ich bis zum Schluss wartete, ob sie auftauchen würde, und mich dann zur letzten Stunde sputen musste.

Als ich auf dem Weg zur Bushaltestelle am Stadtpark vorbeiging, bemerkte ich, dass William und seine Freunde sich im Park aufhielten. Sie sprachen mit ein paar Jungs, sie trugen die schwarz-gelben Halstücher, das Kennzeichen der Hockeymannschaft von Skellefteå, und schienen begeisterte Unterstützer der gegnerischen Mannschaft zu sein. Aber was heißt hier sprachen ... es war laut, und die Situation sah recht bedrohlich aus. Ich blieb hilflos stehen, aber als William einen Blick in meine Richtung warf, lief ich schnell weiter.

War das wirklich nur Selbstverteidigung von Williams Seite? Gehörten seine Freunde jetzt auch dazu, und ging es um etwas ganz anderes? Würde William so die Walpurgisnacht verbringen? Ich hatte so viele Fragen, wusste aber plötzlich nicht mehr, ob ich auch nur für die Hälfte davon eine Antwort haben wollte.

In der Stadt waren ungewöhnlich viele Leute unterwegs. Ich kam in der Fußgängerzone an vielen Gruppen von Mitschülern vorbei, und ob ich wollte oder nicht, schnappte ich Fragmente ihrer Unterhaltungen auf. Es ging um allerlei Feste, wer alles eingeladen war und wo man sich treffen würde, um im Voraus zu feiern. Ungefähr die gleichen Gespräche wie in den Fluren der Schule, nur dass jetzt sehr viel offener über alles geredet wurde. An der Bushaltestelle war es ruhiger, hier waren sehr viel weniger Menschen unterwegs. Ich setzte mich auf die Bank im Unterstand, um auf den Bus zu warten, und da musste ich darüber nachdenken, was alle wohl am Abend machen würden. Ich wurde wütend, weil es mir plötzlich etwas auszumachen schien. Gestern Abend war ich beim Üben an einer ziemlich einfachen Stelle hängengeblieben, hatte immer wieder falsch gespielt und mich schließlich selbst gezwungen, bis lange nach Mitternacht Skalen zu wiederholen. Ich war darauf vorbereitet, diese Stelle jetzt zu schaffen, ich versuchte, das Gefühl von Ausgeschlossensein und Einsamkeit abzuschütteln, was mir jedoch nicht richtig gelang.

Ich wollte gerade in den Bus steigen, als ich jemand meinen Namen rufen hörte. Ich schaute verwirrt um mich, sah jedoch niemanden, stieg ein und setzte mich auf meinen üblichen Platz. Der Bus würde erst in zehn Minuten losfahren, ich holte meine Kopfhörer und meinen MP3-Player aus dem Rucksack und suchte Schostakowitschs erstes Violinkonzert, das Stück, mit dem ich gestern solche Probleme hatte.

Ich hatte gerade meinen Kopf zurückgelehnt und die Augen wieder geschlossen, als ich ein Klopfen am Fenster hörte. Ich zuckte zusammen und öffnete die Augen. Draußen stand William.

»Entschuldige, wenn ich dich erschreckt habe«, schien er zu sagen. Ich nahm die Kopfhörer heraus und starrte ihn an. »Kannst du einen Moment herauskommen?« Es schien jetzt etwas lauter zu sprechen.

Ich schaute ihn an und versuchte, meinen Puls zu beruhigen. Gerade eben war er noch mit etwas anderem sehr beschäftigt gewesen. Ich schaute auf die digitale Uhr im Bus. »Der Bus fährt bald los.«

»Erst in sieben Minuten«, hörte ich den Busfahrer von seinem Platz aus sagen.

William muss das gehört haben, die Tür war noch offen, und er fügte sofort hinzu: »Das dauert nicht lang.«

Ich zögerte, aber jetzt, wo auch der Busfahrer involviert war, hatte ich offenbar keine andere Wahl. Und ich fragte mich schon, was William wohl auf dem Herzen hatte. Steckte die Kopfhörer und den MP3-Player in den Rucksack, setzte ihn auf und stieg aus.

»Also, ich wollte fragen ...« William schaukelte auf den Absätzen und schien plötzlich unsicher. »Ich habe das Auto von meinem Vater nicht weit von hier geparkt, ich wollte dich fragen, ob du ein bisschen fahren möchtest. Oder eher, ich weiß, dass du üben musst und so, aber ich dachte, ich könnte dich nach Hause fahren. Ich habe dich schon gerufen, bevor du in den Bus gestiegen bist, aber du hast mich offenbar nicht gehört.«

Er schaute zu Boden, die Haare fielen ihm ins Gesicht.

Er blickte auf, strich sie aus dem Gesicht und verzog den Mund. »Was sagst du? Ich möchte so viel wie möglich fahren, jetzt, wo ich den Führerschein habe.«

Ich nickte langsam und begann, über seinen Vorschlag nachzudenken, dann erstarrte ich und wusste, dass es völlig unmöglich war, ihn anzunehmen. Ich nahm nie jemanden mit nach Hause, und die letzte Person, von der ich wollte, dass sie sah, wie und wo ich wohnte, war William Hammarström.

Ich sah hinüber zum Bus. »Also, das ist ein sehr tolles Angebot, aber der Bus fährt gleich los.«

Williams Adamsapfel hüpfte auf und ab, dann nickte er. »Okay, das klingt vernünftig. Es ist nur so, es war gestern irgendwie verkrampft, und ich musste schnell weg, deshalb dachte ich ...«

Er errötete ein wenig. »Und ich frage nicht, ob ich dich nach Hause fahren kann, weil ich eine gute Tat vollbringen will«, murmelte er dann und zog an dem geflochtenen Lederarmband, das er um das Handgelenk trug. »Ich möchte es einfach. Obwohl ich danach wieder in die Stadt muss.«

Mein Herz schlug heftig, und ich überlegte, in wie vielen Stunden mein Vater von seiner Nachmittagsschicht nach Hause kommen würde. Normalerweise war ich vollauf mit dem Geigespielen beschäftigt, aber dennoch verging die Zeit langsam, wenn ich allein war, ganz gleich, wie sehr ich versuchte, sie zu füllen. Und irgendwie war ich auch froh, wenn mein Vater nicht zu Hause war ...

Kurz darauf schaute der Fahrer aus dem Bus und holte mich aus meinen Gedanken. »Du, ich muss jetzt fahren. Willst du mitkommen, oder wie?«

»Ja, unbedingt. Ich will nur ...« Ich schob den Rucksack auf die Schulter und schaute William an. »Ich muss jetzt einsteigen.«

Er presste ein Lächeln hervor: »Verstehe, wir sehen uns nach dem Wochenende in der Schule.«

»Ja, alles Gute!«, sagte ich und schämte mich für die Fröhlichkeit in der Stimme. Ich ging auf die Tür zu und kam mir so unendlich langweilig vor, immer stärkere Ambivalenz erfüllte mich. War es wirklich so schlimm, wenn William sah, wo ich wohnte? Wovor hatte ich eigentlich Angst? Ich schaute zurück über die Schulter. William starrte auf den Boden. Das war wohl das Zeichen, dass ich in diesen verdammten Bus einsteigen musste. Aber irgendwie konnte ich meinen Beinen und Füßen nicht befehlen einzusteigen.

Wie von weitem hörte ich den Busfahrer hupen und mich ermahnen. »Ich fahre jetzt los!«

Ich sollte einsteigen. Stattdessen starrte ich auf die Tür, sah zu, wie sie sich schloss. Dann drehte ich mich zu William um und sagte: »Okay, du kannst mich gern nach Hause fahren.«

KAPITEL FÜNFZEHN
Heute

Ich lehne an der Fassade des schönen Jahrhundertwendehauses in der Birger Jarlsgatan, wo die Musikerpraxis ihre Räume hat. Ich bin früh dran für meinem Termin beim Physiotherapeuten und ziehe es vor, draußen in der Sonne zu warten. Ich schließe die Augen und versuche, das starke Licht in mich aufzunehmen, um neue Energie zu bekommen. Aber die Schulter schmerzt, und meine Gedanken sind die ganze Zeit bei der Zusammenkunft, die Daniela und ich und ein paar andere Musiker aus dem Orchester gestern Abend besucht haben. In der Oper. Ich hatte eigentlich keine Lust, hinzugehen, war überhaupt nicht in Form für so eine Veranstaltung. Ich kam mir albern vor, als ich in meinem schwarzen Cocktailkleid und hohen Absätzen die Wohnung verließ. Das hatte so gar nichts mit mir zu tun. Es wurde auch nicht besser, als ich mich mit einem Glas Sekt in der Hand im vornehmen Foyer der Oper unter Leute aus der Branche mischte. Ich habe mich in dieser Art von Umgebung noch nie wohlgefühlt.

Dann die Gespräche mit Geigern von den Königlichen Philharmonikern, die mich völlig fertigmachten. Ich wusste, dass viele sich für Sverkers Stelle interessierten und die Konkurrenz hart sein würde. Aber bei ihnen klang es so, als wäre es das Happening des Jahres. Und offenbar würden sich sowohl ein niederländischer als auch ein koreanischer Kollege, die eingesprungen waren und oft mit ihnen gespielt hatten und von denen ich wusste, dass sie großartig waren, bewerben. Daniela hatte etwas nervös zu mir herübergeschaut, als sie davon sprachen. Dann hatte sie ihren Arm mich gelegt, mit mir angestoßen, und wir ließen uns weitertreiben.

»Wenn du nur gesund bleibst und üben kannst und gut spielst, dann bekommst du die Stelle«, hatte sie mir ins Ohr geflüstert.

Wenn du nur gesund *bleibst,* dröhnt es in meinem Kopf. Was glaube ich eigentlich, wer ich bin? Warum sollte diese Welt für mich da sein?

Ich habe wirklich gehofft, es würde helfen, wenn ich übers Wochenende nicht spiele, aber das war nicht der Fall, und ich bin am Montag unvorbereitet zur Probe gekommen. Das Spielen war nicht wie von alleine gegangen, wie ich gehofft hatte. Als ob es das jemals tun würde. Was hatte es dann gebracht, mich zu schonen? Und spielt sich nicht das meiste im Kopf ab? Vielleicht kann ich ausblenden, dass ich Schmerzen habe.

Ich blinzle ein wenig in die Sonne, und der Blick landet auf einem jungen Mann ein Stück weiter weg auf dem Bürgersteig. Und es ist nicht irgendein Mann … Als ich seinen leicht hinkenden Gang sehe, bekomme ich kaum noch Luft und wäre fast in den Hauseingang geflohen, bis mir klar wird, dass er auch auf dem Weg zur Musikerpraxis ist, und ich stehen bleibe.

»Da treffen wir uns wieder«, sagt William, als er bei mir ist und schaut auf den Geigenkoffer, den ich neben mich auf den Boden gestellt habe. »Kommt mir bekannt vor«, murmelt er.

Ich spüre einen Stich im Herzen, allein diese Bemerkung lässt eine ganze Perlenkette von Erinnerungen vor meinem Inneren erscheinen. »Ja. Gehst du auch in die Musikerpraxis? Um Elin zu treffen, meine ich«, füge ich mit einem Blick auf den Kaffeebecher und die Papiertüte in seiner Hand hinzu. Vielleicht hat er das für sie besorgt?

William legt den Kopf schief. »Woher weißt du, dass Elin …? Nein, ich bin nicht mit ihr verabredet. Ich arbeite da vorne«, sagt er und nickt in Richtung der Straße. »Ich habe mir ein spätes Frühstück besorgt.«

»Aha …« Ich nehme seine Worte in mich auf und schaue in die gleiche Richtung wie er. »Praktisch, wenn die Arbeitsplätze so nah beieinander sind.« Ich schwitze und schaue zu Boden. »Ich war gerade bei Elin. Man muss ja immer zuerst einen Arzt aufsuchen, ehe man die Behandlung bei einem Physiotherapeuten beginnen kann, und als ich dich neulich im Wartezimmer sah, dachte ich … Ja, ich dachte, du warst nicht in der Musikerpraxis, weil du verletzt warst«, bekomme ich schließlich heraus. Es klingt wie eine weit hergeholte Erklärung, weil ich ja schon zwei und zwei zusammengezählt hatte, als ich ihn und Elin zusammen im Konzert sah.

Aber William nickt nur und schaut mich fast schüchtern an. »Eine vorbeugende Behandlung also, oder wie?«

»Ja, schon«, sage ich und zucke mit den Schultern, dabei durchfährt mich der Schmerz, und ich verziehe das Gesicht.

Es einfach ausblenden, rede ich mir ein. Und als William sich ans Bein fasst und es reflexartig massiert, lenkt mich das ab. »Hast du Probleme mit …?« Ich nicke leicht in seine Richtung.

Er lässt das Bein los und antwortet: »Ja.«

»Immer noch seit …?« Ich kann den Satz nicht beenden, und da er auch keine Anstalten macht, es für mich zu tun, ist mir das Antwort genug. Ich nehme den Geigenkoffer in die Hand und murmle: »Ich muss jetzt reingehen.«

»Okay.« William lächelt unsicher. »Hoffentlich geht es dir bald wieder besser. Elin ist auf Sportverletzungen und andere Überlastungsprobleme spezialisiert, und sie ist sehr gut.«

»Ja, sie hat es erwähnt.« Ich runzle die Stirn. Haben sie sich so kennengelernt? Aber es war ja keine Sportverletzung ... Es ist, als würde mir die Luft abgeschnürt, und ich muss Luft schnappen. »Ich gehe, wie gesagt, nur zum Physiotherapeuten und habe keine größeren ... Probleme«, sage ich dann und merke, wie ich beim letzten Wort zittere. »Es muss einfach gut werden, ich habe keine Wahl«, murmele ich.

William betrachtet mich nachdenklich und trinkt einen Schluck Kaffee. »Steht viel auf dem Spiel?«

»Ja, du weißt ja, wie es ist.« Ich schaue langsam zu ihm, und als unsere Blicke sich treffen, wird mir klar, was ich gerade gesagt habe, und will es sofort wieder zurücknehmen. Aber das geht nicht, genauso wenig, wie man an dem, was geschehen ist, etwas ändern kann.

William antwortet nicht, schaut unruhig, nickt schließlich in Richtung der Hausfassade und sagt: »Übrigens, als wir uns neulich hier trafen ... Ich stand so unter Schock, dass ich nichts Vernünftiges sagen konnte.«

»Du brauchst nichts zu erklären.« Ich schüttle den Kopf. »Vierzehn Jahre sind eine lange Zeit, und dann wieder mit jemandem zusammenzutreffen, der ...« Auf einmal kämpfe ich mit dem gleichen Gefühl der Unwirklichkeit wie damals, *danach*. Denn das war das stärkste Gefühl, Unwirklichkeit.

William schaut mich schweigend an. »Ist vielleicht eine dumme Frage, aber wie ist es dir ergangen?«

»Gut. Es ist mir ... gut ergangen.« Es hatte allerdings ziemlich lange gedauert, bis es einigermaßen gut wurde, denke ich. »Und du?«, sage ich langsam und schaue ihn durchdringend an, ehe es mir bewusst wird und ich wegschaue.

»Ja, mir ist es auch ... Verdammt, es ist wirklich nicht einfach, dich wiederzusehen«, ruft er dann aus.

Mir stockt der Atem, seine Worte fühlen sich an wie ein Schlag ins Herz. »William, ich ...« Ich halte inne, weiß nicht, was ich antworten soll. Entschuldige? Als wenn das genug wäre und ich es nicht wenigstens einmal versucht hätte. Und ich muss die Kontrolle über meine Atmung bekommen, mich auf mich konzentrieren. »Ich bin spät dran, ich muss jetzt wirklich raufgehen«, bekomme ich schließlich hervor.

William nickt und lächelt mich schief an. »Dann nichts wie los mit dir. Und grüße Elin, falls du sie siehst!«

»Das mach ich«, antworte ich, auch wenn das sehr merkwürdig wäre.

»Und du«, sagt er, als ich schon halb in der Tür bin. »Ich drücke dir wirklich die Daumen, dass deine Schulter besser wird. Ich weiß, wie viel dir das Geigespielen bedeutet, schon immer.«

Ich nicke und murmle »danke«. Aber dann drängen die Erinnerungen sich wieder in den Vordergrund, ich gerate beinahe aus der Fassung, es ist, als ob alle alten Wunden aufgerissen würden.

KAPITEL SECHZEHN
Vierzehn Jahre zuvor

Was zum Teufel mache ich hier eigentlich? Ich starre aus der Windschutzscheibe. Gern? *Du kannst mich gern nach Hause fahren.* William und ich hatten eine Weile miteinander geplaudert, nachdem wir uns ins Auto gesetzt hatten und er losgefahren war, das Geplauder bestand auch aus einer ausführlichen Wegbeschreibung und hatte sich ziemlich gekünstelt angefühlt. Dann waren viele Minuten und viele Kilometer vergangen, und wir hatten beide nichts gesagt. Vermutlich bereute er seinen Vorschlag, mich nach Hause zu fahren, ebenso wie ich bereute, das Angebot angenommen zu haben. Ich war schrecklich nervös und versuchte diskret, die Schweißperlen auf der Oberlippe wegzuwischen.

»Na, wie sehen deine Pläne für heute Abend aus? Hast du etwas vor?«, brachte ich schließlich hervor.

Er trommelte mit der Hand aufs Lenkrad. »Wenn deine Frage war, ob ich auf ein Fest gehe, dann ist die Antwort nein. Aber da meine Eltern ihre übliche Einladung zur Walpurgisnacht für ihre Freunde beziehungsweise für schrecklich wichtige Personen haben«, er verdrehte die Augen und holte tief Luft, »werde ich auf jeden Fall nicht zu Hause sein.«

»Klingt nicht sehr lustig, oder?«

»Nein, nicht direkt.« Er lenkte nur mit der rechten Hand und zog fast wie abwesend am Armband um das Handgelenk und ließ es gegen die Haut schnalzen. »Außerdem sieht es so aus, als würde ich ... an anderer Stelle gebraucht.«

»Um dich zu prügeln?«, fragte ich forsch und musste daran denken, was ich vor etwa einer Stunde im Stadtpark gesehen hatte.

William schaute rasch zu mir herüber. »Es ist nicht so, wie du glaubst.«

»Wie ist es denn?«

Er schaute verkniffen. »Wird schon«, sagte er.

Ich unterdrückte einen Seufzer. Von wegen sich verschließen ... »Du hast also in nächster Zeit oft Training?«, sagte ich und dachte, das würde ihn vielleicht ein wenig aus der Reserve locken.

»Ja, ich hatte geglaubt, so gegen Saisonende würde es vielleicht etwas ruhiger werden, aber in meinem Fall scheint es umgekehrt zu sein.«

»Wie, nur für dich?«, fragte ich.

»Nein, nicht nur. Ein paar von uns sind in einer Entwicklungsmannschaft, also zusätzlich zur normalen Mannschaft.«

»Weil du – ihr – besonders gut seid?«

William zuckte mit den Schultern und rutschte auf dem Sitz.

»Wie toll! Und deshalb musst du es wohl ... ansonsten ein bisschen ruhiger angehen lassen«, murmelte ich.

Er antwortete nicht, zog nur an seinem Armband, dass es noch lauter gegen die Haut schnalzte. Er strahlte auf einmal eine Traurigkeit aus, und ich wusste nicht so recht, wie ich damit umgehen sollte. Eine Art Einsamkeit, die ich von mir selbst kannte, obwohl wir völlig unterschiedliche Leben lebten.

»Mir gefällt der Gedanke nicht, dass du ... heute Abend, also«, sagte William und umfasste das Steuer fester mit der Hand. »Es ist immerhin Walpurgisnacht.«

Ich schaute aus dem Fenster auf der Beifahrerseite. »Es ist eine ganze Weile her, dass ich die Walpurgisnacht gefeiert habe, nicht, seit meine Mutter sta...« Ich hielt abrupt inne und tastete nach dem Türgriff. »Es ist sehr lange her, und ich vermisse es nicht«, fügte ich dann hinzu.

Ich vermisste sie. Es war eine Sehnsucht, die nie vergehen würde, ein Loch im Herzen, das nie gefüllt würde, wie viel ich auch mit ihr sprach und versuchte, sie in mir lebendig zu halten. Manchmal erschrak ich, wenn mir bewusst wurde, wie sehr sie mir inzwischen entglitten war. So vieles wäre anders, wenn es sie noch gäbe.

William schaute mich unsicher von der Seite an. »Hat deine Mutter auch Geige gespielt? Ich glaube, du hast einmal gesagt, dass es in der Familie liegt.«

Ich schaute hoch und starrte ihn an, ich war so froh, dass er die Vergangenheitsform verwendete, wenn er von ihr sprach, ohne ein großes Ding daraus zu machen. Ich nickte schweigend. »Ja, sie hat mir das Geigespielen beigebracht. Ich bekam meine erste Geige zum Geburtstag, als ich vier Jahre alt wurde. Und ich spiele jetzt ihre.«

William pfiff leise. »Hast du schon mit vier Jahren zu spielen angefangen?«

Ich lächelte abwehrend. »Das klingt vielleicht sehr früh, aber man muss ungefähr in diesem Alter anfangen, wenn man wirklich gut werden will. Bei jedem Instrument. Meine Mutter hat mich nicht gepusht. Ich hatte nie das Gefühl, dass ich zum Spielen gedrängt wurde, als ich klein war, im Gegenteil, ich wollte es wirklich selbst. Was vielleicht nicht so merkwürdig ist. Meine Mutter war Geigenlehrerin und spielte fast immer, auch in der

Freizeit. Ich wollte wie sie sein. Und jetzt ist ihre Kollegin und beste Freundin meine Geigenlehrerin.«

William lächelte. »Und ich nehme an, das Spielen wurde für dich besonders wichtig, als deine Mutter ...« Er machte eine kleine Pause. »Du brauchst mir übrigens nicht zu antworten.«

Ich ließ meinen Blick schweifen und stellte nervös fest, dass wir schon in den Schotterweg zu meinem Zuhause eingebogen waren. »Da gibt es nicht viel zu erzählen ... Sie bekam eine richtig aggressive Form von Krebs und starb, als ich in der zweiten Klasse war. Seither bin ich allein mit meinem Vater. Aber ja, ich nehme an, das Geigespielen wurde von da an noch wichtiger für mich. Besonders, weil mein Vater ...« *In etwas anderes geflohen ist.* »Er hat es einfach sehr schwer«, sagte ich schließlich nur.

William nickte. »Verständlich, aber es muss auch für dich sehr schlimm gewesen sein, die Mutter zu verlieren, als du noch so klein warst. Mein herzliches Beileid, wirklich. Beileid, was für ein bescheuertes Wort«, sagte er dann.

»Ja, trotzdem danke.« Meine Stimme war fast nur noch ein Flüstern. »Es ist schwierig, in solchen Situationen das Richtige zu sagen.«

»Seid ihr damals hierhergezogen? Als sie ...?« William schaute zu mir herüber und fuhr das letzte Stück zum Haus, dann blieb er im Hof stehen. »Ach ja, war das nicht nach dem Tod deines Großvaters? Oder passierte das zur gleichen Zeit?«

»Nein, er starb ein paar Jahre nach ihr, erst dann sind wir hierhergezogen.« Als ich das sagte, bemerkte ich, wie William hochschaute und versuchte zu verstehen, was er sah. Das war mir unangenehm, und gegen meinen Willen nahm ich eine Verteidigungsstellung ein. »Mein Großvater hatte sich viele Jahre um nichts gekümmert, er war also ziemlich heruntergekommen, als mein Vater den Hof erbte. Und weil er allein mit mir war und Schicht arbeitete, hatte er weder Zeit noch Kraft, sich um irgendwas zu kümmern. Und dabei ist es jahrelang geblieben.«

William drehte sich zu mir. »Du brauchst dich nicht zu entschuldigen.«

»Ich nehme an« – *ich weiß es*, dachte ich –, »dass du sehr vornehm wohnst.« Ich strich meine Haare nach vorne über die Schulter und zupfte an ihnen herum.

Sein Blick folgte meinen Handbewegungen, dann sagte er heftig: »Was spielt das denn für eine Rolle?«

»Weil ...« Ich schluckte und versuchte, die Frustration zurückzuhalten, die in mir hochkam, aber das klappte nicht besonders gut. »Aber verstehst du das denn nicht! Das kann nur jemand sagen, der ... Und deswegen wollte ich mich erst auch nicht von dir nach Hause fahren lassen.« Ich schaute nach draußen. »Ich wollte nicht, dass du das hier siehst.« Die rote Farbe der Fassade, die schon lange ganz matt war und in großen Fetzen um die Fenster hing. Die Dachziegel, die entweder schief oder gesprungen und von Moos überwachsen waren. Die Fenster hatten Blasen und hätten schon vor langer Zeit neu gekittet werden müssen. Die Regenrinnen waren verrostet, die Haustür war so verzogen, dass man sie kaum öffnen konnte, ganz besonders im Winter. Und das war nur der Anfang der Liste, was alles gemacht werden müsste. Denn im Haus war auch jede Menge zu tun, dazu kam der total vernachlässigte Garten. Und eigentlich hätten wir nicht in diese hoffnungslose Situation geraten müssen.

Ich merkte, dass William auf dem Sitz hin und her rutschte. »Es tut mir leid, dass ich das gesagt habe. Das war bescheuert von mir. Ich habe offenbar ein Talent, Dinge zu sagen, die dir unangenehm sind. Mir ist es vollkommen egal, ob du hier wohnst oder in einem vornehmen Haus in der Stadt, wenn du verstehst, was ich meine. Aber mir ist schon klar, dass es für dich ...« Sein Knie hüpfte auf und ab.

Ich konnte kaum schlucken und hatte wieder das Gefühl, mich in ihm geirrt zu haben. Dass er nicht ganz so war, wie ich anfangs geglaubt hatte. Dennoch war ich beinahe erleichtert, als sein Handy klingelte und das Schweigen unterbrach. Er holte es aus der Tasche und schaute auf den Bildschirm.

»Du«, murmelte er. »Ich muss zurück und das Auto abgeben, bevor ich ...«

»Bevor du weitermusst«, sagte ich.

»Ja«, sagte er, ohne das Gespräch anzunehmen. Er steckte das Handy wieder in die Tasche, mit einer so ausgreifenden Bewegung, dass er meine Hand berührte. Unsere Blicke trafen sich, und er murmelte etwas, das klang wie »entschuldige«. Sein warmer Atem löste ein merkwürdiges Schaudern in mir aus, einen Moment lang senkte er seinen Blick auf meinen Brustkorb, dann schaute er wieder nach vorne.

Er starrte leer, beinahe resigniert vor sich hin. Sah aus, als stecke er in etwas fest, aus dem er sich befreien wollte, aber nicht konnte.

KAPITEL SIEBZEHN

Heute

Ich starre den extravaganten Rosenstrauch an, der am Empfang auf mich wartet, als ich am Freitag in die Berwaldhalle zum Konzert komme.

Für meinen Stern, steht auf der kleinen Karte, die im Strauß steckt.

Ich sollte mich freuen, überglücklich sein. Die Frau am Empfang ist nicht gerade für ihre Diskretion bekannt. Sie hat bestimmt jedem, der vorbeikam, berichtet, von wem und für wen der Strauß ist, und vor allem, was auf der Karte steht. Das Letzte, was ich im Moment brauche, ist diese Art von Aufmerksamkeit. Sie ist nicht hilfreich, wenn man sich um eine feste Anstellung im Orchester bewirbt. Eher im Gegenteil. Das kann einen falschen Eindruck vermitteln. Als könnte ich auf Alessandros Erfolgen reiten, oder als ob er schon wüsste, wie es ausgehen wird. Ich weiß, dass Alessandro den Strauß nicht deshalb geschickt hat, er wollte mir eine Freude machen, und es ist eine unglaublich fürsorgliche Geste. Dennoch nehme ich fast panisch die Vase mit dem Strauß entgegen und verlasse den Personaleingang wieder, anstatt in die Umkleide zu gehen.

»Mira, wohin willst du?«

Ich bleibe so abrupt stehen, dass ich fast gestolpert und mit Peter Bauer zusammengestoßen wäre.

»Ich wollte nur … Ich wollte nur ein wenig Luft schnappen«, sage ich, hole tief Luft und umklammere die Vase ein wenig fester.

Er wirft einen beeindruckten Blick auf die roten Rosen.

»Ein Bewunderer?«

Ich nicke und wünschte, ich hätte sie schon ... irgendwie werde ich den Strauß nicht los. »Kommst du heute ins Konzert? Bist du deshalb hier?«, sage ich, um die Aufmerksamkeit von mir wegzulenken.

»Leider nicht. Ich habe einen Termin wegen einer Geige, die vielleicht verliehen werden soll.« Peter klopft leicht mit einer Mappe auf seinen Oberschenkel, dann starrt er wieder den Strauß an. Ich stelle die Vase vorsichtig auf den Boden, sie ist richtig schwer. Ich bewege die Finger der linken Hand, ein Taubheitsgefühl macht sich bemerkbar. *Nicht* daran denken, nicht an die Schulter denken. Ich schaue Peter an. »Verstehe, und wegen der Guarneri, die ich als Leihgabe ...«

»Ja, hast du etwas mit der Liste anfangen können, die ich dir geschickt habe?«, fügt Peter lächelnd hinzu.

»Nun ja, nicht direkt. Vielleicht indirekt. Ich wollte dich sowieso anrufen und etwas fragen. Mir ist eine Sache aufgefallen, und weil du der Verwalter dieser Geige bist, weißt du vielleicht mehr.«

»Interessant«, sagt Peter und nickt.

Ich lächle und erzähle ihm dann von meiner Entdeckung, von den Initialen, die ich an der Seite der Geige entdeckt habe.

»Ach ja, das«, sagt Peter sofort. »Das ist lustig oder wenigstens eine lustige Geschichte. Man glaubt, die Geige gehörte gegen Ende des 19. Jahrhunderts dem Geigenlehrer eines italienischen Grafen, und er hat seine Initialen eingeritzt. Aber was heißt Geigenlehrer, es war ein Professor, der den Grafen unterrichtet hat. Man hat die Spuren auf jeden Fall in diese Zeit zurückverfolgen können, und weil der Professor Marco Barone hieß ...«

»Barone?« Ich muss Luft holen und schaue auf den Rosenstrauch. »Ja, stimmt. *MB* wie Marco Barone.« Dann macht sich
Enttäuschung in mir breit. Ich hätte mir so gewünscht, dass es
eine Frau war. »Aber warum hätte dieser Professor so etwas machen sollen?«, frage ich dann. »Seine Initialen in die Geige des
Grafen ritzen?«

»Tja, das kann man sich fragen.« Peter krault sich den Bart.
»Vielleicht dachte er, der Graf spielt so schlecht, dass er die Geige
nicht wert ist?« Peter lacht ein wenig. »Es gibt außerdem das
Gerücht, dass er versucht hat, sie zu stehlen, und daraufhin seinen Job verloren hat. Als ob er meinte, im Grunde würde sie ihm
gehören.«

»Du liebe Zeit!«, rufe ich aus, obwohl es sicher nicht das erste Mal ist, dass jemand versucht hat, so eine wertvolle Geige zu
stehlen. Manchen ist es auch gelungen. Die Guarneri-Geige hat
also schon viel mitgemacht im Lauf der Zeit. »Aber dass er das
einritzen konnte ...«, denke ich dann laut. »Der Graf hat vielleicht nicht so gut auf die Geige aufgepasst und dem Professor
vertraut.«

»Ganz bestimmt«, stimmt Peter mir zu. »Aber es ist eine lustige Anekdote, und dass er auch noch Barone hieß. Ich habe gesehen, du bist zusammengezuckt, was ja nicht besonders merkwürdig ist, denn der italienische Solist, von dem alle schon eine
ganze Weile reden, heißt ja so mit Nachnamen. Hat er nicht vor
kurzen hier in Stockholm mit euch gespielt? Alessandro Barone ...«

Ich merke, wie meine Wangen erröten. »Ja, stimmt«, antworte
ich so leichthin wie möglich, obwohl Peter bestimmt weiß, dass
Alessandro und ich seit einer Weile zusammen sind. In diesen

Kreisen wird viel getratscht. Wenn ich das bedenke, wäre es mir wirklich lieber, Alessandro hätte diesen Strauß nicht geschickt. Peter wusste bestimmt sofort, von wem er war. Es ist nicht so, dass ich nicht mit Alessandro in Verbindung gebracht werden will oder der Strauß als solcher falsch wäre, nur im Moment kommt er und der Text auf der Karte … irgendwie ungelegen. In mehrfacher Hinsicht. Ich bewege die Finger der linken Hand. Das taube Gefühl ist nicht weg. »Barone ist vielleicht ein üblicher Nachname in Italien?«, sage ich dann.

»Ich habe wirklich keine Ahnung, aber das muss ein Zufall sein, dass Alessandro den gleichen Namen trägt wie dieser Professor. Dass er und Alessandro verwandt sein könnten, das scheint mir doch weit hergeholt. Aber du, alles Gute fürs Konzert heute Abend, ich muss weiter.« Peter legt eine Hand auf meinen Arm, dann verschwindet er.

Ich lächle gequält, schaue den Rosenstrauß an. Ich fasse an meine linke Hand. Es kribbelt in den Fingern. Ich kann die Augen nicht davor verschließen, was das bedeutet … Nein, ich kann das nicht akzeptieren! Das Geigespielen ist das Einzige, worauf ich mich in meinem Leben habe verlassen können! Ich weiß nicht, wer ich bin, wenn ich nicht spiele. Das ist mir schon einmal schmerzhaft bewusst gewesen, und das will ich nicht noch einmal erleben. Die Gedanken biegen falsch ab, in die Dunkelheit.

Wenn ich doch nur zurückkreisen und Dinge ungeschehen machen könnte. Wenn ich mich doch von Anfang an anders entschieden und ihn nie in mein Leben gelassen hätte … William. Wäre dann alles anders?

KAPITEL ACHTZEHN
Vierzehn Jahre zuvor

»Ich dachte, du würdest länger schlafen, weil du gestern Spätschicht hattest?« Mein Vater saß am Küchentisch und schlürfte seinen Kaffee, ich machte ihm ein Käsebrot.

»Ich lege mich auch gleich wieder hin, nach dem Frühstück.« Mein Vater zog seinen Morgenrock fester zu und legte schwer den Kopf in die eine Hand.

»Hast du wieder Kopfschmerzen?«, fragte ich besorgt, stellte den Teller mit dem Brot auf den Tisch und setzte mich ihm gegenüber.

»Ja, ich habe schlecht geschlafen, aber ich habe gerade eine Tablette genommen, es wird bald besser.« Ich sah, wie sehr er sich zu lachen bemühte. »Möchtest du nichts essen?«

»Nein, ich habe keinen Hunger.« Ich schaute hinüber zur leeren Brottüte und dem Stück Käse auf der Ablage, an dem fast nichts mehr dran war. »Aber wir sollten einkaufen fahren. Meinst du, du schaffst das später?«

Mein Vater kaute langsam sein Brot, und ich sah, wie allein der Gedanke, zum Einkaufen zu fahren, ihn überforderte. »Ja, oder können wir es morgen machen, da habe ich frei?«

»Schon, es ist nur so ...« Der Kühlschrank war wieder fast leer. Wir hatten Ketchup, eine halbe Schachtel Margarine, ein, zwei Pakete Nudeln und ein paar Konserven im Schrank, viel mehr gab es nicht. Ich hatte einen ganzen Nachmittag und Abend vor mir, wenn er wieder bei der Arbeit war. Aber vielleicht hätte ich besser nichts gesagt, wo er doch Kopfschmerzen hatte? Andererseits schien es nie einen richtigen Zeitpunkt zu geben, um über solche praktischen Dinge zu sprechen.

»Wie läuft es mit dem Üben?«, sagte er im nächsten Moment, als wolle er das Thema wechseln.

Ich war erstaunt. Wir sprachen nie über mein Geigespielen, obwohl das einen großen Teil meines Lebens ausmachte. Oder vielleicht gerade deshalb. Es war irgendwie immer da, wie ein ständiges Thema, und noch ehe ich antworten konnte, sagte er: »Aber du hast das ja meistens unter Kontrolle.« Er aß schnell das Brot, trank seinen Kaffee aus und stand vom Tisch auf. »Ich leg mich noch mal hin.« Er stellte die Tasse und den Teller ins Spülbecken, beugte sich zu mir und strich mir über die Wange. »Und danke, mein Schatz! Was würde ich ohne dich machen?« Kurz darauf hörte ich, wie er sich aufs Sofa im Wohnzimmer legte.

Ich starrte aus dem Küchenfenster. Plötzlich wurde mir klar, dass ich tatsächlich gerne mit meinem Vater über das Üben gesprochen hätte, jetzt, wo er es ausnahmsweise einmal erwähnte. Mein Herz erleichtern und erzählen, dass ich es überhaupt nicht unter Kontrolle hatte. Dass ich mich gestern und heute früh abgemüht hatte und es nicht richtig klappen wollte. Bei ihm klang das so einfach, als ob er nicht wüsste ... Als wäre es das Einzige, worauf ich mich konzentrieren musste. Ich spülte das Geschirr im Becken ab, dann machte ich den Kühlschrank auf und ließ meinen Blick über die fast leeren Fächer schweifen, als könnte das sie auffüllen. Ein Gefühl von Ohnmacht breitete sich in mir aus.

Dann bekam ich plötzlich ein schlechtes Gewissen. *Er macht es, so gut er kann*, dachte ich, wie schon so viele Male. Aber als ich aus der Küche und hinüber ins Wohnzimmer schaute und feststellte, dass mein Vater den Fernseher angemacht hatte, folgte die übliche Frage. *Tut er das wirklich?*

Ich könnte natürlich mit dem Bus zum Einkaufen fahren, obwohl der bestimmt nur alle zwei Stunden fuhr, heute am 1. Mai. Das dachte mein Vater sich bestimmt, dass ich mit dem Bus fuhr, wenn der Kühlschrank sich immer wieder auf wundersame Weise auffüllte. Ich war 19 Jahre alt, man erwartete, dass ich allein zurechtkam. Das wäre natürlich auch viel leichter gegangen, wenn wir nicht so weit entfernt von allem wohnen würden!

Ich nahm meine Jacke, um in den Schuppen zum Üben zu gehen, aber auf einmal verspürte ich eine überwältigende Sehnsucht, einfach abzuhauen, und nachdem ich den Busfahrplan studiert hatte, ging ich schnell auf dem Schotterweg zur großen Straße.

* * *

Ich stieg in der Nähe des großen Supermarkts ein Stück vor der eigentlichen Stadt aus, schließlich war ich doch ein vernünftiges Mädchen und bereute diesen Einfall schon wieder. Es wehte ein kalter Wind, und Schneeregen lag in der Luft. Ich wusste schon jetzt, dass ich nicht ansatzweise das gleiche Glück mit dem Fahrplan nach Hause haben würde wie gerade eben.

Ich war erst ein paar Schritte gegangen, da erregte etwas weit entfernt meine Aufmerksamkeit. Ich blieb stehen, legte die Hand an die Stirn und fragte mich, ob ich wirklich richtig gesehen hatte. Aber es war tatsächlich William, er saß ganz alleine auf dem Asphalt und lehnte sich an ein Industriegebäude. Was machte er *dort*? Wir waren in der Nähe der großen Eishockey-Arena von Luleå ... Und ja, auch seine Hockeytasche stand neben ihm. Die Situation war nur sehr merkwürdig. Ich bewegte mich langsam, irgendwie auf der Hut, auf ihn zu. Aber je näher ich kam, desto schneller ging ich. Etwas an seinem Gesichtsausdruck besorgte mich. Noch unruhiger wurde ich, weil er kaum reagierte, als er mich bemerkte. Als ob das überhaupt nicht eigenartig wäre, dass ich so aus dem Nichts auftauchte.

»Warum sitzt du hier?«, fragte ich unsicher. »Warst du im Training?« Dann bemerkte ich, dass seine Haare feucht waren, als hätte er gerade geduscht.

William nickte, starrte jedoch weiter vor sich hin. Dann schaute er mich kurz unsicher an. Seine Augen waren ganz rot, als wäre er kurz davor, zusammenzubrechen.

Ich setzte mich sofort neben ihn auf den Asphalt. »Lief es nicht gut im Training, oder ist etwas anderes ...?«

Er biss die Zähne zusammen, so fest, dass seine Kiefer weiß wurden. »Nein, das Training lief okay.« Einige Sekunden vergingen schweigend. »Ich habe nur ein wenig Zeit für mich gebraucht, bevor ich ... nach Hause fahre.«

Ich schaute ihn nachdenklich an, der Wind blies unter meine Jacke. »Verstehe. Nur bisschen kalt hier zu sitzen.« Ich schüttelte mich und wünschte, ich hätte eine wärmere Jacke angehabt. Der Schneeregen schien außerdem in richtigen Schnee überzugehen.

William zuckte mit den Schultern, dann sagte er: »Erster Mai und Schnee, das ist Luleå.«

Ich verzog den Mund. »Das klingt, als wärst du auch kein Fan von derartigen Festlichkeiten?«

Er lachte beinahe, dann verschloss sein Gesicht sich wieder.

»Wie war es gestern Abend?«, fragte ich leichthin.

»Es war ...« Er schien nachzudenken, wie viel er mir sagen konnte. »Es war ruhig«, sagte er, aber die Stimme brach gegen Ende ein wenig.

»Wirklich?«, sagte ich.

»Ja, gestern Abend war es ruhig.« Er klang jetzt sicherer.

»Aber heute nicht?«

»Doch, oder ...« Sein Blick hatte etwas Gequältes, ich bekam Bauchschmerzen. »Du solltest lieber gehen«, sagte er. »Was machst du eigentlich hier?«

Ich schüttelte ein wenig den Kopf und zog meine Beine an. »Wie, willst du, dass ich gehe? Oder ist es irgendwie gefährlich ...?« Ich schaute rasch um mich.

Er starrte vor sich hin. »Nein, aber ich bin im Moment keine besonders nette Gesellschaft.«

»Das braucht man auch nicht immer zu sein.« Ich lächelte ihn vorsichtig an. Er schaute mich aus dem Augenwinkel an, seine Gesichtszüge wurden noch härter.

Mein Lächeln erlosch sofort, und ich musste schlucken. »Habe ich etwas Falsches gesagt?«

»Nee ...« Es war kaum ein Flüstern. Er legte die Arme um sich selbst und schaukelte leicht hin und her. »Ich fühle mich nur so unglaublich schlecht.«

»Du bist nicht ...«, begann ich und wollte eine Hand beruhigend auf seine legen.

»Doch!«, unterbrach er mich barsch. »Bin ich wohl. Ich hätte ... Er hätte mich ...« Williams Blick entsprach der Spannung in meiner Brust.

»Und warum? Warum hätte er dich angreifen sollen?«, vervollständigte ich, ohne zu wissen, worum es ging, und schaute ihn an.

»Weil...« Sowohl seine Stimme als auch sein Blick waren unsicher, es sah aus, als sei etwas in ihm kaputtgegangen. Dann schaute er auf seine Hände hinunter. Ich folgte seinem Blick und bemerkte, dass er eine Schnittwunde an einem Finger hatte, und ich hatte plötzlich Angst, er würde mir erzählen, dass er etwas richtig Schreckliches getan hat. Vielleicht dachte er daran, als sein Blick irgendwie verschwand, er war ganz woanders, dabei presste er die Lippen zusammen. Dann drückte er plötzlich die Hand auf den Mund. Seine Schultern fingen an zu beben, kurz darauf zitterte er so heftig, dass ich nicht wusste, was ich tun sollte, ich legte einfach die Arme um ihn. Ich spürte, wie er dagegen ankämpfte, versuchte, sich zusammenzunehmen, aber er zitterte so unkontrolliert und hielt sich fast verzweifelt an mir fest. Er drückte sein Gesicht gegen meine Schulter, und den kleinen Lauten, die gar nicht aufhören wollten, entnahm ich, dass er weinte, untröstlich. In meinen Armen.

KAPITEL NEUNZEHN

Heute

Ich streiche über die kleinen Initialen auf der Guarneri-Geige, schaue dann auf die vielen losen Seiten mit dem handgeschriebenen Stammbaum, die auf dem Boden im großen Zimmer lagen. Ich seufze innerlich und frage mich, warum ich ein ganzes Wochenende damit zugebracht habe, herauszufinden, wer alles die Geige besessen und gespielt hat. Wenn ich hätte raten dürfen, dann hätte ich gedacht, dass eine Frau das Monogramm eingeritzt hat. Vielleicht, weil die Buchstaben so klein sind, so verschnörkelt, sie machen irgendwie ... einen femininen Eindruck. Ach was, wie komme ich denn darauf? Und ich weiß ganz genau, warum ich mir wünsche, dass es eine Frau wäre. Als ob das eine Erklärung wäre, für das Gefühl der Zusammengehörigkeit, das ich mit dieser Geige habe. Ich schiebe den Gedanken sofort beiseite. Hatte mir einfach nicht vorstellen können, dass es sich um einen halbverrückten Professor handelt. Einen Mann, mit dem gleichen Nachnamen wie Alessandro ...

Ich bekomme ein flaues Gefühl im Bauch und werfe einen Blick auf mein Handy, das neben mir auf der Bank im Flur liegt, und ich verstehe nicht richtig, warum ich letzten Freitag vor dem Konzert so auf seinen Rosenstrauß reagiert habe. Offenbar war die letzte Woche in Berlin noch intensiver für Alessandro, als er befürchtet hatte, und wir haben fast überhaupt nicht miteinander sprechen können. Er war immer irgendwie auf dem Sprung, entweder zu einer Probe, einem Essen oder einer anderen Veranstaltung, zu der er eingeladen war. Am liebsten hätte ich mich in einer Art erwartungsloses Vakuum versetzt, wenn wir nicht miteinander reden konnten, aber das funktioniert nicht richtig.

Ich streiche mit dem Finger über die Initialen auf der Geige, zupfe vorsichtig die Saiten, dann lege ich die Geige unters Kinn und beginne zu spielen. Wieder einmal fällt mir auf, wie gut die Geige unter mein Kinn passt. Eigentlich ziemlich ironisch, denn bisher haben hauptsächlich Männer diese Geige gespielt, jedenfalls offiziell.

Auf einmal stehen mir die Haare zu Berge, und ich höre abrupt zu spielen auf, atme fast nicht mehr und starre in den Spiegel an der Wand. Dann reiße ich mich los, schaue mir über die Schulter und sacke zusammen. Was habe ich eigentlich geglaubt? Die Sonne, die zum Küchenfenster hereinströmt und die ganze Küche in Licht baden lässt, hat ihren Weg in den Flur gefunden und wird vom Spiegel reflektiert. Es sah nur aus, als … hat sich angefühlt, wie … Wie was?

Ich seufze und muss schon wieder mit den Fingern über die Initialen auf der Geige streichen, vielleicht ist es die Unebenheit in dem ansonsten so glatten Holz, die mich lockt? Marco Barone, du hast wirklich dafür gesorgt, deinen Abdruck in der Geschichte zu hinterlassen, denke ich. Ich muss an das denken, was Peter Bauer gesagt hat, über die Möglichkeit, dass Marco Barone und Alessandro miteinander verwandt sein könnten: weit hergeholt. Ist es natürlich. Aber ich weiß, dass Alessandro aus einer musizierenden Familie stammt, und es wäre doch toll, wenn Marco Barone irgendwie mit ihm verwandt wäre. Im nächsten Moment vibriert mein Handy, als würde Alessandro spüren, dass ich an ihn denke. Mir klopft das Herz, als ich seine Mitteilung lese:

Hast du Zeit zu reden, in 10 Minuten, da habe ich eine Lücke. Ich will unbedingt mit dir sprechen! Entschuldige, entschuldige, dass ich so schwer zu erreichen bin. Kuss!

Ich antworte ihm schnell, ich halte es fast nicht aus, diese zehn Minuten zu warten, bis er mich anruft. Ich gehe in die Küche und mache mir, um die Zeit zu vertreiben, eine Tasse Pulverkaffee und nehme sie mit ins große Zimmer. Ich mache den Fernseher an und setze mich aufs Sofa. Das Vormittagsprogramm füllt den Bildschirm. In den nächsten Sekunden ist es, als könnte ich mich von außen sehen, vielleicht weil ich so gut wie nie fernsehe, und ich hätte das Gerät fast wieder ausgeschaltet. Aber die Erinnerung an meinen Vater, an eine andere Zeit, weicht nicht von meiner Netzhaut. Ich schließe fest die Augen. Dann habe ich plötzlich das Gefühl, die Stimme, die im Fernsehen spricht, zu kennen, ich öffne die Augen und starre auf den Schirm. Von wegen eine andere Zeit ... Ausgerechnet William Hammarström sitzt da im Vormittagsprogramm. Nach einer Weile verstehe ich, dass er als Gründer einer Organisation eingeladen ist, die mit Jugendlichen arbeitet, die auf die schiefe Bahn geraten sind. Ein Thema, das aktueller nicht sein könnte. Ich hätte mir nur nicht vorstellen können, dass er in diesem Bereich tätig ist, obwohl ich irgendwie stolz auf ihn bin, wenn ich ihn so sehe. Ich frage mich natürlich auch, was seine Eltern von seiner Berufswahl halten. Das war wohl nicht der Plan, könnte ich mir denken. Aber Elin ist bestimmt ebenfalls stolz auf ihn. Ich frage mich, wie gut sie Williams Hintergrund kennt. Ob sie weiß, was passiert ist. Er hat es sicher erzählt ... Wenigstens teilweise.

Das Handy klingelt, und ich stelle die Kaffeetasse beiseite. Ich stürze mich fast auf das Telefon.

»Mira, bist du es?«

Ich schalte den Fernseher aus und hole tief Luft. »Ja, hallo.«

»Und ich muss dich jetzt schon um Verzeihung bitten«, sagt Alessandro. »Ich kann leider nur kurz mit dir sprechen.«

Ich versuche, die Enttäuschung herunterzuschlucken, und hätte fast *wie üblich* geantwortet. Aber ich sage: »Das macht nichts. Ich weiß ja, wie beschäftigt du bist.«

Er seufzt. »Ja, diese Woche war wirklich voll, und morgen früh nach London, dieser Zirkus geht einfach immer weiter. Das ist ziemlich verrückt. Und dann diese viele Zeit allein im Hotelzimmer ... Du fehlst mir ganz wahnsinnig. Ich wünschte, du könntest herkommen, oder nach London.«

Ich spüre, wie eine Sehnsucht durch meinen Körper fährt. »Mir geht es genauso«, murmele ich und drücke das Handy, obwohl ich weiß, dass er kaum je Zeit im Hotelzimmer verbringt.

»Hat dir der Blumenstrauß gefallen?«, fragt er, und man hört, dass er lächelt.

»Er war wunderbar. Aber das wäre wirklich nicht nötig gewesen ...«

»Das war natürlich nötig! Und übrigens, bevor ich es vergesse. Ich habe dir doch gesagt, dass ich mit Leuten rede, und es werden Stellen frei, sowohl in Berlin und, halte dich fest, bei den New Yorker Philharmonikern. Wenn du hier oder da drüben ins Orchester kämst ... Das wäre der Anfang einer erfolgreichen internationalen Karriere für dich, da bin ich sicher.«

»Na ja, das kann ich mir kaum ...« Meine Stimme versagt, und ein unangenehmes Gefühl erfasst mich, genau wie neulich, als ich diesen Strauß bekam, obwohl meine Reaktion die gegenteilige hätte sein sollen.

»Und stell dir vor, wir könnten hin und wieder zusammenarbeiten und uns öfter sehen, wie ich schon sagte ...« Alessandro holt tief Luft.

»Ja, das wäre wunderbar«, flüstere ich und meine es auch so.

»Lässt es dein Spielplan wirklich nicht zu, dass du mit mir nach Italien kommst? Meine Familie würde dich so gerne kennenlernen, das weiß ich.«

»Wie, wissen sie, dass wir beide ...?« Ich weiß nicht so recht, wie ich den Satz zu Ende bringen soll, und als mein Blick auf meine Geige fällt, die im Flur liegt, sage ich nervös: »Übrigens, apropos deine Familie. Es ist wahrscheinlich eine merkwürdige Frage, die du vielleicht nicht einmal beantworten kannst. Ist deine Familie irgendwie verwandt mit einem Marco Barone, der Ende des 19. Jahrhunderts lebte? Er war Professor und unterrichtete einen italienischen Grafen im Geigespielen, und zufälligerweise hat der Graf die Geige besessen, die ich jetzt spiele.«

Alessandro schweigt eine Weile. Dann sagt er: »Ja, das ist eine spezielle Frage. Warum willst du das wissen? Oder lass mich raten: Geht es darum, dass Marcos Initialen in die Geige eingeritzt sind?«

Ich muss tief Luft holen. »Du weißt also davon?«

»Meine Großmutter hat davon erzählt, als ich klein war, sie war sehr stolz darauf, dass ihm das gelungen ist. Ihr Großvater war nämlich ein Cousin von Marco Barone. Dieser Graf war offenbar keine sehr angenehme Person, es war also eine Art Rache von Marco.«

Ich nicke und muss daran denken, was Peter Bauer gesagt hat, es gäbe Gerüchte, Marco Barone habe versucht, die Geige zu stehlen. Vielleicht war das der Grund? Dann erst wird mir richtig klar, was Alessandro gerade gesagt hat, und ich rufe aufgeregt: »Ihr seid also miteinander verwandt! Das hätte ich nie geglaubt.«

»Ja, entfernt verwandt, das ist ja sehr lange her«, sagt Alessandro bagatellisierend. »Meine Großmutter findet es jedenfalls sehr wichtig. Aber sag mal, spielst du jetzt diese Geige? Genau *diese* Guarneri-Geige? Das habe ich nicht gewusst, und das ist ja ein fast unvorstellbarer Zufall!« Auf einmal ist er ganz aufgeregt. »Wenn das meine Großmutter erfährt, das würde sie ganz unglaublich glücklich machen; dass die Frau, mit der ich … dass ausgerechnet *du* diese Geige spielst«, korrigiert er sich, und ich weiß nicht so recht, wie ich das deuten soll. »Und wenn sie das erfährt«, fährt er fort, »dann hast du keine Chance, nicht mit mir nach Italien zu kommen. Das geht einfach nicht.« Alessandro seufzt tief. Dann flüstert er: »Ich muss dich bald sehen, Mira. So eine Fernbeziehung tut uns nicht gut.«

Ich habe einen Kloß im Hals, schlucke und wünsche mir, wir könnten weiterreden, aber das wohlbekannte Geräusch eines übenden Sinfonieorchesters im Hintergrund ist schon eine Weile zu hören. »Du, ich muss leider Schluss machen. Ich bin schon zu spät zur Probe«, unterstreicht er in der nächsten Sekunde und beendet das Gespräch.

Ich stehe auf und gehe rastlos im Zimmer hin und her. Es ist, als würde ich schon wieder auf das nächste Gespräch warten. Manchmal kommt es mir so vor, als fehle mir etwas bei Alessandro, als ob es die richtige Nähe zwischen uns nicht gäbe, obwohl er wirklich mein Blut, meinen Körper in Brand setzen kann. Und als könnte ich diese Intimität mit ihm auch dann nicht herstellen, wenn wir mehr Zeit miteinander verbringen würden. Aber das kann nicht wahr sein! Die Wahrheit ist eher, dass ich lange

Zeit Angst hatte, jemanden nahe an mich herankommen zu lassen. Zu nah, so wie damals *ihn*. Vielleicht habe ich mich deshalb immer entzogen, wenn es mir zu viel wurde mit jemandem?

Aber das war eine besondere Zeit. Eine ungeheuer schmerzhafte und zerstörerische Zeit, rufe ich mir rasch ins Gedächtnis. Obwohl er alles Hässliche schön gemacht hat, alles Mühsame einfacher zu ertragen ... Und womöglich habe ich das Gleiche für ihn getan. Für William.

KAPITEL ZWANZIG
Vierzehn Jahre zuvor

Ich war eigentlich nie krank, aber in dieser Nacht zum Sonntag wurde ich wach, weil ich Schüttelfrost hatte, mir war sofort klar, dass ich auf dem besten Weg war, richtig hohes Fieber zu bekommen. Ich blieb den ganzen Tag im Bett, in einem Fieberdämmerzustand, und es war gar nicht daran zu denken, am Montag in die Schule gehen zu können. Ich schrieb Katarina eine Nachricht, dass ich am Nachmittag nicht zur Probe mit dem Streichorchester kommen würde und wahrscheinlich auch am Dienstag nicht zur Geigenstunde. Sie schrieb mir »Gute Besserung« als Antwort. Aber kurz darauf rief sie mich an.

»Ich habe geahnt, dass es passieren würde! Du kannst nicht in diesem kalten Schuppen üben«, sagte sie empört. »Entschuldige«, sagte sie dann. »Ich mache mir eben Sorgen um dich. Wie geht es dir?«

»Nicht besonders«, antwortete ich jämmerlich, ich konnte mich nicht erinnern, wann ich zuletzt so schwach gewesen war, und das konnte ich überhaupt nicht leiden. Obwohl die Situation ja, gelinde gesagt, speziell war, ich fand es schrecklich, als William zusammenbrach. Es war, als könne nichts und niemand seinen Schmerz oder seine Verzweiflung lindern. Und ich hatte ja immer noch keine Ahnung, was vorgefallen war.

In der nächsten Sekunde zwang Katarinas Stimme mich zurück ins Gespräch. »Nein, das hört man«, sagte sie.

»Aber ich habe mich nicht deswegen erkältet, weil ich im

Schuppen übe. Ich war am 1. Mai unterwegs und viel zu dünn angezogen.« Ich schwieg, ich wollte Katarina eigentlich nicht verraten, dass ich nicht all meine freie Zeit aufs Üben verwendete. Außerdem wusste sie, wie mein Leben aussah, und dass ich nie »unterwegs« war.

»So, und was hast du unternommen?«, fragte sie erstaunt.

»Ach, nichts Besonderes«, sagte ich ausweichend. »Und auch nicht lange. Ich brauchte eine kleine Pause vom Üben. Aber ich habe ziemlich gefroren, ich bin selbst schuld«, fügte ich hinzu. Ich wusste gar nicht mehr, wie lange William und ich da im Schneesturm auf dem Boden gesessen hatten. Das Schneetreiben und die Windböen waren immer heftiger geworden, ich war durchgefroren und nass bis auf die Haut, als ich nach Hause kam.

»Okay«, sagte Katarina zögernd, und ich merkte, wie verwirrt sie war. »Wie auch immer, aber es wird bestimmt nicht besser, wenn du weiterhin im Schuppen übst. Jetzt ruh dich erst mal aus, trinke viel Wasser, damit du bald wieder gesund bist. Dein Vater ist vielleicht zu Hause und kann dich ausnahmsweise ...« Sie hielt inne.

»Ja, aber er braucht Ru...« Ich hielt auch inne. »Das kann er sicher«, sagte ich dann, obwohl ich wusste, dass Katarina mir nicht glaubte. Wie schon so oft, wollte ich ihn mal wieder in Schutz nehmen. Aber schon dieses kurze Gespräch hatte mir die letzte Energie, die ich noch hatte, genommen. Als Katarina sagte, sie wolle nicht mehr stören und mich schlafen lassen, protestierte ich nicht.

»Und mach dir keinen Stress, weil du nicht üben kannst«, ermahnte sie mich, und wir legten auf.

Ich war die letzten Tage so flau und matt, dass ich kaum einen

Gedanken ans Üben hatte. Aber jetzt merkte ich, dass ihre Ermahnung den gegenteiligen Effekt hatte, ich schlug die Decke beiseite, um den Geigenkasten zu holen, der auf dem Boden stand. Es dröhnte in meinem Kopf, ich sank wieder aufs Kissen, zog die Decke hoch und schloss die Augen. Kein Gedanke daran zu spielen. Kurz darauf war ich wieder in den Fieberträumen verschwunden und wachte erst wieder auf, als mein Vater am nächsten Morgen von der Nachtschicht nach Hause kam.

»Wie geht es dir, mein Schatz?«, rief er aus dem Flur und kam dann hoch zu mir ins Zimmer. »Oje, du bist ja ganz heiß«, sagte er, er hatte sich auf die Bettkante gesetzt und meine Stirn gefühlt. Dann holte er ein paar kleine Tüten mit Süßigkeiten aus der Hosentasche. »Die haben wir heute auf der Arbeit bekommen. Aber ruh du dich aus.«

Ich nickte, versuchte zu lächeln, ich hatte Halsschmerzen.

»Könntest du mir vielleicht ein bisschen Wasser ... hochbringen?«, sagte ich, nachdem er schon wieder auf halber Treppe war.

Ich hörte ihn im Erdgeschoss rumoren, aber bald war es wieder still, aus Sekunden wurden Minuten. Ich ging schließlich selbst hinunter, da lag er auf dem Sofa und schlief. Er musste wohl vor Erschöpfung eingeschlafen sein. Ich holte mir in der Küche ein Glas Wasser, ging auf zittrigen Beinen hoch in mein Zimmer und legte mich wieder ins Bett. Ich schlief ein, aber dann merkte ich, wie William sich in die unruhigen, oberflächlichen Träume drängte. Ich fragte mich, wie es ihm wohl ging und was er gemacht hatte, seit ich gegangen war. Er hatte gesagt, er würde mich gerne nach Hause fahren, aber er könne nicht. Er schien sich zu schämen, dass er mir das nicht anbieten konnte, als wir da standen und versuchten, uns vor dem Wind und Schnee zu schützen. Dann war er auf einmal losgegangen, aber nicht in die Richtung, in der er wohnte, obwohl er gesagt hatte, er sei auf dem Weg nach Hause.

Er schämte sich vielleicht, dass er geweint hatte? Sich an mir festgeklammert hatte, als würde er nicht loslassen können. Und ich hatte mich geschämt, weil ich das nicht wollte, obwohl sein fester Griff und das gedämpfte Schluchzen mir unglaublich zu Herzen gingen.

* * *

Erst am Donnerstag ging es mir wieder so gut, dass ich in die Schule gehen konnte. Weil ich ein paar Tage gefehlt hatte, wollten alle Lehrer mit mir reden, was ich verpasst hatte und nachholen sollte, ich musste zwischen den Stunden immer wieder zu meinem Spind gehen und sah William ein paar Mal von weitem. Das frustrierte mich, doch noch mehr frustrierte mich, dass fast alle Lehrer das Gleiche sagten wie die Mathelehrerin nach der Mathestunde: »Ich bin sicher, du kannst es schaffen, Mira. Du könntest eine Zwei oder sogar eine Eins bekommen, wenn du dich ein bisschen mehr anstrengen würdest. Ich weiß, dass du auf das Geigespielen setzt. Aber was ist, wenn das nicht klappt? Was machst du dann?«

Vielleicht hatte meine Mathelehrerin das als ein aufmunterndes Schreckensszenario gedacht? Ich nickte, war jedoch mit den Gedanken schon ganz woanders, ich trat auf der Stelle und wollte

nur weg. Ich hatte mich schon vor langer Zeit entschieden und
würde jetzt nicht mehr anfangen, etwas für die Schule zu tun, einen knappen Monat, bevor ich das Gymnasium verlassen würde. Als sie endlich fertig war mit ihrer Predigt, lief ich zu den
Spinden. William war nirgends zu sehen, und da Katarina am
Abend zuvor angerufen und mich gefragt hatte, ob ich die Geigenstunde vom Dienstag heute nachholen wollte, musste ich los.
Ich war bei der Stunde immer noch mit den Gedanken woanders, Katarina war so nett, meine Fehler nicht zu kommentieren,
sie sagte nur, es sei kein Wunder, dass ich noch nicht wieder fit
war, und ich sei vielleicht zu früh wieder in die Schule gegangen.
Sie hatte vermutlich recht, ich war total erschöpft, nachdem ich
den ganzen Tag auf den Beinen gewesen war. Aber ich wusste ja
auch, es gab noch einen anderen Grund, warum ich mich nicht
richtig aufs Spielen konzentrieren konnte, und als ich die Geigenstunde und die Schule endlich hinter mir lassen konnte, ärgerte ich mich über mich selbst.

Es war irgendwie tröstlich, in Williams Nähe zu sein, ich verstand auch nicht so recht, warum. Eigentlich absurd, wenn man
bedachte, wie es ihm ging.

Dann hörte ich plötzlich Schritte hinter mir. Ich schaute mich
um, aber da war William schon neben mir und sagte fast atem-
los: »Ich habe am Spind auf dich gewartet, aber du bist nicht gekommen, ich bin also durch die Flure gelaufen und war fast sicher, dass du schon nach Hause gegangen bist. Aber dann habe
ich dich durch das Fenster gesehen.«

»Und ich habe versucht ...« *In etwa das Gleiche zu tun*, dachte
ich und verbarg ein Lächeln. Wie eigenartig, dass er jetzt neben
mir war, wo ich gerade an ihn gedacht hatte.

Er lächelte steif, sah beinahe nervös aus. »Wo bist du denn die ganze Woche gewesen?« Sein Blick wanderte über mein Gesicht, dann biss er sich in die Unterlippe. »Du fehlst doch sonst nie.«

»Ich war krank, hatte Fieber, aber jetzt geht es mir wieder besser.«

»Oje.« Er schwieg. »Hast du dir das neulich geholt? Weil du so gefroren hast. Ja, ganz bestimmt. Du hättest nicht …« Er hielt meinem Blick ein paar Sekunden stand, dann schaute er weg.

»Es war doch selbstverständlich, dass ich dich nicht allein gelassen habe.« Ich stellte den Geigenkasten auf den Boden. »Wie ist es dir so gegangen?«

»Na ja …« Er trat gegen einen Stein. »Es ist halt ein bisschen viel im Moment. Du fragst dich bestimmt, warum ich …« Er lachte verlegen, fuhr sich mit der Hand durch die Haare. »Ich weiß nicht, wie das passiert ist. Ich habe es wirklich nicht gewollt. Ich bin kein Weichei, das … das …« Seine Kiefer bewegten sich, aber er bekam kein Wort heraus. »Du hast mich in einem ganz schlechten Augenblick erwischt.«

»Nur weil du … du hast es nicht leicht«, sagte ich zögernd. »Ich wünschte, du könntest …«

»Ich kann mit niemandem darüber reden«, unterbrach er mich, als wisse er, was ich sagen wollte.

Ich nickte, spürte jedoch, wie es innerlich schmerzte. Ich würde also nie erfahren, worum es ging? »Nicht einmal mit der Polizei?«, fragte ich dann und dachte an das Gespräch zwischen seinen Freunden vor ein paar Tagen.

William erschrak, und ich merkte, dass meine Frage sofort eine Distanz zwischen uns hervorrief.

Ich wand mich ein wenig. »Ich dachte bloß ... ach, ich weiß nicht. Falls du dich bedroht fühlst oder so.« *Vielleicht war es ja umgekehrt*, dachte ich dann, und es durchfuhr mich eiskalt.

Er schnalzte mit seinem Armband, so wie er es manchmal machte. »Es ist nicht, was du ...«

» ... glaubst«, ergänzte ich und hatte einen Impuls, meine Hand um sein Handgelenk zu legen und nicht loszulassen. »Nein, das hast du gesagt. Und deine Eltern, kannst du nicht mit ihnen reden und könnten sie dir helf ...?« Ich schwieg, als ich seinen Blick sah. »Okay, ich habe verstanden, das wären die Letzten, die du da hineinziehen möchtest«, sagte ich leise. Wir standen schweigend da, es fühlte sich an wie eine Ewigkeit, ich hatte Angst, er würde sagen, dass er geht. Dann holte er tief Luft und schaute mich abwartend an. »Findest du, dass ich irgendwie gestört wirke?«

Ich schaute ihn an.

»Also, ich habe es nicht so gemeint.« Er seufzte und schaute weg. »Ich habe nur Angst, dass ... Das wäre das Schlimmste, was passieren könnte.« Sein Blick landete wieder auf mir. Traurig. Schwer.

Jetzt verstand ich, was er meinte, und schüttelte den Kopf, aber ich machte mir nur noch größere Sorgen.

William atmete lange aus und trat von einem Fuß auf den anderen. »Du, ich habe etwas vor, aber ich will es nicht so gern allein machen. Könntest du dir vorstellen, mitzukommen? Also, es ist absolut nicht gefährlich oder so«, sagte er, als ich tief Luft holte.

»Aha, heute, morgen, übermorgen, oder worüber reden wir?«, fragte ich und runzelte die Stirn.

Er verzog ein wenig den Mund, räusperte sich, wurde ernst. »Jetzt, gleich. Es dauert nicht lange, und ich kann dich danach nach Hause fahren«, sagte er und starrte auf einen Punkt hinter meinem Rücken. »Aber ich verstehe auch, wenn du ...« Er schaute auf meinen Geigenkasten und danach mich an.

Üben, üben, üben, dachte ich, es war, als würde ein Widerstand in mir hochkommen, gefolgt von einem Gefühl des Eingeschlossenseins.

»Also, es war nur so eine Idee«, sagte er unsicher und schien seinen Vorschlag fast zu bereuen. »Wahrscheinlich sollte ich es auch nicht machen.«

Ich schauderte und fühlte meinen Puls schneller werden. Jetzt hatte ich wirklich kaum noch eine Wahl. Ich erwiderte seinen Blick und lächelte. »Okay, ich komme mit.«

KAPITEL EINUNDZWANZIG
Heute

Es ist Montagmorgen, und ich bin besonders früh in der Berwald-halle, weil ich selbst spüren will, wie es mit dem Spielen klappt, bevor die anderen kommen. Ich habe auch zu Hause schon ver-sucht zu spielen, aber sobald ich die Geige an das Kinn legte, schoss der Schmerz in die Schulter, und ich dachte … Ja, was dachte ich eigentlich? Irgendwie hatte ich wohl gehofft, dass es besser gehen würde, wenn ich erst mal hier war. Einen Moment lang fühlt sich alles ganz schwer an. Aber ich darf mich nicht von Hoffnungslosigkeit übermannen lassen. Ich muss kämpfen und die Kriegerin in mir hervorholen, ich *muss* es wegdenken können.

Ich nehme die Geige und den Bogen und stelle mich vor den Spiegel im Umkleideraum. »Hilf mir«, flüstere ich dann fast ver-zweifelt.

Ich hebe vorsichtig meinen linken Arm. Wenn ich ganz ent-spannt bin, dann … Es zieht in der Schulter, ein dumpfer Schmerz macht sich breit. Ich beiße die Zähne zusammen, senke den Arm ein wenig und versuche erneut, ihn zu heben. Mir wird fast schwarz vor den Augen. Ich kann mich gerade noch auf die Bank setzen, ich beuge mich nach vorne, mit dem Kopf zwischen den Knien. Ich atme ganz langsam und tief ein und aus.

Verdammte Scheiße!

Dann richte ich mich wieder auf, fasse vorsichtig an die Schul-ter und versuche herauszubekommen, ob es an einer bestimm-ten Stelle besonders wehtut, aber es schmerzt einfach überall.

Ich lege die Geige auf den Schoß und streichle sie sanft, dann starre ich einfach leer vor mich hin. »Was soll ich bloß tun?«, flüstere ich. »Oder willst du nicht, dass ich sie spiele? Bist du derjenige ...?«

Die Sekunden vergehen, aber ich bekomme keine Antwort. Mein Gott, was mache ich hier? Außerdem hatte ich ja schon Probleme mit der Schulter, bevor ich die Geige leihen durfte.

Dann höre ich Stimmen vor der Tür, und im nächsten Moment kommt Daniela in den Umkleideraum. Sie starrt mich an. »Ich habe geahnt, dass du hier drin bist«, sagt sie. »Hier draußen gibt es Kaffee.«

Ich habe das Gefühl, bei etwas erwischt worden zu sein, ich lege die Geige weg und folge ihr aus dem Raum. »Du bist heute früh dran«, kommentiere ich.

»Ja, ich bin mitgenommen worden«, sagt Daniela und drückt Kaffee aus einer der großen Thermoskannen, die auf dem Tisch neben den Sofas stehen. »Calle wohnt ein wenig außerhalb der Stadt, und man weiß ja nie, wie schlimm die Staus sind.«

Ich nicke und lächle. »Hattet ihr ein schönes Wochenende?«

Sie errötet leicht und nippt an ihrem Kaffeebecher. Dann sagt sie: »*Und wie* ... haben kaum das Schlafzimmer verlassen, seit dem Konzert am Samstagnachmittag.«

Wir kichern ein wenig, ich nehme einen Becher und hole mir Kaffee. Der Becher fällt auf den Boden, und der Kaffee spritzt in alle Richtungen.

»Verdammt«, murmelt Daniela.

Ich schaue mich panisch um und versuche zu verstehen, was gerade passiert ist.

»Ich helfe dir beim Aufwischen«, sagt Daniela rasch, stellt ihren Becher ab und fängt an, den Kaffee vom Tisch und vom Boden aufzuwischen.

Ich nehme auch Küchenpapier von der Rolle, die auf dem Tisch steht, und wische so gut es geht das Sofa und alle möglichen anderen Stellen, wo Kaffee hingespritzt ist, sauber. Aber ich merke, dass mein linker Arm sich schlaff und schwach anfühlt, es schmerzt anhaltend in der Schulter, ich kann das Weinen fast nicht unterdrücken. Ich spüre, dass Daniela mich die ganze Zeit anschaut, und das macht die Sache nicht besser. Einen kleinen Becher mit Kaffee … Wenn ich es noch nicht einmal schaffe, den mit der linken Hand zu halten, wie soll ich dann stundenlang proben können? Genau das ist wohl passiert, alle Kraft weicht aus dem Arm, sobald ich ihn anhebe.

»Was ist denn hier passiert?«

Ich schließe kurz die Augen. Natürlich ist auch Gabriel heute früh dran, und er muss genau in diesem Moment auftauchen.

»Ich habe ein wenig Kaffee verschüttet«, lügt Daniela und wirft einen kaffeegetränkten Papierball in den Mülleimer an der Wand und richtet sich auf.

Gabriel schaut skeptisch von ihr zu mir, murmelt etwas Unverständliches und geht weiter zum Umkleideraum der Herren. Die Kaffeeflecke waren schließlich nicht auf Danielas Bluse.

»Danke«, flüstere ich ihr zu.

»Du, was ist eigentlich los?«, sagt sie und schaut mich forschend an. »Mal ehrlich.«

Tränen brennen hinter meinen Lidern, ich kann sie fast nicht mehr zurückhalten. Aber dann öffnet sich die Tür zum Umkleideraum der Herren, und sowohl Gabriel als auch Calle kommen heraus. »Ich fühle mich ein wenig krank«, murmle ich.

Daniela blinzelt ein paar Mal, als wisse sie nicht, ob sie mir glauben soll oder nicht. Dann beugt sie sich vor, legt eine Hand auf meinen Arm und tritt einen Schritt zurück. »Dann musst du dich krankschreiben lassen, nach Hause fahren und dich ausruhen.«

Ich schüttele den Kopf. »Ich glaube nicht, dass es …«

»Mira!« Sie schaut mich durchdringend an. »Es reicht vielleicht, wenn du dich heute krankschreiben lässt, morgen geht es dir bestimmt wieder besser. Obwohl …« Sie schaut mich unsicher an. »Ich habe allerdings das Gefühl, dass da mehr ist.«

»Ist es nicht!«, sage ich so laut, dass Gabriel und Calle in unsere Richtung schauen.

»Okay«, sagt Daniela, aber ich sehe ihr an, dass sie mir nicht glaubt. Dann sagt sie leise: »Ich mache mir Sorgen um dich.«

Ich öffne den Mund, um etwas einzuwenden, doch ich kann nicht sagen, dass es dafür keinen Grund gibt. Ehrlich gesagt, es fühlte sich an, als ob in meiner Schulter etwas kaputtgegangen wäre, die Gefühllosigkeit in den Fingern ist auch schlimmer geworden. Ich muss versuchen, so schnell wie möglich einen Termin bei Elin in der Musikerpraxis zu bekommen.

Als ich nichts sage, reibt Daniela mir den Rücken. »Fahr jetzt nach Hause, ich melde mich später. Ich sage allen, die es wissen müssen, dass es dir nicht gut geht, dann brauchst du nicht daran zu denken.«

Ich spüre, wie die Panik in mir steigt, meine Stimme ist eine Oktave höher als normal. »Aber sag ihnen, dass ich damit rechne, morgen wieder da zu sein, morgen wieder da sein *werde*«, korrigiere ich.

Daniela schaut mich besorgt an, dann nimmt sie mich in die

Arme und murmelt, ich solle auf mich aufpassen, es klingt, als würden wir uns eine Weile nicht sehen.

Die Unruhe und die Angst werden schlimmer, sie türmen sich vor mir auf wie große dunkle Wolken. Sie sollen sich auflösen, und ich versichere mir selbst, dass alles gut wird, aber es scheint nicht mehr zu funktionieren. Ich habe solche Angst vor der Diagnose, die ich vielleicht bei der Ärztin bekommen werde.

KAPITEL ZWEIUNDZWANZIG

Vierzehn Jahre zuvor

Ich schaue in das dunkle Lokal und dann wieder zu William. Dem Schild über der Tür nach zu urteilen, befinden wir uns vor einem Tätowierstudio, aber ich bin noch nie in dieser Seitenstraße gewesen.

»Du willst dich tätowieren lassen«, konstatierte ich überflüssigerweise.

Er warf einen fast sehnsuchtsvollen Blick in das Lokal. »Ja, ich will es schon eine ganze Weile machen, aber wenn man noch nicht achtzehn ist, muss man die Erlaubnis der Eltern haben. Fast alle Tätowierer verlangen das. Aber jetzt bin ich achtzehn, und es kann losgehen.«

»Deine Eltern wissen also nicht, dass du dich tätowieren lässt?«, frage ich etwas besorgt.

»Nein, mein Vater verbringt einen Gutteil seiner Zeit damit, Tätowierungen zu entfernen, obwohl es nicht zu seinen normalen Tätigkeiten gehört. Er würde mich umbringen, wenn er wüsste, dass ich mich tätowieren lasse.« William schien zu erkennen, wie er sich ausgedrückt hatte, und verzog das Gesicht. »Oder ich meine, er würde nicht sehr glücklich darüber sein. Und irgendwie mache ich es auch deswegen, um ihn zu ärgern«, murmelte er.

Ich schaute William forschend an und spürte, wie er meinem Blick auswich. »Aber er und meine Mutter müssen es ja gar nicht erfahren. Du darfst es ihnen auch nicht erzählen!« Er schaute mich an und fasste meinen Arm.

Ich schaute auf seine Hand und dann ihn an. »Ich kenne sie

doch gar nicht, und falls ich sie treffen sollte, würde ich ihnen bestimmt nicht von der Tätowierung erzählen.«

William sah beschämt aus, er ließ mich los und strich über meinen Arm, als hätte er Angst, mir wehgetan zu haben oder so. »Nee, natürlich nicht, sorry.«

Ich nickte, schaute ihn noch einmal nachdenklich an, ein unbehagliches Gefühl breitete sich in mir aus. Irgendetwas an dieser ganzen Sache gefiel mir nicht. Dann schaute ich wieder in das Tattoostudio. »Und was verschafft mir die Ehre, dich zu begleiten? Nicht, dass ich so sein will, aber es scheint die Art von Unternehmungen zu sein, bei der du vielleicht lieber einen deiner Freunde mitgenommen hättest.«

William strich die Haare, die ihm ins Gesicht gefallen waren, hinter die Ohren. »Weil das ein Machoding ist, sich tätowieren zu lassen?« Er fixierte mich einen Moment lang.

Ich bekam einen trockenen Mund und wusste nicht, was ich antworten sollte. Vielleicht hatte ich genau das gedacht, obwohl auch Mädchen sich tätowieren ließen.

Er zuckte mit der Schulter und grinste. »Ich bin wohl doch ein Feigling und dachte, du könntest mir vielleicht die Hand halten, falls es sehr wehtut.«

Ich war mir nicht sicher, ob er das ironisch meinte. »Wie meinst du das?«, erwiderte ich.

Sein Lächeln verschwand. »Ich vertraue dir einfach. Oder sollte ich das nicht?«, fragte er ein wenig angespannt.

»Doch, natürlich«, sagte ich, runzelte jedoch die Stirn und war nicht ganz sicher, was er meinte. Aber ich wollte auch ihm vertrauen können. Ein Gefühl der Verwundbarkeit erfasste mich, und ich wurde daran erinnert, dass es am besten war, für sich zu bleiben. Das schien immer schwieriger zu werden, was ihn betraf, obwohl alle Alarmglocken in mir läuteten.

* * *

Kurz darauf saß William im Tätowierstuhl, seine langen Haare hatte er zu einem provisorischen Pferdeschwanz zusammengebunden. Der Tätowierer hatte das Tattoo, das hinter dem Ohr sitzen sollte, mit Tusche auf seine Haut gezeichnet.

»Warum ausgerechnet da?«, fragte ich. Ich lehnte an der Wand und ahnte die Antwort, bevor ich sie bekam. Es war ziemlich offensichtlich, nach allem, was er mir auf der Straße anvertraut hatte.

»Damit ich die Tätowierung unter meinen Haaren verstecken kann«, sagte William.

»Das machen viele mit dieser Art von Tattoos«, sagte der Tätowierer. »Und wenn man sie nicht verbergen will, dann muss man einfach nur die Haare hochbinden.«

»Aber tut es nicht sehr weh, sich hinterm Ohr tätowieren zu lassen, wo die Haut so dünn ist?«, fragte ich vorsichtig und schaute hinüber zum Tätowierer, der zustimmend nickte.

»Doch, es ist eine der schlimmeren Stellen.«

Ich sah, wie William die Zähne zusammenbiss, und bereute sofort, dass ich laut gedacht hatte, denn er hatte bestimmt seine Nachforschungen angestellt und wusste es.

»Bist du ganz sicher, dass ...?« Ich kniff die Lippen zusammen. Es war immer noch möglich, sich umzuentscheiden, aber ich wollte nicht diejenige sein, die ihn dazu brachte.

»Ja, ich bin sicher«, sagte William, doch er zuckte mit dem einen Bein. »Aber wenn du willst, kannst du gerne hier neben mir sitzen?« Er schaute hinüber zu dem Stuhl, der in einer Ecke stand, und der Tätowierer fügte hinzu:

»Ja, genau, das hätte ich vielleicht gleich sagen sollen. Dieser Stuhl ist dafür da. Und sobald du bereit bist, bin ich es auch.«

Ich holte den Stuhl und setzte mich neben William, ich spürte, wie meine Hand seine nehmen wollte, aber ich ließ sie im Schoß liegen.

William setzte sich zurecht, holte tief Luft und nickte dem Tätowierer zu. »Okay, ich bin bereit.«

Kurz darauf hörte man das Surren der Tätowiernadel, ich sah, wie William blinzelte und nach etwas tastete, an dem er sich festhalten konnte. Ich streckte instinktiv meine Hand aus, und er hielt sie fast krampfartig fest.

»Alles okay?«, fragte der Tätowierer und schaute auf.

»Ja, sicher«, sagte William. Aber sobald die Tätowiernadel wieder anfing zu surren, zuckte er zusammen und holte noch einmal tief Luft. »Als hätte ich nicht schon schlimmere Schmerzen als das hier ertragen«, murmelte er vor sich hin.

Seine Worte lösten eine Art Panik und Hilflosigkeit bei mir aus. Dann sah ich seinen Blick. »Schau mich an«, sagte ich, »und halt meine Hand fest …«

» … dann ist es vielleicht leichter«, fügte er hinzu und konnte sogar ein kleines Lächeln hervorbringen.

Ich erwiderte es und schaute ihm fest in die Augen. Aber nach einer Weile wäre *ich* fast seinem Blick ausgewichen, er sah so nackt und verwundbar aus, dass ich es fast nicht aushielt.

»Gleich ist es vorbei«, flüsterte ich.

»Das ist nicht der Grund, es ist nicht deswegen«, murmelte William und schloss die Augen, als würde ihm auf einmal bewusst, dass sein Gesicht, seine Gefühle zu lesen waren wie ein offenes Buch.

Ich drückte seine Hand noch fester, meine Gedanken wirbelten in alle möglichen Richtungen davon, bis der Tätowierer endlich sagte, es sei fertig.

William öffnete vorsichtig die Augen, dann stand er auf, ging zum Spiegel an der Wand, ein Lächeln breitete sich auf seinen Lippen aus, als er das Tattoo sah, er blieb lange stehen und schaute es an.

»Bist du zufrieden?«, fragte der Tätowierer schließlich.

»Was glaubst du denn?« William drehte sich lächelnd zu uns um.

Ich stand auf und schaute ihn unsicher an. Ich wusste, die Tätowierung bestand aus einem Wort, allerdings nicht, welches es war. Jetzt drehte er sich so, dass ich sehen konnte.

Faith, stand da, in dünnen schnörkeligen Buchstaben hinter dem Ohr.

»Wie toll«, rief ich aus.

William errötete. »Du findest das vielleicht ein wenig albern, ich brauche im Moment *faith* in meinem Leben. Ich habe erst über ein Motiv nachgedacht, das es symbolisieren könnte, aber am Ende habe ich mich doch für das Wort entschieden.«

Ich schüttelte den Kopf, »Es ist nicht albern, es ist schön.« *Glaube, die Zuversicht, dass alles gut werden würde*, dachte ich. Aber dann nahmen meine Gedanken wieder ganz andere Wege. Besonders als ich an sein verletzliches Gesicht vor kurzem dachte und auch an das, was er gesagt hatte, dass er viel schlimmere

Schmerzen ertragen habe. Wenn er sogar deshalb eine Tätowierung brauchte, damit er die Hoffnung nicht verlor, um sich »zu schützen«, dann musste die Situation ziemlich schlimm sein.

* * *

»Das zu verbergen wird nicht einfach«, sagte ich und nickte in die Richtung des Pflasters, das man unter Williams Haaren sah. Wir standen wieder draußen auf der Straße, nachdem er verbunden worden war.

Er tastete vorsichtig danach. »Ja, ich weiß, aber ich werde es abmachen und wegwerfen, bevor ich zu Hause bin.«

»Sollte es nicht etwas länger draufbleiben?«, sagte ich und dachte daran, was der Tätowierer gerade gesagt hatte. »Damit es sich nicht entzündet?«

»Ja, Frau Doktor, das sollte man eigentlich, aber es wird auch so gehen. Das ist eine Vorsichtsmaßnahme, und das müssen sie sagen, um sich abzusichern.« Dann schaute er unsicher, als wäre das, was er gesagt hatte, doch ziemlich überheblich, und fügte leise hinzu: »Mach dir keine Sorgen. Ich weiß nicht, was da drinnen los war. Das war nicht der Schmerz als solcher, es war eher die Erinnerung an …« Er schaute weg.

»An das andere …«, sagte ich und spürte, wie sich alles in mir zusammenzog.

Er holte tief Luft und schüttelte den Kopf. »Verdammt, was musst du eigentlich von mir denken?«

»Ist das wichtig?«, fragte ich leise und bereute es sofort. Denn in all seiner Schlichtheit war das eine ziemlich aufgeladene Frage.

Er antwortete nicht, aber als unsere Blicke sich trafen, glaubte ich für einen Moment, meine eigene Angst in seinen Augen zu sehen. Aber das war nur Einbildung.

»Also warum …?«, begann ich und hielt sofort wieder inne. Ich wollte ihn nicht drängen. Sein Blick und seine Gesichtszüge waren hart geworden.

Dann strich er sich mit der Hand übers Gesicht, als wolle er die Gedanken ableiten, und räusperte sich: »Sollen wir zu mir nach Hause gehen und uns ein Auto ausleihen, damit ich dich nach Hause fahren kann? Unterwegs kann ich dich zu einem Burger oder so einladen, als Dank dafür, dass du mitgekommen bist?«

»Oder um das Tattoo zu feiern«, schlug ich vor, aber ich bekam sofort wieder einen schalen Geschmack im Mund, die Sorge ergriff mich sofort wieder, und ich fragte mich, ob das ein Grund zum Feiern war.

Aber William stimmte sofort zu: »Ja, um das zu feiern, und weil du mitgekommen bist. Ich weiß, das war nicht selbstverständlich.« Er fixierte mich mit dem Blick, bis ich wegschauen musste, mir wurde ganz heiß, wenn ich ihn zu lange anschaute, und ich fürchtete, dass er das bemerkte. Es war, als würde er eine Schicht nach der anderen von mir abschälen, wenn er mich anschaute, das war mir nicht nur unangenehm, es machte mir total Angst.

KAPITEL DREIUNDZWANZIG

Heute

Wie in einem Nebel schiebe ich die Tür auf und verlasse das Gebäude, in dem die Musikerpraxis ihre Räume hat. Elins Worte kreisen in meinem Kopf.

Die Entzündung hat sich verschlimmert ... Es ist leider in die falsche Richtung gegangen ... Wenn du das jetzt nicht ernst nimmst und ganz auf jegliche Aktivitäten, die die Entzündung verursacht haben, verzichtest, das heißt auf das Geigespielen ...

Ich bleibe stehen und schlage die Hände vors Gesicht, ich will den Satz im Kopf nicht beenden, tue es aber doch ... *dann werde ich vielleicht nie wieder uneingeschränkt spielen können.*

Elin hat das so nicht gesagt, aber sie hat es gemeint. Das surreale Gefühl, das am Ende immer stärker wurde, ist jetzt überwältigend, und ich begreife langsam, wo ich mich befinde. An einer Stelle, an der ich nie wieder landen wollte, das hatte ich mir versprochen. Die Hilflosigkeit und die Selbstvorwürfe werden stärker, ich bewege mich vorwärts, wie um zu fliehen. Erst als ich die Frejgatan überquert habe, wird mir klar, dass ich in die falsche Richtung gegangen bin, nicht wie sonst immer, und auch nicht dahin, wo ich hinwollte. Dennoch gehe ich beinahe wie in Trance in den kleinen Park Vanadislunden und setze mich auf eine Parkbank. Dann senke ich den Blick und spüre, wie mein Herz schneller schlägt. Das darf nicht wahr sein ... Die letzte Person, die ich jetzt treffen möchte. Aber er hat doch gesagt, dass er irgendwo hier in der Nähe arbeitet, fällt mir ein. Kann ich wieder von der Bank aufstehen und umkehren? Oder mich irgendwie anders unsichtbar machen? Aber als ich aufschaue, starrt er mich direkt an, als würde er spüren, dass er beobachtet wurde. Er schnappt ein wenig nach Luft, lächelt dann unsicher und kommt langsam auf mich zu.

»Warst du bei der Musikerpraxis?«, sagt er. Sein Blick sucht das Weite, dann steckt er die Hände in seine Jeanstaschen und schaut mich an.

Einen Moment lang ist es, als würde ich ihn zum ersten Mal anschauen, nach all den Jahren, obwohl ich ihn in letzter Zeit mehrmals gesehen habe. Alles an ihm ist härter, kantiger. Die Fältchen in den Augenwinkeln, die Schatten unter den Augen sind ein Zeichen dafür, dass er ständig zu wenig Schlaf bekommt. Vielleicht wegen der Arbeit, oder … Ich versuche, die Erinnerungen von mir fernzuhalten, aber auf einmal fühle ich mich schutzlos vor Reue und Scham, und es dauert ein paar Sekunden, bevor ich fast flüsternd sage: »Ja, ich komme gerade von Elin. Ich … ich …« Die Worte bleiben mir im Mund stecken, und als ich den Kopf schüttle, füllen sich meine Augen mit Tränen, so stark sind die Schmerzen auf einmal. Ich lehne mich nach vorne und verberge mein Gesicht in den Händen.

»Du, was ist mit dir?« William setzt sich neben mich.

»Meine Schulter macht Probleme … ich habe gerade erfahren, dass ich für eine längere Zeit ganz mit dem Geigespielen pausieren muss, weil ich sonst …« Ich kann kaum atmen, einen solchen Druck habe ich auf der Brust.

»Verdammt«, ruft William aus, als wüsste er genau, was Sache ist, ohne dass ich noch mehr sage. »Das tut mir wirklich leid, ich habe dir so die Daumen gedrückt, dass es dir besser geht.«

Ich richte mich langsam wieder auf, weiche jedoch seinem Blick aus, wünschte, ich hätte nichts gesagt. Ich möchte nicht, dass er mich so sieht, verletzlich und ungeschützt. So hat er mich damals schon viel zu oft gesehen. Ich will stark sein, zumindest stark *wirken*. Als wäre ich inzwischen eine andere Person und hätte das alles hinter mir gelassen.

»Und was ist eine längere Zeit?«, fragt er leise.

Ich muss schlucken, aber meine Stimme zittert ein wenig, als ich antworte: »Mindestens einen Monat. Man kann es nicht genau sagen, und wenn ich wieder spielen kann, muss ich vorsichtig anfangen und nur so viel üben, wie die Schulter es mitmacht«, sage ich und verwende Elins Worte: »Am Anfang vielleicht eine Viertelstunde am Tag.«

»Und wie läuft es dann mit ...?« William will offensichtlich den Satz nicht vollenden, er hat bereits verstanden, wie schlimm es um mich steht.

»Überhaupt nicht!«, sage ich. »Ich habe das Gefühl, dass mein ganzes verdammtes Leben vorbei ist.« Dann starre ich William an und kann nicht begreifen, was ich gerade ausgerechnet zu ihm gesagt habe. Ich würde am liebsten die Worte aufheben und wieder in den Mund stecken. »Entschuldige, das hätte ich nicht ...«, murmele ich.

Er hebt eine Hand. »Ich verstehe, du hast es gerade sehr schwer.«

»Ja, obwohl ...« Ich packe mit der rechten Hand die Bank und drücke sie fest, versuche, mich zusammenzunehmen. »Ich habe dich übrigens gestern im Fernsehen gesehen. Deine Arbeit scheint ja eine ganz tolle Sache zu sein.«

Eine tolle Sache? Ich drücke die Bank noch fester. Fällt mir wirklich nichts Besseres, Klügeres ein?

»Ich frage mich, ich hatte gehofft ...« Das Unmögliche gehofft, denke ich. »Mit dem Eishockey ist es also ...?«, bekomme ich schließlich heraus.

»Nein, das hat nicht geklappt.« Er schüttelt den Kopf. »Aber ich bin wirklich froh, dass du erreicht hast, was du wolltest, mit dem Geigespielen – obwohl das im Moment vielleicht die falsche Bemerkung ist.«

»Es hätte nicht viel gefehlt, und auch daraus wäre nichts geworden«, sage ich, dann rast mein Blut in den Ohren, Reue, Scham und Schuld holen mich wieder ein. Warum sage ich das?

William öffnet den oberen Knopf seines Hemdes und zieht am Kragen. »Hm, ja, verstehe. Ich bereue so viel aus jener Zeit.«

»Ich auch«, sage ich leise, schaue ihn von der Seite an, lasse meinen Blick über seinen Hals gleiten. Ich erinnere mich plötzlich daran, wie ich meine Nase genau in die Kuhle zwischen Hals und Schulter gesteckt habe und ganz high davon wurde, ihn einzuatmen.

Meine Güte, warum denke ich ausgerechnet jetzt daran?

»Du bereust es also, mich getroffen zu haben?«

Ich schaue William erstaunt an, dann fülle ich die Lungen mit Luft und atme langsam aus. »Ich bereue, wer ich mit dir wurde.« Das stimmt nicht richtig. Aber ich bereue, was ich durch mein Verhalten verursacht habe. »Du musst mich hassen«, flüstere ich.

»Warum sollte ich dich hassen?« Er sagt das so aufrichtig, dass ich ihm glauben möchte. »Ich hätte mich bei dir melden sollen, ich war so oft kurz davor, aber jedes Mal kam die Erinnerung ...« Er schaut mich schweigend an, dann wendet er den Blick ab. Ich versuche, dagegen anzukämpfen, aber ich merke, wie ich nicke, die Erinnerungsbilder drängen sich wieder auf. Der Schock, das Unbegreifliche, wie alles zerfiel.

Ich werfe ihm nicht vor, dass er nie auf meine Mitteilungen oder Anrufe geantwortet hat, dass er einfach verschwand.

»Es wurde also am Ende alles gut?«

Sein Blick erforscht mein Gesicht. »Ja.«

Immerhin etwas, denke ich, und wenn er in Luleå geblieben ist ... Ich kneife die Augen zu, es schaudert mich, ich möchte eigentlich nicht an diese Möglichkeit denken. Aber auch nicht an die Einsamkeit, die drohte, mich zu erdrücken, als mir klar wurde, dass er nicht zurückkommen würde – schlimmer, als ich es jemals zuvor erlebt hatte. Ich hatte ihn so sehr vermisst, dass ich fast daran zerbrach.

Langsam öffne ich wieder die Augen, bringe es aber nicht wirklich fertig, seinem Blick zu begegnen. »Wie lange bist du letztendlich geblieben?«

»Bis ich mit dem Studium an der Universität in Lund anfing. Ich bin erst etwas später nach Stockholm gezogen.«

»Warum gerade Lund?«, kann ich mir nicht verkneifen zu fragen.

»Elin wollte dort studieren, also ...« Er greift sich in die Haare, legt die Hand an den Hals, wirkt unruhig.

»Ich verstehe«, sage ich schwach. Es war kaum die Antwort, die ich erwartet hatte, und es wurde ganz offensichtlich, dass es Elin schon eine ganze Weile gab. Irgendwie tut das weh. Seit so vielen Jahren habe ich nicht ... ich versuche, den Gedanken abzuschütteln, bevor er sich festsetzt, aber dann erinnere ich mich an meinen ersten Besuch bei Elin, als sie erzählte, dass sie ein paar Jahre im Ausland gelebt hat. Haben sie sich schon damals getroffen? »Also, diese Organisation, die du gegründet hast«, sage ich dann zögernd und versuche, das Thema zu wechseln. »Wirklich beeindruckend, was du ...« Ich weiß nicht genau, wie ich mich ausdrücken soll, und William macht eine abwehrende Geste und sagt: »Beeindruckend würde ich wirklich nicht sagen. Ungefähr neunundneunzig Prozent der Zeit komme ich mir ziemlich nutzlos vor. Deshalb gehe ich oft hierher, um den Kopf freizubekommen. Ich meine, wenn wir ins Spiel kommen, ist es fast immer schon zu spät. All diese jungen Menschen, die das ganze Leben vor sich haben und die von der Gesellschaft, von den Erwachsenen, im Stich gelassen werden. Die nie eine wirkliche Chance haben. Es ist ziemlich deprimierend. Aber andererseits, die wenigen Male, wenn jemand es doch schafft, sein Leben zu wenden ...« Ein kleiner Funken Hoffnung leuchtet in seinen Augen. »Das treibt mich an, und deshalb mache ich weiter.«

Von seinen Worten wird mir ganz warm, und ich nicke schnell. »Das verstehe ich! Und wenn man bedenkt, was du erlebt hast. Auch wenn es vielleicht nicht dasselbe war, aber wenn du irgendwie ...« Ich verstumme. *Diese Erfahrung nutzen kannst*, fühlt sich vollkommen falsch an, denn es ist eine Erfahrung, die niemand machen sollte.

Es blitzt in seinen Augen auf. »Vielleicht nützt es ihnen, meine Geschichte zu hören. Die Voraussetzungen dieser Jugendlichen sind doch sehr anders. Auf jeden Fall hilft es mir, mit ihnen zu arbeiten.« Es sieht fast so aus, als schäme er sich dafür, und ich versuche, seinen Blick einzufangen.

»*Das* ist sehr gut.«

»Ja ...« Er atmet tief durch, schaut unruhig, als wäre all das immer noch sehr heikel für ihn. Ich würde gerne etwas Bedeutenderes sagen, ihn so vieles fragen. Was damals passiert ist. Was zu Hause in Luleå geschah, nachdem er abgehauen war, denn darüber weiß ich nichts. Wie er diese Zeit durchgestanden hat, als seine Welt zusammenbrach. Was er *wirklich* dachte. Im nächsten Moment wird meine Aufmerksamkeit auf die Stefanskirche ein Stück weiter weggelenkt, die Glocke schlägt zwei Mal.

William schaut auch hin und steht plötzlich auf. »Apropos Arbeit, ich muss schnell zurück ins Büro. Mir war nicht bewusst, wie spät es schon ist, und ich habe ein Meeting, das genau jetzt anfängt. Aber wir ...« Er hebt die Hand, fast so, als wolle er sich nach vorne beugen und mich am Arm berühren oder so, bevor er es sich anders überlegt und beide Hände in die Taschen steckt. »Pass auf dich auf!«, sagt er und joggt den Hügel hinunter Richtung Frejgatan. Er scheint erleichtert zu sein, gehen zu können.

KAPITEL VIERUNDZWANZIG

Vierzehn Jahre zuvor

Ich blieb auf dem Kiesweg zur Praxis von Williams Eltern stehen, er lief die Treppe hinauf. Ein weiterer Kiesweg ein paar Meter daneben führte zum Privateingang. Seine Eltern arbeiteten noch und waren deshalb in der Praxis. Das hatte William mir gerade erklärt. »Ich glaube, die letzten Patienten für heute sind schon gegangen«, hatte er wie nebenbei gesagt, der Parkplatz, der zur Praxis gehörte, war leer. William steckte den Kopf in die Tür und rief ein unbekümmertes »Hallihallo!« Ich hörte, wie jemand antwortete, er schaute zurück zu mir und winkte, ihm ins Haus zu folgen.

Muss das wirklich sein?, dachte ich und spürte, wie nervös ich war. Ich hatte nicht damit gerechnet, Williams Eltern zu treffen. Aber jetzt blieb mir nichts anderes übrig, als ihm ins Haus zu folgen und mich zu fragen, was sie wohl von mir dachten. Mit der freien Hand versuchte ich, die Haare zu richten und die Jeans hochzuziehen, die mal wieder auf der Hüfte hing.

Weder William noch sonst jemand war zu sehen, ich schaute ins Wartezimmer, das geschmackvoll in harmonischen Farben möbliert war. Ein Klavierkonzert von Beethoven kam aus den Lautsprechern an der Wand. Dann wurde meine Aufmerksamkeit in einen Raum daneben gelenkt, dessen Tür offen stand.

»Ich glaube nicht, dass du eines der Autos haben kannst«, hörte ich eine Frauenstimme sagen. »Ich habe einiges zu erledigen, und dein Vater ... Ja, ich weiß nicht, ob das so eine gute Idee ist, sein Auto zu nehmen, William. Denk mal drüber nach«, sagte sie dann in einem etwas schärferen Ton, er hatte ihr offenbar widersprochen.

»Ich kann doch sonst immer …« Auch Williams Stimme wurde etwas lauter, ich hatte plötzlich das Gefühl, die Diskussion könnte in einen Streit übergehen, und das war wirklich nicht nötig. Schnell, fast instinktiv ging ich zu dem Zimmer.

»Du brauchst mich nicht nach Hause zu fahren! Ich nehme den Bus«, sagte ich und blieb in der Türöffnung stehen. Zwei erstaunte Gesichter wandten sich mir zu. Mein Puls stieg, ich bereute, mich eingemischt zu haben.

»Mama, das ist Mira«, sagte William, der sich schnell wieder gefasst hatte und lächelte.

»Entschuldigung, ich wollte nicht …« Ich schaute hinüber zu seiner Mutter, sie saß an einem Schreibtisch mit einem großen Bildschirm. Ihre aschblonden Haare waren hochgesteckt, und unter dem weißen Arztkittel trug sie einen beigefarbenen Rollkragenpullover. Sie war schön, auf die gleiche Art wie das Wartezimmer elegant war, aber sie strahlte nicht direkt Wärme aus. Ich spürte, wie meine Hand feucht wurde, fasste den Griff des Geigenkastens fester an, bevor ich ihn abstellte und die Hand an der Jeans abwischte, um dann vorzutreten und guten Tag zu sagen. Meine Hand schwebte einen Moment in der Luft, bevor Williams Mutter sich über den Tisch beugte und sie nahm.

»Wie nett«, sagte sie, sah jedoch aus, als fände sie es alles andere als nett, mich kennenzulernen. »Aha, du bist also das Mädchen, das William nach Hause fahren will. Das klingt sehr abgelegen, wo du wohnst. Deine Eltern arbeiten vielleicht mit …« Der Satz blieb in der Luft hängen, dabei musterte sie mich unauffällig. »Ja, sie haben vielleicht eine Landwirtschaft oder so.«

Ich schluckte und wusste nicht so recht, ob sie diesen Schluss nach meinem Aussehen gezogen hatte, oder weil ich außerhalb wohnte.

»Nein, mein Vater arbeitet in der Fabrik, im Stahlwerk«, fügte ich hinzu, als ich ihr fragendes Gesicht sah.

»Aha«, sagte sie und schien nicht zu wissen, was sie mit dieser Antwort anfangen sollte. Es war, als würde ich von etwas sprechen, was ihr völlig fremd war. Was es vermutlich auch war.

»Miras Mutter starb, als sie in die zweite Klasse ging«, fügte William taktvoll hinzu.

»Oh, das tut mir leid«, sagte seine Mutter. »Aber zurück zu den Autos«, sagte sie dann rasch, als wollte sie so schnell wie möglich das Thema wechseln. »Wenn du einen Bus nach Hause nehmen kannst, wie du gesagt hast, dann wäre es wirklich ...«

»Was höre ich da?«, hörte ich plötzlich hinter meinem Rücken. Als ich mich umdrehte, sah ich einen Mann in Arzt-Bekleidung – weißes Hemd mit aufgekrempelten Ärmeln und einer Chinohose in der gleichen Farbe. »Das Mädchen muss doch nicht mit dem Bus nach Hause fahren, wo wir zwei Autos haben. Du kannst mein Auto nehmen und sie nach Hause bringen, Wille.«

»Ich glaube, wir hätten das auch ohne dich klären können«, murmelte Williams Mutter. Aber der Mann, der vermutlich sein Vater war, lächelte und trat einen Schritt auf mich zu, um mir guten Tag zu sagen.

Sein Händedruck war fest, der Blick warm und ruhig, seine ganze Erscheinung strahlte Geborgenheit aus, ich konnte mich ein wenig entspannen. »Entschuldige, dass ich heimlich mitgehört habe«, sagte er und blinzelte mir zu. »Ich habe mitbekommen, dass dein Vater im Stahlwerk arbeitet. Ich kenne eine ganze

Reihe Leute dort, eher in der Führung, aber das Stahlwerk ist unglaublich wichtig für Luleå und die Wirtschaft hier im Norden. Männer wie er werden gebraucht! Und dass sie den Eishockeyverein von Luleå sponsern, das ist schließlich auch kein Fehler.« Er blinzelte mir erneut zu.

»Nein, natürlich nicht«, sagte ich und spürte, wie seine Worte mich entspannten.

»Und du spielst Geige, sehe ich?« Er nickte in Richtung des Geigenkastens auf dem Boden und lächelte.

»Mira bewirbt sich für die Musikhochschule«, fügte William hinzu.

»Für die klassische Richtung?«, fragte sein Vater sofort.

»Ja, aber nur für die Musikhochschule in Piteå, nicht die in Stockholm«, fügte ich hinzu, um das Ganze nicht noch mehr aufzublasen.

»Das ist doch nicht ›nur‹«, sagte sein Vater. »Klassische Musik, das ist wunderbar. Ich wünsche dir viel Glück für die Aufnahmeprüfung.« Er lächelte mich freundlich an, dann holte er einen Autoschlüssel aus der Tasche und gab ihn William. »Wie gesagt, du kannst mein Auto nehmen, Wille. Aber fahr vorsichtig, mit einer so kostbaren Last.« Er legte eine Hand auf Williams Schulter und drückte sie.

* * *

»Dein Vater ist nett«, sagte ich zu William, nachdem wir uns ins Auto gesetzt hatten und ein Stück gefahren waren.

»Ja, das finden die meisten Leute«, sagte er und schaute konzentriert auf die Straße, dann legte er den Arm aufs Fenster und schaute mich von der Seite an. »Ja, und das ist auch der Grund dafür, dass die Praxis so gut läuft – er kann gut auf die Leute zugehen –, und es war auch nett, dass wir das Auto haben können. Ich bekomme es eigentlich immer, wenn ich es brauche, seit ich den Führerschein habe, ich weiß nicht, was heute in meine Mutter gefahren ist.«

Ich rieb einen Fleck auf meiner Jeans weg, ob seine Mutter ihn wohl bemerkt hat? »Sie braucht ihr Auto wohl, um etwas zu erledigen, und hat vielleicht geglaubt, dein Vater braucht seines?«, sagte ich, obwohl ich den Eindruck hatte, der Grund für ihre Ablehnung war etwas anderes. Als ob sie instinktiv und schon bevor ich überhaupt im Zimmer war, beschlossen hatte, mich nicht zu mögen.

William zuckte mit der Schulter. »Vielleicht ... Aber das hat nichts mit dir zu tun, dass sie so war«, betonte er, als hätte er meine Gedanken gelesen. »Meine Mutter ist manchmal schwierig. Also am Anfang, bevor man sie besser kennt. Ich glaube, sie wird sonst nicht mit allem fertig.«

»Wie, nicht fertig?«, fragte ich.

Er schwieg eine Weile, klopfte mit der Faust aufs Lenkrad. »Na ja, der Job. Alles! Die Praxis läuft sehr gut, aber es ist wirklich kein Zuckerschlecken, eine private Klinik zu betreiben. Man ist irgendwie ständig unter Beobachtung, und fast jeder kennt uns. Das ist sozialer Druck.«

Ich nickte langsam. »Schon, aber dein Vater ...«, begann ich, denn sein Vater hatte ja nicht so einen kühlen, distanzierten Eindruck gemacht wie seine Frau. Ich hatte das Gefühl, gesehen zu werden, und das bin ich wahrlich nicht gewohnt.

»Nein, mein Vater ist ganz anders«, sagte William kurz darauf. »Aber jetzt möchte ich nicht mehr über meine Eltern sprechen, mich interessiert viel mehr, was du bestellen wirst, wenn wir gleich zum Burger-Max fahren.«

Ich zog nervös an einer Haarsträhne, schaute nach rechts aus dem Fenster. »Also, ich gehe fast nie zu Max. Nicht, weil ich das Essen nicht mag, es ist nur so …«

William nickte, als würde er verstehen. »Du brauchst dich nicht zu entscheiden, bevor wir dort sind. Übrigens, etwas wollte ich dir schon immer sagen …« Er schaute mich von der Seite an, dann wieder auf die Straße, ich hielt die Luft an. »Ich finde deine Haare ganz toll«, brachte er schließlich heraus. »Die Farbe ist brutal.«

Ich lachte, erleichtert. »Danke … Ja, es ist ziemlich … rot.« Mir wurde richtig warm. Und doch wusste ich nicht, wie umgehen mit dem Kompliment. »Mir gefallen deine Haare auch«, sagte ich schließlich, was mir blöd vorkam, aber es stimmte.

Er lächelte und strich sich mit der Hand durch die Haare, dann über das Tattoo.

»Tut es weh?«, fragte ich und bekam ein Kopfschütteln als Antwort. »Apropos deine Eltern. Ich weiß, wir wollten nicht mehr darüber reden …« Ich fuhr mit der Zunge über die Lippen. »War das nicht ein komisches Gefühl, sie zu treffen, nachdem du dich gerade hast tätowieren lassen und es ihnen nicht zeigen kannst? Ich weiß, dass du es nicht willst, aber was ist, wenn … Und was ist, wenn sie es doch einmal sehen?« Das Risiko war ziemlich groß, oder es war eigentlich nur eine Frage der Zeit, bis es passierte.

William spannte die Kiefer an. »Kommt Zeit, kommt Rat«, sagte er dann, verdrehte die Augen und seufzte. »Und nein, es war überhaupt nicht komisch, es ist, als hätte ich jetzt eine innere

Stärke bekommen.« Er holte tief Luft und fasste wieder an die Tätowierung. »Außerdem interessiert mein Vater sich zurzeit hauptsächlich für Eishockey.«

»Aber die müssen es doch merken, sie mussen sich doch Sorgen machen, wenn du nach Hause kommst mit ...« Ich schwieg, als ich sah, dass Williams Kiefer sich wieder anspannten, seine Hände klammerten sich so fest ans Steuer, dass die Knöchel weiß wurden. »Beim Hockey musst du bestimmt auch Schläge einstecken«, murmelte ich und schaute aus dem Fenster.

William sagte nichts, die Luft zwischen uns wurde immer angespannter. Mein Herz sank wie ein Stein in der Brust. Warum hatte ich bloß damit angefangen, wo er doch deutlich gemacht hatte, dass er nicht darüber reden will? Und ich verstand auch nicht, warum er nicht bereit war, mir etwas anzuvertrauen, wo es ihm doch wichtig war, was ich von ihm hielt und dachte. Wenn es denn so war. Das könnte sein Schweigen erklären. Denn sollte ich erfahren ... Mein Magen verkrampfte sich, und plötzlich musste ich an die Schnittwunde denken, die er am Finger hatte, und was ich damals gedacht hatte, und da fing ich an, mich zu fragen, in was William verwickelt war. Was er eigentlich getan hatte.

KAPITEL FÜNFUNDZWANZIG
Heute

Von meinem Hochbett aus starre ich aus dem Fenster. Wenn dies ein gewöhnlicher Tag wäre, dann würde ich schon lange in der Berwaldhalle zur Probe sein. Aber dies ist kein gewöhnlicher Tag, es ist der erste Tag einer offenbar unabsehbaren Periode, in der ich nicht üben kann.

Ein klein wenig kannst du schon spielen, flüstert eine leise Stimme in mir. *Mit der Betonung auf klein*, fügt eine andere Stimme sehr viel lauter hinzu, und ich versuche, nicht zu viel hineinzuinterpretieren in das, was Annie, die für das Personal des Radiosymphonieorchesters verantwortlich ist, mir gestern Nachmittag gesagt hat. Oder vielleicht will mir gerade das, was sie nicht gesagt hat, nicht aus dem Kopf gehen. Dass sie einen anderen Freiberufler einsetzen müssen, um mich bei den allerletzten Konzerten vor der Sommerpause zu vertreten, was ihr zufolge kein großes Problem sei. Dabei wirkte sie ein wenig verlegen, und ich bekam das Gefühl, als würde die Tatsache, dass sie sich nicht auf meine Verfügbarkeit verlassen könne, meine Chancen für eine Zukunft im Orchester nicht unbedingt stärken. Als würde ich mir nicht selbst schon genug Sorgen machen. Und ich weiß ja, wie viel Spielroutine man verliert, wenn man nicht üben kann. Wie schnell es geht, dass die Finger langsamer werden und das Gefühl für den Bogen nachlässt. Schon ein paar Tage Pause haben Auswirkungen auf das Spiel.

Das Gefühl von Panik, das in Wellen gekommen und gegangen ist, wird stärker. Besonders wenn ich daran denke, welche

Konzerte ich im Sommer absagen muss. Ich ziehe die Decke über den Kopf und möchte am liebsten den ganzen Tag im Bett bleiben. Ich habe ehrlich gesagt keine Ahnung, wie ich die nächste Zeit überleben soll. Alles erscheint mir sinnlos, und Elins Vorschlag, ich könnte mich ja einer anderen Aktivität widmen, kommt mir vor wie Hohn. Seit ich gestern nach Hause gekommen bin, haben sich die Minuten dahingezogen, die Zeit ist quälend langsam vergangen, meine Gedanken bekamen viel zu viel Raum, frei umherzuschweifen. Auch in Richtung William und unserer Begegnung im Park, und zu diesem schrecklichen Moment vor vierzehn Jahren. Elin macht einen sehr professionellen Eindruck auf mich, wenn ich sie konsultiere, aber ich kann doch nicht umhin, mich zu fragen, *wie* viel sie weiß und was sie vielleicht über mich denkt.

Ich wickele mich fester in die Decke, aber die Gedanken schneiden und blitzen in meinem Kopf. Nach einer Weile merke ich, dass dies auch die scharfen Signale von meinem Handy sein können. Warum habe ich es nicht auf stumm geschaltet? Dann schiebe ich die Decke beiseite. Nicht *alles* ist sinnlos. Ich habe versucht, Alessandro zu erreichen, und falls ... Ich sinke wieder ins Kissen, als ich sehe, wessen Name auf dem Display erscheint, und versuche, nicht allzu enttäuscht zu klingen, als ich antworte.

Es dauert eine Sekunde. »Hallo, Mira«, sagt Peter Bauer und wird dann ernst. »Du, Daniela war heute bei mir, sie hat neue Saiten gekauft und mir erzählt, was los ist, dass du wegen einer Entzündung in der Schulter nicht spielen darfst. Ich wollte mich nur melden und fragen, wie es dir geht?«

»Ja, was soll ich sagen ...« Ich setze mich im Bett auf, beschließe dann jedoch, vom Hochbett herunterzusteigen, was gar nicht so einfach ist, weil ich im linken Arm und der Hand kaum Kraft habe.

»Ziemlich schwierig, nehme ich an?«, sagt Peter, als ich den Boden unter den Füßen spüre und mich erleichtert aufs Sofa fallen lassen kann.

»Ja, ich möchte eigentlich nicht daran denken.« Und es gefällt mir nicht, dass Daniela es allen erzählt. Aber sie ist vielleicht verärgert, weil ich nicht zugegeben habe, wie ernst es um meine Schulter steht, bis die Situation nicht mehr haltbar war. Dass ich es ihr erst gebeichtet habe, als sie mir gestern Abend schrieb und fragte, wie es mir gehe. Aber eigentlich glaube ich nicht, dass sie so denkt, ich wollte ja nicht mal vor mir selbst eingestehen, wie ernst die Lage war. Ich habe nur versucht, damit umzugehen, und mit den Schmerzen.

Ein unangenehmes Schweigen herrscht am Telefon. Peter und ich telefonieren eigentlich nie miteinander, und jetzt hat er mich innerhalb recht kurzer Zeit schon zum zweiten Mal angerufen. Er sagt also etwas nervös: »Ich wollte nur fragen, wie es dir geht, es tut mir wirklich leid für dich! Du kannst gern mal hier vorbeikommen, wenn du nichts zu tun hast. Jetzt, wo du nicht spielen kannst, meine ich«, fügt er dann hinzu. Irgendetwas an der Art, wie er das sagt, gibt mir den Eindruck, dass er ziemlich allein ist in seinem Atelier, und ich nehme mir fest vor, mal bei ihm vorbeizuschauen.

Als wir aufgelegt haben, erfasst mich jedoch wieder die Verzweiflung, und ich wünschte, ich könnte mich einfach wegzaubern, bis meine Schulter wieder geheilt ist. Dann leuchtet der Bildschirm des Handys auf, und ich klicke schnell auf die Nachricht von Alessandro.

Ich kann gerade nicht sprechen, aber ich vermisse dich.

Ich lächle. Und ich vermisse ihn! Und dann kommt mir plötzlich der Gedanke, dass das Ganze auch ein Gutes haben könnte, dass ich nämlich in den nächsten Wochen mehr Zeit habe als geplant. Ich habe nur irgendwie etwas dagegen, Alessandro von meinen Schmerzen zu erzählen. Als könnte ich ihn enttäuschen.

KAPITEL SECHSUNDZWANZIG

Vierzehn Jahre zuvor

Nachdem William mich nach Hause gefahren hatte, durfte ich keine Zeit verlieren, ich musste sofort mit dem Üben anfangen. Aber stattdessen warf ich mich aufs Bett in meinem Zimmer und starrte an die Decke, rief mir in Erinnerung, dass ich mehrere Tage mit Fieber im Bett gelegen hatte und somit das Recht, mich erst ein wenig auszuruhen. Aber die Minuten vergingen, es wurde eine halbe Stunde, eine Stunde, und ich schaffte es nicht, aufzustehen. Ich schaute immer öfter auf mein Handy. Als wir das Tätowierstudio verlassen hatten, bat William mich etwas geheimnisvoll, ich solle ihm mein Telefon geben, dann drehte er sich weg, und auf einmal klingelte seines. »So, jetzt haben wir unsere Nummern«, hatte er gesagt, als wäre das nichts Besonderes. Ich hatte von wenigen Menschen die Nummer, und für mich war es etwas Besonderes.

Aber eigentlich konnte es mir egal sein, wenn das Display meines Handys so dunkel blieb, als wäre es mausetot. Die Stimmung zwischen uns war im Auto immer noch angespannt, so gedrückt, dass ich sagte, mir ginge es nicht gut und er solle mich lieber direkt nach Hause fahren, ohne den Stopp bei Max.

Mir war tatsächlich nicht richtig wohl, das konnte noch eine Folge des Fiebers sein. Aber genauso, wie ich wusste, dass ich in der Geigenstunde am Vormittag nicht besonders gut war, wusste ich auch, dass das nicht nur der Grund war, warum ich nicht mit dem Üben anfangen konnte. Schließlich war es so spät, dass mein Vater für die Nachtschicht aufbrechen musste. Das wurde mir klar, als er sich mehrmals laut unten am Fuß der Treppe räusperte. Normalerweise musste er nicht auf sich aufmerksam machen, und als ich die Treppe hinunterging, warf er mir einen besorgten Blick zu.

»Fühlst du dich immer noch krank? Vielleicht hättest du heute nicht zur Schule gehen sollen. Denn du solltest doch schon längst üben.«

Ich sprang die letzten zwei Stufen hinunter. »Ich werde gleich anfangen zu üben, sobald du weg bist, und es geht mir gut.«

Er zupfte an einem Stück Tapete, das sich von der Wand gelöst hatte, es löste sich noch mehr. »Ich bin es nur so gewohnt, dass du ständig übst, und jetzt hast du tagelang nicht gespielt, und im Hinblick auf die Aufnahmeprüfung ... Wer hat dich denn nach Hause gefahren?«

Ich war fassungslos und starrte ihn verwirrt an. Mein Vater mischte sich nie in mein Üben ein, er sprach nicht einmal darüber, aber jetzt klang es plötzlich so, als wolle er andeuten, ich übe zu wenig. Als ich vor ein paar Stunden nach Hause kam, war er total von einer Sportsendung eingenommen gewesen, ich dachte, er hätte überhaupt nicht mitbekommen, dass ich nach Hause gefahren worden war.

»Das war ein Freund«, sagte ich schließlich.

»Ein neuer Freund?«, sagte mein Vater, seine Stimme stieg eine Oktave. »Normalerweise triffst du ... also ich meine, normalerweise ist das Üben das Wichtigste, und jetzt bist du auch später als sonst nach Hause gekommen.«

Wieder war ich erstaunt. Mein Vater kümmerte sich selten darum, ob und wann ich nach Hause kam, und er machte schon wieder eine Andeutung, dass ich nicht genug übte.

Ich holte tief Luft. »Ja, ein neuer Freund«, sagte ich schließlich etwas barsch. »Und entschuldige, dass ich ausnahmsweise mal nicht direkt nach Hause gefahren bin, sondern mit jemandem Zeit verbracht habe. Aber mach dir keine Sorgen, ich habe wohl etwas Falsches zu ihm gesagt, und wir werden vielleicht nicht mehr miteinander reden.« Allein der Gedanke schmerzte mich.

»Zu ihm?«, murmelte mein Vater mit tiefen Furchen in der Stirn. »Ich sage das nur, weil ich mich um dich sorge. Ich weiß doch, wie gern du in der Musikhochschule aufgenommen werden willst.«

»Ja, oder ist es dir auf einmal so schrecklich wichtig, dass ich aufgenommen werde? Dann färbt auch etwas von der Ehre auf dich ab, und du brauchst kein schlechtes Gewissen mehr zu haben, weil du …« Ich hielt in der letzten Sekunde inne, aber in Gedanken vollendete ich den Satz: *… nie richtig für mich da warst, abwesend warst. Weil ich die Verantwortung übernehmen musste für Dinge, für die ich zu jung war.*

Aber es war zu spät, ich sah, wie mein Vater zusammensank und mal wieder von Schuldgefühlen überschwemmt wurde. »Entschuldige, ich habe es nicht so gemeint«, sagte ich und streckte die Hand zu ihm aus. »Und es *ist* im Moment das Allerwichtigste für mich, an der Musikhochschule aufgenommen zu werden. Es ist nur so, seit wir hierhergezogen sind, gibt es auch nicht viel anderes für mich.« Der Rücken meines Vaters wurde noch krummer, und ich fügte hinzu: »Aber ich werde es natürlich schaffen.« Ich hatte das Gefühl, alles, was ich sagte, war falsch, und ich fluchte innerlich. Das Letzte, was mein Vater brauchte, bevor er zur Nachtschicht fuhr, waren Vorwürfe von mir. Nachdem er gegangen war, schaltete ich das Handy aus, damit ich nicht abgelenkt wurde, weil es schwieg, ich nahm mich zusammen und fing an zu üben.

* * *

Am nächsten Tag in der Schule war von William keine Spur, und ich hörte auch nichts von ihm, aber ich versuchte, nicht daran zu denken, wo er sein könnte. Es waren noch zwanzig Tage bis zum Vorspielen. Beim Üben am Abend zuvor war mir klar geworden, dass mein Vater sich zu Recht Sorgen machte. Ich musste kämpfen, um die Glut in meinem Spiel zu finden und vor allem nicht jeden Ton falsch zu spielen. Nein, ganz so schlimm war es nicht, aber die Uhr tickte unbarmherzig. Glücklicherweise war es Freitag, und ich beschloss, am Wochenende nichts zu machen, außer zu spielen. Aber je länger das Wochenende dauerte, desto schwerer fiel es mir, William aus meinem Kopf zu vertreiben. Irgendwann drehte sich alles um ihn, und nachdem ich lange hin und her überlegt hatte, schrieb ich eine Nachricht und fragte, wie es ihm ging.

Die Antwort kam fast umgehend: Prima, und dir?

Ich schrieb, alles sei okay, aber darauf kam nichts mehr, und das ließ mich immer tiefer in einen Abgrund fallen. Hatte er mir übelgenommen, was ich im Auto gesagt hatte? Oder war es peinlich, dass ich ihm schrieb? Oder war er einfach nur sehr beschäftigt?

Am Montag merkte ich, dass er mehrmals versuchte, mit mir in Kontakt zu kommen, aber ich entzog mich, obwohl mir bewusst war, dass dies die Sache auch nicht besser machte. Die ganze Situation war ziemlich anstrengend und verwirrend. Schließlich schrieb er mir eine Nachricht, ob ich ihm ausweichen würde, und ich wusste nicht, ob ich lachen oder weinen sollte, denn das war genau das, was er machte.

Nein, ich muss nur an so viel denken, antwortete ich, und das war ja auch die Wahrheit. Direkt nach der Schule ging ich mit Katarina ins Haus der Kulturen, um mit dem Streichorchester zu proben.

Als ich ein paar Stunden später das Haus verließ, tauchte William wie aus dem Nichts auf. »Woher wusstest du, dass ich hier bin?«, rief ich erstaunt aus.

Er zuckte mit den Schultern und errötete. »Na ja, hier im Haus der Kulturen proben wohl alle, die ... im Orchester spielen und so. Ich habe das Auto meiner Mutter da drüben geparkt und könnte dich nach Hause fahren, wenn du willst?«

Ich schaute ihn nachdenklich an. Ich hatte wohl mal von den Proben im Haus der Kulturen gesprochen, aber woher wusste er, an welchen Tagen und um welche Uhrzeit? Dann fiel mir etwas ein. »Und ist es deiner Mutter recht, dass du mich mit ihrem Auto nach Hause fährst?«

William verschränkte die Hände im Nacken und schaute zur Seite. »Ja, ich glaube, sie bekam ein schlechtes Gewissen, weil ...«

»... wegen neulich?«, fragte ich. Er nickte, ließ die Hände sinken, und ich merkte, es fehlte nicht viel, und ich wäre mit ihm gegangen. Aber dann schien eine Art Selbsterhaltungstrieb sich bemerkbar zu machen. »Also, das ist sehr nett und so, aber ich glaube, ich ertrage nicht noch eine Autofahrt in fast totaler Sprachlosigkeit, und da mein Bus in einer Viertelstunde fährt, sollte ich mich beeilen.« Ich ging los, kam aber nur ein paar Schritte weit, als er mich an der Hand fasste und stoppte.

»Bitte! Ich weiß, dass ich mich am Donnerstag bescheuert verhalten habe. Ich wollte eigentlich auch gleich wieder umkehren. Aber dann hat mein Vater angerufen und gesagt, er brauche sein Auto, und dann ...«

»... warst du tagelang total beschäftigt«, fügte ich hinzu. »Das ist auch völlig okay. Ich verstehe dich nur nicht.«

Er legte seine Hand auf meinen Arm und schaute mich flehend an. »Bitte, gib mir noch eine Chance, dich nach Hause zu fahren. Ich verspreche, es wird nicht wieder so steif.« Sein Daumen bewegte sich über meinen Arm, unbewusst, deutlich – es war, als würde ich die Berührung im ganzen Körper spüren. Und als würde er jeden Kubikmillimeter zwischen uns mit seiner bloßen Existenz füllen.

Ich schaute zur Seite, biss mir in die Lippe. »Ich habe mich vielleicht für Sachen interessiert, die mich nichts angehen, aber ich hätte nicht gedacht, dass du ...« *Mich deshalb so bestrafen würdest*, dachte ich.

Er schüttelte den Kopf. »Ich wusste nur nicht, was ich antworten soll, als du angenommen ... Ich kann einfach nicht darüber sprechen!«. Er ließ die Hand sinken und schaute frustriert.

Ich starrte ihn ein paar Sekunden an. »Weil es so schrecklich ist?«, fragte ich mit leiser Stimme.

»Ja, genau, so ist es«, sagte er und wich meinem Blick aus.

Ich spürte, wie heftig mein Herz schlug. Ich hätte nicht gedacht, dass er mir zustimmen würde. »Du machst mir Angst«, murmelte ich.

»Was, hast du Angst vor mir?«, sagte er erschrocken.

»Nein, nicht vor dir, aber ...« Ich schluckte und schaute zu Boden.

Er suchte meinen Blick. »Es gibt keinen Grund für dich, Angst vor mir zu haben. Nie und nimmer. Das schwöre ich! Und ich bin dir in den letzten Tagen nicht ausgewichen, auch wenn es den Anschein hatte. Es war nur so viel Chaos.« Er klang mit einem Mal erschöpft.

Ich versuchte, die Worte, die ich auf der Zunge hatte, herunterzuschlucken, aber sie kamen doch heraus: »Und ich hatte auch Chaos im Kopf wegen dir, dabei muss ich mich auf das Vorspielen konzentrieren.«

Er schaute beschämt. »Das war wirklich nicht meine Absicht.«

»Das geht so nicht bei mir«, fügte ich mit halb erstickter Stimme hinzu und schaute wieder zu Boden.

Er kam einen Schritt näher. »Natürlich nicht. Ich bin es nur nicht gewohnt, dass …«

Er schaute auf. Der Druck seines Blicks war beinahe überwältigend, und ich fragte mich, was er wohl gerade verschwiegen hatte. Das Wort Chaos löste bei mir auf jeden Fall keine guten Gefühle aus, und wenn er weiterhin nicht vorhatte, mich hereinzulassen und so rätselhaft bleiben wollte, dann fragte ich mich allmählich, warum wir überhaupt miteinander reden sollten. Ich müsste mich wohl zurückziehen, ehe es zu spät war. Es war, als würde ich die Kontrolle über mich verlieren, sobald er in der Nähe war, und ich wusste, ich würde mich von ihm nach Hause fahren lassen.

KAPITEL SIEBENUNDZWANZIG

Heute

»Mira, wie schön, dich zu sehen!« Peter Bauer strahlt, als ich sein Atelier betrete. »Und du hast die Geige dabei! Heißt das, es gibt eine Verbesserung bei deiner Schulter?«

»Nein, leider nicht«, sage ich. »Aber jetzt, wo ich nicht spielen kann, dachte ich, ich sollte die Zeit nutzen, um neue Saiten aufzuziehen. Ich könnte es wohl selbst machen, aber ich dachte, es wäre besser, den Experten um Hilfe zu bitten.«

Peter versucht, ein Lächeln zu unterdrücken, aber das gelingt ihm nicht. »Natürlich helfe ich dir. Komm doch rein! Warte, ich befreie dich von dem da.« Er steht von seinem Stuhl auf, streckt sich nach meinem Geigenkasten und legt ihn auf seinen großen Schreibtisch aus massivem Holz.

»Ich bezahle den Saitenwechsel natürlich«, sage ich. Er öffnet den Kasten und holt die Geige heraus. Ich möchte nicht, dass er den Eindruck bekommt, ich würde ihn ausnützen wollen. Das muss er wohl neulich empfunden haben, als ich versucht habe, mir seine Dienste zu erschleichen.

»Das verbiete ich dir«, antwortet er, hält die Geige hoch und schaut sie an.

Ich möchte etwas einwenden, aber da merke ich, wie gründlich er die Geige inspiziert. »Habe ich sie nicht sorgfältig genug behandelt?«, frage ich nervös.

»Doch, da bin ich ganz sicher. Aber die Instrumente, die ich verwalte, sind mir besonders ans Herz gewachsen, und weil du dich so sehr für diese Guarneri interessierst, habe ich noch einmal gründlich nachgedacht.« Peter schaut mich an und lächelt.

Ich entspanne mich ein wenig und murmele: »Es fühlt sich ein bisschen verrückt an, dass ich sie habe, jetzt, wo ich sie nicht spielen kann.«

»Du wirst bald wieder spielen können. Bis zum Jubiläumskonzert im Herbst wird deine Schulter bestimmt wieder okay sein«, sagt Peter aufmunternd. »Diese Geige gehört irgendwie zu dir. Das habe ich sofort gespürt, als du hier warst und sie das erste Mal gespielt hast.« Er nickt bestimmt, dann legt er sie ab und geht neue Saiten holen.

Ich gehe zum Tisch und berühre die Geige. »Es ist, als würde ich eins mit ihr, wenn ich sie spiele, aber das geht natürlich allen so, die ...« Ich schweige, trete ein paar Schritte zurück und lehne mich an die Wand. »Und im Orchester scheinen sie auch nicht gerade froh zu sein, dass sie ... tja, sich nicht auf mich verlassen können.«

»Du kannst doch nichts dafür, dass du krank bist!«, ruft Peter aus und beginnt damit, die neuen Saiten aufzuziehen. »Aber es ist schon eine harte Branche«, fügt er dann hinzu.

Es gibt immer neue, vielversprechende Geiger, die nur darauf warten, denke ich und spüre, wie ich fast keine Luft mehr bekomme. In mir baut sich eine leichte Hysterie auf, aber dann bemerke ich, dass Peter innegehalten hat und mit dem Daumen über das eingeritzte Monogramm streicht.

»Dass du das bemerkt hast«, sagt er fasziniert. »Ich habe wohl ein wenig uninteressiert geklungen, als du mir davon erzählt hast, denn ich glaube, dass niemand, der die Geige vor dir geliehen hat, es bemerkt hat.«

»Ach ja?«, sage ich erstaunt. »Aber übrigens, ich habe mit Alessandro gesprochen und ...« Ich halte abrupt inne, als ich sehe, wie Peter die Augen aufsperrt.

»Alessandro Barone? Es stimmt also, was man sich erzählt?«, ruft er aus. »Dass du und er ...? Aber das geht mich wirklich nichts an.«

Peter senkt den Blick und ist auf einmal sehr damit beschäftigt, die Saiten aufzuziehen.

Ich betrachte ihn erstaunt und habe plötzlich den Eindruck, dass Peter ... Nein, das kann nicht sein. »Ja, wir treffen uns manchmal«, sage ich schließlich. »Aber was ich gerade sagen wollte, ist, dass Alessandro tatsächlich mit Marco Barone verwandt ist. Marco war der Cousin vom Großvater seiner Großmutter.«

»Ist das wahr?« Peter schaut auf und scheint für einen Moment aus allen Wolken zu fallen. »So was aber auch!«

»Ist das nicht cool?«, sage ich und lächle. »Es ist nur so, als Alessandros Großmutter erfuhr, dass ich die Geige spiele ... Ja, sie ist sehr stolz, dass ein Verwandter von ihr auf diese Weise seinen Abdruck hinterlassen hat, und sie will mich jetzt unbedingt treffen.« Sie war noch aufgeregter, als Alessandro sich hatte vorstellen können, sie habe laut ins Telefon geschrien, als er ihr davon erzählt hat.

»Wow, was für eine Geschichte«, sagt Peter. »Und sie möchte natürlich, dass du die Geige mitbringst.«

Ich nicke. »Ja, bis nach Italien. Und ich glaube, sie interessiert sich mehr für die Geige als für mich. Ich spreche ja auch kaum ein Wort Italienisch.«

Peter runzelt die Stirn. »Du scheinst unsicher zu sein. Darf ich das so deuten, dass du auf dem Sprung nach Italien bist?«

Ich spüre, wie meine Gedanken davongleiten. Als ich Alessandro schrieb, dass ich jetzt eine Lücke im Kalender habe und gerne mit ihm nach Italien fahren würde, bekam ich ein jubelndes und jede Menge Herz-Emojis als Antwort. Aber als wir dann telefonierten und ich von meiner Schulter und dem eigentlichen Grund erzählte, warum ich doch mitkommen könnte, war er etwas reservierter. Er hatte mein Gefühl bestärkt, dass ich nicht ganz falschlag mit meiner Vermutung, dass dies, meine Verletzung, ihn enttäuschen würde. Er hatte meine Unsicherheit vergrößert.

»Ich habe so viel über dich erzählt ...«, hatte er gesagt und dann das Thema gewechselt und versichert, er könne es kaum erwarten, mich wiederzusehen.

Ich schaue Peter an und sage, halb abwesend: »Ich hatte sowieso vorgehabt, hinzufahren, weil Alessandro ...« Ich trete mit dem Fuß gegen die Wand hinter mir. »Ich habe nur ein komisches Gefühl, wenn ich die Guarneri mitnehme, es ist schließlich nicht meine Geige. Es kommt mir irgendwie falsch vor.«

»Das brauchst du nicht zu denken!«, sagt Peter sofort. »Diese Großmutter weiß vielleicht spannende Dinge über die Geige zu erzählen. Ja, vielleicht sogar, welche Frauen sie gespielt haben und so.«

»Na ja, ich weiß nicht. Alles scheint sich um diesen Marco zu drehen. Und ich bin eigentlich fertig mit dem Thema.« Dann frage ich mich, ob das intensive Spielen neulich an jenem Abend und in der Nacht mich in diese Situation gebracht hat, obwohl die Schulter sich danach so weit erholte, dass ich weiterspielen konnte.

»Okay ...« Peter nickt nachdenklich. »Aber du wolltest auf

jeden Fall nach Italien fahren?«, sagt er dann mit etwas angestrengter Stimme.

Ich starre auf den Boden und verfluche mich, dass mir das gerade so herausgerutscht ist. Ich möchte nicht über Alessandro
und mich reden. Aber wo ich jetzt schon mal A gesagt habe ...
muss ich. »Ja, Alessandro hat mich eingeladen. Er war selbst viele Jahre nicht zu Hause, und jetzt klappt es endlich.«

»Du wirst also der Familie vorgestellt?«, fragt Peter.

Ich schaue auf. »Nein, nicht so!«

»Wenn ein italienischer Mann eine Frau mit nach Hause
nimmt ...« Peter kratzt sich im Bart. »Ich hatte nur nicht gedacht,
dass Alessandro sich so bald festlegen würde.«

»Nein, wenn man bedenkt, was für ein unstetes Leben er
führt«, stimme ich zu, bevor Peters Worte sich in mir festsetzen
können. »Und warum hast du das nicht gedacht?«

Er schweigt eine Weile, als wisse er nicht, was er antworten
soll. »Nur Gerüchte, ich habe so einiges gehört. Und auch gesehen. Aber Alessandro hat sich verändert. Besonders, wenn er
dich jetzt zu sich nach Hause einlädt. Entschuldige, ich hätte
nichts sagen sollen.« Peter schüttelt den Kopf. »Aber pass auf
dich auf.«

Ich starre ihn an. Bei ihm klingt es so, als wäre ich nur eine
von vielen Frauen für Alessandro. Und ich weiß natürlich, dass
er vor mir einige Affären gehabt hat. Vielleicht hat Peter deshalb so stark reagiert, als ich ihm bestätigt habe, dass Alessandro und ich zusammen sind?

Als ich kurz darauf das Atelier verlasse, denke ich noch lange über das nach, was Peter über Alessandro gesagt hat, es regt
mich richtig auf. Ich weiß ja, wie sein Leben aussieht und wie

schwer es ist, ein Teil davon zu sein, aber ich will auch keine kurze, unbedeutende Episode sein, obwohl er mir nie diesen Eindruck vermittelt hat. Eher im Gegenteil, wenn ich an all die Gespräche über die Arbeit und das gemeinsame Musizieren denke.

Doch dann fällt mir ein, wie wenig empathisch er war, als ich ihm von der Schulter erzählte. Aber das kann doch unsere Beziehung nicht beeinflussen, oder? Vielleicht habe ich mir seine Reaktion nur eingebildet und etwas hineininterpretiert. Tonlagen und Stimmungen kann man am Telefon leicht falsch verstehen. Und doch kann ich meine Besorgnis nicht ganz verdrängen. Auch nicht das Gefühl, dass ich in unserer Beziehung am Rande stehe und irgendwie nur zusehe, wie alles passiert.

KAPITEL ACHTUNDZWANZIG

Vierzehn Jahre zuvor

»Darf ich mit reinkommen? Oder hast du keine Zeit?«

Ich wollte gerade aussteigen, aber dann zog ich langsam die Tür wieder zu. »Mein Vater ist zu Hause.«

»Hast du deswegen keine Zeit?« William lächelte.

»Doch, schon, aber ...« Ich konnte es schon vor mir sehen, mein Vater halb auf dem Sofa liegend, mit heruntergerutschten Jogginghosen und ungekämmten Haaren. Im besten Fall schaut er was im Fernsehen, im schlimmsten schläft er mit offenem Mund. Dann sah ich Williams Vater vor mir, und seine Mutter. Ihre Praxis. Sogar das Auto von Williams Mutter war picobello. Ich rieb die Hände auf den Oberschenkeln und überlegte, wie ich ausdrücken konnte, was ich dachte, ohne es direkt zu sagen. »Mein Vater ist immer müde und erschöpft, das kommt von der Arbeit.«

William richtete sich auf. »Okay, ich verstehe, dann will ich nicht stören.«

Ich spürte, wie mir heiß im Gesicht wurde. »Ähm, so habe ich es nicht gemeint«, murmelte ich, aber dann musste ich daran denken, wie mein Vater reagiert hatte, als ich neulich später als sonst nach Hause kam.

»Du brauchst es nicht zu erklären, wir sehen uns ein andermal«, sagte William und fingerte am Autoschlüssel, als würde er jeden Moment das Auto starten wollen.

Eine fast überwältigende und unlogische Leere erfüllte mich. Die Stimmung zwischen uns war auf der Fahrt definitiv lockerer gewesen. William hatte über alles Mögliche geredet, ich hatte allerdings immer noch keine Ahnung, was die letzten Tage in seinem Leben passiert war. Irgendwie wollte ich nicht, dass wir uns schon trennten. Ich räusperte mich. »Ich möchte Zeit mit dir verbringen. Ich habe nur Angst vor ...« Meine Stimme brach, und ich starrte aus dem Fenster.

»Du hast Angst vor ...?« William wurde plötzlich ganz steif neben mir, und sein Gesicht war auf einmal total verschlossen.

Er dachte wohl an unser Gespräch vor dem Haus der Kulturen, bevor wir uns ins Auto setzten, um hierherzufahren, und ich schüttelte den Kopf. Ich kam mir so zerbrechlich vor und murmelte: »Ich meine, was du denken wirst, wie du es findest.«

William atmete aus. »Du brauchst dir keine Sorgen zu machen. Darüber haben wir doch schon einmal gesprochen, oder?«

Ich nickte. Und wollte ich wirklich zulassen, dass mein Vater mir Grenzen setzte, wie immer schon? Und doch entschlüpfte mir: »Aber deine Eltern ...«

»Zum Teufel mit meinen Eltern!«, rief William aus, so heftig, dass ich zusammenzuckte. »Entschuldige, entschuldige ...« Er berührte leicht meine Hand. »Jetzt musst du wirklich ...« Er fuhr sich durch die Haare, mit leicht verzweifeltem Gesichtsausdruck.

»Nein«, flüsterte ich, obwohl ich mir nicht sicher war, ob das der Wahrheit entsprach. Ich hatte ja keine Angst *vor* ihm. »Ich mache mir nur Sorgen um dich«, fügte ich dann hinzu.

»Das musst du nicht, ich verspreche es.« Er sah mich an. Einen Augenblick lang war es, als würde ich direkt in eine tiefe Finsternis starren, was mich kaum von dem überzeugte, was er gesagt hatte. Vielleicht sah man es mir an, denn er griff nach

meiner Hand und strich mit dem Daumen über meinen Hand-
rücken, wie um mich zu beruhigen. Dann schaute er mich fragend an.

Ich holte tief Luft und schaute zum Haus: »Okay, komm!«

* * *

»Papa, das ist William. Er hat mich auch neulich nach Hause gefahren. Wir gehen nach oben in mein Zimmer.« Mein Vater hatte
nicht einmal die Chance, sich von der Couch hochzuhieven, bevor ich Williams Hand nahm und ihn die Treppe hinauf in den
ersten Stock zog.

»Aha, aber …«, hörte ich meinen Vater aus der Ferne und
schloss schnell die Tür zu meinem Zimmer.

William warf mir einen nachdenklichen Blick zu, aber ich tat
so, als hätte ich es nicht bemerkt. Dann wanderte sein Blick
durch das Zimmer, es war nicht viel größer als eine Abstellkam-
mer, mit einer schrägen Decke auf der Seite, wo das Bett stand.
Ich plapperte los: »Ja, es ist nicht sehr groß, wie du siehst. Du hast
bestimmt ein riesiges, schönes Zimmer.« Ich bückte mich und
zog die Tagesdecke auf dem Bett glatt, dann nickte ich, dass er
sich setzen sollte. Ich selbst setzte mich auf den Stuhl am Tisch,
auf dem jede Menge Notenstapel lagen. »Ich habe leider keinen
Sessel oder so zum Sitzen, und das Bett ist viel bequemer als dieser Stuhl«, erklärte ich und klopfte leicht mit den Knöcheln auf
den Sitz, der unter mir hervorschaute. »Nicht dass hier überhaupt ein Sessel hineingepasst hätte.« Ich strich die Haare über
die Schultern und lachte ein wenig verlegen, dann schaute ich
verstohlen in Richtung der Kommode, die an der Stirnseite des

Bettes eingezwängt war, und auf den Notenständer, der vor dem Fenster stand.

William lächelte und warf einen Blick auf die Lichterkette, die ich über die Gardinenstange gehängt hatte, und die hellen Vorhänge, die das Fenster umrahmten. »Ich finde es gemütlich.« Es sah tatsächlich so aus, als würde er es meinen.

»Ich habe versucht, es ein bisschen hübsch zu machen«, murmelte ich und hoffte, William würde nicht bemerken, dass die geblümte Tapete sich an mehreren Stellen von der Wand gelöst hatte, und auch nicht meinen gescheiterten Versuch, sie wieder festzukleben.

»Das hast du gut gemacht.« Er stupste meinem Fuß mit seinem.

Es war, als würde ein elektrischer Schlag mein Bein hinauflaufen. Ich zuckte zusammen. »Ich weiß nicht so recht, normalerweise kommt nie jemand hierher.«

»Nein, das habe ich fast schon geahnt. Ich bringe eigentlich auch nie jemanden zu mir nach Hause.«

Ich hob eine Augenbraue und fragte mich, ob er das nur sagte, um nett zu sein. Aber er schien auch nicht viel Zeit zu Hause zu verbringen. Ich holte tief Luft. »Also, ist Eishockey deine große Leidenschaft?«

William sah überrascht aus, vielleicht war das ein zu abrupter Themawechsel. Aber es schien ihn auch noch nie jemand gefragt zu haben.

»Na ja, ich weiß nicht so recht.« Er schüttelte kurz den Kopf und sah auf seine Hände. »Es macht Spaß, wenn es gut läuft und so. Es ist nur manchmal ein bisschen einsam.«

»Einsam?«, fragte ich, denn so fühlte ich mich oft mit meinem

Musizieren, aber er hatte doch Teamkameraden, und die meisten seiner Freunde spielten auch Eishockey.

»Ach, das Leben der meisten anderen unterscheidet sich sehr von meinem«, murmelte er.

Ich sah ihn nachdenklich an, er meinte wohl, dass die meisten Leute seine Familie durch die Praxis der Eltern kannten. Das hatte er mit sozialem Druck gemeint.

»Dein Vater scheint sich sehr im Eishockeyverein zu engagieren. Aber vielleicht ist das auch anstrengend?«

»Ja, das ist ...«, begann William zu antworten, dann schaute er aus dem Fenster und sagte: »Nein, es ist schon gut. Es ist irgendwie gut und anstrengend.«

Ich nickte und glaubte, dass ich es verstand. Anstrengend, so wie ich es gerade gedacht hatte, und weil Engagement vielleicht in eine Art Besessenheit umschlagen könnte, aber gut, weil ... ja, allein die Vorstellung, ein Elternteil zu haben, das dir in guten wie in schlechten Zeiten zur Seite steht. Es war, als ob ein dumpfer Schmerz tief in meiner Brust aufstieg, und ich sehnte mich plötzlich so schrecklich nach meiner Mutter.

»Aber natürlich wäre es ein Traum ...« William schwieg, als ob er die Worte nicht auszusprechen wagte. »So wie bei dir, nehme ich an?«, sagte er. »Oder spürst du den Druck, dass ...« Er schwieg erneut. »Ich dachte nur, weil deine Mutter auch gespielt hat.«

»Nein, das ist nicht der Grund.« Ich schüttelte den Kopf. Aber ich wünschte mir mehr als alles andere, dass meine Mutter stolz auf mich gewesen wäre.

»Wird es mit der Zeit einfacher?«, fragte William nach einer Weile. »Oder nur anders?«

Ich schaute ihn fragend an. Dann senkte ich den Blick und

flüsterte: »Anders. Man lernt, damit zu leben, klar. Aber es geht nie vorbei.«

»Der Schmerz, die Sehnsucht«, ergänzte er an meiner statt.

Ich nickte, und als ich hörte, dass mein Vater unten eine Hustenattacke bekam, sagte ich: »Ich würde alles tun, um meine Mutter zurückzubekommen.«

»Das verstehe ich. Ich wette, sie war ein ganz toller Mensch.« William lächelte, dann schaute er wieder aus dem Fenster, sein Lächeln verschwand.

Wie deine Mutter, wollte ich fragend hinzufügen, schwieg jedoch. Und nur weil sie mir gegenüber so kühl war, musste das nicht bedeuten … Es schien Gründe dafür zu geben. Außerdem stach ich wohl hervor unter den Mädchen, die William … Ich schaute hinüber zu ihm und merkte, wie mein Puls stieg. »Warst du mit vielen Mädchen zusammen?«, murmelte ich.

Er erstarrte ein wenig, als wäre ihm meine Frage peinlich. »Nein, nicht mit besonders vielen. Mit ein paar.«

Wie viele waren wohl ein paar? Auf jeden Fall mehr als keines. Ich hatte einmal jemanden geküsst, ich hatte geknutscht, aber im Grunde hatte ich es gar nicht gewollt. Es war irgendwie ein notwendiges Übel gewesen. Passiert war es nach einem Konzert, als nur noch ich und der Typ, der jetzt nicht mehr im Kammerorchester spielte, da waren. Er war viel älter als ich, und ich hatte mir eingeredet, dass ich es auch wollte, bis das Knutschen sehr intensiv und aufdringlich wurde, und ich spürte, dass ich es eigentlich überhaupt nicht wollte, und mich losriss.

Ich verdrängte die Erinnerung, so schnell ich konnte, und sagte dann zögernd: »Ich habe dich manchmal in der Schule mit einem Mädchen gesehen.«

William runzelte die Stirn. »Meinst du Emma? Da läuft nichts.«
Ich nickte, wusste jedoch nicht, was ich glauben sollte.

»Und du?«, fragte er dann, sah jedoch aus, als würde er sofort bereuen, mich gefragt zu haben, weil die Antwort so offensichtlich war.

Ich wich seinem Blick aus. »Ich war so aufs Geigespielen fokussiert, und es ist nicht so einfach, wenn man nicht ...« Weiter kam ich nicht, weil mein Vater unten im Haus wieder hustete. Er hatte normalerweise keinen so schlimmen Husten, und einen Moment lang hatte ich den Verdacht, dass er nur so tat. Das Timing jedenfalls war perfekt. »Es ist nur ein bisschen viel hier zu Hause«, sagte ich verlegen zu William, als wäre es nicht offensichtlich.

»Ja, das habe ich verstanden«, antwortete er.

»Also, Schichtarbeit ist sehr anstrengend«, sagte ich und merkte, wie ich schon wieder, genau wie vor einer Weile im Auto, meinen Vater verteidigen wollte, obwohl es sich nicht richtig anfühlte. »Du hast gesagt, es sei auch kein Zuckerschlecken, eine private Klinik zu führen, aber arbeite mal jahrelang fünf Schichten im Stahlwerk.«

William schüttelte den Kopf. »Also, du brauchst mir nicht ... Und du hast ja bereits gesagt, dass er ausgepowert ist. Vielleicht hätte ich doch nicht mit reinkommen sollen?« Es sah aus, als wollte er vom Bett aufstehen, ich fühlte so etwas wie Panik in mir aufsteigen und sagte:

»Aber es stört ihn nicht ...« Ich konnte nicht weitersprechen, ich wurde von einem neuerlichen Husten unterbrochen, und dann rief mein Vater von unten:

»Mira, kannst du runterkommen?«

Ich fühlte, wie ich rot wurde. »Hat das nicht noch Zeit?«, rief ich dann zurück. Aber ich spürte, wie William mich anschaute.

»Geh nur«, sagte er.

Ich zögerte, murmelte dann ein »bin gleich wieder da« und ging nach unten.

Als ich kurze Zeit später wieder in mein Zimmer kam, stand William am Fenster und schaute hinaus. »Ich muss los«, sagte er und drehte sich zu mir um.

»Er wird uns nicht noch mal stören, und wie gesagt, *ihn* stört es nicht, dass du da bist.«

»Bist du sicher?«, fragte William, ich musste daran denken, was mein Vater gerade zu mir gesagt hatte, und ich konnte nur mit Mühe neutral schauen.

Wie lange bleibt der noch? Wann fängst du mit dem Üben an? Wann gibt es Essen?

»Wie gesagt«, sagte William und ging Richtung Tür.

Wieder erfüllte mich ein Gefühl von Panik und Verlassenheit, ich stellte mich vor die Tür. »Nein, fahr noch nicht!«, rief ich aus, viel zu laut und verzweifelt, sodass er stehen blieb. »Und ich weiß, mein Vater sieht vielleicht aus wie einer von denen, die auf der Parkbank vor dem Alkoladen sitzen und nicht den Eindruck machen, dass sie noch Kraft für irgendetwas haben. Und glaub mir, ich wünschte auch, er könnte sich zusammenreißen und mehr so sein wie ... na ja, deine Eltern.« Ich spürte, wie die Scham mir die Kehle zuschnürte und mein Herz so heftig pochte, dass es wehtat. Doch wie meistens folgten auf das Schamgefühl sofort wieder Schuldgefühle. Scham und Schuld, eine ungute Mischung, wie immer.

William hob die Hände und trat einen Schritt zurück. »Ich

vergleiche niemanden mit meinen Eltern, und ich habe überhaupt nicht darüber nachgedacht, ob dein Vater aussieht wie – mein Gott, wir hatten ja nicht mal die Gelegenheit, uns zu begrüßen. Oder doch, vielleicht dachte ich kurz, er sieht müde aus, so wie du es mir schon erzählt hast. Und dass ich deswegen nicht dableiben sollte. Außerdem musst du sicher üben, und davon will ich dich nicht abhalten.«

Ich starrte William an und spürte zu meinem Ärger, wie es hinter meinen Augen zu brennen begann, also blinzelte ich wie wild. »Aber es passt nie, das ist ja das Problem. Und wenn du jetzt gehst, wird alles nur noch schlimmer, verstehst du das nicht? Dann werde ich wirklich nicht üben können, vor allem werde ich die ganze Nacht wach liegen und das hier immer wieder vor meinem inneren Auge ablaufen lassen, darüber grübeln, was du wohl denkst, dass ich und mein Leben ein einziger großer Witz sind.«

Er fuhr sich mehrmals mit der Hand durch die Haare, dann trat er einen Schritt nach vorne. »Das Letzte, was ich denke, ist, dass du ein Witz bist! Wenn überhaupt, dann ist mein Leben ein Witz. Wenn du nur wüsstest.«

»Das würde ich gern!«, rief ich aus. »Aber du erzählst ja nichts!«

Wir starrten uns frustriert, fast wütend an, bis er plötzlich den Abstand zwischen uns schloss und mich an sich zog. »Du bist kein Witz«, flüsterte er. »Du bist wunderbar, selbstlos und schön. Deine Haare sind einfach umwerfend.« Er fuhr mit ein paar Fingern hindurch, und eine warme Gänsehaut kroch mir den Rücken hinauf. »Außerdem gefällt mir, dass du dich kümmerst, auch wenn das manchmal verdammt anstrengend ist.«

Er hielt mich ein Stück von sich entfernt, sodass sich unsere Blicke trafen. Dann zog er mich langsam wieder an sich, und für einen Moment dachte ich fast, er würde mich küssen. Doch dann spürte ich, wie seine Lippen sich auf meine Schulter pressten, genau dort, wo der Pullover heruntergerutscht war und meine nackte Haut freigab. Vielleicht war es ein Versehen, denn er berührte mich kaum. Trotzdem zitterte ich und schloss die Augen, als wäre etwas auf meiner Haut explodiert.

KAPITEL NEUNUNDZWANZIG
Heute

Als ich gerade in die Bergsgatan, wo ich wohne, einbiegen will und mit der Einkaufstüte in der Hand schlenkere, erstarre ich mitten im Schritt. Wie versteinert starre ich auf meine Hände. Die Geige! Der Geigenkasten! Wo ist er? Ich habe genau einen Gegenstand, den ich auf keinen Fall aus den Augen verlieren darf. Der so wertvoll ist ... so wertvoll, dass es sich manchmal fast unangenehm anfühlt, die Guarneri-Geige mit sich herumzutragen, obwohl der Kasten nicht verrät, welchen Schatz er enthält. Niemand wundert sich, wenn man einen Geigenkasten mit sich herumträgt. Niemand, der sich nicht einigermaßen in dieser Welt auskennt, weiß außerdem, wer Guarneri war – Guiseppe Guarneri, um genau zu sein – der berühmteste Geigenbauer der Familie Guarneri –, von dem man sagt, er habe die besten Streichinstrumente nach Stradivari gebaut. Eines dieser Instrumente habe ich als Leihgabe bekommen. Und jetzt ist es weg. Das *kann* nicht wahr sein!

Ich laufe zurück zum Supermarkt am Kungsholmstorg, an dem ich gerade vorbeikam, aber auf einmal habe ich das starke Gefühl, dass ich die Geige nicht mit in den Laden genommen habe. Ich kann es fast vor mir sehen: wie ich mit der rechten Hand einen Einkaufskorb genommen habe, und in meiner linken, die ich im Moment nur sehr vorsichtig benutze, hatte ich ... nichts. Beim Laden angekommen, renne ich wie eine Verrückte in den Gängen hin und her, aber der Geigenkasten bleibt verschwunden. Schließlich spreche ich jemanden vom Personal an und erzähle ihr, was passiert ist, aber weder sie noch die anderen Mitarbeiter, mit denen sie spricht, haben die Geige gesehen. Ich gebe ihr meine Telefonnummer, und sie verspricht, sich sofort zu melden, falls sie auftaucht.

Als ich den Laden verlasse, bekomme ich einen Flashback zu dem Moment, als ich vorhin, nach meinem Besuch in Peter Bauers Atelier, in der überfüllten U-Bahn stand. Es war unglaublich voll, und egal, wie ich den Geigenkasten hielt, er war immer im Weg. Schließlich stellte ich ihn in die Ecke hinter mir, und als ich bei Rådhuset aussteigen musste, da … nahm ich ihn nicht mit. Oh Gott, ich habe ihn wirklich nicht mitgenommen. Das wird mir jetzt klar. Ich begreife nur nicht, warum mir das nicht sofort eingefallen ist.

Ich überquere die Hantverkargatan, ohne nach links oder rechts zu schauen, und wäre fast angefahren worden – der Fahrer hupt und gestikuliert wütend – aber ich nehme es kaum wahr. In blinder Panik renne ich die Scheelegatan hinunter, zur nächsten U-Bahn-Station. Aber wozu? Die Türen haben sich hinter mir geschlossen, und der Zug ist längst weitergefahren, inzwischen ist das eine halbe Stunde her. Das bedeutet, die Geige ist jetzt wahrscheinlich weit weg von hier. Ich fange an zu schwitzen, ein kalter, unangenehmer Schweiß, und gehe langsamer. Plötzlich erinnere ich mich deutlich an eine der Bedingungen, um ein Instrument von der Streichinstrumenten-Stiftung auszuleihen: *Das Leihinstrument muss gut gepflegt werden und darf keinem Risiko ausgesetzt werden, beschädigt oder verloren zu gehen. Beim Transport muss das Instrument stets unter sorgfältiger Aufsicht bleiben.*

Seit ich die Geige ausleihen durfte, habe ich sie immer unter sorgfältiger Aufsicht gehalten. Nur jetzt nicht, dieses eine Mal. Das hat leider gereicht. Ich bleibe stehen und lasse die Einkaufstasche auf den Bürgersteig fallen. Ich bekomme kaum noch Luft, und die Panik wird immer stärker.

»Mira, was ist los? Du bist ganz weiß im Gesicht. Ist es die Schulter?« Wie aus der Ferne höre ich seine Stimme, dann spüre ich seine Hand auf meinem Rücken.

Ich schaue William erstaunt an. »Wie, wo kommst du denn her?« Die Worte kommen stoßweise aus meinem Mund. »Nein, es ist nicht die Schulter. Ich habe verdammt großen Mist gebaut.« Mir wird innerlich eiskalt, wenn ich nur daran denke, wie viel die Geige wert ist. Und obwohl sie über den Streichinstrumentefonds versichert ist, kann kein Geld der Welt den wahren Wert einer solchen Geige ersetzen. Falls sie für immer verschwunden sein sollte ... Mir wird schwindelig.

William nimmt meinen Arm. »Erzähl mir, was passiert ist, Mira.«

»Die Geige. Die unglaublich wertvolle Geige, die ich als Leihgabe bekommen habe, weil ich im Herbst ein ganz besonderes Konzert spielen werde ...« In meinem Kopf dreht sich alles. »Sie ist weg! Ich habe sie vor ungefähr einer halben Stunde in der U-Bahn stehen lassen, aber ich habe es erst vor ein paar Minuten gemerkt. Wie konnte ich nur ...?« Ich schüttele den Kopf. *Dass ich es nicht früher gemerkt habe? Sofort.* Ich schlage die Hand vors Gesicht. Ich weiß, dass Selbstmitleid hier jetzt nicht hilft, aber ich bin so unglaublich wütend auf mich selbst.

»Du, das klingt nicht gut«, sagt William hilflos. »Wie viel ist sie denn wert? Aber ich nehme an, es geht nicht nur darum.«

Ich lasse die Hand sinken und schaue ihn an. »Nein, es geht

nicht nur darum, sie wurde von dem großen Guarneri im 18. Jahrhundert gebaut, und alle Geigen, die er gebaut hat und die heute noch im Umlauf sind, sind von unschätzbarem Wert. Aber sie
ist wohl ein paar Millionen Kronen wert, vermutlich zweistel-
lig.«

William räuspert sich. »Oha!«

»Das kann man wirklich sagen«, piepse ich. »Und jetzt ist sie
irgendwo in einem U-Bahn-Wagen. Oder jemand hat sie an sich
genommen. Oder …« Ich hole Luft und starre William an. »Nein,
nein! Ich stand direkt neben der Tür und habe die Geige in eine
Ecke gestellt, und auch wenn man beim Rådhuset auf der anderen Seite aussteigt …« William schüttelt den Kopf. »Sie kann nicht
auf die Gleise gefallen sein, falls du das meinst. Der Abstand zwischen Zug und Bahnsteig ist nicht groß genug. Jemand hat die
Geige an sich genommen, das ist das Wahrscheinlichste. Jemand
hat die Geige gefunden und sie irgendwo abgegeben.« Er nickt
und redet, als versuche er, sich selbst von dem zu überzeugen,
was er sagt. »Wir können bei den Verkehrsbetrieben anrufen, sie
können uns bestimmt sagen, ob sie schon gefunden wurde.« Er
holt sein Handy aus der Innentasche seines Jacketts und sucht
die Nummer vom Kundendienst. Er scheint zu merken, dass ich
zu aufgeregt bin, um das zu tun, aber er reicht mir sein Handy,
nachdem er weiterverbunden wurde.

Kurz darauf kann ich mit der Fundsachenabteilung sprechen.
Mit zitternder Stimme erkläre ich, was passiert ist, und ich be-
schreibe den Geigenkasten und die Geige so genau wie möglich.
»Sie wollen den Fahrer der Linie kontaktieren und melden sich
wieder«, sage ich zu William, als ich aufgelegt habe. »Aber ansonsten muss man damit rechnen, dass es ein paar Tage dauert,

bis Fundsachen in die Fundsachenabteilung eingeliefert werden. Wenn sie überhaupt dort ankommen.«

»Die Geige wird ankommen«, sagt William und fixiert meinen Blick. »Sie rufen bestimmt jeden Moment an und sagen, dass die Geige gefunden wurde.«

Ich versuche zu glauben, was er sagt, aber die Minuten vergehen, und der Mut verlässt mich. Wir schauen uns schweigend an, und ich sehe, dass auch William damit kämpft, die Hoffnung zu behalten. Schließlich setze ich mich auf den Bürgersteig in der Bergsgatan. William folgt mir, sieht hilflos aus. Aber dann zucken wir beide zusammen, als sein Handy vibriert.

»Es ist der Kundendienst«, sagt William aufgeregt und gibt mir sein Handy.

»Ja, hallo«, sage ich und stehe auf. »Okay, ich verstehe«, murmle ich. Die Stimme am anderen Ende sagt mir das, was ich bereits erwartet habe, und ich möchte mich nur wieder auf den Bürgersteig setzen. Ich starre hilflos vor mich hin. »Nein, sie haben in dem Zug keine Geige gefunden«, informiere ich William. »Und von keiner Haltestelle ist eine herrenlose Geige gemeldet worden. Jemand hat sie also an sich genommen.« Nur auf die falsche Art und Weise, denke ich.

»Keine Haltestelle hat etwas gemeldet, ja«, unterstreicht William. »Es ist ja noch nicht lange her. Und wenn jemand die Geige an sich genommen hat, dann *wird* diese Person sie abgeben.« Er legt eine Hand auf meinen Rücken und schaut mir in die Augen. »Die Geige wird wieder auftauchen. Ich verspreche es! Wenn es ein Handy oder etwas Ähnliches gewesen wäre, das wäre sofort gestohlen worden, aber eine Geige … Ich kann mir nicht vorstellen …« Er schüttelt den Kopf.

»Die Menschen sind nicht alle gleich. Jemand hat vielleicht erkannt, wie wertvoll sie ist, oder es herausgefunden.« Hat Spaß mit ihr, schlägt sie kaputt, schändet sie, denke ich. Mir dreht sich der Magen um, ich umklammere meine Knie.

»Man behandelt ein Instrument nicht, als ob es Abfall wäre oder so«, sagt William.

»Nein, vielleicht nicht ...« Ich starre ihn an und drücke den Arm fester gegen das Zwerchfell. »Was wird Peter sagen, wenn ich ihm beichten muss, dass sie verschwunden ist?«, murmele ich. »Wie soll ich es ihm überhaupt beibringen? Das ist der Instrumentenverwalter des Fonds, der mir die Geige geliehen hat«, erkläre ich William, als er mich fragend anschaut. »Ich komme gerade aus seinem Atelier. Er hat mir erzählt, wie viel ihm die Instrumente, die er in Obhut hat, bedeuten. Er wird am Boden zerstört sein!«

William schaut mich hilflos an, als wisse er nicht, was er antworten soll. »Es wird schon wieder«, sagt er dann und versucht zu lächeln, aber es gelingt ihm nicht so recht.

Ich schaue ihn skeptisch an und hole stoßweise Luft, schlucke dann ein paar Mal, bis ich fast hysterisch zu lachen anfange. »Ich habe mir sogar eingebildet, eine spezielle Beziehung zu dieser Geige zu haben.«

»Eine spezielle Beziehung?«, fragt William vorsichtig.

»Ach, ist doch egal.« Ich schüttele den Kopf und seufze. »Ich muss die Geige einfach zurückbekommen, auch wenn ich nicht weiß, wie. Und einfach nur warten, vielleicht tagelang, dass sie vielleicht doch noch auftaucht ...« Allein der Gedanke ist unerträglich. »Am liebsten würde ich mit der U-Bahn hin- und herfahren, durch ganz Stockholm, und sie suchen, auch wenn ich weiß, dass das ziemlich sinnlos ist. Nur, um *etwas* zu tun, verstehst du?« Ich schaue William an. »Es klingt vielleicht verrückt, aber jetzt einfach nach Hause zu gehen ...« Wie soll ich das aushalten, in meiner Einzimmerwohnung hin- und herlaufen und versuchen, die Zeit totzuschlagen.

William streicht sich die Haare aus der Stirn und schaut mich nachdenklich an. »Nein, das klingt nicht verrückt. Ich verstehe es. Vielleicht sollten wir es wirklich tun?«, sagt er nach einer Weile. »Oder weißt du was, wir machen das, wir fahren und suchen die Geige.«

Ich starre ihn an und lege dann meine Stirn in Falten. »Das ist total verrückt, es ist sinnlos.«

Er verzieht den Mund. »Okay, es ist vielleicht ein bisschen verrückt, aber wir können es immerhin versuchen. Das Gefühl zu haben, etwas zu tun. Komm, wir gehen.« Er nickt in die Richtung der nächsten U-Bahn-Station.

Ich schaue ihn schweigend an. Er scheint es wirklich ernst zu meinen. »Aber du musst doch ... Wohin wolltest du, als wir uns trafen?« Ich lege den Kopf schief und blinzele ihn an.

»Ich war auf dem Weg zurück ins Büro. Ich komme gerade von einer Haftprüfung am Amtsgericht, wo ich als Unterstützung dabei war.« Er sieht ein wenig besorgt aus, als ob die Verhandlung nicht so gelaufen wäre, wie er es sich erhofft hatte.

»Ich verstehe, aber du musst doch sicher zurück?«, sage ich unsicher.

Er schiebt seine Laptoptasche auf den Rücken und schaut mich an. »Ich kann die Arbeit auch später zu Hause erledigen. Und es fühlt sich so an, als ob ...« Etwas zieht an seinem Blick vorbei, was ich nicht so recht deuten kann. »Ich möchte das für dich tun, Mira.«

Als seine Worte zu mir durchdringen, merke ich, wie sie mich erschüttern. »Du bist mir nichts schuldig«, protestiere ich. Bei der Begegnung neulich im Vanadislunden schien er doch erleichtert, als wir uns trennten und hoffentlich nie wiedersehen würden. So fühlte es sich zumindest an. Und jetzt mehr Zeit miteinander zu verbringen ...

Ehrlich gesagt, ich weiß nicht, ob ich das schaffe. Nicht jetzt, wo ich anfange, über die Vergangenheit nachzudenken. Ich schließe die Augen, ich möchte die Gedanken und Bilder blockieren, die hartnäckig in meinem Kopf auftauchen. Aber das ist fast unmöglich, wenn er in meiner Nähe ist, und als ich die Augen wieder öffne, sagt William flehend: »Lass mich jetzt einfach mit dir kommen.«

Vierzehn Jahre zuvor

Nachdem wir noch eine Weile so gestanden waren, ließen William und ich uns auf mein Bett fallen, der Sturm der Gefühle, der gerade durch mich hindurchgefegt war, ließ mich beinahe zusammenbrechen. Die Diskussion, die dazu geführt hatte, dass er mich in den Arm genommen hatte, seine Lippen, die sich auf meine nackte Schulter drückten, wenn auch nur ganz kurz. Was er gesagt hatte, ich konnte es kaum glauben. *Du bist kein Witz ... Du bist wunderbar, selbstlos und schön.* Die Worte fuhren wieder durch meinen Kopf, ich wollte mein Gesicht an seine Schulter drücken und mich verstecken. Dann sah ich jedoch, wie er fast manisch an seinem Armband zog.

»Das machst du oft«, rief ich aus.

Er hörte sofort auf. »Ja.«

»Hast du das schon lange?«, fragte ich, das Leder des Armbands war verblasst und schien einiges mitgemacht zu haben.

»Ja, ungefähr, seit es anfing.«

»Es anfing ...?«, sagte ich leise.

William schwieg für einen kurzen Moment. »Ja, ungefähr seit ich anfing, Eishockey zu spielen«, erklärte er, aber es sah aus, als ob er gerade gelogen hätte. Und so abgetragen war das Armband auch nicht, dass er es schon besaß, seit er ganz klein war. Da hätte das Leder inzwischen ganz kaputt sein müssen.

»Du trägst kein Armband oder so«, sagte er und strich leicht über mein Handgelenk.

»Nein, nicht seit ...« Mein Magen zog sich zusammen, und ich wünschte, er hätte mich das nicht gefragt. »Ich hatte eines, das meiner Mutter gehörte, aber das habe ich nicht mehr, und ich wollte auch kein anderes.«

William nickte und strich dann wieder über mein Handgelenk. »Schade, dass du es nicht mehr hast«, sagte er und schien zu verstehen, dass ich es nicht freiwillig abgelegt hatte.

Ich nickte rasch, das Wort schade war viel zu klein, um zu beschreiben, was geschehen war, auch wenn das nun schon sehr lange her war. Als ich von der Schule nach Hause kam und feststellte, dass das Armband weg war, und instinktiv wusste, was damit geschehen war, ohne dass ich meinen Vater fragen musste, auch wenn er es später bestätigte. Da war ich nicht mal wütend geworden, es hatte irgendwie keinen Sinn. Aber ich hatte das Gefühl, als würde er mir alles nehmen, und als sei es auch seine Schuld, dass meine Mutter gestorben war. Was für dunkle Gefühle und Gedanken. Ich schüttelte mich ein wenig, William nahm meine Hand und schaute mich nur an, dann streichelte er mit leichten Fingern über meinen Arm. Ich schloss die Augen und schauderte.

»Du hast deine Sommersprossen und brauchst keinen Schmuck«, sagte er.

»Doch, obwohl …« Ich holte tief Luft und hätte beinahe erzählt, was geschehen war. Aber irgendwie kam es mir ungerecht vor, dass William immer mehr von mir erfuhr und er kaum etwas von sich preisgab. Er schüttelte den Kopf, als wolle er sagen, dass ich es nicht zu erzählen brauchte, vielleicht aus genau diesem Grund. Das gab mir einen Stich. Ein Geheimnis gegen ein anderes Geheimnis, so könnte es sein. Aber vielleicht war seines zu dunkel, um es zu erzählen …

Dann merkte ich, dass seine Fingerspitzen sich systematisch über die Haut auf meinem Arm bewegten. Schüttelte mich ein wenig, weil es kitzelte. »Was machst du da?«, flüsterte ich.

Er verzog den Mund. »Ich zähle deine Sommersprossen, aber jetzt bin ich rausgekommen.« Sein Blick suchte mein Gesicht, dann hob er die Hand, und seine Finger bewegten sich über meine Stirn und meine Wangen, als würde er da meine Sommersprossen zählen.

Unsere Blicke trafen sich, und ich versuchte zu verbergen, was für Spuren er hinterließ, das Kribbeln auf der Haut, das Zittern, das sich tief in mir bemerkbar machte. Aber dann hörte man plötzlich Schritte auf der Treppe. William zog seine Hand weg. Wir konnten gerade noch ein wenig auseinanderrutschen, als die Tür nach einem kurzen Klopfen geöffnet wurde. Mein Vater starrte uns an, ich fühlte mich wie ein Kind, das dabei erwischt wurde, etwas Ungehöriges zu tun. Nur dass ich dieses Kind nie gewesen bin.

»Wir haben gar nicht richtig guten Tag gesagt«, sagte mein Vater und schaute William an, der rasch aufgestanden war.

»Nein, Entschuldigung.« William streckte die Hand aus. Mein Vater nahm sie etwas ungeschickt, dann schaute er zu mir, fast so, als wolle er eine Art Erklärung.

»Wie wäre es, wenn du auf ein Herein warten würdest, nachdem du angeklopft hast?«, sagte ich, stand auch vom Bett auf und versuchte, den Pullover und die Haare glatt zu streichen.

»Ja, aber sonst ...« Mein Vater kratzte sich im Nacken und schien sich dann zusammenzunehmen. »Es ist schon spät, und wie ich eben unten gesagt habe, ist es höchste Zeit fürs Abendessen und dass du mit dem Üben anfängst.«

»Schon, aber ich habe ja noch die ganze Nacht zum Üben.«
Ich verscheuchte den Gedanken, dass dieser Satz oder ein ähn-
licher in letzter Zeit ziemlich oft gefallen war. »Ich kümmere
mich gleich um das Abendessen. Mach dir ein Brot oder so, wenn
du Hunger hast.«

William berührte meinen Arm. »Du, ich fahre jetzt, dann
kannst du üben und alles andere erledigen.«

»Nein, das ist wirklich nicht nötig«, sagte ich und sackte in
mich zusammen, als ich merkte, dass mein Vater nickte, schnell
und zustimmend. »Hattest du sonst noch was auf dem Herzen,
oder kannst du uns jetzt in Ruhe lassen?«, murmelte ich und
schaute ihn an.

Mein Vater stand in der Tür und schluckte. »Nein, aber ich
glaube, es ist wirklich an der Zeit, dass ...« Er schaute William an,
trat dann endlich einen Schritt zurück und ging.

Ich stellte mich mit dem Rücken an die Tür und holte tief Luft,
bis die Schritte auf der Treppe nicht mehr zu hören waren. Aber
es wurde immer peinlicher, besonders wenn ich daran dachte,
worüber William und ich gerade gesprochen hatten.

Ich schaute zu Wilhelm hinüber. »Verflucht, wie unmöglich,
dass er einfach so hereinkommt. Ich bitte wirklich um Verzeihung. Ich glaube, er wollte eigentlich nicht ...«, *dich davonja-
gen*, dachte ich, obwohl man es im Grunde nicht anders deuten
konnte. Ein normaler Vater hätte William außerdem zum Abendessen eingeladen, statt ihn hinauszukomplimentieren. Ich war
zwar dankbar, dass er es nicht getan hatte. Aber ich konnte mir
nicht vorstellen, dass Williams Vater auf diese Art mit der Situation umgegangen wäre.

William holte tief Luft und zuckte mit den Schultern. »Ach,

das macht doch nichts. Und ich muss jetzt wirklich los. Da ist etwas ... etwas mit dem Eishockey, um das ich mich kümmern muss.« Er hielt das Handy hoch, als ob er gerade eine Nachricht bekommen hätte.

»Okay, ich verstehe«, sagte ich und spürte, wie mein Herz sank. Ich hatte das deutliche Gefühl, dass William nicht die Wahrheit sagte.

»Also, nein, das darfst du nicht denken!« Er gestikulierte in Richtung nach unten. »Es ist wirklich ... wegen des Eishockeys.«

Die Pause zwischen den Wörtern machte mich nicht sicherer, aber ich nickte, denn ich wollte nicht noch mehr verderben, nachdem mein Vater so hereingeplatzt war.

William seufzte leicht, zog am Kragen seines Rollkragenpullis, dann kratzte er sich am Hals, als wäre ihm zu warm oder der Pulli unbequem. Ich merkte, dass ich ihn anstarrte und hielt inne, aber es war irgendwie ein paar Sekunden zu spät. Es sah aus, als hätte William kleine schwärzliche blaue Flecken am Hals. Als ob jemand versucht hätte ... Als ob jemand ihn ... Ich wollte den Gedanken nicht zu Ende denken, und ich musste mich doch geirrt haben? Aber bei längerem Nachdenken hatte ich William noch nie mit einem Rollkragenpullover gesehen, das war irgendwie nicht sein Stil. Eine leichte Übelkeit überkam mich.

»Du, was ist denn los?« William kam zu mir und hob mein Kinn, damit ich ihn anschaute.

Ich schluckte ein paar Mal und presste ein Lächeln hervor. »Alles gut«, flüsterte ich, aber schon wieder überkam mich die Übelkeit. Was war eigentlich in den letzten Tagen passiert, als er nicht da war?

»Ich will eigentlich nicht heimfahren.« Er fuhr mit seinem Daumen über meinen Wangenknochen.

Und schon wieder versuchte ich zu lächeln, und es misslang mir total. »Wir sehen uns morgen in der Schule, alles gut«, murmelte ich.

Es sah aus, als würde er einen inneren Kampf ausfechten. Dann zog er mich an sich, hielt mich fest, als würden wir uns niemals wiedersehen. Im nächsten Moment hatte er mich losgelassen und war schon halb bei der Tür. Er schaute über die Schulter und lächelte traurig. Dann drückte er die Türklinke herunter, stieß vorsichtig die Tür auf und war weg.

Heute

Es ist Hauptverkehrszeit und eng in der U-Bahn. Ich suche etwas zum Festhalten, aber am Ende muss ich doch Williams Arm nehmen, nachdem der Wagen den Bahnsteig verlassen hat.

»Entschuldige.« Ich lasse ihn los, und versuche, so gut es geht, im Gleichgewicht zu bleiben, wir stehen aneinandergedrängt zwischen all den Menschen.

Er schüttelt kurz den Kopf und lächelt steif. »Du, stell dich hierher«, sagt er dann und schiebt mich vor sich her, damit ich mich an der gleichen Stange festhalten kann wie er. Im nächsten Moment werde ich wegen des Schaukelns der Bahn gegen seine Brust gepresst.

»Entschuldige noch mal.« Ich versuche, einen kleinen Schritt nach vorne zu gehen.

»Es ist eben voll«, antwortet er.

»Ja, es war auch schon voll, als ich vorhin gefahren bin, aber in der letzten Stunde ist es noch mehr geworden. Ich weiß gar nicht, wie wir es schaffen wollen ... Was ist eigentlich der Plan?« Es gelingt mir, mich zu ihm umzudrehen, ohne die Ellenbogen in jemanden zu stoßen.

»Ich weiß nicht so recht, ob wir überhaupt einen Plan haben?«, sagt William mit einem vorsichtigen Lächeln und bläst sich Luft ins Gesicht, wie um sich zu kühlen. »Wir müssen an jeder Station aussteigen, den Bahnsteig absuchen und das Personal fragen, ob sie eine Geige gesehen haben, genau wie wir es beim Rådhuset getan haben.«

»Bis wir an der Endstation sind«, füge ich hinzu. »Und vermutlich werden wir sie nicht gefunden haben.« Ein schwerer Seufzer entschlüpft mir.

William schweigt kurz. »Ja, die Wahrscheinlichkeit, dass wir sie nicht finden, ist ziemlich groß, leider, aber wir *tun* auf jeden Fall etwas, und in der Zwischenzeit wird jemand anders die Geige im Fundbüro abgegeben haben.«

»Das jeden Moment schließen wird«, bemerke ich.

»Dann wird sie eben morgen früh abgegeben.« Das schwache Lächeln, das William auf den Lippen hatte, wird immer angestrengter, und ich merke, wie er sich bemüht, eine positive Einstellung zu bewahren.

Ich schlage die Augen nieder. »Sorry, dass ich dich in das hier hineingezogen habe, und dann erwecke ich auch noch den Eindruck, als würde ich es bedauern.«

Er stupst leicht an meinen Fuß. »Aber eigentlich habe doch ich dich mitgezogen?«

»Ja, schon.« Ich stöhne auf einmal innerlich, als ich feststelle, dass ich die Einkaufstasche auf der Straße liegen gelassen habe. Ich erkenne mich selbst nicht wieder. »Darüber brauchen wir doch nicht streiten?«, sage ich dann und schaue wieder hoch zu William.

»Nein, das müssen wir nicht, oder?« Er reibt meinen Rücken, dann lässt er schnell die Hand wieder fallen und sieht verlegen drein.

Ich bin auch verwirrt. Er und ich. Hier, jetzt. Es fühlt sich nicht nur unwirklich an, es ist eigentlich völlig undenkbar.

Ich frage mich, was für ein Mensch er heute ist. Wie die Zeit ihn verändert hat, nachdem er seinen Lebensplan so drastisch ändern musste. Die Muskeln in meinem Bauch verkrampfen sich.

»Woran denkst du?«, fragt William und schaut mich an.

»Ach, an nichts eigentlich.« Ich versuche, mich zu entspannen und lächle. »Es ist einfach die Situation. Ich hätte nie geglaubt, dass wir beide …« Ich weiß nicht, wie ich den Satz beenden soll. »Das hier, jetzt, also«, sage ich schließlich.

Wir sind am Fridhemsplan und drängen uns zur Tür. »Nein, ich auch nicht«, murmelt er.

»Danke, dass du mir hilfst.«

Er schaut mich rasch an. »Selbstverständlich!«

Ich verziehe den Mund. Denn selbstverständlich ist das wohl kaum.

Wir gehen den Bahnsteig entlang. »Übrigens, musst du nicht Elin sagen, dass du … unterwegs bist?«, fällt mir plötzlich ein. »Es ist immer noch ziemlich früh, und du arbeitest sonst bestimmt auch lange.« William zieht eine Augenbraue hoch und ich spüre, wie ich bis zum Hals erröte. Das geht mich alles nichts an, ich habe keine Ahnung, was für Absprachen sie haben. Außerdem kann er ihr eine SMS geschickt haben. »Weiß sie übrigens, dass du und ich …?« Ich schaue ihn aus dem Augenwinkel an. »Weiß sie alles?«

»Ja, natürlich«, sagt er. »Ich weiß ehrlich gesagt nicht, was ich in all den Jahren ohne sie getan hätte.«

Ich bleibe mitten im Gehen kurz stehen, dann bewege ich mich weiter. Natürlich weiß sie *alles, alles, alles.* Das hätte ich mir doch denken können. Aber seine gerade, ehrliche Antwort bewirkt, dass ich mich entblößt fühle. Und meine Schuldgefühle, wie schlimm das, was damals passierte, für ihn war, und vielleicht immer noch ist, werden nur noch schlimmer.

»Jetzt siehst du wieder so nachdenklich aus«, sagt William, als wir umkehren und ans andere Ende des Bahnsteigs gehen, um in den Zug Richtung Hauptbahnhof und zum Kungsträdgården einzusteigen.

»Ich denke nur an die Geige, und dass wir sie nicht finden. Beziehungsweise ...« Ich hole zitternd Luft. »Ich denke wohl auch an die damalige Zeit. Das ist doch unausweichlich, wenn wir Zeit miteinander verbringen.«

»Ja, ich denke auch daran, und wie schief alles gelaufen ist.« Er bleibt stehen und schaut mich an.

Mein Herz schlägt stärker und schneller. Ich spüre seine Worte in der ganzen Brust. Total schief – ich habe mich nie so sehr an jemanden gebunden wie an ihn. Und das war *nicht* der erste Gedanke, der hätte auftauchen sollen. Aber diese Wochen, Monate, in denen wir zusammen waren, haben mehr mit mir gemacht als alles andere. Das lässt sich nicht bestreiten. Es kommen Gefühle hoch, auf die ich verzichten könnte, und es war nie wirklich einfach zwischen uns, nie unproblematisch oder schmerzfrei. Und es war nie so geplant gewesen ... Ich gehe weiter, und als er mir folgt, sage ich auf einmal: »Fährst du eigentlich noch öfter nach Luleå?«

Ich merke, wie William die Lippen zusammenpresst. Was ist los mit mir? Warum muss ich unbedingt dieses Thema ansprechen?

»Öfter ist das falsche Wort. Aber ja, ich versuche, hin und wieder hochzufahren. Vor allem, um meine alten Freunde zu treffen, die noch dort wohnen. Und apropos früher und meine Eltern ...« Auf einmal verstehe ich, worauf er hinauswill, und hebe die Hand, um ihn zu stoppen.

Er schaut mich etwas enttäuscht an, dann bewegen wir uns weiter auf dem leicht geneigten Rollband, dann auf die Rolltreppe hinauf zu den Drehkreuzen und zum Ausgang. Es vergehen ein paar Sekunden. »Aber sie haben dich behandelt, als ob du ...« Er geht auf der Rolltreppe an mir vorbei und stellt sich auf die Treppenstufe über mir. »Als ob du weniger wert gewesen wärst oder so.«

Ich klammere mich an den Handlauf. »Du musst mich nicht um Entschuldigung bitten«, murmele ich und will nur noch, dass er über etwas anderes redet.

»Aber du und ich, wir haben doch nie eine ehrliche Chance bekommen.«

Ich fühle mich auf einmal bedrängt und wünschte, er hätte sich nicht auf die Stufe über mir gestellt. »Aber es wäre ja auch nie denkbar gewesen ...«

»Wie kannst du das sagen?«

»Wie kann ich das *nicht* sagen?« Ich hebe den Blick und starre ihn an. »Es gab viele Gründe, warum wir nicht zusammenpassten.«

Es sieht aus, als wollte er protestieren, dann nickt er plötzlich nur. »Du hast recht. Sollten wir nicht weitergehen?« Wir verlassen die Rolltreppe, und er wirft einen Blick auf das Häuschen, in dem ein Mitarbeiter sitzt.

»Ja«, sage ich und folge ihm. Irgendwie bin ich auf einmal enttäuscht, dass er mir zustimmt und so schnell das Thema wechselt. Und als er mit dem Mitarbeiter redet, verlässt mich vollends die Zuversicht. »Sollen wir wirklich noch weiterfahren?«, sage ich zu William, nachdem wir gehört haben, dass die Geige natürlich auch hier nicht gefunden worden ist. »Ich meine, wenn an irgendeiner Station, gegen alle Wahrscheinlichkeit, die Geige abgegeben werden sollte, dann wird es doch gemeldet, und ich werde es erfahren.«

William sieht etwas erstaunt aus. »Aber genau deswegen machen wir das doch? Und das ist erst die zweite Station nach Rådhuset.«

»Ja, ich weiß. Es ist besser, als zu Hause zu warten, da würde ich mich noch machtloser fühlen, aber so herumzuflitzen …« Ich seufze und schüttle den Kopf. »Wenn nur jemand etwas gesehen oder gehört hätte.«

»Ja …« William schaut sich um, dann schaut er mich an. »Aber du, das ist doch eigentlich auch ein Fall für die Polizei. Du musst melden, dass die Geige verschwunden ist, besonders, wenn man bedenkt, was sie wert ist. Ich kann einen Kontakt, den ich über die Arbeit habe, anrufen und fragen, wie wir das Ganze angehen sollten.« William holt sein Handy hervor und stellt sich ein paar Meter weg von mir, um zu telefonieren.

Während ich ihn betrachte, steigt wieder Panik in mir auf. Warum habe ich nicht schon längst daran gedacht, den Verlust bei der Polizei zu melden? Ich komme auch nicht drum herum, Peter Bauer zu erzählen, was passiert ist, damit der Streichinstrumentefonds informiert wird. Wie lange kann ich verantworten, ihm nichts zu erzählen? Noch ein paar Stunden, rede ich mir ein. Aber ich bin so erschöpft. Ich werde nie wieder eine solche Geige geliehen bekommen.

Dann merke ich, dass es in meiner Handtasche vibriert, und kann gar nicht schnell genug das Handy herausholen. Ich starre auf den Bildschirm und spüre, wie die Enttäuschung von mir Besitz ergreift.

»Willst du nicht rangehen?« William ist wieder bei mir und nickt in Richtung des Handys.

»Ich weiß nicht. Es ist Alessandro.« Das Vibrieren hört auf, und es ist ja nicht so, dass ich nicht mit Alessandro reden will. Nach meinem Gespräch mit Peter habe ich das Gefühl, dass ich es tun sollte, aus verschiedenen Gründen. Vor allem, um irgendwie den Beweis zu bekommen, dass ... Ich möchte mich ihm nah fühlen. Und gleichzeitig wissen, woran ich bei ihm bin. Aber dieses Gespräch kann ich auf jeden Fall nicht jetzt führen, mit William neben mir. Außerdem kann ich Alessandro auf keinen Fall von der verschwundenen Geige erzählen. Wie soll ich nach Italien fahren, ohne sie dabeizuhaben? Und was wird Alessandros Großmutter sagen, wenn sie erfährt, dass die Geige, zu der sie eine persönliche Beziehung hat, verschwunden ist? Es ist, als würde sich eine eiskalte Faust um mein Herz schließen, und meine Hand zittert, als ich das Handy wieder in die Tasche stecke.

»Ich weiß nicht, was ich sagen soll«, meine ich dann zu William.

»Ich werde zu Alessandro nach Italien fahren, aber nur mit der Geige.« Ich schließe eine Sekunde lang die Augen. »Verflucht noch mal! Was habe ich da nur angerichtet.«

»Alessandro ist also jemand, der ...?«

»Er ist ein Mann, den ich treffe. Also, zwischen uns ist wohl ein bisschen mehr. Alessandro Barone ist ein berühmter Solist«, füge ich hinzu, ich weiß auch nicht, warum.

William sieht auch ein wenig peinlich berührt aus, als wisse er nicht so recht, was er mit dieser Information anfangen soll. »Ich verstehe. Aber du, mein Kontakt war ein wenig gestresst ...«

»Ich verstehe, so etwas hat bei denen keine Priorität«, füge ich hinzu, bevor er zu Ende gesprochen hat.

Er lächelt schief. »Sie schuldet mir einen Gefallen und wollte zurückrufen. Sie möchte mit dir sprechen. Du musst selbst den Verlust melden, damit sie alle Angaben bekommen, die sie brauchen.«

»Oh. Natürlich!« Ich weiche seinem Blick aus, und während wir auf den Rückruf von Williams Kontakt bei der Polizei warten, frage ich mich, warum ich das mit Alessandro gesagt habe. Wie blöd von mir.

»Also, was möchtest du jetzt machen?«, fragt William, nachdem ich kurz darauf mit der Polizei telefoniert habe. »Sollen wir abbrechen oder weiterfahren? Mir ist noch eine Option eingefallen, die uns vielleicht weiterhelfen könnte«, sagt er, bevor ich antworten kann. »Über meine Arbeit kenne ich einige Leute, die … so manches hören und sehen. Das wird wahrscheinlich nichts bringen, aber wenn wir doch noch einmal in die U-Bahn steigen und ein Stück weiter raus …?«

Ich glaube, dass ich ungefähr verstehe, was er vorhat, und schaue ihn forschend an. »Wäre das okay für dich?«

»Machen wir es.« William nickt kurz.

Kurz darauf stehen wir wieder mit einer Menge anderer Leute in einem U-Bahn-Wagen. Zwischen uns herrscht Schweigen, als wären alle Gesprächsthemen aufgebraucht. Ich frage mich, was er wohl denkt, und wäre gern Gedankenleserin. Was ich mir auch früher schon gewünscht habe. Andererseits würden mir seine Gedanken vielleicht nicht gefallen. Ich schaue nach unten, aber als der Zug plötzlich bremst und wir zusammengedrückt werden, schaue ich auf. Er lächelt mich unsicher an, dann driftet sein Blick zu einem diffusen Punkt neben mir. Wieder Schweigen. Ich halte das nicht gut aus. Auf einmal scheint alles in meinem Körper zu pulsieren und zu vibrieren. Oder ist das Einbildung? Denn obwohl wir einander nicht einmal berühren, ist es, als würde ich ihn überall spüren. Als würde etwas in mir geweckt, was ich nicht wecken will. Mein Gott, das ist doch Wahnsinn. Ich hole Luft, obwohl ich noch nicht richtig weiß, was ich sagen will, aber da kommt er mir zuvor:

»Übrigens, apropos Luleå, fährst *du* noch hin? Oder ich nehme an ... dass nicht. Ich hätte nicht fragen sollen.«

Ich lege den Kopf schief, frage mich, warum er das vermutet. »Mein Vater ist vor ein paar Jahren gestorben, und danach war ich so gut wie überhaupt nicht mehr dort.« Und davor ... Nein, ich will gar nicht daran denken.

»Mein Beileid«, sagt William. »Dein Vater ... Ich meine, er hat dir viel bedeutet.« William sieht aus, als würde er sich schämen, als würde er plötzlich an bestimmte Dinge denken, die er damals zu mir gesagt hat. Wenn ich meinen Vater vor mir sehe, dann gibt mir das einen Stich. »Und du hast mit sonst niemandem Kontakt in Luleå, auch mit keinem aus dem Orchester?«, fragt William nach einer kleinen Weile. »Wenn man bedenkt, dass du immer noch Geige spielst, wäre das doch anzunehmen, nicht wahr?«

Katarina flattert vor meinem inneren Auge vorbei. Ich sollte mich mal bei ihr melden. Wie oft habe ich das schon gedacht, aber jedes Mal hat mich etwas davon abgehalten. Ich schüttle den Kopf und bin dankbar, dass der Zug an der Station hält, an der wir aussteigen müssen. Diese Fahrerei ist anstrengender, als ich mir hätte vorstellen können.

Ein Mietshaus steht neben dem anderen, als wir aus dem Ausgang treten. »Ich habe gerade einem Typen geschrieben, der uns treffen will«, informiert William mich. Kurz darauf kommt ein Teenager von höchstens vierzehn, fünfzehn Jahren angeschlendert. William erzählt, was passiert ist, und ich sehe, dass der Junge in sich hineinlacht – er hatte wohl erwartet, dass William etwas ganz anderes auf dem Herzen haben würde.

»Ich kann mich umhören, aber …« Der Junge zuckt halbherzig mit den Schultern.

»Verstehe. Das ist eine spezielle Angelegenheit. Und sonst?«

Der Junge schaut weg und dann wieder William an, er zuckt erneut mit den Schultern. »Okay, pass auf dich auf. Das ist meine Nummer. Ruf mich an!« William stößt seinen Ellenbogen gegen den seinen und schaut ihn durchdringend an.

Ich verstehe, dass William damit nicht nur die Geige meint, sondern dass der Junge ihn in jeder Angelegenheit anrufen kann, und als wir wieder zur U-Bahn hinuntergehen sagt er: »Dieser Junge … manche von denen sind einem wichtiger als andere, und er …« William schaut verbissen und sagt nichts mehr. Ich habe das Gefühl, dass er und der Junge Ähnliches erlebt haben. Ohnmacht breitet sich in mir aus. Ich berühre leicht seinen Arm.

William schaut mich an. Sein Blick ist traurig, warm. Dann zieht er sein Jackett aus und hängt es über die Laptoptasche, die er mit sich herumträgt. Einen Moment lang bin ich abgelenkt, als ich sehe, wie perfekt sein Hemd über der Brust spannt.

Ich schaue weg und schlucke. »Ich bin froh, dass du diesen Weg gewählt hast. Was du tust, ist wichtig. Im Unterschied zu …«

Er sieht mich nur an, ohne mir zu widersprechen. Ich merke, dass dieses Gefühl der Unterlegenheit mich stört, meine Arbeit ist eben nur die Musik. Was heißt hier *nur*, denke ich dann. Aber verglichen mit dem, was William beruflich macht, und auch Elin, da ist es doch schwierig, es anders zu sehen.

»Es ist, als hätte ich keine andere Wahl gehabt«, sagt er dann plötzlich.

Dieser Kommentar trifft mich hart, obwohl ich glaube, dass dies nicht seine Absicht war. Ohne nachzudenken strecke ich mich zu ihm und umarme ihn unbeholfen. Als wollte ich ihn *irgendwie* um Entschuldigung bitten. Für alles. Als ich mich lösen will, drückt er mich ein wenig fester, nur eine Sekunde, dann lässt er mich los, mit einem Gesichtsausdruck, den ich nicht deuten kann.

KAPITEL ZWEIUNDDREISSIG
Vierzehn Jahre zuvor

»Hast du den Sonnenaufgang heute Morgen gesehen? Der war unglaublich.«

Ich schaute von meinem Handy hoch, lehnte mich an den Spind hinter mir und schaute William erstaunt an. »Die Sonne geht um diese Jahreszeit doch gegen drei Uhr auf?«

»Ja, das stimmt.« Er betastete die Tätowierung hinter dem Ohr und schaute ein wenig verlegen. »Ich bin sehr früh aufgewacht, ich konnte nicht schlafen und habe einen Spaziergang gemacht.«

»Um drei Uhr nachts? Machst du das öfter?«

»Na ja, manchmal. Wenn ich nicht schlafen kann.« Er wich meinem Blick aus, und ich hatte das Gefühl, dass diese Spaziergänge eher die Regel als eine Ausnahme waren. »Der Sonnenaufgang heute Morgen war fast zu schön. Klingt das merkwürdig?« Er schaute mich wieder an, und ich schüttelte den Kopf, weil ich verstand, was er meinte.

»Als meine Mutter gestorben ist, hatte ich oft das Gefühl, dass alles Schöne wehtut.«

Er nickte schnell und lächelte. »Ganz genau so.«

Ich lächelte auch, bemerkte jedoch, dass sein Blick sich auf seine Freunde richtete, die mit ihren Hockeytaschen auf dem Rücken den Flur entlangkamen.

»Hat es geklappt, mit der Hockeysache gestern Abend«, fragte ich.

»Hockey ...?«, begann er und schloss schnell den Mund. »Ja, alles prima.«

»Na schön«, sagte ich, konnte jedoch nicht verhindern, dass ich ein wenig kurz angebunden klang.

»Ich komme übrigens gerade vom Training«, sagte er, trat leicht gegen seine Hockeytasche, die er auf den Boden gestellt hatte, und schaute dann seinen Freunden hinterher.

»Aha«, sagte ich, nahm meine Jacke und meinen Rucksack aus dem Schrank und ging Richtung Ausgang. Dabei beantwortete ich eine SMS von meinem Vater.

Ich hörte, wie William sich die Hockeytasche schnappte und mir folgte. »Bist du beschäftigt?«, fragte er und nickte in Richtung des Handys.

Ich steckte es in die Tasche und zögerte einen Moment, ehe ich sagte: »Ich habe meinem Vater versprochen, mit ihm einkaufen zu gehen.«

»Aha, okay. Ich war mir fast sicher, dass du heute Geigenunterricht hast, aber wenn du mit deinem Vater verabredet bist ...« William blieb im Eingang stehen, dann folgte er mir nach draußen. Ich schaute ihn fragend an. »Ich hatte gedacht, wir könnten vielleicht ins Kino gehen oder so, wegen gestern ...«

»Wegen der Hockeysache, zu der du unbedingt fahren musstest?«, entfuhr es mir.

Er errötete. »Weil es nicht so einfach zu sein scheint, mit dir allein zu sein«, konterte er und starrte mich an.

»Katarina hat heute einen anderen Termin, mein Unterricht ist abgesagt worden«, murmelte ich. Dabei entging mir nicht, dass dieses Mädchen, Emma, William einen Blick zuwarf, als sie zusammen mit ein paar anderen an uns vorbeiging. »Aber wir können am Donnerstag ins Kino gehen, da habe ich nichts vor«, sagte ich dann.

Williams Blick verschwand ins Weite, dann schaute er mich wieder an. »An dem Tag hat meine Mutter Geburtstag, da muss ich zu Hause sein, auch wenn ich keine Lust habe. Also, ich möchte sie natürlich feiern«, fügte er rasch hinzu, »aber ich würde lieber mit dir etwas unternehmen. Denn am Freitag und am Wochenende habe ich eventuell andere Pläne.« Sein Gesicht sah merkwürdig aus, als er das sagte, und ich schwieg.

Pläne?

»Kann dein Vater nicht alleine einkaufen gehen?«, fragte William nach einer Weile.

»Kann, was heißt hier kann«, sagte ich. »Es ist nur so, dass ...« *Dann wird er es nicht machen*, dachte ich.

»Wir gehen ein andermal ins Kino«, konstatierte William und schob die Tasche auf den Rücken.

»Also, ich ...« Ich bin seit vielen Jahren nicht im Kino gewesen, und ein paar Stunden in einem dunklen Kinosaal zusammen mit William zu versinken, ohne gestört zu werden ... Es gab nichts, was ich lieber wollte. Aber es war auch ziemlich frustrierend, dass er so rätselhaft war. Mir nicht erzählen konnte, was er für Pläne hatte.

Es war, als würde er meine Frustration spüren, und er sagte: »Ich möchte dich nicht anlügen, Mira. Ich kann einfach nicht alles erzählen.«

»Warum nicht?«, fragte ich leise.

»Weil, wenn ich's erzähle ... Dann willst du vielleicht nichts mehr mit mir zu tun haben.«

Ich hörte, wie ich keuchte. Er schluckte und berührte mich am Arm. »Also jedenfalls nicht so, wie ich es mir wünsche«, sagte er. Wir blieben auf der Straße stehen, und ich versuchte, diese Worte zu begreifen. Aber wie immer hatte ich keine Ahnung, was ich glauben sollte. Ich hatte mir auch Gedanken gemacht, wie weh das zwischen uns, vom dem ich nicht so recht wusste, was es war – wenn es denn überhaupt etwas war –, wie weh das dann tun würde. Wenn es vorbei war.

Ich sollte wirklich mit meinem Vater einkaufen gehen. Anderseits, brauchte mein Vater wirklich meine Unterstützung, für etwas so Einfaches wie ein bisschen einkaufen? Was würde passieren, wenn ich eines Tages ausziehen würde, auch wenn mir das noch sehr weit weg vorkam?

Ich ignorierte den Knoten im Magen und sagte: »Ich kann das Einkaufen auch verschieben.«

»Wirklich? Dein Vater wird nicht begeistert sein, wenn er erfährt, dass du mit mir ins Kino gegangen bist anstatt zum Einkaufen.«

»Ich brauche es ihm ja nicht zu erzählen.« Ich sprach den Gedanken laut aus.

William schaute mich schweigend an und trat mit dem Fuß gegen seine Hockeytasche, die er auf den Boden gestellt hatte. »Darfst du keine Jungs treffen?«, fragte er zögernd.

»Doch, das ist nicht das Problem«, sagte ich und war mal wieder verlegen.

»Du hast das Recht auf ein eigenes Leben, Mira.« William schüttelte den Kopf.

Ich starrte ihn an, ein leichter Ärger stieg in mir hoch. »Ich habe doch schon gesagt, dass ich mit ins Kino komme!«

»Prima!«, antwortete er und starrte zurück, dann wich er meinem Blick aus.

Ich holte mein Handy aus der Tasche, um meinem Vater eine

Nachricht zu schicken. Der Knoten im Bauch zog sich zu. Zu lügen fühlte sich nicht gut an. Außerdem wusste ich nicht so recht, was für eine Ausrede ich vorbringen sollte. Schließlich schrieb ich, dass die Pläne sich geändert hätten und ich mit Katarina für das Vorspielen üben müsste. Dann schaltete ich schnell das Handy aus, bevor er mir antworten konnte. Aber ein weiteres Mal erfasste mich ein Gefühl von Betrug und Verrat, und ich fragte mich, was ich hier eigentlich tat.

* * *

Als der Abspann nach ein paar Stunden über die Leinwand lief, waren diese Gedanken verschwunden.

»Der Film hat dir wohl ziemlich gut gefallen?«, sagte William und stupste meine Schulter mit seiner an.

Ich holte nach vielen Minuten das erste Mal wieder richtig Luft, so fühlte es sich zumindest an. Ich hätte nicht gedacht, dass der Film mich so gefangen nehmen würde. Ich hatte erwartet, dass ich in der Dunkelheit vor allem William anschauen würde.

Er lächelte. »Du warst so süß, denn je spannender es wurde, desto mehr Popcorn hast du in dich hineingestopft. Deine Hand bewegte sich immer schneller zwischen Behälter und Mund.«

Ich warf ein Popcorn auf ihn, aber meine Mundwinkel zuckten nach oben. »Ich bin froh, dass es kein trauriger Film war, das hätte ich nicht so richtig ertragen.« Das Lächeln verschwand.

»Ja, ich mag das auch nicht, wenn man an lauter schreckliche Dinge erinnert wird.« Er schaute nach unten. »Aber auch traurige Geschichten können schön sein.« Er hob den Blick und schaute mich an.

Es war, als würden seine Worte direkt in meinen Blutkreislauf übergehen, ich konnte nur nicken.

»Was macht dich glücklich?«, fragte ich ein paar Sekunden später, denn ich hatte das Gefühl, dass fast nichts ihn glücklich machte.

»Dass du jetzt hier mit mir zusammen bist.«

»Und sonst?«, flüsterte ich.

Er schüttelte leicht den Kopf. Aber vielleicht machten ihn Dinge glücklich, ohne dass ihm das selbst richtig bewusst war, weil er sie als selbstverständlich hinnahm. Dass seine beiden Eltern noch lebten und wohlhabend waren, es Dinge gab, über die er sich keine Sorgen zu machen brauchte, über die ich mich ständig sorgen musste.

»Ich bin verwöhnt«, rief er im nächsten Moment aus, aber auf einmal war da ein Schmerz in seiner Stimme, und ich schämte mich für meine Gedanken, ich nahm seine Hand und drückte sie. Er drückte meine ebenfalls, legte sie auf seine Stirn, schloss die Augen und seufzte. Dann legte er sie auf seine Lippen und küsste meine Handfläche, ganz leicht. Seine Augen waren immer noch geschlossen, als würde er kaum merken, was er macht. Ich war angespannt, aber ich zitterte auch. Plötzlich öffnete William die Augen und schaute mich an.

»Ich weiß nicht, warum ...«

Er schüttelte vorsichtig den Kopf und schaute mich weiter an. Dann beugte er sich ein wenig vor, strich mit beiden Händen meine Haare über die Schulter und lehnte seine Stirn an meine. Ich schloss die Augen und spürte, wie er mit seiner Hand um meinen Kopf fasste. Wie er seine Stirn an meine drückte. Mein Herz schlug immer fester, ich wurde überwältigt von seinem Geruch, der Wärme von seinem Körper, seiner Nähe. Ich hatte nur einen Gedanken, dass er mich *vielleicht* küssen würde. Und wenn er es nicht tat? Er zog sich ein wenig zurück, und die Enttäuschung stieg in mir auf, dann holte er vorsichtig Luft. Ich seufzte leise, strich mit den Fingern durch seine Haare und zog ihn näher zu mir. Er wickelte meine Haare um seine Finger und berührte sanft meine Lippen mit seinen, dann öffnete er sie vorsichtig mit seiner Zunge. Er küsste mich langsam, zögernd und dann intensiver. Ich tat mein Bestes, um seinen Kuss zu erwidern. Seine Lippen und seine Zunge zu spüren, das machte mich schwach. Es machte mich auch leicht, brachte ein inneres Feuer zum Lodern. Die Küsse wurden immer leidenschaftlicher, und wir bemühten uns, näher zusammenzukommen, aber die Sitze waren im Weg. Doch dann trafen sich unsere Blicke, es fühlte sich fast so an, als wären die Küsse schmerzhaft, aber nicht körperlich. Ich merkte, wie meine Abwehr zusammenbrach. Ich fühlte mich verletzlicher als je zuvor. Ich wollte nichts lieber, als ihn weiter zu küssen, war aber auch fast erleichtert, als er sich schließlich zurückzog, um Atem zu holen, und noch einmal seine Stirn gegen meine lehnte.

»Hm, ich hatte nicht gedacht, dass es so …«

»Intensiv ist?«, flüsterte ich. Er nickte und sah plötzlich genauso verletzlich aus, wie ich mich gerade gefühlt hatte, dann nahm er meine Hand und streichelte sie. Er lehnte sich zurück und schaute sich um. »Ich wünschte, wir könnten hierbleiben, aber …«

»Die anderen sind schon eine ganze Weile gegangen«, sagte ich, außer uns waren nur wenige Besucher da gewesen, an einem gewöhnlichen Nachmittag mitten in der Woche.

»Wir sollten vielleicht auch gehen, bevor wir hinausgeworfen werden?«, sagte William und schaute hinter sich.

Ich nickte, obwohl ich nicht wollte, dass es vorbei sein würde, ich wusste, die Realität würde mich wieder einholen, sobald wir gegangen waren.

»Mira, ich ...«

»Was ist?«, flüsterte ich.

William beugte sich zu mir, ohne meinem Blick auszuweichen, es entstand eine Pause, die sich erheblich länger anfühlte, als sie vermutlich war. »Nein, ich ...« Er holte Luft. Dann hörten wir ein leichtes Räuspern hinter uns und flogen auseinander.

»Zeit zu gehen, oder?«, sagte der Typ, der am Eingang die Tickets kontrolliert hatte.

Wir schauten einander an, seufzten und sammelten dann rasch unsere Sachen zusammen, nahmen die leeren Popcornkartons und gingen zum Ausgang. Ich fragte mich, was William wohl hatte sagen wollen, er schien etwas Wichtiges auf dem Herzen zu haben. Oder es war nur der Augenblick, die intime Stimmung in diesem Moment, die mich das glauben ließ. Er machte keine Anstalten, den Gedanken wieder aufzunehmen, und als wir auf der Straße waren, schauten wir uns verwirrt an. Als wären wir aus einer Art Traum herausgerissen worden. Ich blinzelte ins Tageslicht, es kann mir viel zu hell vor, dann holte ich mein Handy heraus und schaltete es an. Ein Schreck durchfuhr mich, als ich sah, dass ich fünf verpasste Anrufe von meinem Vater und mindestens genauso viele Mitteilungen von ihm hatte.

»Ist er wütend?«, sagte William und nickte in Richtung meines Handys, weil ich durch die Nachrichten scrollte und ihm klar war, dass sie von meinem Vater stammten.

»Ja, das kann man wohl sagen.« Ich bekam richtig Angst, als ich sie durchlas. »Beziehungsweise, er fragt sich, was los ist.« Ich schüttelte den Kopf und verfluchte mich selbst. Wie doof kann man denn sein? »Die Geigenstunde ist schon heute Morgen abgesagt worden«, erklärte ich dann. »Aber da mein Vater das nicht wusste … Ja, ich hatte ihm geschrieben, dass die Pläne sich geändert hatten und ich länger bleiben musste, um mit Katarina zu üben. Ich hatte nur eins nicht bedacht, ich habe die Geige zu Hause gelassen.«

»Oha«, sagte William.

»Und jetzt will er natürlich wissen, wo ich bin.« Mir war ja klar gewesen, dass die Wirklichkeit mich einholen würde, sobald ich das Kino verlassen hatte, aber nicht so.

William berührte meine Hand. »Aber du, wie ich schon vor dem Kino gesagt habe … Du hast ein eigenes Leben, Mira, ohne dass dein Vater …«

»Dass er was?«, sagte ich und merkte, wie ich unfreiwillig meine Stacheln ausfuhr, genau wie immer.

»Ja, so kannst du doch nicht leben«, sagte William mit einer Geste in Richtung meines Handys. »Es ist, als würde er dich festhalten, du bist so beschäftigt damit, ihn zu versorgen und Rücksicht auf ihn zu nehmen, dass du selbst …«

»Ich *versorge* ihn nicht«, rief ich aus und musste fast lachen, aber in Wirklichkeit brannten Williams Worte wie Säure in meiner Brust.

Er verdrehte die Augen und seufzte. »Okay, nenn es, wie du willst. Aber du hast selbst gesagt, dass es so ist.«

»Ich habe schon gestern gesagt, dass ich mir wünschen würde, er wäre wie deine Eltern. Aber das ist er nun einmal nicht …«

»Wie die Sache mit der Musikhochschule, und dass es die Alternative eines Umzugs nicht gibt, wenn du angenommen wirst«, fuhr William fort, als würde er mir nicht zuhören.

»Aber das ist doch nicht wegen ...« Ich atmete heftig. »Piteå ist nicht so weit weg, deswegen brauche ich nicht umzuziehen.«

»Aber du hättest dich doch auch in Stockholm bewerben können, wie du selbst gesagt hast, ist das die beste Schule. Warum hast du es dann nicht getan?«, sagte er und gestikulierte mit den Armen.

»Weil ich dort nie angenommen worden ...«

»Nein, das ist doch nicht wahr«, unterbrach William mich, »und das weißt du genau. Du hast Angst, dass er nicht zurechtkommt ohne dich. Nicht wahr? Aber das ist so ... falsch. Du musst dich verdammt noch mal lösen!«

Ich starrte William an und konnte nicht glauben, dass *das* wahr war. Ich hatte Angst gehabt, ihn an mich heranzulassen, das hatte ich gespürt, aber es dennoch getan. Ich hatte ihm mein Leben in all seiner Nacktheit gezeigt, weil er mich glauben ließ, dass ich ihm vertrauen kann, und jetzt war es, als bekäme ich all meine Ängste und Befürchtungen ins Gesicht geschleudert. »Du hast doch keine Ahnung, wie es mir und meinem Vater geht.« Meine Stimme zitterte gefährlich, und ich musste blinzeln. »Wirklich keine Ahnung. Du hast mich *ein einziges* Mal besucht und Schlüsse aus dem gezogen, was ich gesagt habe. Aber deshalb ... Und es ist wirklich leicht, hier zu stehen und eine Meinung zu haben und zu sagen, dass ich mich losreißen muss, du, der du alles hast. Und es nicht einmal zu schätzen weißt!«

Er lachte leicht frustriert. »Nein, das sollte ich, was? Aber du hast auch keine ...« Seine Kinnmuskeln zuckten, und er presste die Lippen zusammen. »Du hast auch deine Schlüsse über mich gezogen. Aber in Wirklichkeit hast auch du keine Ahnung!« Er wurde lauter, buchstabierte die Worte beinahe und trat rasch ein paar Schritte von mir weg.

»Weil du die ganze Zeit so geheimnisvoll tust!«

Er schüttelte den Kopf und stürmte wieder auf mich zu, blieb dann ein Stück vor mir stehen. »Und was glaubst du, was ich ...?« Seine Stimme brach beinahe, sein Blick wurde dunkel, er nahm seine Hockeytasche und drehte sich auf dem Absatz um. Und dieses Mal kam er nicht zurück, sondern lief rasch die Straße entlang.

»Unglaublich! Und jetzt haust du einfach ab«, rief ich ihm nach, aber es tat so weh im Hals, und meine Stimme brach beinahe. Ich folgte ihm mit den Augen und versuchte zu verstehen, was gerade passiert war. Wie hatte unser Gespräch so entgleisen können? Wie hatte es passieren können, dass wir von den Küssen im Kino vor ein paar Minuten hier gelandet sind? Und warum ist er so wütend geworden – beinahe enttäuscht, von *mir*.

Irgendetwas stimmt hier nicht, es war, als hätte ich alles fatal missverstanden. Und er hatte ja tatsächlich so etwas angedeutet, schon ganz früh, als wir miteinander sprachen.

Irgendwo tief in mir drinnen wusste ich auch, dass William recht hatte mit seinen Beobachtungen, genau wie Katarina, wenn sie mich auf meine Situation hinwies. Dass sie einen wunden Punkt berührten. Das macht es nicht einfacher. Als das Handy klingelte und ich sah, dass es mein Vater war, zögerte ich einen Moment. Aber dann nahm ich das Gespräch an.

Heute

»Ich habe so an dich gedacht.« Daniela umarmt mich, dann setzen wir uns an einen der Tische vor der Kaffeebar in der Nähe von meiner Wohnung.

»Ich auch! Und dann habe ich versucht, es nicht zu tun«, sage ich ein wenig beschämt und ziehe den Löffel durch den Milchschaum auf meinem Cappuccino.

Daniela legt ihre Hand auf meine. »Das verstehe ich wirklich. Wenn ich an deiner Stelle wäre ...« Sie lässt mich los und rührt in ihrem Eiskaffee. »Ja, das Spielen ist irgendwie alles. Aber das Wichtigste ist jetzt, dass deine Schulter heilt«, fügt sie dann rasch hinzu. »Und verzeih mir, wenn ich etwas Dummes gesagt habe, bevor ich richtig Bescheid wusste, und dich vielleicht gestresst habe. Ich wünschte, du hättest es mir erzählt, aber ich verstehe auch, dass du es nicht getan hast.«

»Die Konkurrenz ist so hart, und ich wollte selbst nicht zugeben, dass ich Schmerzen hatte.« Ich rühre weiter mit dem Löffel im Milchschaum, dann lege ich ihn auf den Teller und schaue Daniela an. »Allerdings, wenn ich früher zum Arzt gegangen wäre, dann würde ich mich vielleicht nicht in der Situation befinden, in der ich jetzt bin.«

Daniela nickt. »Ja, hinterher ist man immer schlauer. Und wenn ich nur einen oder zwei Tage nicht übe, dann ...« Sie trinkt einen Schluck von ihrem Eiskaffee und schaut mich dann entschuldigend an. »Verzeih, das macht die Sache nicht besser, nicht wahr? Du wirst alles wieder aufholen, sobald du wieder üben kannst.«

»Ja, ich hoffe nur, dass ich es schaffe«, sage ich und kann den Zweifel in meiner Stimme nicht ganz verbergen. »Wie liefen denn die letzten Konzerte? Hat jemand etwas gesagt, weil ich gefehlt habe?«

»Du meinst, weil du bei deinem Gespräch mit Annie das Gefühl hattest, sie denkt, man könne sich nicht richtig auf dich verlassen«, sagt Daniela, sie scheint ihre Worte genau abzuwägen. »Nein, aber die andere Freelance-Musikerin, die sie genommen haben …« Sie schweigt abrupt, aber ihre Wangen erröten, und ich ahne, was sie sagen will. Dass die Freelancerin ein ausgezeichneter Ersatz ist. »Das bedeutet nichts«, murmelt sie dann und nippt wieder an ihrem Eiskaffee.

Ich betrachte sie leicht seufzend und frage mich, warum ich nicht auch einen Eiskaffee bestellt habe. Es ist der erste richtig warme Sommertag in Stockholm, so heiß, dass der Asphalt auf den Straßen dampft. »Nein, ich weiß«, sage ich mechanisch, doch sehr nahe an einem *Aber*. »Und wie ist das Tournee-Leben so?«, sage ich dann forsch. »Ich bin erstaunt, dass du überhaupt Zeit hattest, mich zu treffen.«

Daniela lächelt und dreht ihr hohes Kaffeeglas. »Ja, alles gut. Es ist nur so, Calle ist auch unterwegs, und wir haben in diesem Sommer fast keine gemeinsamen Konzerte. Die hat er allerdings mit seiner Ex, das macht mir doch irgendwie Sorgen. Es geht uns gut miteinander, wenn wir uns sehen, aber ich werde das Gefühl nicht los, dass noch nicht endgültig Schluss ist zwischen den beiden«, sagt sie niedergeschlagen.

»Oh, Daniela.« Ich strecke eine Hand zu ihr aus, weiß nicht so recht, was ich sagen soll, um ihr zu helfen.

Ich sehe, wie sie schluckt. »Ich hätte es langsamer angehen

lassen sollen mit ihm, genau wie du gesagt hast. Eigentlich hätte ich mich ganz zurückziehen sollen und ihm sagen, er könne wiederkommen, wenn er dazu bereit ist.«

»An dem Punkt seid ihr also?« Ich fühle wirklich mit ihr. »Aber das ist leichter gesagt als getan, wenn man verliebt ist.«

»Ja …« Sie schaut mich an, dann holt sie ihr Lipgloss aus ihrer kleinen Schultertasche, streicht ihn sich über die Lippen, als würde das ihre Laune heben. »Was hast du für Zukunftspläne? Was machst du so tagsüber, außer dass du zur Therapie gehst und so?«

Ich schiele auf mein Handy in der Handtasche, ich habe sie offen gelassen, damit ich wirklich keinen Anruf verpasse. Ich würde nachher sofort das Fundbüro anrufen. Ich habe dort heute schon mehrmals angerufen, ohne Ergebnis. Und ich habe ja auch eine Verlustanzeige bei der Polizei gemacht … Wenn die Geige gefunden wird, dann werde ich es erfahren. Das Warten zehrt an meinen Nerven, ich habe heute Nacht fast kein Auge zugetan.

Ich bin wieder im Gestern, als William und ich die verschwundene Guarneri-Geige gesucht haben. Bei den steifen, schweigenden Momenten und den mühsamen Gesprächen. Bei der Wirkung, die er auf mich zu haben scheint. Aber war ich vielleicht gestern nur besonders verletzlich und empfindsam, aufgrund der Situation?

»Mira, wo bist du?« Daniela wedelt leicht mit der Hand vor meinem Gesicht.

»Oh, verzeih.« Ich schaue sie an. »Das ist die Hitze …« Ich hebe meine Haare an und streiche mir über den Nacken, dann lege ich die Haare über die Schultern. »Nein, ich mache nicht sehr viel«, sage ich unbestimmt.

Daniela schaut etwas verletzt, als verstünde sie, dass das nicht die ganze Wahrheit ist. Ich würde ihr gerne vom gestrigen Tag erzählen, aber ich schäme mich zu sehr, ich kann ihr nicht von der verschwundenen Geige berichten. Niemand würde besser verstehen als sie, wie viel sie wert ist, doch ich *kann* es einfach nicht. Und was William angeht, so hätte ich ihn schon lange einmal erwähnen sollen, so viele Jahre, wie wir uns kennen. Aber wie sollte ich diese Wunde öffnen können, wo ich es doch selbst nie richtig verstanden habe? Wie soll ich erklären, wie jemand, der mir so viel bedeutet hat ... Ich lasse den Gedanken rasch fallen, doch mir wird schwer zumute, das bekannte Gefühl von Einsamkeit breitet sich in mir aus. Eine Einsamkeit, die ich nur mit einer einzigen Person teile. Aber die ich auch mit einem dunklen Geschehen und einer schmerzlichen Vergangenheit teile, rufe ich mir ins Gedächtnis, und mit einem Mal ist es, als würde ich die Nachwirkungen im ganzen Körper spüren. Ich trinke einen Schluck von meinem Cappuccino und merke, wie ich am ganzen Körper zittere, als ich ihn wieder abstelle.

Dann fällt mir etwas ein, was ich Daniela tatsächlich anvertrauen kann, damit sie sich einbezogen fühlt. »Obwohl, ich habe tatsächlich etwas vor. Ich werde Ende nächster Woche zu Alessandro nach Italien reisen.«

»Wie toll!« Sie strahlt. »Das hast du noch gar nicht erzählt. Wenn ich du wäre, würde ich an nichts anderes mehr denken.«

Ich lächle, aber ich spüre auch, wie mein Lächeln verschwindet, als mir klar wird, dass dies vielleicht nicht das richtige Gesprächsthema ist, in Anbetracht der verschwundenen Geige. Und ich habe auch Alessandro noch nicht zurückgerufen, nur kurz und ausweichend geantwortet, als er mir schrieb. »Vielleicht klappt es auch nicht«, füge ich dann hinzu.

Daniela schaut mich fragend an. »Wie, hast du noch kein Flugticket gebucht?«

»Doch, das habe ich, aber ...«

Sie lehnt sich zurück, verschränkt die Arme und schaut mich nachdenklich an. »Jetzt zögere doch nicht. Fahr hin. Nach Italien. Das ist ein Befehl.«

Meine Lippen zucken unfreiwillig. »Also ich will ja fahren, das ist es nicht.«

»Gut, er meint es offenbar ernst mit dir«, sagt sie. »Und ich glaube, es täte dir wirklich gut, wenn du ein wenig weg von allem kämst. Fahr nach Italien und hab jede Menge Sex. Genieße gutes Essen und guten Wein. Übe zusammen mit Alessandro. Oder nein, mach genau das nicht.« Sie schaut mich mit zusammengezogenen Augenbrauen an, dann lächelt sie. »Habt lieber mehr Sex ...«

»Wir werden bei ihm zu Hause bei seiner Familie wohnen, ich weiß also nicht, ob ... welche Möglichkeiten man da hat«, stammele ich und merke, wie meine Wangen zu glühen beginnen.

»Bei seiner Familie?« Daniela schnappt nach Luft. »Dann kommt als Nächstes also die Hochzeit, wenn du schon der Familie vorgestellt wirst.«

»Sag das nicht!«, flüstere ich fast bittend, obwohl auch Peter Bauer so etwas angedeutet hat, als ich ihm von der Reise erzählte. Daniela schaut mich erstaunt an. »Ich möchte nur keine zu großen Erwartungen aufbauen«, murmele ich, obwohl es darum gar nicht geht.

Daniela nickt. »Verstehe. Das war eine etwas zu forsche Bemerkung. Wie auch immer, es wird bestimmt gemütlich und nett, und du wirst jede Menge wunderbares hausgemachtes italienisches Essen bekommen.«

Ich lächle angestrengt, und ich spüre, wie das Gefühl von Unsicherheit sich immer stärker aufdrängt. Und ich sollte auf jeden Fall vorsichtig sein, genau wie Peter sagte.

Das mit der Vorsicht ist allerdings eine schwierige Sache, wenn es um Alessandro geht. Wir hatten uns gerade kennengelernt, und es hatte sich sofort angefühlt, als ginge es um alles oder nichts. Als wäre für ihn alles existenziell.

Oder vielleicht funktioniere ich so? Denn auch mit William war ich nicht so vorsichtig, wie ich hätte sein sollen, obwohl er eine ganz andere Art Mensch ist und es mit ihm ganz anders war. Wir waren einander so ausgeliefert, es war eine so intensive Zeit.

Vierzehn Jahre zuvor

In den Tagen nach unserem Kinobesuch wichen William und ich uns in der Schule aus. Ich versuchte, die Gedanken an ihn zu verdrängen, mich ganz aufs Spielen zu fokussieren, aber sobald das Handy vibrierte, zuckte ich zusammen. Außer meinem Vater meldete sich niemand. Als ich vom Kino nach Hause gekommen war, hatten wir ein *Gespräch*, ich hatte jedoch nicht zugegeben, wo ich war und mit wem. Ich hatte gesagt, ich hätte Zeit für mich gebraucht, und es täte mir leid, dass er dafür büßen musste. Und er hatte es mir abgenommen. Vielleicht konnte ich auch nicht richtig verbergen, wie traurig und verstört ich nach der unerfreulichen Diskussion mit William war, und mein Vater hatte verstanden, dass etwas vorgefallen war. Vielleicht hatte es ihn auch erleichtert, der Gedanke, dass William schon wieder aus meinem Leben verschwunden war.

Für mich war es allerdings so, als würde ich ... sterben. Aber weil William mich allein auf der Straße hatte stehen lassen, war ich der Meinung, dass er den ersten Schritt zu einem neuerlichen Kontakt machen musste. Wenn er das überhaupt wollte, so wie er reagiert hatte, bevor er verschwand. Vielleicht war er auch auf andere Gedanken kommen, nachdem wir uns geküsst hatten. Vielleicht konnte ich einfach nicht gut küssen.

Diese Gedanken halfen mir wirklich nicht weiter, ich fühlte mich sowieso schon wie ein Wrack. Ich war auch ein kleines bisschen wütend, weil ich mich seinetwegen so fühlte. Und weil es sich anfühlte, als hätte ich jemanden verloren, den ich ... mit dem ich reden konnte. Aber genau das war es; ich hatte geredet und mich ihm anvertraut. Zeitweise gelang es mir, die Erniedrigung zu verdrängen und die Gedanken an all das loszulassen, und an ihn, dann kamen sie jedoch wieder. Meine Pausen verbrachte ich im abgelegenen Flur und sprach mit Amina. Viel gesagt habe ich nicht. Sie auch nicht. Amina verstand offenbar, dass ihre Gesellschaft mir genügte.

Und dann, am Freitag, als ich nach der Schwedischstunde zu meinem Spind gehen wollte, kam er mir plötzlich auf der Treppe entgegen. Wir blieben beide so abrupt stehen, dass wir fast die Balance verloren hätten, dann standen wir einfach da, starrten einander an und wichen dann dem Blick des anderen aus, so synchronisiert, dass ich fast lachen musste, aber das konnte ich mühelos unterdrücken.

»Wie geht's dir«, sagte William schließlich.

»Ganz okay«, sagte ich und hielt meine Bücher, die ich unter dem Arm hatte, etwas fester. Das Bauchflattern unterdrückte ich frustriert. »Und du?«

»Ebenso«, sagte er und trat auf der Stelle. »Wir haben gestern Abend den Geburtstag meiner Mutter gefeiert ...«

»Ich verstehe, volles Programm«, sagte ich.

Er nickte.

»Und fürs Wochenende bist du schon verplant?«, sagte ich fragend.

»Yes, genau.« Er schaute mich ein paar Sekunden lang an, dann war er sehr damit beschäftigt, die Treppenstufen zu studieren, und schwieg.

Das war also alles. Keine Erklärung, keine Information, was er machen würde. Keine Entschuldigung oder auch nur ein Kommentar zu dem, was vor ein paar Tagen passiert war. Das Gefühl von Erniedrigung steigerte sich von Sekunde zu Sekunde. Ich musste hier weg. Sofort. »Du, ich muss los. Aber wir sehen uns«, sagte ich und nahm die Treppe mit so großen Schritten, dass ich fast gestolpert wäre.

* * *

Ich schloss mich in der Toilette ein, um vor der nächsten Stunde zu mir zu kommen. Aber ich wusste auch, ich würde es nicht aushalten, in der Schule zu bleiben, mit dem Wissen, dass William auch da war, und dann konnte ich die Toilette und die Schule gar nicht schnell genug verlassen. Irgendwie hatte ich mir eingebildet, er würde, falls wir aufeinanderstoßen, von Angesicht zu Angesicht, er würde … Ja, ich wusste es auch nicht. Aber ich hätte geglaubt, er würde mehr Gefühl zeigen. Ich hatte gehofft, er würde sagen, lass uns vergessen, was passiert ist, und weitermachen. Aber das war auch nicht die ganze Wahrheit. Man konnte nicht einfach so weitermachen, zu viel war gesagt und aufgerührt worden. Vielleicht gab es schlicht keinen Weg nach vorne für uns. Er hatte das wohl eingesehen und deshalb so gehandelt. Und das war vielleicht gut so – das machte es mir leichter, mich von ihm fernzuhalten. Ich wusste weder ein noch aus, setzte mich auf eine Bank im Stadtpark und hyperventilierte fast.

Aber ich hatte genug von der Geheimnistuerei. Ich hielt dieses Gefühl von Verwirrung und Überwältigung nicht mehr aus. Als eine rotgetigerte Katze vorbeikam, sich an mein Bein schmiegte und Kontakt suchte, bückte ich mich und schmuste mit ihr und legte schließlich meine Stirn an ihr weiches Fell.

»Ich wollte immer eine Katze haben, als ich klein war, aber ich bekam nie eine.«

Ich zuckte nicht einmal zusammen, als ich die Stimme hörte. Eine Woge von Traurigkeit schwappte über mich hinweg, als ich bemerkte, wie sehr sie mich berührte und ich Herzklopfen bekam.

»Eine Katze oder ein anderes Tier passt vielleicht nicht zu einer Arztpraxis?«, sagte ich, ließ die Katze los und schaute zu William hoch.

»Nee … Darf ich?« Er nickte in Richtung der Bank und setzte sich dann neben mich. Klemmte die Hände zwischen die Oberschenkel und starrte vor sich hin. Schweigen senkte sich über uns, und als die Luft zwischen uns sich anfühlte wie ein ausgeleiertes Gummiband kurz vor dem Zerreißen, ärgerte ich mich, dass er gekommen war, und wollte ihn fast bitten, wieder zu gehen. Aber ich wurde noch ärgerlicher auf mich selbst, weil ich eigentlich nichts lieber wollte, als dass er dablieb.

Dann holte er plötzlich tief Luft und schaute mich an. »Du, das lief gerade total daneben, in der Schule. Ich war so überrascht, als wir aufeinandertrafen und …«

Ich hob die Hand, hatte das Gefühl, dies schon einmal gehört zu haben. Aber dann er nahm meine Hand und zwang mich, ihn anzuschauen. »Verzeih mir, und verzeih mir für alles, was ich neulich gesagt habe.« Seine Augen waren voller Reue. »Ich war irgendwie nur …« Er drückte meine Hand. »Ich war wegen dir frustriert, und auch selbstsüchtig, ich wollte dich treffen, ohne dass dein Vater oder sonst jemand sich einmischt. Aber das wird nicht noch einmal passieren.« Er schaute mich durchdringend an.

»Was wird nicht noch einmal passieren, dass du mich treffen willst oder dass *du* dich ... einmischst?«, sagte ich vorsichtig.

Er lächelte schief. »Natürlich Letzteres. Was hast du denn gedacht?«

Ich schloss eine Sekunde lang die Augen und blies die Luft aus.

»Und dann habe ich mich so sehr geschämt, weil ich mich nicht gemeldet habe«, sagte William und streichelte meine Handfläche. »Auch dafür, dass ich einfach abgehauen bin. Ich hatte natürlich vor, dich zu kontaktieren. Aber weil ich erst heute die Bestätigung bekommen habe, dass ich fahren kann ...«

Ich schaute ihn verblüfft an und schüttelte dann den Kopf. »Und warum wurdest du so wütend?«

Er holte Luft, zögerte. »Ja, das hätte ich nicht werden dürfen. Es tut mir leid.« Dann presste er die Lippen zusammen und schaute weg. »Ich werde es dir irgendwann erzählen, nur ... jetzt nicht. Vielleicht, bevor ...« Er schwieg erneut.

Ich spürte etwas Scharfes in meiner Brust. Aber *irgendwann* war besser als nie. Ich seufzte leicht und sagte dann zögernd: »Und der andere Grund, dass du dich melden wolltest ...?«

Auf einmal sah er richtig nervös aus und ließ meine Hand los. Ich erschrak und hatte plötzlich das Gefühl, es vielleicht gar nicht wissen zu wollen.

»Ja, es geht um meine Pläne«, sagte er schließlich. »Ich habe vor, am Wochenende zu unserem Sommerhaus zu fahren. Es liegt in Kronogård, kennst du das? Es ist mitten in der Wildnis, also nichts Besonderes. Aber es ist sehr schön da, und ich muss mal raus. Ziemlich dringend sogar.« Er fummelte an seinem Armband und zog daran. »Ich wusste nicht, ob ich ein Auto bekommen würde, um hinzufahren, es ist ungefähr 150 Kilometer weit weg. Ich wusste auch nicht so recht, ob ich wirklich ...« Er schwieg einen Moment, und ich zog nachdenklich die Augenbrauen zusammen. »Aber es scheint zu klappen, und ich habe beschlossen hinzufahren – schon heute Nachmittag, wenn ich gepackt habe und so. Es liegt wirklich mitten im Nirgendwo.« Er machte wieder eine Pause, dann lachte er über sich selbst und schüttelte den Kopf. »Ich höre, wie schlecht ich das alles verkaufe, und vielleicht sollte ich dich gar nicht fragen, ob du mitkommst. Du kannst so viel auf deiner Geige üben, wie du willst, mach dir deswegen keine Sorgen. Ich kann dann etwas anderes machen. Aber es ist eine sehr einfache und kleine Hütte, nur dass du das weißt. Und ich würde es wirklich verstehen, wenn du nicht kannst, wegen ... allem.« Er schwieg und schaute weg.

»Kronogård?«, murmelte ich, obwohl der Ort überhaupt keine Rolle spielte und ich vollauf damit beschäftigt war, das Gesagte zu verarbeiten und sacken zu lassen. Mit ihm wegzufahren war im Prinzip unmöglich! Ich konnte meinen Vater nicht noch einmal anlügen, ich konnte ihm so etwas nicht verschweigen. Nicht, wenn es darum ging, mehrere Tage wegzufahren. Und auch, wenn mein Vater am Wochenende arbeiten würde, wäre er zwischendurch zu Hause und brauchte ... Er würde brauchen ... Es war, als würde ich mich weigern, den Gedanken zu Ende zu denken und als ob alles, was William neulich gesagt hatte, sich stärker in mir festsetzen würde. Die Gedanken und Gefühle, an denen ich schon so lange trug und die ich immer wieder verdrängt hatte, die von Schuldgefühlen erstickt wurden, die ich eigentlich nicht zu haben brauchte.

William unterbrach meine Gedanken, indem er eine Haarsträhne aus meinem Gesicht strich und sie hinters Ohr legte. »Wir kennen einander vielleicht nicht gut genug?«, sagte er unsicher und senkte dann den Blick, als hätte er mein langes Schweigen bereits gedeutet und könnte es nicht ertragen, mir in die Augen zu sehen, wenn ich es bestätigte.

»Ich möchte dich so gerne kennenlernen«, sagte ich. Das wollte ich so unbedingt! »Mit jedem kleinen Teil von mir.«

»Das möchte ich auch«, sagte er und hob den Blick. Dann schien er zu begreifen, was er gerade gesagt hatte, denn ich merkte, wie er ein wenig erstarrte. Ein Augenblick verging. »Heißt das, dass ...?«, flüsterte er, als hätte er den Inhalt meiner Worte erst jetzt verstanden.

Ein Zögern durchfuhr mich. »Ja! Ja, das heißt es«, rief ich dann aus.

Auf seinem Gesicht war eine unbeschreibliche Erleichterung zu lesen. Er legte seine Hände um meine Wangen, und wir starrten uns beinahe verzweifelt in die Augen, die Spannung zwischen uns wurde immer stärker, dann zog er mich an sich, drückte mich an seine Brust. Ich spürte seine schweren Atemzüge an meiner Stirn. Er presste seine Lippen in meine Haare und dann auf meine Wange, zog mich an sich mit einer Intensität, dass mein Herz sich verkrampfte.

KAPITEL FÜNFUNDDREISSIG
Heute

»Hast du gestern etwas vergessen? Oder kommst du zufällig vorbei? Egal wie, ich freue mich, dich so bald wieder zu sehen.« Peter Bauer begrüßt mich mit einem fröhlichen Nicken.

Ich lächle ihn ängstlich an, bleibe auf der Schwelle seines Ateliers stehen. Ich glaube, ich bin noch nie im Leben so nervös gewesen, und als Geigerin habe ich schon reichlich Gelegenheiten gehabt. Ich habe buchstäblich das Gefühl, zusammenzubrechen. Ich hätte Peter schon gestern informieren müssen, aber nachdem Daniela und ich uns vor der Kaffeebar getrennt hatten, konnte ich es nicht länger hinausschieben. Ich halte mich mit einer Hand am Türrahmen fest, Peter schaut mich fragend an.

»Ja, das könnte man sagen, ich habe etwas vergessen ...«, beginne ich und halte inne. Ich schaffe das fast nicht. »Ich habe etwas verloren, und du musst das wissen«, murmele ich schließlich so leise, dass es fast nicht zu hören ist, und ich will ja auch nicht, dass jemand es hört.

Aber die Worte scheinen angekommen zu sein, es wird still im Atelier – betäubend still –, als würde Peter spüren, was jetzt kommt. Ein schreckliches Gefühl erfasst mich, und ich weiß nicht, wie ich weiterreden soll. Ich halte mich noch fester am Türrahmen, hole tief Luft. Da vibriert plötzlich das Handy in meiner Handtasche. Es folgt eine kurze Pause, dann vibriert es wieder. Ich sollte wahrscheinlich nicht nachschauen, wer versucht, mich zu erreichen. Gleichzeitig ist es eine höchst willkommene Unterbrechung, und vielleicht ist es ja ...

»Entschuldige, aber ich muss rangehen«, sage ich zu Peter und hole das Handy heraus. Eine unbekannte Nummer auf dem Schirm. Die Enttäuschung durchfährt mich wie ein Stich, aber als das Handy noch einmal zu klingeln anfängt, wedele ich damit in Peters Richtung und gehe aus der Tür, um das Gespräch anzunehmen.

»Mira, bin so froh, dass du rangehst!« Es vergeht eine Sekunde, dann begreife ich, dass William am anderen Ende der Leitung ist. »Du wirst es nicht glauben, aber die Geige ist gefunden worden. Sie stand in einer abgelegenen Ecke an der U-Bahn-Station Fridhemsplan, als hätte die Person, die sie abgestellt hat, begriffen, wie wertvoll die Geige ist, und doch nicht so recht gewusst, was sie oder er damit tun sollte.«

Ich stehe völlig still, versuche zu erfassen, was er sagt. »Ist das wirklich wahr?«, bringe ich schließlich hervor. »Und wie hast du es erfahren?« Ich werfe Peter einen Blick zu und sage dann mit zusammengepressten Lippen: »Hat dein Kontakt bei der Polizei ...?«

»Lange Geschichte, aber nein, es war nicht mein Kontakt bei der Polizei.« Williams Stimme klingt eigenartig, und er räuspert sich. »Ich habe die Geige, komm zur U-Bahn-Station Rådhuset, da können wir uns treffen, du wohnst doch in der Nähe, richtig?«

»Ja, in der Bergsgatan, wo wir uns gestern getroffen haben. Ich bin jetzt in Gamla Stan, aber es dauert nicht lange, zum Rådhuset zu kommen. Ich fahre sofort los.«

»Also bis gleich! Ich erkläre dir später alles.«

Ich nicke und kann immer noch nicht glauben, dass es wahr ist. So ein Glück hat man eigentlich nicht. Und dass ausgerechnet William jetzt die Geige hat. Ich denke dann an seinen anderen Kontakt, den Jungen, den wir getroffen haben. Aber William sagte ja, die Geige sei in der U-Bahn-Station Fridhemsplan gefunden worden. Ganz gleich, ich muss jetzt Peter irgendwie erklären, was ich wollte. Wenn der Anruf doch nur ein paar Minuten früher gekommen wäre. Während ich wieder ins Atelier gehe, überlege ich fieberhaft, was ich sagen könnte.

»Entschuldige, aber es ging um ... den Leihvertrag, ich hatte geglaubt, ich hätte ihn verloren. Also den Vertrag, dass ich die Geige als Leihgabe habe. Und ich hatte solche Angst bekommen, es ist immerhin ein wertvoller Vertrag. Aber ich habe ihn gar nicht verloren, und es tut mir leid, dass ich dich erschreckt habe.«

»Den Leihvertrag?« Peter fasst sich ans Kinn und schaut mich ungläubig an. »Aha, aber das wäre doch gar nicht so schlimm gewesen, wenn er verloren gegangen wäre«, sagt er schließlich. »Anders wäre es gewesen, du hättest die Geige selbst verloren.« Einen Moment lang sieht er so ernst aus, und ich bekomme fast keine Luft, obwohl ich weiß, dass die Geige wieder aufgetaucht ist. Aber dann lacht er und blinzelt mich an. »Was für ein Glück, dass es nicht so war.«

»Ja, wirklich ein Glück«, murmele ich und spüre, wie meine Wangen knallrot werden und ich nur im Boden versinken möchte. »Ich bin nur vorbeigekommen, um es zu erzählen, und da es ja nun nicht so ist, wie ich gedacht habe ...« Ich gehe rückwärts aus dem Atelier. »Bis bald!«

»Nun ja, das war ein kurzer Besuch. Pass auf dich auf, Mira.« Ein kleines Lächeln zieht über Peters Gesicht.

* * *

Meine schlechte Ausrede rumort in mir, bis ich am Rådhuset aus der U-Bahn aussteige und William auf dem Bahnsteig stehen sehe. Ich hatte nicht erwartet, dass er dort schon auf mich warten würde, und als mein Blick auf den Geigenkasten fällt, den er in der Hand hat, kann ich mich nicht mehr beherrschen. Ich laufe auf ihn zu und werfe mich in seine Arme, es hätte nicht viel gefehlt, und er wäre gestürzt und hätte die Geige auf den harten Boden fallen lassen. »Entschuldige, aber ich bin so froh«, sage ich und trete einen Schritt zurück. »Ich kann immer noch nicht glauben, dass die Geige wieder da ist.«

William errötet und lächelt, sieht ein wenig überrumpelt aus. »Du willst vielleicht nachschauen, ob sie noch ganz ist«, sagt er und reicht mir den Geigenkasten. »Ich habe es selbst schon getan, aber ich bin ja kein Experte auf diesem Gebiet.«

Ich nicke und lege den Kasten vorsichtig auf die Bank neben uns, schaue mich kurz um und öffne ihn dann. Ich habe den Wert der Guarneri-Geige noch nie so zu schätzen gewusst, und von ihrem Anblick bekomme ich einen Kloß im Hals. Ich streiche vorsichtig mit der Hand über das glänzende Holz, über die Einritzung an der Seite, dann hole ich sie heraus, zupfe mit den Fingern ein paar Saiten an. Sie ist nicht einmal verstimmt! Dann lege ich sie schnell wieder in den Kasten und verschließe ihn. Ich werde sie gründlich untersuchen, wenn ich nach Hause komme. Es ist vielleicht albern, aber wenn man bedenkt, wie viel ich schon mit dieser Geige unterwegs war, habe ich plötzlich Todesangst, dass jemand vorbeikommen und sie mir entreißen könnte. Wäre das nicht Ironie des Schicksals?

»Ist alles in Ordnung?«, sagt William, als ich den Kasten verschließe.

»Ich habe auf den ersten Blick nichts Ungewöhnliches bemerkt. Wahrscheinlich ist der Kasten noch nicht einmal geöffnet worden. Also, du hast es natürlich getan.« Ich lächle schwach. »Aber ich habe den Eindruck, dass die Geige im Prinzip nicht angefasst worden ist.«

»Ich glaube auch, dass es so war«, sagt William und wippt auf den Fersen.

Ich schaue ihn nachdenklich an. »Erzähl mir bitte, wie die Geige gefunden wurde. Und wie hast du sie bekommen?«

William scheint sich ein wenig unwohl zu fühlen. »Wenn du willst, dann begleite ich dich ein Stück? Es ist irgendwie merkwürdig, hier zu stehen und zu reden. Die Umgebung ist nicht gerade einladend.«

Ich schaue auf die kahlen Steinwände und nicke. »Wir haben gestern viel Zeit hier unten in der U-Bahn verbracht, nicht wahr?«

»Schon«, sagt er, und wir gehen in Richtung Rolltreppe. Aber dann schweigt er, bis wir oben in der Bergsgatan herauskommen. »Ja, ich werde dir jetzt alles erklären. Du erinnerst dich noch an den Jungen, den wir gestern getroffen haben?«

Ich schlucke und merke, wie mein Puls steigt. »Ja ...?«

»Er hat mich spät gestern Abend angerufen, es war tatsächlich schon nach Mitternacht. Erst hat er mir alles Mögliche erzählt, und ich war froh, dass er sich tatsächlich gemeldet hat. Es war ein richtig gutes Gespräch. Aber ich merkte auch, dass er etwas auf dem Herzen hatte, was er nicht so richtig herauslassen wollte.«

»Okay«, sage ich zögernd.

William wirft die Haare zurück, lächelt. »Aber schließlich, als wir schon auflegen wollten, fragte er nach der Geige, und ich erzählte ihm, dass sie immer noch verschwunden war. Er sagte, dass er das mit der Geige seiner Urgroßmutter erzählt hatte, die behauptet hatte, sie wäre an dem Ort, wo du und ich bereits gesucht haben. In der U-Bahn. Der einzige Ort, an den ich denken konnte, außer hier beim Rådhuset, war der Fridhemsplan. Ich konnte mir nicht vorstellen, dass ich sie da finden würde, aber bin dennoch hingefahren und habe mich umgesehen.«

Ich starre ihn an. »Das warst also du! *Du* hast sie gefunden. Als du sagtest, sie wäre gefunden worden, da klang es so, als ob jemand …« Ich schüttele den Kopf und nehme seine Hand. Eine enorme Erleichterung und Dankbarkeit überkommt mich, als ich an diesen Jungen denke.

William streicht wie aus Versehen meine Hand, dann lässt er mich los. »Es war nicht direkt mein Verdienst, dass sie gefunden wurde. Und alles ist etwas merkwürdig. Aber wie ich schon am Telefon gesagt habe, könnte es tatsächlich so sein, dass jemand die Geige ein wenig versteckt abgestellt hat, damit ihr nichts passiert. Eine Person, die vielleicht Angst hatte, selber in Schwierigkeiten zu kommen, wenn er oder sie die Geige abgeben würde.«

Ich nicke unkonzentriert und kann seinem Blick fast nicht begegnen. Es ist, als würde ich seine Fingerspitzen immer noch auf der Haut spüren, als hätten sie pulsierende Punkte hinterlassen. Was er sagt, klingt nicht unwahrscheinlich, und es würde auch erklären, warum ich das Gefühl hatte, die Geige sei nicht angefasst worden. »Das ist total krass, denn irgendwie habe ich mir heute gewünscht, ich könnte hellsehen und so herausfinden, wo die Geige ist.«

»Du glaubst also an so etwas?«, sagt William und legt den Kopf schief.

»Vielleicht nicht direkt, aber manchmal gibt es Dinge, die man nicht richtig erklären kann. Als ob die Grenze für das, was man versteht und nicht versteht, recht vage ist. Was diese Geige angeht, so habe ich erlebt … Na ja, es ist einfach fantastisch, sie zu spielen«, sage ich dann ausweichend.

William nickt unsicher. »Du hast etwas von einer besonderen Verbindung erzählt. Nach der Aktion hier weiß ich auf jeden Fall nicht, was ich glauben soll. Diese Urgroßmutter hat offenbar eine besondere Fähigkeit, Dinge zu sehen und zu spüren, und es gibt selbstverständlich Phänomene, die man schwer erklären kann. Manchmal hatte ich das Gefühl, dass jemand über mich gewacht hat, wenn man bedenkt, wie schief manches hätte gehen können.« Als er die Haare mit der Hand nach hinten streicht, sehe ich seine Tätowierung. Mein Herz will in kleine Stücke explodieren, als ich verstehe, was er meint, und ich will nur noch näher zu ihm und ihn berühren.

Plötzlich bin ich einen Schritt nach vorne gegangen, habe die Hand gehoben und spontan mit den Fingern über seinen Hals gestrichen. »Entschuldige«, sage ich sofort. Was zum Teufel mache ich hier eigentlich?

Aber William schüttelt nur leicht den Kopf und legt seine Hand auf meine, bevor ich sie wegziehen kann. Hält sie fest. Wir schauen uns an, und es ist, als ob alles andere um uns herum versinken würde. Seine Augen sind tausend Nuancen dunkler als noch gerade eben. Ich möchte in der Tiefe seines Blicks verschwinden. Ich will, dass er seine Hand senkt und mich in die Arme nimmt. Bevor ich verstehe, was passiert, sauge ich seinen Duft ein.

Dann hört man in der Ferne eine Sirene, und ich zucke zusammen. Wir starren einander an und treten beide einen Schritt zurück. Als das Heulen der Sirene näher kommt, ziehen Erinnerungsbilder von diesem schrecklichen Abend über die Netzhaut, sie überschwemmen mich, ich drohe darin zu ertrinken.

»Dieses Geräusch«, flüstere ich.

»Ja, ich weiß.«

»Du musst wirklich wütend ...« Meine Unterlippe zittert, ich beiße hinein, versuche, mich darauf zu konzentrieren, wie scharf die Zähne sind.

»Nein, das bin ich nicht!«, sagt er.

Ich schüttele den Kopf. »Warum hast du dann nie auf meine Nachrichten geantwortet, warum hast du nicht zurückgerufen?«

»Weil ...« Er scheint zu zögern.

»Nein, sag bitte nichts! Ich verstehe wirklich, warum du einfach abgehauen bist.« Er hat es ja im Prinzip auch selbst gesagt, jedes Mal, wenn er vorhatte, mich zu kontaktieren, wurde die Erinnerung an das, was geschehen war, zu mächtig. »Und du und ich, wir waren wirklich eine schlechte Idee, auch wenn das keine Entschuldigung ist.« Ich merke, wie meine Füße sich rückwärts bewegen. »Ich werde dir ewig dankbar sein, dass du mir geholfen hast, die Geige zu finden. Du hättest dich nicht engagieren müssen, und wenn wir gestern nicht rausgefahren wären und diesen Jungen getroffen hätten ...« Ich halte inne. »Wenn du mit ihm sprichst, dann grüße ihn und bedanke dich bei ihm und seiner Urgroßmutter in meinem Namen. Ich wünschte, ich könnte es selbst machen, aber ...« Ich mache noch einen Schritt rückwärts.

William wiederum macht einen Schritt vorwärts, wie um mich zu stoppen, dann schlägt er den Blick nieder und nickt. »Ich bin nur froh, dass die Geige wieder da ist und du sie mit nach Italien nehmen kannst.«

»Ja, das stimmt …« Ich runzele die Stirn. »Danke«, murmele ich.

Er schaut auf, als wolle er etwas sagen, dann schließt er den Mund wieder. »Hoffentlich hast du eine schöne Reise!«, sagt er dann und macht ein paar Schritte zurück, genau wie ich eben. Ich nehme das als ein Zeichen, drehe mich um und gehe davon. Es ist, als ob so viele ungelöste Gefühle mit ihm gehen würden, nach wenigen Metern verlangsame ich meinen Schritt und drehe mich um. Aber William ist nicht zu sehen. Eine Machtlosigkeit, ähnlich wie vor vierzehn Jahren, überschwemmt mich, es fühlt sich irreal an, als würde ich ein weiteres Mal zurückgelassen.

Vierzehn Jahre zuvor

»Endlich da!«, sagte William. Er war in eine Einfahrt eingebogen und schaltete den Motor aus. Wir waren auf einer schmalen Landstraße immer weiter in die Wildnis gefahren, und zwischendurch hatte ich gedacht, wir würden überhaupt nicht mehr ankommen. Aber jetzt standen wir vor einem gezimmerten Wochenendhaus im Alpenstil mit dazugehörigem großem Grundstück. Auf der Wiese gab es immer noch Reste von Schnee, und der See, den man ein wenig unterhalb des Hauses sehen konnte, war mit Eis bedeckt.

»Früher ist mein Vater hierhergekommen, um zu fischen«, sagte William. Wir schauten uns um. »Meine Mutter ... ist kaum je hier gewesen.«

»Aha«, sagte ich erstaunt. »Und du?«

»Als ich klein war, bin ich manchmal mit meinem Vater mitgefahren. Aber seit ...« William schüttelt den Kopf. »Mach dir keine Sorgen, wir haben Leute, die sich um das Haus kümmern, und obwohl mein Vater nicht mehr herkommt, wurde es vor ein paar Jahren renoviert. Damals wurde unten am See auch eine Sauna gebaut.«

Ich schaute hinunter zum See und sah auf einmal am Ufer ein kleines Haus mit Schornstein.

»Wieso bist du denn auf den Gedanken gekommen, herzufahren, obwohl du so lange nicht mehr hier warst?«, fragte ich etwas erstaunt.

Er kratzte sich am Kopf, seine Lippen verzogen sich zu einem schiefen Lächeln. »Ich *war* einmal hier, als ich zum Skifahren in Kåbdalis war, aber da habe ich eigentlich nur vorbeigeschaut. Ich habe nur gute Erinnerungen an diesen Ort, und als ich das Gefühl hatte, mal rauszumüssen …« Er zuckte mit den Schultern und schaute mich an. »Ich fand, es war ein guter Plan, und ich wusste nicht so recht, was ich sonst machen sollte. Komm, lass uns die Sachen reintragen.«

Ich nickte und stieg aus dem Auto, mein Herz schlug schneller. Schon wieder dieses Wort … Ich hatte das Gefühl, wir sind hierhergefahren, weil er sich verstecken wollte, musste.

Nachdem wir alles aus dem Auto ausgeräumt und in das Sommerhaus gebracht hatten, musste ich feststellen, dass das mit klein und einfach nur die halbe Wahrheit war. Das Gefühl hatte ich bereits draußen bekommen. Der Eingangsbereich war klein, aber daran schloss sich ein großes Wohnzimmer und eine Küche ohne Tür an, der Raum war am hinteren Ende offen bis zum Dach. Eine große gemauerte Feuerstelle im Wohnzimmer streckte sich bis zur Decke. Die Küche war frisch renoviert, und auch das Badezimmer und die beiden Schlafzimmer im Oberstock wirkten neu und sauber.

William räusperte sich leicht, als er meinen Blick sah. »Ja, wie gesagt, das Haus wurde vor nicht allzu langer Zeit renoviert.«

»Das sieht man!«, rief ich aus. »Es ist wie in einem Hotel.« Ich beugte mich vor und berührte die kuscheligen Daunendecken, die auf dem Doppelbett im großen Schlafzimmer lagen. Aber dann zog ich schnell die Hand wieder weg und trat einen Schritt zurück, fast, als hätte ich mich verbrannt.

William strich mit der Hand über meinen Rücken, als würde er verstehen, und nickte in Richtung der Wendeltreppe, die den

Oberstock mit dem Unterstock verband. »Lass uns runtergehen und das Essen auspacken. Ich werde dann ein Feuer machen. Ist schon ein bisschen kalt hier.« Er schauderte.

»Ja, vielleicht«, sagte ich und merkte, wie ich auch ein bisschen zitterte, als ich ihm nach unten folgte.

Wir packten gemeinsam die Taschen mit dem Essen aus und verstauten alles im Kühlschrank und dem Vorratsschrank. »Man könnte glauben, dass wir wochenlang weg sein wollen«, sagte ich, als wir fertig waren. »Ich habe noch nie so einen wohlgefüllten Kühlschrank gesehen.«

William schaute ein wenig verlegen. »Ich wusste nicht, was du essen möchtest, also habe ich ein bisschen von allem gekauft.« Ich war mit dem Bus nach Hause gefahren, um zu packen, er war nach Hause gegangen, um das Gleiche zu tun und das Auto seines Vaters zu holen, danach ist er einkaufen gegangen und hat mich abgeholt.

»Ich beklage mich nicht«, sagte ich. »Wenn du wüsstest, wie leer unser Kühlschrank meistens ist.« William schien es peinlich zu sein, und ich schüttelte schnell den Kopf. »Das ist nicht deine Schuld. Mein Vater geht nicht gern einkaufen, und dann haben wir wohl auch nicht so furchtbar viel Geld.« Ich biss mir in die Lippe, ärgerte mich, dass ich das erwähnt hatte.

»Verdient man so schlecht als …?«, sagte William und schwieg.

Ich kletterte auf einen der hohen Stühle an der Kochinsel, strich mit der Hand über die Marmorplatte. »Nein, sein Lohn ist schon okay, er arbeitet ja Schicht und hat unregelmäßige Arbeitszeiten. Und ja, wir *haben* genug Geld, um Essen einzukaufen, auch wenn es nicht gerade Hummer oder Rinderfilet ist. Ich meine nur, dass wir, dass er … irgendwie keine Ersparnisse hat, dass ein großer Teil seines Lohns für ... anderes draufgeht.« Ich baumelte mit dem einen Fuß.

William schaute mich nachdenklich an, sagte jedoch nichts. Und ich wollte ja auch nicht darüber reden, aber jetzt hatte ich fast das Gefühl, es sei unausweichlich, zu berichten, worum es ging. »Nachdem meine Mutter gestorben war, passierte etwas ... oder es ging schon eine ganze Weile, und ich glaube, es fing schon an, bevor sie starb, aber nachdem wir erfahren hatten, dass sie ... sterben würde.« Ich machte eine kleine Pause. »Mein Vater brauchte etwas, um sich zu trösten, und er geriet in eine Spielsucht. Er lieh sich Geld, um spielen zu können, verkaufte auch Sachen«, murmelte ich und musste an das Armband denken, das ich von meiner Mutter geerbt hatte, »und er bezahlt immer noch die Schulden zurück. Deshalb sind wir auch in das Haus meines Großvaters gezogen, als der starb. Nicht weil mein Vater das Haus so gerne übernehmen wollte, sondern weil wir aus der Wohnung geworfen wurden, weil mein Vater keine Miete mehr bezahlte. Er hatte das Geld zum Spielen verwendet.«

»Meine Güte, ich weiß gar nicht, was ich sagen soll.« William kletterte auf den Stuhl neben mir und umarmte mich. »Und das alles auch noch, nachdem deine Mutter gestorben war.« Dann sah er plötzlich aus, als hätte er Angst, etwas Falsches gesagt zu haben.

Ich schüttelte leicht den Kopf, wie oft hatte ich das selbst schon gedacht. »Es war ein Glück, dass ich meine Geige und das Spielen hatte«, sagte ich und verzog den Mund. »Aber die Tatsache, dass wir ausziehen mussten, war eine Art Weckruf für meinen Vater, glaube ich, obwohl er es nicht geschafft hätte, sich da herauszuziehen, wenn er zu jener Zeit auf der Arbeit nicht Unterstützung und Hilfe bekommen hätte. Wie durch ein Wunder ist er nämlich damals immer arbeiten gegangen. Meistens jedenfalls. Aber sie merkten, dass etwas nicht stimmte, und sie bekamen auch heraus, dass wir aus der Wohnung geworfen wurden. Es hätte schlimm ausgehen können, aber sie haben ihm geholfen, Kontakt zu ... ja, allen möglichen Instanzen aufzunehmen, und er bekam die Chance, wieder auf die richtige Bahn zu kommen. Es sind gute Leute.«

William nickte rasch, als wolle er zustimmen, doch dann sagte er leise: »Aber das betrifft euch noch immer?«

»Ja, und ich versuche wirklich, ihm das nicht vorzuwerfen. Aber ich tue es doch oft«, gab ich zu. »Es war, als hätte er seine Lebensfreude verloren, nachdem er nicht mehr spielen durfte. Vielleicht erreichte ihn die Trauer um meine Mutter da erst richtig.« Ich bekam einen Kloß im Hals und starrte leer vor mich hin, dann senkte ich den Blick.

Es fühlte sich nicht gut an, so schlecht über meinen Vater zu reden. *Mir* ging es davon nicht besser. Schon gar nicht, nachdem ich ihm am Nachmittag nur einen Zettel auf dem Küchentisch hinterlassen hatte, auf dem stand, wo ich das Wochenende über war.

Dann tauchten plötzlich Erinnerungsbilder in meinem Kopf auf. Mein Vater, der mich auf seine Schultern hob und in der Wohnung umherrannte, bis wir beide vor Lachen fast erstickten. Mama stand daneben und schüttelte nur den Kopf, sah aber glücklich aus. Wie er sie nahm und mit ihr zu tanzen anfing, wie wir alle drei tanzten. Wie er dann die Idee hatte, einen Fahrradausflug zu machen, sich in die Küche stellte und Pfannkuchen gebraten hat, die wir als Proviant mitnahmen, später alle Fahrräder aufpumpte und meines putzte, bis es blitzte.

Manchmal war es, als wären meine Erinnerungen nicht wahr, vielleicht weil sie von so viel Schlechtem verdrängt wurden. Ich wollte William erzählen, dass es nicht immer so gewesen war wie jetzt, auch wenn es mir so vorkam, und als ich ihn von der Seite anschaute, kam ich auf andere Gedanken. Er sah mich an, auf eine Art, dass ich mich ganz in seinen Augen verlor. Dann hob er seine Hand, streichelte mir langsam über die Wange und verweilte kurz bei meinen Lippen. Er nahm mein Gesicht zwischen beide Hände und legte sein Gesicht an meines. Er strich mit den Daumen über meine Wangenknochen, und ich merkte, wie mein Atem schneller wurde. Unsere Lippen waren schmerzhaft nah beieinander, ich nickte rasch, beinahe unmerklich, als er mich fragend anschaute. Er küsste mich weich, fast, als wäre es eine Entschuldigung, er ließ die eine Hand meinen Nacken hinauf wandern, in meine Haare. Ich legte eine Hand um seinen Nacken und zog ihn zu mir. Ich wünschte plötzlich mehr als von ganzem Herzen, dass er das Schwierige dämpfen, wegnehmen würde, alles, was nicht von ihm, von uns handelte.

Wir küssten uns, bis ich es in jedem Nerv meines Körpers spürte. Er küsste mich seitlich am Hals, platzierte kleine Küsse unter dem Ohr, bis sich alles drehte und ich es kaum mehr aushielt und mich nur noch um ihn schlingen wollte. Aber als er wieder meine Lippen suchte und mich vorsichtiger küsste, war es plötzlich, als wäre etwas anders, die Küsse fühlten sich zu tief an. Es war das gleiche Gefühl, wie als wir uns das letzte Mal küssten, und ich schob ihn weg.

Er schaute mich verwirrt an und rief aus: »Entschuldigung, war der falsche Moment.«

Ich wich seinem Blick aus und schluckte. »Nein, das war genau der richtige Zeitpunkt. Das ist es nicht.« Ich legte meine Stirn an seine und küsste ihn wieder. Er küsste mich vorsichtig zurück. Aber als ich meine Arme um seinen Hals schlang und ihn wieder an mich zog, war es, als könne er nichts anderes tun als nachgeben. Er ließ seine Hände meinen Rücken hinabgleiten, drückte mich so fest an sich, dass ich keuchen musste. Warme Wellen durchliefen mich, wir küssten uns weiter, und ich merkte, dass ich auch ihn erregte und wir nicht nah genug zueinanderkamen. Ich wollte ihm den Pullover ausziehen, wollte, dass er mir meinen auszog. Ich wollte seine Haut unter meinen Händen spüren, ihn an mich drücken. Ich wollte, dass wir uns vereinten wie unsere Münder, wie unsere Atemzüge. Ich wünschte, er würde mich nie wieder loslassen. Aber bald war es wieder so, als wäre das Erlebnis zu stark, meine Verteidigung brach zusammen, und ich zog mich fast wie in Panik zurück.

Wir atmeten beide heftig, William schaute mich an, als suche er Orientierung. Ich wusste, dass ich widersprüchliche Signale ausstrahlte, aber das war die Spiegelung dessen, was in mir vorging. Ein paar stumme Sekunden vergingen, dann strich er mit der Hand über meine Wange und lächelte. »Du, ich mache jetzt Feuer, du willst vielleicht üben? Übe oben in einem der Schlafzimmer, da hast du Ruhe. Nimm du das große, ich nehme das kleine. Und mach dir keinen Stress, übe, so lange du willst.«

Ich schüttelte den Kopf. »Du weißt nicht, was du gerade gesagt hast. Ich kann stundenlang üben.«

»Dann mach das.« Er zuckte mit den Schultern und ging zum offenen Kamin.

Ich zögerte, Frustration erfasste mich und Enttäuschung. Mir war zum Weinen zumute. Ich wollte ihn am liebsten weiter küssen, ich wollte … erheblich mehr. Ich wünschte, alles würde sich um den Moment gerade eben drehen. Aber schließlich nahm ich meinen Geigenkasten und meine Tasche und ging die Treppe hinauf.

* * *

Ein paar Stunden später war ich ganz ins Üben vertieft. Ehrlich gesagt wusste ich nicht, wie viel Zeit vergangen war, ich hatte nur vage bemerkt, wie die Farben des Himmels vor dem Schlafzimmerfenster sich veränderten, und dass ich auf einmal nicht mehr allein im Raum war. Ich unterbrach mein Spiel, und als ich mich umdrehte, sah ich William in der Türöffnung stehen. »Wie lange stehst du schon da?«

»Nur ein paar Sekunden«, aber man konnte ihm ansehen, dass er log. Dann lächelte er. »Wusstest du, dass du deinen Kopf im Takt mit dem Bogen wirfst, sodass deine langen, fantastischen Haare …«

»Ja, danke, das weiß ich«, sagte ich und verzog das Gesicht, denn meine Haare fielen mir auch ins Gesicht, und ich konnte die Noten nicht richtig lesen. Dennoch steckte ich sie nur ganz selten hoch.

»Es gefällt mir.« Williams Lächeln wurde breiter, er lehnte sich in die Türöffnung. »Ich frage mich nur eins: Wie kommt es, dass man die Geige fast nicht gehört hat?«

Ich lächelte. »Das liegt am Dämpfer«, sagte ich und zeigte auf das Gerät, das ich auf dem Steg befestigt hatte. »Wie der Name schon sagt, dämpft er den Ton und ist genau für solche Gelegenheiten gedacht. Ich wollte dich nicht zu sehr stören.«

»Da brauchst du dir wirklich keine Gedanken zu machen.«

»Und was hast du inzwischen gemacht?«, sagte ich und legte die Geige und den Bogen aufs Bett. »Es kommt mir so vor, als wäre die Zeit davongelaufen. Wie spät ist es?«

»Kurz nach zehn.«

»Zehn?« Ich holte Luft und sperrte die Augen auf. »Du liebe Güte, du musst denken, dass ich die schlechteste Gesellschaft der Welt bin. Warum bist du nicht schon früher hochgekommen und hast mich geholt?«

William lachte. »Ich habe doch gesagt, du kannst üben, so lange du willst. Und ich habe auch versucht, ein wenig zu lernen.«

»Versucht?«, sagte ich mit einem Lächeln im Mundwinkel.

Er fuhr sich mit der Hand durch die Haare. »Ja, ich konnte mich nicht so richtig konzentrieren.« Sein Blick bewegte sich über mein Gesicht, dann schaute er weg. »Und dann musste ich daran denken, wie es war, wenn ich mit meinem Vater hier war, als ich klein war, ich hatte geglaubt, es würde jetzt einfacher sein, herzukommen.«

Ich schaute ihn erstaunt an. »Ich dachte, du hättest nur schöne Erinnerungen an diesen Ort?«

Ein Schatten flog über sein Gesicht, er presste die Kiefer zusammen. »Ja, aber vielleicht ist es genau deshalb so ... kompliziert.« Ehe ich fragen konnte, was er damit meinte, fügte er hinzu: »Aber ich bin wirklich froh, dass du mit mir hier bist, und apropos was ich gemacht habe, ich war vollauf damit beschäftigt, das Feuer am Brennen zu halten. Du sollst ja nicht frieren, obwohl wir sogar eine Heizung haben. Kaum zu glauben.« Es glitzerte in seinen Augen.

»So einen Komfort wie eine Heizung?« Ich lachte leise.

»Aber ich möchte gern die Wärme des Kaminfeuers genießen, um das du dich so sehr bemüht hast, wir gehen also besser nach unten.«

William trat einen Schritt zu Seite und machte eine Handbewegung. »Nach dir, bitte sehr.«

Ich war noch nicht ganz unten, da bemerkte ich, dass William auf dem niedrigen Tisch vor dem Sofa am Feuer eine Mahlzeit aufgetischt hatte. »Davon hast du noch gar nichts erzählt?«, sagte ich erstaunt und schaute mich nach ihm um.

»Ach, das ist nur eine Pasta Carbonara, die kann man ganz schnell zubereiten«, sagte er abwehrend und nickte Richtung Sofa.

»Immerhin«, sagte ich, als wir uns beide gesetzt hatten und er meinen Teller nahm, um mir aufzutun. »Ich bin es wirklich nicht gewohnt, dass jemand mich bekocht.« Unsere Blicke trafen sich, und ich merkte, dass ihm das klar war, und fühlte mich ein bisschen schlecht, wieso eigentlich?

»Also, ich habe das nicht gemacht, weil ich …«, rief er aus, als könne er meine Gedanken lesen, und nahm sich auch von den Nudeln. »Ich habe es gern gemacht.«

Ich schüttelte den Kopf. »Ja, ich weiß, das ist sehr fürsorglich.« Er nahm eine große Gabel Pasta, und ich tat es ihm gleich. Es war wirklich blöd von mir, so zu reagieren, als würde ich es ihm vorwerfen. Da konnte ich auf einmal den Gedanken nicht loswerden, dass er im Prinzip alles über mich wusste und ich immer noch so wenig über ihn.

»Was ist los?«, sagte William nach einer Weile und legte das Besteck zur Seite.

Ich schob ein paar Speckstücke auf dem Teller umher, ließ

dann auch mein Besteck sinken und schaute ihn an. »Ich möchte dich *wirklich* kennenlernen, William.«

Einen Moment lang schaute er verwirrt, dann biss er die Zähne zusammen, drehte sich ein wenig von mir weg und starrte ins Feuer.

»Kannst du nicht wenigstens ...?« Ich schluckte. »Okay, ich kann warten, aber nicht ewig.« Als mir klar wurde, was ich gesagt hatte, wollte ich es sofort wieder zurücknehmen. Besonders, als ich sah, wie sein Rücken sich anspannte. »Entschuldige, das war nicht als Drohung gemeint«, sagte ich und legte die Arme um ihn. »Ich habe nur Angst.« Angst, es nicht zu erfahren, Angst, es zu *erfahren*, aber noch mehr Angst, weiterhin außen vor gehalten zu werden. Und ehrlich gesagt wusste ich nicht, ob ich es schaffen würde, ihn näher an mich heranzulassen, wenn er nichts erzählte.

Dann drehte William sich plötzlich zu mir um, nahm mein Gesicht zwischen seine Hände und sagte: »Ich möchte es wirklich erzählen, aber ich weiß nicht, ob ich ... es kann.« Seine Stimme brach. »Ich schäme mich ganz einfach zu sehr.«

KAPITEL SIEBENUNDDREISSIG
Heute

Ich befinde mich in einem wunderbaren Traum. So fühlt es sich an, als die toskanischen Hügel am Taxifenster vorbeisausen, und ich kann fast nicht glauben, dass ich noch nie in Italien war. Besonders, wo doch Italien das Heimatland der Geige ist und alle großen Geigenbauer von hier stammen, wie Guarneri. Aber wenn ich bisher ins Ausland gereist bin, dann fast ausschließlich in größere Städte, aufgrund meiner Arbeit. Es ist ganz wunderbar, einmal weg zu sein, in einer anderen Umgebung, nach all den Turbulenzen der letzten Zeit. Und die Landschaft verschlägt einem wirklich den Atem. Ich schaue über die Felder, an denen wir vorbeifahren, wie ein Flickenteppich aus knallgelben und lavendelblauen Schattierungen, ich kurbele das Fenster herunter und beuge mich hinaus, um den Duft des Lavendels einzuatmen und zu spüren, wie der Wind meine Haare zerzaust. Der Taxifahrer lächelt mir im Rückspiegel zu. Ich lächle zurück, mache aber schnell das Fenster wieder zu und drücke fast die Nase daran. Eine ganze Weile sitze ich einfach so da und kann nicht genug bekommen, bis wir schließlich in eine kleinere Straße einbiegen, in eine Zypressenallee, die uns zu einem großen Steinhaus und mehreren kleinen Gebäuden führt.

Ich bin noch kaum aus dem Taxi ausgestiegen, als eine Frau in meinem Alter, die atemberaubend schön ist, auf mich zugerannt kommt. »Mira, nicht wahr?«, sagt sie.

Ich nicke. »Du musst Alessandros Schwester sein?« Die Ähnlichkeit ist nicht zu übersehen, und Alessandro hat auch gesagt, dass er eine kleine Schwester hat.

Sie nickt und lächelt und küsst mich auf die Wangen. »Ja, ich bin Chiara. Das sind meine Eltern, und natürlich die Großmutter.« Sie schaut hinüber zu Alessandros Eltern und einer älteren Frau mit silberweißen Haaren. Es werden Wangenküsse und Nettigkeiten ausgetauscht. Die Großmutter, die sich als Francesca vorstellt, nimmt meine Arme und schaut mich genau an, dann nickt sie in Richtung meines Geigenkastens, den der Taxifahrer zusammen mit meinem Koffer gerade aus dem Auto gehoben hat.

»Immer schön langsam, Großmutter«, sagt Chiara auf Englisch, als wäre es wichtig, dass ich es verstehe, dann wiederholt sie es noch mal auf Italienisch. Sie lächelt mich entschuldigend an. »Sie ist so aufgeregt, die Geige zu sehen. Sie redet von nichts anderem, seit sie erfahren hat, dass es dich gibt und du die Geige spielst.«

Ich verziehe den Mund. »Das kann ich verstehen, und natürlich kann sie die Geige so bald wie möglich sehen.« Ich nicke der älteren Frau freundlich zu und lächle. Francesca lächelt eifrig zurück, ein Feuerwerk scheint in ihren Augenwinkeln zu explodieren. Ich muss natürlich daran denken, wie schrecklich es gewesen wäre, wenn die Geige immer noch verschwunden wäre.

Dann verabschieden wir den Taxichauffeur, und ich danke Alessandros Eltern, dass sie so freundlich waren, nicht nur das Taxi zu bestellen, sondern auch die Fahrt vom Flugplatz von Florenz für mich zu bezahlen, und ich mich irgendwie dafür revanchieren werde.

Ich bekomme nur Lächeln als Antwort und verstehe, dass sie genauso wenig Englisch können wie Francesca. Ich werde also hauptsächlich mit Chiara kommunizieren, solange ich hier bin, und mit Alessandro natürlich. Wo ist er eigentlich? Er ist nämlich schon vor ein paar Tagen hierhergekommen. Kurz darauf höre ich die schwachen Töne einer Geige, die aus einem der kleineren Gebäude kommen.

»Alessandro übt«, erklärt Chiara. »Du weißt ja, wie das ist.« Sie verdreht die Augen und lächelt.

Ich nicke zustimmend, obwohl ich vielleicht erwartet hatte, auch Alessandro würde mich begrüßen. Aber er ist ja ein weltbekannter Solist und muss im Prinzip immer üben. Außerdem wird er direkt nach dem Aufenthalt hier wieder für neue Konzerte über den Atlantik fliegen, und er übt jetzt bestimmt diese Stücke.

»Komm, ich zeige dir dein Zimmer«, Chiara schaut hinauf zum zweiten Stockwerk des großen Hauses. »Um acht Uhr gibt es Essen. Mutter steht schon den ganzen Tag in der Küche. Ich glaube, sie will dir imponieren«, sagt Chiara und lächelt.

»Oh, wie nett«, sage ich etwas hilflos, ihre Worte machen mich nervös.

»Und lass deinen Koffer stehen«, sagt sie und legt eine Hand auf meinen Arm, »Um den kümmert sich Vater. Oder ...« Chiara schaut hinter mich, wo ein kleiner Junge wie aus dem Nichts aufgetaucht ist und lächelt. »Das ist unser Nachbar, Luca. Er will gerne behilflich sein, so gut es geht. Und eine Kleinigkeit dafür bekommen«, sagt sie, wieder flüsternd.

»Ich kümmere mich darum«, sage ich ebenso leise und lächle ihn an, als er meinen Koffer nimmt. Wir gehen zum Eingang, und Francesca kommt neben mich.

»*Violino, violino*«, sagt sie und schaute zum Geigenkasten.

Ich nicke. »Wenn Chiara mir das Zimmer gezeigt hat ...«

Chiara scheint protestieren zu wollen, aber ich zucke nur mit den Schultern und schaue sie an, als wolle ich sagen »schon gut«. Sie seufzt und erklärt dann ihrer Großmutter, was ich gesagt habe, sie strahlt und scheint sich ein wenig zu entspannen.

Luca geht voraus, er kämpft sich mit meinem Koffer durch eine riesige Halle und eine breite, geschwungene Treppe hinauf. Ich schaue zur Seite, wir folgen ihm, ich sehe gewölbte Öffnungen in die anderen Zimmer, schwere Balken an der Decke vermitteln einen rustikalen Eindruck.

»Das Haus wurde im 18. Jahrhundert gebaut«, erzählt Chiara. »Diese Wände beherbergen viel Geschichte. Du hast doch keine Angst vor Gespenstern, oder?« Sie blinzelt mir zu.

»Nein ...«, sage ich zögernd. »Die Geige ist ja auch aus dem 18. Jahrhundert, das passt also gut.«

Wir gehen einen Flur entlang, in eines der Zimmer ganz hinten, da stellt Luca den Koffer ab, wartet dann geduldig und schaut mich an. Ich hole einen Geldschein heraus, stecke ihn Luca zu, und er läuft fröhlich davon.

»Das ist also dein Zimmer für deinen Aufenthalt bei uns«, sagt Chiara und macht eine ausholende Geste. »Du und Alessandro, ihr wollt vielleicht ...« Sie schaut mich ein paar Sekunden an, dann schaut sie weg. »Sein Zimmer ist direkt nebenan.«

Ich merke, wie ich erröte. »Das ist ganz wunderbar«, sage ich und gehe an eins der Fenster. Die Aussicht über die toskanische Landschaft ist atemberaubend. Außerdem habe ich das Eckzimmer bekommen, mit Fenstern in zwei Himmelsrichtungen. Ich wäre hier gerne noch eine Weile stehen geblieben, aber ich weiß, dass Francesca unten an der Treppe auf mich wartet.

»Es tut mir leid, dass meine Großmutter so aufdringlich ist«, sagt Chiara hinter mir, als würde sie meine Gedanken lesen können. »Ich wünschte, sie hätte dir die Gelegenheit gegeben, ein wenig auszuruhen.«

»Das ist schon okay so.« Ich drehe mich um. »Es ist auch für mich faszinierend, dass ein Verwandter von euch sich in die Geschichte der Geige eingeschrieben hat.«

»Hm, ja, manchmal frage ich mich, ob nur er, Marco Barone …«, murmelt Chiara, als wir das Zimmer verlassen und zur Treppe zurückgehen. Ich schaue sie fragend an, aber sie sagt nichts mehr, und kurze Zeit später bin ich mit ihr und ihrer Großmutter in einer Art Musikzimmer. Hier gibt es einen Flügel und ein Cello, mehrere Geigen, und ich frage Chiara, ob sie auch spielt. »Als ich jünger war, habe ich Geige gespielt«, bekomme ich als Antwort. »Aber das war nicht so einfach, als sich herausstellte, dass der eigene Bruder ein so außerordentliches Talent besaß.«

Ich nicke. Das kann ich verstehen. Alessandro hat schon sehr früh gut gespielt, und wenn man sich mit so jemandem vergleichen muss …

Chiara schaut aus dem Fenster, zum nächsten Anwesen, das ein Stück weiter weg hinter den Hügeln liegt. »Meine beste Freundin wohnte im Haus nebenan, wo Luca und seine Familie jetzt wohnen, und sie spielte auch sehr gut.«

»Ich verstehe.« Ich lächle sie freundlich an. Chiara hat etwas an sich, dass ich sie instinktiv gernhabe. »Das ist wirklich ein inspirierendes Milieu, ziemlich anders als das, in dem ich aufgewachsen bin«, sage ich und schaue mich im Zimmer um.

Chiara streicht ihre langen, dunklen Haare über die Schulter und nickt. »Ja, ich weiß, alle in meiner Familie spielen ein Instrument oder haben eines gespielt. Manchmal wird es fast ein bisschen zu viel ...«

Die Großmutter wirft ihr einen angespannten Blick zu, als verstünde sie genau, was Chiara gesagt hat, und schaut dann ungeduldig zu mir herüber. Ich nicke und hole die Geige aus dem Kasten. Ich reiche sie Francesca, sie nimmt sie andachtsvoll entgegen, als wäre sie der schönste Schatz, den sie jemals bekommen hat. Eigentlich ist es ein wenig lustig, denn auch wenn Marco Barone der Cousin ihres Großvaters war, so hat er die Geige niemals besessen. Aber er hat sie natürlich in der Hand gehalten, er hat sie gespielt, als er den Grafen unterrichtete, er ritzte seine Initialen in das Holz und wird deshalb für immer in Erinnerung bleiben. Außerdem ist es eine Guarneri, natürlich ist sie etwas Besonderes. Francesca setzt ihre Brille auf, die an einer dünnen Goldkette um ihren Hals hängt, und studiert die Geige genau. Ich verstehe, was sie sucht, und zeige ihr das Monogramm.

Sie betrachtet es lange, dann streicht sie vorsichtig mit dem Finger über die kleinen Buchstaben, immer wieder. Ihre Augen füllen sich mit Tränen. Ich tausche einen Blick mit Chiara und muss schlucken. Man kann fast nicht unberührt bleiben. Schließlich legt Francesca die Geige mit zitternden Händen wieder zurück, zeigt auf den Sessel in der einen Ecke des Zimmers und sagt etwas zu Chiara.

Chiara nickt und blickt mich an. »Sie möchte dir von Marco erzählen. Du findest es vielleicht nicht interessant, aber ...« Sie schaut mich entschuldigend an.

»Ja, natürlich kann sie von Marco erzählen«, sage ich sofort. Chiara ist offenbar skeptisch, aber wir setzen uns alle drei in die Sessel. Dann bricht Francesca in einen Strom von Worten auf Italienisch aus. Chiara kommt kaum mit dem Übersetzen nach, Francesca spricht über Marco Barone und wie großartig er als Professor war. Er hat nicht nur dem Grafen das Geigespielen beigebracht, er hatte jede Menge andere Schüler, viele von ihnen wurden herausragende Musiker, erfahre ich dann.

»Kannst du auch etwas Privates erzählen? Vielleicht über seine Familie und so?«, sagt Chiara, als Francesca etwas zu ausführlich wird.

Francesca scheint etwas unwillig auf das Privatleben von Marco Barone zu wechseln. Sie möchte über seine großen Taten sprechen, das spürt man. Und nach einer Weile erzählt sie schon wieder von seinem Unterricht, dass die meisten Schüler sich an dem Musikkonservatorium einschrieben, an dem Marco Professor war. Schließlich legt Chiara eine Hand auf ihren Arm und sagt. »Danke, Großmutter. Was für eine unglaubliche Geschichte! Aber ich glaube, wir müssen jetzt abbrechen, damit Mira sich vor dem Essen noch etwas ausruhen kann.«

Francesca sieht enttäuscht aus, und ich füge sofort hinzu: »Ich möchte später gerne noch mehr hören.«

Sie scheint es zu akzeptieren, und Chiara geht mit mir auf die Terrasse auf der Rückseite des Hauses, wo es eine Außenküche gibt.

»Tut mir leid«, sagt sie und macht uns einen Negroni.

»Es war sehr interessant, ihr zuzuhören«, sage ich höflich und schaue dann hinüber zu dem Gebäude, in dem Alessandro immer noch spielt.

»Alessandro kommt bestimmt jeden Moment«, versichert Chiara mir. Sie führt mich zu einer Sitzgruppe, die unter einer Pergola aus alten Weinreben ein Stück weiter weg im Garten steht. »Er hat dich nicht vergessen, das kann ich dir versprechen. Er übt eben«, sagt sie, offenbar an die Situation gewöhnt. »Übrigens, musst du nicht auch üben? Das hätte ich dich schon lange fragen sollen.«

»Nein, ich habe Probleme mit der einen Schulter und darf im Moment überhaupt nicht spielen. Hat Alessandro nichts gesagt?«, sage ich dann zögernd und nippe an meinem Negroni.

»Nein, aber mach dir keine Gedanken. Er erzählt mir fast nie etwas über seine ...« Chiara schweigt und nippt auch an ihrem Drink. »Er ist so froh, dass du jetzt hier bist, das weiß ich«, sagt sie dann schnell. »Aber was meine Großmutter angeht, du musst dir wirklich nicht alle Geschichten über Marco anhören. Ich bin nämlich nicht einmal sicher, dass ...« Sie dreht leicht ihr Glas und schaut hinein.

Ich hänge immer noch an dem, was sie gerade über Alessandro gesagt hat, aber ich stelle mein Glas auf den runden Tisch zwischen uns und schaue sie fragend an.

Chiara trinkt einen Schluck von ihrem Negroni und schaut mich an. »Ich bin eigentlich nicht wirklich überzeugt davon, dass er das Monogramm eingeritzt hat. MB sind keine sehr seltenen Initialen in Italien, könnte man sagen. Wir hatten schon immer das Gefühl, dass meine Großmutter übertreibt, wenn sie von Marco Barone spricht. Aber sag das um Gottes willen nicht zu ihr oder zu einem anderen Familienmitglied«, fügt Chiara leiser hinzu. »Und vielleicht bin ich ja auch nur eifersüchtig auf diesen 19.-Jahrhundert-Typen.« Sie lacht. »Man *glaubt*, dass er es war, weil man es in dieser Periode verorten konnte und er den Grafen unterrichtet hat.«

Ich merke, wie ich sie anstarre. »Das klingt jetzt ziemlich verrückt«, sage ich dann langsam. »Aber als ich das Monogramm entdeckte, dachte ich ... oder ich hatte vermutet, dass es eine Frau war. Aber das beruhte auf keinerlei Fakten. Es war eher so, dass ich es gerne so gehabt hätte«, füge ich dann schnell hinzu.

»Okay ...«, sagt Chiara.

Ich pule an einem losen Stück Holz und frage mich, warum ich das erzähle. »Ich hatte mich mit Frauen beschäftigt, die mit der Geige in Kontakt waren oder sie gespielt haben.«

Chiara schaut mich immer noch fragend an und nickt dann. »Ja, ich nehme an, es geht um nicht sehr viele Frauen, und angesichts der Tatsache, dass du sie jetzt spielst, verstehe ich dein Interesse.«

»Ja, und dann gab es einen Kollegen, der sich ein wenig abfällig geäußert hat. Aber es war auch ...« Ich halte inne, weiche ihrem Blick aus und murmele: »Ich hatte so eine Idee, was die Geige angeht. Aber das ist jetzt eine Weile her, und Alessandro weiß nichts davon, nur dass du es weißt.«

Chiaras Augen glitzern, sie lehnt sich vor. »Jetzt hast du mich aber wirklich neugierig gemacht.«

Ich schüttle den Kopf. »Das waren nur Fantasien ... Einbildung.«

Chiara lächelt. »Jetzt *musst* du es erzählen.«

Ich zögere, trinke einen Schluck Negroni, zögere. »Okay, es ist so«, sage ich schließlich.

Dann erzählte ich ihr von meinen Erlebnissen und auch von der Liste, die ich von Peter Bauer bekam, und von dem Stammbaum, den ich angefangen hatte.

»Du hast wirklich Zeit investiert«, bemerkt Chiara. »Und nur, damit du es weißt, diese Art von Erlebnissen sind mir nicht fremd, und ich wünschte mir, du könntest eine Antwort finden.«

»Diesen Stammbaum habe ich nur angefangen, ich habe seit Wochen nicht mehr hineingeschaut. Mir wurde klar, das ist ein unendliches Projekt, das letztlich doch zu nichts führt. Und sich einzubilden, dass eine Frau, die einmal die Geige gespielt hat ...«

»... bei dir gewesen wäre«, ergänzt Chiara. »Das ist doch nicht völlig unmöglich?«

»Aber warum? Was will sie von mir?« Ich lehne mich im Sofa zurück und runzle die Stirn.

»Ja, warum?« Chiara lächelt. »Aber es ist schon irgendwie spannend, und stell dir vor, es sind doch ihre Initialen und nicht die von Marco.« Sie trinkt nachdenklich ihren Drink aus.

»Irgendwie kommt es mir unwahrscheinlich vor.« Aber ich muss doch daran denken, was Peter erzählt hat, dass noch niemand, der vor mir die Geige als Leihgabe hatte, diese Entdeckung gemacht hat. Soll das eine Art Zeichen sein, oder was meine ich damit? »Es sind natürlich die Initialen deines Vorfahren«, füge ich schnell hinzu.

»Oder auch nicht«, sagt Chiara und starrt vor sich hin. »Weißt du, wie lange der Graf die Geige besessen hat, und wer sie direkt vor ihm und nach ihm hatte, geht das aus deiner Liste hervor?«

Ich nicke. »Der Graf besaß sie zehn Jahre. Davor gehörte die Geige einem anderen italienischen Herrn und danach einem Herzog aus England, der in Italien lebte. Aber niemand auf der Liste oder von den Verwandten hatte die Initialen *MB* oder auch nur einen Nachnamen, der mit B beginnt. Ich denke also, es ist okay, wenn wir beschließen, es war der Cousin des Großvaters deiner Großmutter, der das eingeritzt hat.«

Chiara nickt. »Ja, vielleicht.« Dann schaut sie auf und lächelt jemandem hinter meinem Rücken zu und beugt sich dann zu mir vor. »Da kommt Alessandro, und es war ganz richtig, dass du ihm nichts davon erzählt hast. Ich glaube nicht, dass er für so etwas empfänglich ist. Seine Sichtweise ist eher begrenzt.«

Ich spüre, wie mir das einen Stich versetzt, obwohl ich selbst in diese Richtung gedacht habe. Aber dann habe ich plötzlich seine Arme um mich, und als er meine Haare beiseitestreicht und mich auf den Hals küsst, verschwinden alle Gedanken an etwas anderes.

»Und ihr zwei sitzt hier und tratscht über mich, habe ich gehört«, sagt Alessandro und reicht mir seine Hand, damit ich vom Sofa aufstehen kann. »Ich bin hergeschickt worden, um euch zu sagen, dass es Zeit für das Essen und ein Willkommensprosit für Mira ist.«

»Oje, Willkommensprosit«, murmele ich und spüre, wie alles sich leicht dreht. Dieser Negroni ist mir direkt zu Kopf gestiegen.

»Ja, wir müssen doch feiern, dass du da bist.« Alessandro zieht mich an sich und gibt mir einen so langen, leidenschaftlichen Kuss, dass ich fast keine Luft mehr bekomme, obwohl seine Schwester neben uns steht. »Verzeih mir, dass ich erst jetzt auftauche, aber wir werden das nachholen«, flüstert er mir ins Ohr und hält mich fest. Ich spüre ein Ziehen im Bauch.

»Ähm, ja …«, stottere ich und schaue hinüber zu Chiara, die mit den Schultern zuckt und lacht.

Dann nimmt Alessandro mich und seine Schwester unter seine Arme und führt uns zu der großen Terrasse neben dem Haus, wo seine Eltern, die Großmutter und andere Verwandte sich bereits versammelt haben. Ein langer Tisch ist mit vielerlei Gerichten gedeckt, und wir bekommen alle gefüllte Gläser zum Anstoßen.

KAPITEL ACHTUNDDREISSIG
Vierzehn Jahre zuvor

Ich drehte und wendete mich im Bett und suchte eine bequemere Stellung. Aber ich verwickelte mich nur immer mehr in die Oberdecke, und schließlich saß ich auf der Bettkante und betrachtete den Mond, der zum Schlafzimmerfenster hereinschien. Es war eine Vollmondnacht. Vielleicht konnte ich deshalb nicht schlafen? Oder weil ich an einem völlig fremden Ort war und William nebenan? Meine wirren Gedanken drehten sich auf jeden Fall um ihn. Vielleicht hätte ich doch nicht mitkommen sollen? Die Mitteilung, die mein Vater mir vor einer Weile geschickt hatte, beschäftigte mich.

Ich kann nicht verstehen, dass du einfach abgehauen bist, ohne vorher mit mir zu sprechen. Du benimmst dich doch sonst nicht so! Was ist nur los, Mira?

Was war eigentlich los? Ich fragte mich das allmählich selbst. Ich war also in einer Hütte mitten im Nirgendwo zusammen mit einem Jungen, der mich nicht an sich heranlassen wollte, heranlassen konnte, und auch wenn er seine Gründe dafür hatte, half das nicht. Diese Geheimnistuerei machte mich total fertig. Vielleicht müsste ich mehr Geduld haben, hätte beim Essen weniger Druck machen sollen. Er hatte ja, bevor wir hierherfuhren, gesagt, er würde es *irgendwann* erzählen. Das spielte nur keine Rolle mehr, denn heute Abend hatte er gesagt, er würde es vielleicht nie erzählen können.

Ich warf dem Vollmond einen frustrierten Blick zu, als wäre alles seine Schuld, dann ging ich zur Tür und aus dem Zimmer.

Aus Williams Zimmer kam kein Laut, ich schlich weiter zur Treppe und setzte mich dann auf die oberste Treppenstufe. Es dauerte eine Weile, dann öffnete sich hinter mir eine Tür. Ich erschrak und warf einen Blick über die Schulter.

»Und dabei habe ich versucht, ganz leise zu sein«, murmelte ich.

»Das warst du bestimmt auch, aber ich war sowieso wach. Kannst du auch nicht schlafen?« William setzte sich neben mich auf die Treppenstufe.

»Nee ...«, sagte ich und schaute ihn von der Seite an. Er hatte nur Boxershorts und ein T-Shirt an, ich selbst hatte auch nur einen Slip und ein Unterhemd an, mir wurde plötzlich bewusst, wie schmal die Treppe war und wie nah wir beieinandersaßen – so nah, dass unsere nackten Beine sich fast berührten und ich die Wärme seines Körpers spürte.

»Frierst du?«, fragte er, als er sah, wie meine Beine Gänsehaut bekamen. »Ich hole eine Decke«, sagte er und ging, noch bevor ich antworten konnte, in sein Schlafzimmer. Er holte eine Decke und legte sie um meine Schultern.

»Danke, und du?«, fragte ich, als er sich neben mich gesetzt hatte.

»Ich komme zurecht.«

Ich nickte und zog die Decke fester um mich, dann versanken wir in Schweigen. Mein Blick fiel auf ein Foto, das an der Wand neben der Treppe hing und das ich erst jetzt bemerkte. Darauf war William. Vermutete ich jedenfalls. Auf dem Bild war er ein kleiner Junge, er zeigte dem Fotografen stolz den großen Fisch, den er gefangen hatte. Vermutlich seinem Vater.

»Bist du das auf dem Foto?«, sagte ich. William nickte. »Wurde Hockey irgendwann wichtiger? Seid ihr deshalb nicht mehr hergekommen?«

»Nein. Also doch, Hockey wurde wichtiger, aber das war nicht der Grund, warum *ich* nicht mehr hergekommen bin.«

»Okay …« Ich schaute ihn an, aber er starrte schweigend vor sich hin, und ich seufzte etwas frustriert. »Und deine Mutter?«, fragte ich nach einer Weile. »Warum ist sie fast nie hier gewesen? Sie ist vielleicht nicht so richtig der Typ für die Wildnis?«

William antwortete nicht direkt, aber dann schaute er mich aus dem Augenwinkel an. »Ich weiß, was du über meine Mutter denkst, dass sie zu fein ist für so etwas. Und ja, okay, sie interessiert sich vielleicht wirklich nicht für die Wildnis …«

»Aber das ist nicht der Grund«, sagte ich und nahm ihm die Worte aus dem Mund.

Er zog an seinem Armband und sagte dann etwas unsicher, geradeheraus: »Meine Mutter war ganz toll, als ich klein war. Sie konnte einen Raum zum Leuchten bringen. Aber nicht nur das, sie war auch zu mir ganz toll.«

»Und was änderte sich dann?«, fragte ich vorsichtig.

»Alles. Aber äußerlich nichts«, fügte er hinzu.

Irgendetwas an der Art, wie er das sagte … ich spürte eine plötzliche Schwere auf der Brust, obwohl ich gar nicht wusste, worum es ging. »Und jetzt bringt dein Vater alle Räume zum Leuchten«, sagte ich zu mir selbst, dann erschrak ich über meine eigenen Worte und schaute William an.

Er fuhr sich mit einer Hand durch die Haare und strich über seine Tätowierung.

»Wissen deine Eltern von dem Tattoo? Haben sie es noch nicht gesehen?« Ich wollte die Hand ausstrecken und es berühren, aber William wich instinktiv aus, dann errötete er und biss die Zähne zusammen. Ich schaute ihn nachdenklich an und rief aus: »Sie haben es also gesehen? Warum hast du nichts gesagt? Was ist passiert?«

Er schüttelte den Kopf. Ein Unbehagen erfasste mich, und der Druck auf dem Brustkorb wurde stärker. Schlagartig sah ich die blauen Flecke vor mir, die William am Hals gehabt hatte.

Aber nein, das konnte nicht wahr sein. Ich merkte, wie meine Gedanken sich immer schneller drehten und einzelne Sätze, die William gesagt hatte, in meinem Kopf auftauchten.

Meine Mutter wirkt vielleicht schwierig ... ich glaube, sie schafft es anders nicht.

Mein Vater ist ganz anders.

Ich musste dringend weg.

Ich möchte es wirklich erzählen, aber ... Ich schäme mich einfach zu sehr.

Ich starrte ihn an. *Nein*, dachte ich wieder. Meine Gedanken hatten eine völlig unlogische Richtung genommen. Aber es war, als würden mein Kopf und mein Herz mir Unterschiedliches sagen. Und ich hatte das Gefühl gehabt, etwas falsch verstanden zu haben.

»Du prügelst dich doch nicht, oder?«, sagte ich leise. »Bist du in was verwickelt?«

William schaute mich an, dann biss er wieder die Zähne zusammen.

»Deine blauen Flecke, dass du genäht werden musstest – das kommt nicht daher, oder hat nichts mit Eishockey zu tun ...?« Jetzt schaute William mich so rasch an, dass ich schwieg, und das schien William auch dringend zu wollen. »Entschuldige, ich wollte …«, flüsterte ich. *Wollte dir nur helfen*, dachte ich und spürte, wie es im Hals und in den Augen brannte.

»Lass es«, sagte William.

»Aber das ist nicht okay, William. Es ist so verdammt falsch und schrecklich«, fuhr ich fort, obwohl ich immer noch nicht wusste, ob ich recht hatte. »Du hattest Würgemale am Hals und …« Ich schwieg abrupt, als ich meine Worte hörte. Ein eisiges Gefühl erfasste mich, als ich mich an etwas erinnerte, was William über seinen Vater gesagt hatte, als er sich tätowieren ließ: *Er würde mich umbringen, wenn er es wüsste …*

Und das Paradox, das darin bestand, dass William sich tätowieren ließ, weil er das Gefühl hatte, einen Schutz zu brauchen gegen jemanden, der ihm wehtat, und gleichzeitig zu wissen, dass diese Person ausrasten würde, wenn sie es wüsste.

Ich hatte Schmerzen in der Brust, es tat so weh, dass ich glaubte, zu zerspringen. Allerdings war es William, der zersprungen war. Buchstäblich. Immer wieder. Und er schämte sich dafür. Als wäre alles *seine* Schuld.

»Es ist nicht deine Schuld, das weißt du, oder?«, sagte ich und nahm seine Hand. William starrte vor sich hin. »Es ist nicht deine Schuld, dass dein Vater …« Williams Kiefer waren so angespannt, dass sie fast weiß wurden, und ich drückte seine Hand etwas fester. »Es ist nicht deine Schuld, dass er dich angreift.«

»Es ist nicht …«, fing William an, aber dann drückte er die Lippen zusammen und schaute starr die Treppe hinunter.

»Schau mich an«, sagte ich mit einer Stimme, die fast nicht trug, aber Williams Blick war wie festgenagelt auf die Treppenstufe unter uns. »Es ist nicht deine Schuld.« Ich buchstabierte jetzt fast die Worte.

William schüttelte den Kopf. »Lass das«, flüsterte er.

»Es ist nicht deine Schuld.« Ich sagte es wieder und dann noch einmal.

William schüttelte jetzt wie wild den Kopf. »Hör auf!«

Ich packte ihn bei den Schultern und brachte ihn schließlich dazu, mich anzuschauen. »Es *ist* nicht deine Schuld«, sagte ich leise, dann warf er sich plötzlich in meine Arme und schluchzte laut. Ich hielt ihn fest, mit meinen Armen und Händen, hielt ihn so fest an mich gedrückt, wie es nur ging. Und dann fing auch ich an zu weinen. Ich merkte es kaum, erst als der Stoff auf seiner Schulter genauso nass war wie mein Hemd, meine Haut. Eine Schicht nach der anderen fiel von ihm ab, und auch die letzte von mir, wir klammerten uns fest aneinander. Wir konnten beide nicht loslassen. Ich wollte mit ihm verschmelzen, wollte ein Teil von ihm werden. Um seinen Schmerz zu lindern, aber auch meinen eigenen, und weil ich es *konnte*. Vielleicht spürte er das, denn schließlich zog er sich ein Stück zurück und schaute mich an. Eine wortlose Kommunikation fand zwischen uns statt, dann stand er auf, zog mich hoch auf die Füße und in seine Arme. Ich schlang meine Beine um ihn, er trug mich in sein Schlafzimmer, und wir küssten uns. Die Küsse schmeckten nach Tränen, nach Salz, und mit jedem Kuss war es, als würden wir mehr von uns dem anderen geben.

Heute

Alessandro legt mir den Arm um die Schultern, und wir wandern durch den Garten. Der Gesang der Zikaden liegt in der milden Abendluft wie eine schwache Melodie, die von fern her zu kommen scheint. Die Sonne geht gerade unter und badet die Landschaft in ein fast unwirkliches Licht. Alles ist perfekt, sollte perfekt sein.

»Woran denkst du?«, fragt Alessandro und zieht mich fester an sich. Ich winde mich ein wenig. Er hat seine Hand an genau der Stelle, wo meine Schulter am meisten schmerzt.

»Ach nichts, es ist nur meine Schulter.«

»Ich verstehe.« Er lässt mich sofort los, und es fühlt sich plötzlich leer und kalt an, da, wo gerade noch seine Hand war, ich ärgere mich, dass ich etwas gesagt habe. »Das mit der Schulter war wirklich der schlechteste Zeitpunkt ...«

Ich spüre, wie ich erstarre. »Aber es wird mir bald wieder gut gehen.«

Alessandro macht eine fast ärgerliche Handbewegung. »Schon, aber da wird der Zug, was die Stellen in Berlin und New York angeht, mit Sicherheit abgefahren sein.«

Ich schnappe nach Luft. »Sind die Fristen bei denen so knapp? Aber es ist auch egal, ich möchte ja eine Stelle bei den Radiosymphonikern haben«, sage ich dann und lächle.

»Du bist zu gut für die Radiosymphoniker«, sagt Alessandro wie schon einmal und schüttelt den Kopf.

»Ich habe nicht einmal da eine feste Stelle«, wende ich ein.

»Aber wenn du es dir aussuchen könntest, da würdest du doch lieber im Ausland spielen?«, sagt er und pflückt eine Rose von einem der Sträucher, an denen wir vorbeikommen.

»Ja, vielleicht. Oder, ich habe eigentlich nie darüber nachgedacht, bevor ich dich kennengelernt habe«, gebe ich zu.

»Wie eigenartig!«, sagt Alessandro und pflückt die Blätter der Rose ab, dabei hatte ich fast gedacht, er würde sie mir geben. »Du musst größer denken, Mira. Und ich habe mir vorgestellt, du, mit deinem Hintergrund, würdest ...«

Ich bleibe stehe. »Würde was?«, bringe ich hervor.

Er wirft die Rose weg und wedelt mit einer Hand. »Ich dachte, du hättest höhere Ziele, als in Schweden zu spielen. Dass du dich nicht begrenzen würdest.«

»Ich habe höhere Ziele«, protestiere ich, spüre jedoch, wie widersprüchliche Gefühle in mir zu streiten beginnen. Es ist, als würde Alessandro plötzlich auf mich herabschauen, oder vielleicht eher auf meine Herkunft.

Alessandro beugt sich vor und streicht etwas von meiner Wange. »Entschuldige, das weiß ich. Und es hat auch keinen Sinn, darüber zu streiten, jetzt, wo du überhaupt nicht spielen kannst.«

»Das werde ich bald wieder können. Es ist eine vorübergehende Situation.« Meine Stimme klingt nicht sehr überzeugt, als ob ich auf einmal selbst nicht daran glauben würde.

»Solche Unterbrechungen können mehr Einfluss haben, als man denkt«, sagt Alessandro, und ich spüre, wie die Farbe aus meinem Gesicht verschwindet. »Aber jetzt wollen wir nicht negativ sein«, ruft er dann aus. »Und ich bin ja nur parteiisch, weil ich dich gerne öfter sehen würde. Wie ich schon einmal gesagt habe, tut es uns nicht gut, getrennt zu sein, und jetzt, wo aus dieser Anstellung nichts wird …«

Ich spüre meinen Puls im Hals und frage mich, was er mir sagen will. »Und warum möchtest du mich öfter sehen?«, stoße ich etwas nervös hervor.

Der Schatten eines Lächelns gleitet über seine Lippen. Er nimmt meine Hände, dann beugt er sich vor und küsst mich erst in den einen Mundwinkel, dann in den anderen. »Was glaubst du?«, flüstert er. Ich spüre, wie ein Schaudern sich meinen Rücken hinauf- und hinabbewegt. »Ich will mehr von dir, Mira. Auf allen Ebenen.« Er streicht mir über die Arme und lächelt.

Ich versuche, auch zu lächeln, und will mich eigentlich in seinen Armen verlieren. Aber dieses Gespräch hat mich verunsichert, und wieder einmal erfasst mich Angst, und ich stottere hervor: »Wie sind deine anderen Frauen gewesen?«

Sein Lächeln erlischt. »Ich möchte nicht über andere Frauen sprechen. Ich möchte über uns sprechen. Warum hast du das gesagt?«

Ich schüttle den Kopf und verfluche mich selbst. Ja, *warum* nur? Waren das Peters Äußerungen über Alessandro? Oder war es meine eigene Unsicherheit, die ich eigentlich immer mit mir herumtrage und bei der es gar nicht um ihn geht?

»Jetzt bist du hier, und das ist das Einzige, was wichtig ist«, sagt Alessandro und nimmt eine Haarsträhne, wickelt sie um den Finger, legt schließlich seine Hand in meinen Nacken und zieht mich an sich. Sein warmer Atem streichelt mein Gesicht, die Wärme pflanzt sich fort, und als seine Lippen sich meinen nähern, stelle ich mich auf die Zehen, ihm entgegen. Drücke mich fest mit meinem ganzen Körper an seinen.

* * *

Am nächsten Morgen erwache ich zu den Tönen von Alessandros Geige und brauche gar nicht die Hand auszustrecken, um festzustellen, dass neben mir im Bett niemand ist. Ich seufze, streiche dann leicht mit den Fingern über die Brüste und den Bauch, wecke so die Erinnerung an gestern Abend, gestern Nacht. Dann steigert Alessandro die Wucht seines Spiels, ich krieche aus dem Bett, gehe zum Fenster und öffne es. Das Stück, das er spielt, ist eine technische Herausforderung. Und er macht keinen einzigen Fehler, er ist so gut, ich bekomme Gänsehaut am ganzen Körper. Ich glaube nicht, dass jemand, der nicht selbst spielt, versteht, was es heißt, so zu spielen wie er. Er ist ein Meister, das ist einfach so.

Und ich weiß, was er noch gut kann ... ich spüre einen warmen Strom durch meine Adern fließen, dann seufze ich erneut und gehe duschen und mich fertig machen.

Als ich kurz darauf die Treppe hinunterkomme, sitzt Chiara auf der untersten Stufe und wartet auf mich. »Ich dachte, du willst vielleicht nicht alleine frühstücken«, sagt sie und steht auf. »Die anderen trinken um diese Zeit nur Kaffee. Aber ich habe mir gemerkt, dass Frühstück für euch Schweden wichtig ist, deshalb gibt es allerlei.« Sie geht vor mir in die Küche. Die Anrichte ist voller großer Platten mit frischem Brot, Croissants, verschiedenem Käse, Prosciutto, kleinen Kuchen und anderem Backwerk und frischen Beeren.

»Also, ganz so wichtig ist es nicht, auch wenn das hier fantastisch aussieht«, sage ich, und als Chiara mir zu verstehen gibt, mich zu bedienen, nehme ich einen Teller und fülle ihn. Kurz darauf sitzen wir im Schatten auf der Terrasse hinter dem Haus und essen.

»Was hast du heute für Pläne?«, fragt Chiara, die ein paar Beeren nascht.

Ich schaue hinüber zu dem Gebäude, in dem Alessandro übt, und muss daran denken, was er sagte, als er zum ersten Mal mit mir über Italien sprach: *da werde ich wirklich ein paar Tage frei haben.* Das habe ich an und für sich nicht geglaubt, denn das gibt es gar nicht. Und ich hätte natürlich schon vor meiner Abreise wissen können, dass es so werden würde. Ich weiß ja, wie ich selbst bin, und wenn ich hätte üben können, dann hätte ich es getan.

Chiara schaut mich an. »So eine Verletzung ist ärgerlich, vermute ich. Ich kann mir gar nicht vorstellen, wie frustriert Alessandro wäre, wenn er nicht spielen könnte. Das ist sein Leben. In dieser Beziehung passt ihr gut zusammen, nehme ich an«, fügt sie hinzu und nimmt noch ein paar Beeren.

»Ja, findest du, dass wir sonst nicht …?«, sage ich zögernd und frage mich, ob ich die Antwort hören möchte.

»Doch, absolut«, sagt sie schnell.

Ich breche ein Stück Croissant ab und versuche, das Buttrige und Knusprige im Gaumen zu genießen, dann bürste ich die Krümel von den Fingern und sage: »Kommt es öfter vor, dass er … Damen mit hierher nach Hause mitbringt?«

Chiara lacht und hebt eine Augenbraue. »Damen? Nein, das ist nicht üblich. Andererseits ist er seit Jahren nicht zu Hause gewesen. Er ist sehr verschwiegen, was seine Liebschaften angeht«, sagt sie schließlich. »Wie alle Männer, nehme ich an. Oder, es ist nur nach …« Sie schluckt schnell eine Beere. »Ich glaube, ein Grund, warum er sich sicher fühlte, hierherzukommen, ist, dass sie weggezogen ist. Entschuldige«, sagt Chiara und legt eine Hand auf meine. »Du wirst dich fragen, wovon ich rede. Er hatte eine lange Beziehung mit einer Frau, die hier in der Nähe lebte. Sie wurden ein Paar, als er noch zu Hause wohnte, und blieben auch zusammen, als er anfing umherzureisen. Aber schließlich wählte sie einen anderen Mann und heiratete ihn.«

Ich lasse Chiaras Worte sinken. »Das klingt, als ob er sehr verliebt in sie gewesen wäre und sie sein Herz gebrochen hat?«, sage ich taktvoll. Genau in diesem Moment spielt Alessandro besonders leidenschaftlich, man hört ihn aus dem Gebäude ein Stück weiter weg, Chiara scheint es auch zu merken. Sie schüttelt wegen dieses Zufalls leicht den Kopf.

»Ja, und vielleicht hat er deswegen ...« Sie bricht ab. »Aber es ist wohl auch so, dass das Geigespielen die größte Liebe seines Lebens ist. Wenn man also nicht bereit ist, die zweite Geige zu spielen ...« Sie schaut mich an und verzieht den Mund. »Und ich nehme an, das gilt auch für dich?«

»Es wäre zumindest schwierig, mit jemandem zusammen zu sein, der kein Instrument spielt. Eigentlich wird das ganze Leben davon bestimmt, und wenn man es nicht mit jemand Gleichgesinntem teilt ... Ich habe es einmal versucht und ...« Mein Hals zieht sich zusammen, ich sage nichts mehr, ich komme mir vor wie eine alte Schallplatte, die hängengeblieben ist.

»Ja, es ist ein besonderer Beruf«, sagt Chiara, »und Alessandro ist bisher nur mit Geigerinnen zusammen gewesen. Also in letzter Zeit. Er wird angezogen von ehrgeizigen, guten Geigerinnen, glaube ich.« Sie lacht, dann scheint sie etwas zu bemerken. »Aber Luca, hast du uns schon wieder heimlich beobachtet!«

Als ich ihrem Blick folge, sehe ich den Nachbarsjungen, der hinter einem Olivenbaum neben der Terrasse hervorschaut, so, als würde er da schon eine ganze Weile stehen.

»Also, was hast du auf dem Herzen?«, sagt Chiara dann und lächelt.

Luca sagt etwas auf Italienisch, Chiara schaut mich an und sagt: »Er will uns beziehungsweise dir die Hühner zeigen, die sie auf dem Hof haben. Es ist wohl nur eine Ausrede, um dabei zu sein. Er ist viel allein. Das einzige Kind, weißt du. Aber wir brauchen wirklich nicht ...«

Ich schaue hinüber zu Luca, der zu Boden blickt, und weiß sofort, wie es ihm geht. »Das kenne ich nur zu gut. Ich möchte sehr gerne die Hühner sehen.«

Luca schaut auf und lächelt, als hätte er jedes Wort verstanden.

* * *

Nach dem Besuch im Hühnerstall, und nachdem Lucas Mutter uns zu einer Limonade eingeladen hat, will Luca, dass wir in sein Zimmer kommen. Wir bewundern alle seine Sachen, und Chiara scheint mit den Gedanken ganz woanders zu sein. Nach einer Weile streicht sie mit der Hand über ein Regalbrett des an die Wand geschraubten Bücherregals, neben dem sie steht und das schon ziemlich alt zu sein scheint, und sagt: »Ich habe so viele Erinnerungen an dieses Zimmer, an dieses Haus.«

Ich schaue sie schweigend an. »Ja, du hast erwähnt, dass deine beste Freundin hier gewohnt hat. Was ist aus ihr geworden? Wann zog ihre Familie von hier weg?«

»Als ihre Mutter Krebs bekam und starb.«

Das gibt mir einen Stich. »Wie schrecklich« ist alles, was ich herausbekomme.

Chiara schüttelt den Kopf. »Ist vielleicht ein wenig unhöflich von mir, das einfach so zu sagen.«

»Meine Mutter ist auch an Krebs gestorben. Und ich und mein Vater mussten danach auch umziehen, nach einer Weile.«

Chiara schaut mich teilnahmsvoll an. »Mein Beileid.«

»Das ist lange her.«

Chiara schaut mich nachdenklich an, und als Luca auf einmal im Nebenzimmer verschwindet, sagt sie: »Meine beste Freundin ist nicht mit ihrem biologischen Vater aufgewachsen. Obwohl das keine Rolle gespielt hat, es *war* ihr Vater. Aber als ihre Mutter starb, wollte sie ihren biologischen Vater finden und zur Rede stellen. Er war – ist – ein erfolgreicher Geschäftsmann. Weil er verheiratet war, als er eine Affäre mit der Mutter meiner Freundin hatte, wollte er keine Verantwortung übernehmen. Aber als dann meine Freundin vor seinem schönen Haus stand und seine Familie sah, bereute sie es. Was tat sie da? Sie hatte doch einen Vater und war in einer liebevollen Familie aufgewachsen. Außerdem hatte ihr biologischer Vater eine wichtige Sache zu ihrem Leben beigetragen: ihre Geige. Sie konnte auch gut spielen, er hatte eine richtig wertvolle Geige, die sie leihen durfte oder eher geschenkt bekam.« Chiara schweigt und lächelt schief. »Und warum erzähle ich dir das alles? Ja, ich musste an unser Gespräch gestern denken und an die Guarneri.«

Ich runzle die Stirn und sage leise: »Du meinst, es wäre das Gleiche mit ...? Ja, sie, die ich zu spüren glaubte.«

»Genau. Sie besaß die Geige nicht, sie durfte sie nur leihen und darauf spielen.«

»Deshalb habe ich mit diesem Stammbaum angefangen, weil es eine Verwandte sein könnte von jemandem, der sie besessen hat ...«

Chiara schüttelt ihre langen Haare. »Schon, aber wenn wir mit dem Gedanken spielen, dass sie unehelich geboren ist, so wie meine Freundin. Dass sie die Tochter eines der prominenten Herren auf deiner Liste war.«

»Theoretisch ist alles möglich.«

Chiara zieht die Augenbrauen zusammen, blinzelt. »Es sei denn, sie hatte Unterricht bei jemandem, der Bescheid wusste, aber gebeten wurde zu schweigen. In Anbetracht der Umstände.«

»Wie, Marco Barone?«, entfährt es mir. »Erstens lebt er nicht mehr, es wäre also möglich. Und falls er gebeten wurde zu schweigen ...«

»Aber er hatte viele Schüler, sagt meine Großmutter.«

Ich lege den Kopf schief und schaue Chiara an. »Wäre es dir lieber, wenn ein anderer und nicht dein Verwandter die Initialen eingeritzt hätte? Bist du deshalb so ...?«

Sie schaut unsicher. »Nein, aber ich bin jemand, der glaubt, die meisten Dinge passieren aus einem Grund. Vielleicht ist es wichtig, was sie dir sagen will, diese Frau.«

Ich schüttle den Kopf. »Es ist doch nicht passiert, wenn man so will. Diese Frau gibt es nur in meinem Kopf oder ... als ein Gefühl. Ich werde es nie erfahren. Aber es ist wirklich nett, dass du dich damit beschäftigst und mich ernst genommen hast, als ich davon erzählt habe. Ich werde bestimmt richtig verrückt, wenn ich noch länger darüber nachdenke.«

Chiara schaut mich unsicher an. »Aha, und was möchtest du

jetzt machen?«, sagt sie dann und wechselt das Thema. »Ich habe eine Vespa. Wie wäre es, wenn wir eine kleine Tour in die Dörfer der Gegend machen würden?«

»Das ...« Mir fällt es plötzlich schwer, das Thema zu wechseln, auch wenn ich sie eigentlich gebeten hatte, genau das zu tun. »Das klingt super!«

KAPITEL VIERZIG

Vierzehn Jahre zuvor

Ich drückte mich fester an William, ich lag ganz dicht neben ihm, umschlossen von ihm, seinem Körper. Wir waren so eingeschlafen, eng verschlungen, er schlief noch. Tief. Ich nahm seine Hand, spielte vorsichtig mit seinen Fingern, konnte noch gar nicht begreifen, dass es sich normal anfühlte. So gut. Sowohl hier zu liegen als auch das, was wir am Abend zuvor geteilt hatten. Es war das Aufrichtigste, was ich je getan hatte. Das Wahrste. Es war über mich hinweggerollt, mit einer solchen Kraft, dass ich es kaum bewältigen konnte; wenn er mich berührte, wir einander berührten, wir uns voll und ganz vereinigten und ich irgendwie genau wusste, was ich tun musste, und wie ... Er hatte den Augenkontakt nicht unterbrochen, kein einziges Mal. Ich hatte zuvor Angst gehabt, das muss ich zugeben, aber mit ihm hat es sich besser angefühlt, als ich mir je hätte vorstellen können. Weil ich endlich loslassen konnte und ihm vertraute. Meine Sehnsucht und meine totale Verletzlichkeit akzeptiert hatte. Und das war ich ihm schuldig, weil er endlich auch mir vertraut hatte. Er hatte geglaubt, die Wahrheit würde meine Sicht auf ihn verändern, aber das, was ich bereits für ihn empfand, war nur intensiver geworden, auch wenn mein Herz zunächst in tausend Stücke zerbrach und sich dann wieder irgendwie zusammensetzte.

Ich strich mit dem Finger über sein Armband, schloss die Augen, als ich seinen warmen Atem auf meiner Haut spürte. Dachte an das, was er durchgemacht hatte, *noch* durchmachte ... Es war, als würde mein Herz einen neuen Sprung bekommen. Und als hätte ich eine andere Sicht auf meinen Vater.

Ich dachte an ihn, was er machte, ob er noch schlief, ob er sehr böse auf mich war. Ich versuchte, die Schuldgefühle zu vertreiben. Und doch breitete sich eine Leere in mir aus, eine Art Sehnsucht, die ich nicht verstand. Aber auch Erleichterung, weil ich nicht zu Hause war.

Ich seufzte und hob vorsichtig Williams Arm hoch, löste mich aus seiner Umarmung. Er reagierte kaum, schien immer noch tief zu schlafen. Ich krabbelte aus dem Bett und ging ins Nebenzimmer, wo ich hätte schlafen sollen, und zog Leggings und ein Hoodie an. Dann schaute ich zu meinem Geigenkasten, eine beinahe instinktive Abwehr stieg in mir auf, obwohl ich gestern mehrere Stunden im Spiel versunken war. Aber da William noch schlief ... Was sollte ich sonst machen? Ich packte die Geige aus und nahm sie und die Noten für Georg Philipp Telemanns Fantasie Nr. 10 für Solovioline in D-Dur mit in die Küche. Ich hatte noch kaum mit dem Üben dieses Stücks angefangen, obwohl es richtig schwierig ist und der erste Satz, den ich bei der Aufnahmeprüfung spielen sollte, sehr schnell war und jede nur verfügbare Zeit zum Üben erforderte. Schon nach ein paar Minuten hörte ich Schritte auf der Treppe, trotz des Dämpfers, den ich aufgesetzt hatte.

»Spiel nur weiter«, sagte William, als ich die Geige sinken ließ und mich umdrehte.

Erst wollte ich das auch. Aber es gab so viel anderes, was im Moment wichtiger war. Als William ein paar Holzscheite aus dem Korb neben der Feuerstelle nahm und begann, Feuer zu machen, legte ich die Geige ab und ging zu ihm. »Soll ich dir helfen?«

Er schüttelte den Kopf und gab mir einen Kuss – weich, langsam, tief –, widerwillig bewegte ich mich zum Sofa. Nachdem er das Feuer angezündet hatte, leistete er mir Gesellschaft und küsste mich wieder. Dann nahm er meine Hände und verflocht meine Finger mit seinen und küsste mich leicht. Eine ganze Weile saßen wir nur da auf dem Sofa und schauten einander an, bis etwas Nacktes in seinem Blick erschien und er mir auswich.

»Möchtest du darüber reden?«, sagte ich leise.

Er schüttelte schnell, instinktiv den Kopf. »Auf jeden Fall nicht jetzt«, sagte er und zog mich an sich, schnüffelte in meinen Haaren. »Alles okay bei dir? Nach gestern und so?«

»Ja, mehr als okay«, sagte ich und verkroch mich in seinen Schoß. »Und es ist schön, dass ich mehr über dich weiß, auch wenn es so etwas Unschönes ist.«

Er holte tief Luft und schien sich plötzlich nicht entspannen zu können.

»Komm«, sagte ich und ließ mich auf den Rücken fallen. Er schaute mich zweifelnd an. »Ich möchte dich nur im Arm halten«, flüsterte ich.

»Und ich dich.« Seine Stimme brach beinahe. Als wäre das Einzige, was er jetzt brauchte, eine Umarmung. Er drückte seinen Kopf an meine Brust, mein Herz. Fast, als wollte er sich eingraben. Ich drückte ihn an mich, wünschte mir, er würde es auch tun.

Dann klingelte das Handy, das er auf den Tisch gelegt hatte. Er machte keinerlei Anstalten, sich von mir zu lösen und zu antworten. Aber dann schienen seine Gedanken weiterzugehen, alle Muskeln in seinem Körper spannten sich an, und er konnte gar nicht schnell genug aufstehen. »Verdammt«, rief er aus. Als er sah, wer versucht hatte, ihn zu erreichen, nahm er das Handy und ging hinaus.

Ein Schauer lief mir über den Rücken, es vergingen viele Minuten, und er kam nicht zurück, ich wurde immer nervöser. Schließlich ging die Tür auf, er schüttelte sich ein paarmal im Flur und setzte sich dann wieder zu mir auf das Sofa.

Er schien meine Gedanken zu ahnen, strich mir über die Arme und sagte schnell: »Es ist nichts passiert. Es ging um etwas anderes, etwas Gutes. Hoffe ich auf jeden Fall«, fügte er mit einem Zweifeln hinzu, und meine Besorgtheit wurde nicht weniger.

Ich schluckte, räusperte mich. »Was für ein Albtraum, wenn auch deine Mutter ...« Ich schwieg, aber Williams Gesichtsausdruck sagte mir, dass ich recht hatte mit meinen Befürchtungen.

»Ja«, flüsterte er und starrte zu Boden. »Ich wäre nicht hierhergefahren, wenn nicht auch *er* übers Wochenende verreist wäre. Aber ich werde bald ja erheblich weiter weg sein«, murmelte William leise, fast für sich selbst. Er stützte die Ellbogen auf die Knie und drückte die Hände an die Stirn.

Mein Herz schlug schneller, ich fragte mich, was er damit meinte, bekam jedoch kein Wort heraus.

Er drückte die Hände fester an die Stirn und sagte: »Ich bin so gespalten. Und sie wird ihn niemals verlassen. Sie *könnte* es gar nicht, wegen der Arbeit, der Praxis. Dem Leben, das sie aufgebaut haben.« William stieß ein frustriertes Lachen aus.

»Auch nicht, wenn es dich betrifft? Weiß sie, was er dir antut?«, sagte ich, bereute es jedoch sofort. Ich hatte keinerlei Recht, sie zu verurteilen, und es war bestimmt nicht einfach.

»Deshalb hilft sie mir ja, wegzukommen«, sagte William.

»Und auch, wenn ich nichts lieber will, als dieses verdammte Zuhause zu verlassen, habe ich ständig Angst, dass auch meine Mutter vielleicht ...« Seine Stimme wurde leiser, dann schaute er zur Seite, zu mir. »Ich denke jede verdammte Sekunde des Tages daran. Ich dachte, vielleicht ist mein Vater früher von seiner Reise zurückgekommen, und er ...« Williams Gesichtszüge verhärteten sich. »Er ist so verdammt unberechenbar, man weiß irgendwie nie. Wie das mit den Autos ... Ich habe sein Auto genommen, damit Mama eine Art Fluchtauto hat, für alle Fälle, obwohl ich weiß, dass es nicht so läuft. Und sie wollte eigentlich nicht, dass ich überhaupt ein Auto nehme, weil *er* so launisch ist und es vielleicht mal wieder an mir auslässt. Dann wieder drängt er mich, sein Auto zu nehmen, weil er ein schlechtes Gewissen hat, weil er ...« Ich kniff die Augen zusammen, weil ich die Ohnmacht in Williams Stimme hörte.

»Was sollen wir machen? Wie kann ich dir helfen?«, flüsterte ich und legte den Arm um ihn.

Er schaute mich an und legte dann seinen Kopf in meinen Schoß. Ich strich seine Haare aus der Stirn und stellte noch einmal die gleiche Frage, aber stumm.

Er schüttelte leicht den Kopf, als ob nichts die Situation lösen oder bessern könnte. Dann holte er Luft und sagte: »Meine Mutter hat organisiert, dass ich im Sommer wegfahren kann. Darum ging es in dem Gespräch gerade eben.«

Es war, als würde alles stillstehen. Ich hatte nicht verstehen wollen, was er vor kurzem so bruchstückhaft gesagt hatte. »Den ganzen ... Sommer?« Ich spürte, wie die Worte sich innerlich drehten.

Sein Blick wurde unsicher. »Ja, ich fahre am ersten Ferientag weg und komme, kurz bevor die Schule wieder anfängt, zurück. Ich fliege nach Kanada, da lebt meine Tante mit ihrer Familie. Ich habe dort eine gleichaltrige Cousine. Ich habe erfahren, dass es klappt, kurz bevor wir hierherfuhren, deshalb habe ich nichts gesagt.« Wieder war sein Blick unsicher. »Ich wusste nicht, ob ... wie ich dort Eishockey spielen kann. Aber jetzt hat es sich geklärt, ich kann dort in einer super Mannschaft trainieren. Das ist eine gute Möglichkeit. Und mein Vater ist auch einverstanden. Obwohl ich jetzt eigentlich nicht mehr wegwill ...« Er schaute mich an, hob die Hand und streichelte mein Kinn, dann weiter meinen Hals entlang und meine Brust. »Und ich möchte eigentlich auch meine Mutter nicht allein lassen.« Seine Stimme wurde noch angestrengter. »Aber andererseits würde sie zusammenbrechen vor schlechtem Gewissen, wenn ich es nicht mache.«

Ich schaute ihn hilflos an. »Natürlich musst du fahren«, flüsterte ich. »Das mit dem Eishockey klingt richtig gut.« Doch es fühlte sich an, als würde mein Herz aus der Brust drängen.

»Ein Sommer vergeht schnell«, murmelte William, allerdings klang es nicht so, als würde er daran glauben.

Schweigen herrschte zwischen uns, ich hatte keine Ahnung, was ich sagen sollte. Konnte immer noch nicht begreifen, dass er weg sein würde. Doch wenn er es nicht täte ... Wegkommen, und zwar sehr weit, nicht nur so, über ein Wochenende, das war wohl fast unausweichlich für ihn. Ein Muss. Eingedenk dessen, was ich jetzt erfahren hatte, wusste ich, wozu sein Vater fähig war. Aber die Situation hätte sich nicht verändert, wenn er wieder da wäre.

Er suchte meinen Blick, als könne er sehen, was ich dachte. »Ich bin noch nicht weg, Mira. Es sind noch einige Wochen bis dahin. Und wir haben heute den ganzen Tag zusammen, wir haben morgen den halben Tag, bis wir nach Hause fahren.« Aber als er wegschaute, sah er genauso traurig aus, wie ich mich fühlte.

Ich wünschte mir, ich könnte aufmunternder sein. Doch es war, als würde die Einsamkeit mir schon an den Fersen knabbern, als würde ich den scharfen Verlust bereits spüren, der mich daran erinnerte, wie wunderbar es sich anfühlte, hier mit ihm zusammen zu sein. Vielleicht ging es ihm genauso, denn plötzlich setzte er sich auf, legte die Hand um meinen Nacken, zog mich zu sich. Küsste mich wie noch nie zuvor. Als wolle er uns auf ewig verbinden. Meine Lippen waren fast betäubt, unsere Küsse das Einzige, was existierte. Das Einzige, woran ich denken wollte.

KAPITEL EINUNDVIERZIG

Heute

Ich muss ein Gähnen unterdrücken, als Elin mich untersucht, und murmele: »Entschuldige, aber ich habe heute Nacht nicht viel geschlafen.«

»Wegen der Schulter?«, fragt sie besorgt.

»Nein, ich war übers Wochenende in der Toskana und bin erst gegen Mitternacht heimgekommen.«

Elin sieht erleichtert aus und lächelt. »Toskana, was für ein Traum! Und wie toll, dass du jetzt solche Sachen machst.«

»Ja, ich habe einen … Bekannten besucht, der von dort stammt.«

Einen Bekannten? Ich hatte ja gehofft, dass meine Beziehung zu Alessandro in Italien sich klären, sich vertiefen würde. Und natürlich hatten wir wunderbare Stunden zusammen. Aber ich habe fast die ganze Zeit mit seiner Schwester Chiara verbracht. Außerdem musste ich ständig darüber nachdenken, was sie mir über Alessandro erzählte, wie das über seine große Liebe, die einen anderen Mann geheiratet hatte. Als ich mich schließlich traute, Alessandro danach zu fragen, hatte ich das Gefühl, dass er sie immer noch nicht ganz losgelassen hatte.

»Nachdem sie Schluss machte und ich herausfand, dass sie ihn schon traf, während wir noch zusammen waren, wollte ich nur noch vergessen … Ich wollte sie aus dem Körper bekommen und sie so verletzen, wie sich mich verletzt hatte. Als würde das, was wir zusammen gehabt hatten, nichts bedeuten. Aber ich konnte nur an sie denken. Wenn ich mit all den anderen Frauen zusammen war, dann hatte ich immer nur sie …« Alessandro verzog das Gesicht. »Ich habe nur sie vor mir gesehen und an sie gedacht.«

»Und jetzt, wie ist es jetzt?«, fragte ich leise.

Alessandro schwieg einen Moment, dann sagte er: »Jetzt ist es nicht mehr so. Natürlich nicht!«, sagte er dann etwas lauter und küsste mich. Aber ich war nicht ganz überzeugt, und alles zwischen uns kam mir auf einmal beschmutzt vor. Als wäre ich wirklich nur eine von vielen Frauen. Oder eine dieser begabten, erfolgreichen Geigerinnen, von denen Chiara gesprochen hatte und in die Alessandro sich am laufenden Band verliebt.

Was mache ich eigentlich mit ihm? Das Letzte, was ich sein will, ist die Frau, die nicht merkt, dass sie hinters Licht geführt wird, die schwach wird, wenn sie nur in der Nähe des großen Geigers ist. Und obwohl wir beide viele Gemeinsamkeiten haben, hat dieses Gefühl sich in mir festgesetzt, dass es sich im Herzen nicht so anfühlt.

»Versuche dich zu entspannen«, sagt Elin und streicht leicht über meine Schultern. Ich hole tief Luft. »Aber die Geige ist wieder mit nach Hause gekommen?«, sagt sie in der nächsten Sekunde, ich verschlucke mich fast und muss husten.

»Ja …«, sage ich leise, bis mir einfällt, dass William ihr sicher von der verschwundenen Geige erzählt hat und sie darauf anspielt.

»Entschuldige, ich wusste, dass du wegfahren und die Geige mitnehmen würdest. William hat es erzählt«, gab Elin zu. »Und noch einmal, verzeih, es ist mir herausgerutscht. Ich hätte wirklich nichts sagen sollen.«

»Ich nehme an, du hast gehört …« Aber das weiß ich doch, er hat ihr *alles* erzählt.

»Ja, es war gewissermaßen unausweichlich, wo ...« Sie schweigt, aber mir ist klar, was sie sagen wollte, und mein Puls steigt.

»Ja, ich verstehe«, bringe ich stotternd hervor »Wenn man bedenkt, was für eine ... Verletzung er hatte.« Die Worte schmecken wie Galle, und plötzlich höre ich mich murmeln: »Hat er mich danach gehasst?«

»Nein, er hat vor allem sich selbst gehasst«, antwortet sie.

Diese Worte treffen mich wie ein Hammer, schlimmer kann es nicht werden. Ich war daran schuld. Ich bin froh, dass ich ihr gerade den Rücken zukehre und sie meinen Gesichtsausdruck nicht sieht.

»Aber du, wir sind abgeschweift, und eigentlich spreche ich bei der Arbeit nie über private Angelegenheiten. Das war übergriffig. Lass uns über deine Schulter sprechen.« Elin tritt ein paar Schritte zurück und lehnt sich an ihren Schreibtisch. »Du hast gesagt, es ist schon ein wenig besser als am Anfang, aber du hast immer noch Schmerzen. Ich hatte ja gesagt, du musst mindestens mit einem Monat rechnen, bis du schmerzfrei bist und die Schulter wieder belasten kannst. Wenn man bedenkt, dass noch kein Monat vergangen ist und es in die richtige Richtung geht ... Wenn du nur Geduld hast, dann wirst du bald da sein.«

Ich drehe mich langsam um, aber das, was sie gerade über William gesagt hat, macht mich fertig, meine Hände zittern, als ich meine Bluse zuknöpfe. »Das ist wohl das Thema dieses Sommers für mich – Geduld haben?«, sage ich dann leise.

»Ich weiß, es klingt blöde, aber selbst dann wirst du täglich nur wenige Minuten spielen können.« Elin schaut mich entschuldigend an.

Ich weiß nicht, was ich antworten soll, und mache eine vage

Kopfbewegung. »Wenn nur die Schulter wieder heilt ... das ist das Einzige, was ich im Moment will.« Dann dröhnen plötzlich Alessandros Worte in mir: *Solche Unterbrechungen können mehr Einfluss haben, als man glaubt.*

* * *

Als ich kurze Zeit später die Musikerpraxis verlasse, erfasst mich eine Verlorenheit, und ich frage mich, was ich machen soll. Was soll ich nur anfangen mit all der Zeit, die sich vor mir ausbreitet? Schließlich gehe ich in ein Café auf der Birger Jarlsgatan, ich brauche einen Kaffee und etwas Süßes. Ich setze mich auf die Terrasse und merke, wie die Gedanken zu Alessandro zurückkehren, der im Moment auf dem Weg in die USA ist. Bevor wir uns trennten, murmelte er etwas von, ich könne ihn gerne besuchen. Ich habe jedoch nicht den Eindruck, als sei das noch aktuell und als ob seine Aussage, er wolle mehr von mir haben – auf allen Ebenen –, überhaupt etwas bedeutet. Nicht im Geringsten. Mir war bisher nicht klar gewesen, wie wichtig es für ihn war, dass ich als Geigerin jemand *bin*. So fühlt es sich nämlich jetzt an, und als hätte er mich bereits abgeschrieben.

»Mira!«

Ich schaue erstaunt hoch, als wäre er es, der meinen Namen sagt, obwohl ich weiß, dass es unmöglich ist. Dann blinzle ich, hole Luft, versuche, die Fassung zurückzuerlangen.

»Entschuldige. Ich wollte dich nicht erschrecken.« William streicht die Haare zurück, lächelt.

Ich schüttle ein wenig den Kopf, dann schauen wir uns nur an, und ich klopfe auf den Stuhl neben mir. »Setz dich doch.«

Er zögert, legt die Laptoptasche ab und zieht den Stuhl heraus. »Ich erwarte gleich ein Telefonat«, erklärt er. Dann schaut er mich an, lächelt. »Und wie war es in Italien?«

»Es war schön, ich bin heute Nacht zurückgekommen«, ich schaue auf mein *pain au chocolat*, als müsste ich den Energiebedarf erklären, »und ich habe die Geige dabei.«

»Sehr gut«, sagt er und scheint nicht auf meinen Kommentar zu reagieren. »Und ist alles okay mit dem ... Solisten?« William reibt sich die Unterlippe, schaut die Straße entlang.

»Auch mit ihm ist alles okay«, sage ich, obwohl ich das Gefühl habe, als könnte ich diese Frage auf sehr unterschiedliche Weise beantworten.

William schaut mich wieder an. »Dann ist ja das meiste prima, außer ...« Er nickt in Richtung meiner Schulter. »Ich vermute, du kommst von der Musikerpraxis?«

»Ja, ich war gerade bei Elin, die Heilung macht Fortschritte.«

William nickt und stupst dann mein Knie mit seinem an. »Schwierig?«

Ich begegne seinem Blick ein paar Sekunden zu lange, spüre, wie etwas mein Herz ergreift. »Es ist nicht so schlimm. Nicht so schlimm, wie es für di–« Ich halte inne. Es hat den Anschein, als würden wir jedes Mal, wenn wir uns begegnen, auf die gleiche Sache zurückkommen. Aber in Anbetracht des Gesprächs zwischen Elin und mir gerade eben ist es dieses Mal vielleicht gar nicht so merkwürdig.

William legt eine Hand in den Nacken, windet sich. »Das war auch nicht so ... Es war handelbar. Und du, um auf unser Gespräch von neulich zurückzukommen, dass ich mich nicht gemeldet habe ...«

Ich unterbreche ihn mit einem Kopfschütteln. *Handelbar?* Wegen mir hat er sich gehasst. Wieder will es einen immer größeren Platz in mir einnehmen, und ich sage erregt: »William, ich verstehe sehr gut, warum du es nicht getan hast.«

Er sieht aus, als wolle er protestieren, dann presst er die Lippen zusammen. »Aber du ... hast mir sehr viel bedeutet. Du hast dich für mich geopfert wie sonst niemand. Und ich ...« Er holt Luft, und ich schüttle erneut den Kopf.

»Du brauchst das wirklich nicht zu machen. Dich erklären. Ich möchte das nicht. Können wir das bitte ein für alle Mal hinter uns lassen?«

Er schaut mich fassungslos an, dann nickt er und holt unsicher Luft: »Aber ich wollte doch nur mit dir zusammen sein.«

»Und ich wollte mit dir zusammen sein, aber ...« Ich schaue ihn an, und plötzlich ist es, als würde das, was er gesagt hat, mich einholen und schütteln. Als würden Gefühle, die ich vor langer Zeit unterdrückt habe, die jedoch unter der Oberfläche geglüht haben, wieder aufflammen. Als wäre er mir mit allen Sinnen gegenwärtig, was nicht sein sollte, was aber immer deutlicher wird, mit jedem Mal, das wir uns treffen. Er senkt den Blick und streicht mit dem Finger über den Tisch, und ich spüre das auf eine merkwürdige Weise unter der Haut. Und dann taucht eine Erinnerung aus der Vergangenheit auf: als er unsere beiden Namen in den Schnee schrieb, an dem Wochenende, als wir in der Hütte seiner Eltern waren.

Dann überschwemmt mich wieder alles, und ich flüstere: »Aber das Schicksal wollte nicht, dass wir zusammen sind. Oder was heißt schon Schicksal ...« Ich habe eine Entscheidung getroffen, die ich mir immer noch nicht verzeihe, denke ich. »Und wenn

nur wir beide zusammen waren, dann war alles gut, und wir konnten du und ich sein. Aber da draußen in der richtigen Welt … dort
gab es keinen Platz für uns.« Ich spüre einen schweren Stein in
der Brust, als ich das sage, er droht immer größer zu werden,
und ich bin dankbar, dass Williams Handy klingelt und er sich
entschuldigt, weil er rangehen muss und wir uns trennen müssen.

KAPITEL ZWEIUNDVIERZIG

Vierzehn Jahre zuvor

»Fertig zum Gehen?«

Ungern hob ich den Blick vom Handy, nachdem ich versucht hatte, eine Nachricht von William allein durch die Kraft meiner Gedanken herbeizurufen, dann schaute ich hinüber zu ein paar von seinen Freunden. *Ich muss mit ihnen reden!*

»Gehen, wohin?«, sagte ich dann zu Katarina und schlug die Hand vor den Mund. »Wir haben ja heute Probe mit dem Streichorchester«, flüsterte ich.

»Genau wie jeden Montag«, sagte sie lächelnd. »Können wir gehen, oder musst du die Geige irgendwo holen?« Sie legte die Stirn in Falten, ihr Blick suchte in einem weiten Kreis um mich.

Ja, zu Hause, dachte ich und sah ganz deutlich die Geige auf dem Boden in meinem Zimmer liegen.

»Sag jetzt nicht, dass du die Geige zu Hause vergessen hast!« Sie starrte mich an. »Das passiert dir doch nie.«

»Nein, ich weiß.« Ich seufzte und schaute wieder hinüber zu Williams Freunden, eine Woge von Ungeduld überkam mich. Sie sahen aus, als würden sie jeden Moment verschwinden.

Katarina schaute in die gleiche Richtung und sagte: »Was ist denn los? Du warst in letzter Zeit nicht du selbst. Ist es dein Vater?«, fragte sie. Eine Unsicherheit glitt über ihr Gesicht, als sie wieder meinem Blick folgte, den Flur entlang.

»Nein, es ist nicht mein Vater …« Ich schob das Handy in die Tasche meiner Jeans und warf die Haare über die Schulter. Mein Vater war nicht schuld daran, dass ich meine Geige vergessen hatte, aber ich war heute Morgen mehr oder weniger von zu Hause geflohen, nachdem er mich ungefähr das Gleiche gefragt hatte wie Katarina gerade eben. Ich weiß nicht, zum wievielten Mal er mich ausquetschen wollte, seit ich von meinem Wochenende mit William nach Hause gekommen war.

»Ich kann jetzt nicht, Papa«, hatte ich schließlich gebrüllt, ich hatte mal wieder eine fast schlaflose Nacht hinter mir.

»Und wann kannst du reden?«, hatte er direkt geantwortet. »Du bist ja überhaupt nicht mehr zugänglich.«

»Okay, ich war ziemlich viel weg ...« Aus alter Gewohnheit hatte ich mich wieder entschuldigt und war dankbar, dass er mich nicht ausgeschimpft hatte, als ich von Williams Hütte nach Hause gekommen war. Aber das war auch nicht sein Stil. Die Wahrheit war, dass ich Panik verspürte, weil ich erfahren hatte, dass William wegfahren würde. Obwohl ich versuchte, im Jetzt zu leben, war der Tag, an dem wir uns für länger trennen müssen, das Einzige, woran ich denken konnte. Er würde den ganzen Sommer über weg sein, aber aus irgendeinem Grund verursachte das ein Gefühl von Abgrund, und jede Minute, die ich mit ihm zusammen sein konnte, war so wichtig. »Seit wann kannst und willst *du* auf einmal reden?«, hatte ich schließlich meinem Vater ins Gesicht geschleudert und war aus der Tür gerannt, ohne daran zu denken, die Geige mitzunehmen.

»Es ist also wie immer dein Vater?«, sagte Katarina und riss mich aus meinen Gedanken. »Du musst dich zu Hause um so viel kümmern, dass du nicht ...« Sie schloss den Mund und sah ärgerlich aus. »Dein Vorspielen ist in ein paar Tagen, Herrgott noch mal, und trotzdem kann er nicht mit anpacken!«

»Kann er wohl!«, sagte ich. »Oder besser gesagt, ihr seid auf der gleichen Seite in dieser Sache. Er ist nicht der Grund, dass ich …« Ich hielt inne, als ich sah, dass Williams Freunde auf dem Weg zum Ausgang waren, mein Puls raste. »Entschuldige, aber ich muss weg«, sagte ich und sammelte meine Sachen zusammen und schloss den Spind ab.

»Aber die Probe? Du kannst doch eine Geige ausleihen. Also, ich verstehe wirklich nicht, was mit dir los ist, Mira. Und übst du denn für die Aufnahmeprüfung?« Katarina stellte sich mir in den Weg und suchte meinen Blick.

Scher dich zum Teufel, hätte ich fast gesagt und spürte, wie die Frustration in mir hochkam. Ich schüttelte den Kopf. »Was mit mir ist – ich habe zum ersten Mal ein Leben jenseits des Geigespielens, aber ich habe den Eindruck, dass sowohl du als auch mein Vater das zerstören wollen.«

Es blitzte in Katarinas Augen, sie schien verletzt zu sein. »Oder, du nicht. Entschuldige«, sagte ich reumütig, zog meine Jacke an und nahm den Rucksack auf die Schulter. »Aber ich kann heute wirklich nicht proben.«

»Aber …«, sagte sie.

»Es tut mir leid«, sagte ich, schob mich an ihr vorbei und lief zum Eingang, in der Hoffnung, dass Williams Freunde noch nicht allzu weit gekommen waren.

* * *

»Wartet!«, rief ich, als ich ihre Rücken sah.

Sie blieben stehen und schauten einander an, dann warfen sie einen Blick zurück über die Schultern, als ob sie sicher sein wollten, dass ich sie meinte.

»Wisst ihr, wo William ist und warum er heute nicht in der Schule war? Ich habe seit gestern Abend nichts von ihm gehört.« Plötzlich wurde mir klar, dass ich vielleicht zu viel gesagt hatte, sie wussten wahrscheinlich gar nicht, wer ich bin, aber das war mir egal. Ich wollte nur eine Erklärung für Williams Abwesenheit. Sie starrten mich ein paar Sekunden an, dann sagte einer:

»Nein, leider nicht. Wir hatten vor, uns irgendwie zu erkundigen, aber ...« Er tauschte einen Blick mit seinem Kumpel, der brummte:

»William sagt ja nie was.«

Ich schaute sie an, die Panik lähmte mich. »Okay, ich verstehe. Aber danke, dass ihr gewartet habt«, brachte ich dann noch hervor und lief weiter.

Ich war in meinem ganzen Leben noch nie so schnell gelaufen wie jetzt, die knappen zwei Kilometer zu William nach Hause. Tausend unmögliche Gedanken fuhren durch meinen Kopf. Als ich dort war, blieb ich nicht mal stehen, um Luft zu holen, ich lief schnell über den Kiesweg zum privaten Teil des Hauses und klopfte an die Tür. Als ich von drinnen nichts hörte, klopfte ich noch einmal und drückte schließlich auf die Klingel. Aber auch da gab es keinerlei Lebenszeichen von drinnen, dass jemand käme, um zu öffnen. Ich klingelte noch einmal, wartete einen Moment und klingelte ein weiteres Mal. Die Sekunden vergingen, es wurden Minuten, und schließlich schaute ich hinüber zur Praxis. Da trat Williams Vater heraus, zusammen mit einem Mann, offenbar ein Patient. Ein Mann, der bestimmt schon lange Patient bei ihm war, denn ich nahm an, dass nicht alle so hinausgeleitet wurden. Der Gedanke wurde dadurch bestärkt, dass William Vater dem Mann auf die Schulter klopfte und sagte »Grüße an die Familie«. Dann schien er auf einmal zu bemerken, dass er beobachtet wurde, und schaute herüber zu mir. Er sah etwas erstaunt aus, dann lächelte er.

»Nein, so was aber auch ... ist das nicht Fräulein Geige? Womit kann ich dienen? Suchst du William?«

Ich konnte kaum nicken, war unglaublich gestresst und konnte fast nicht verstehen, dass meine Reaktion bei unserer letzten Begegnung genau umgekehrt war. Aber er schien diese Wirkung auf die meisten Menschen zu haben, und William hatte ja angedeutet, dass die Praxis deshalb so gut lief, weil sein Vater sich so gut auf die Menschen einstellen konnte. Wie musste es sein, das immer wieder zu hören und dabei die andere Wahrheit über den Vater zu kennen. Mir drehte sich der Magen um, ein saurer Geschmack stieg auf, und ich musste mir die Hand vor den Mund halten.

»Ist dir auch nicht gut?«, fragte Williams Vater und verzog die Stirn. »William ist nämlich krank, deshalb hat er nicht aufgemacht, als du geklingelt hast. Er schläft bestimmt.«

Ich schaute zurück, dann wieder Williams Vater an und fragte mich, ob das die Wahrheit war. Was krank eigentlich bedeutete. Ob William wohl immer »krank« war, wenn er nicht in der Schule war.

Williams Vater lächelte entschuldigend. »Er meldet sich bestimmt später, wenn es ihm besser geht, und ich werde ihm natürlich sagen, dass du da warst.«

»Okay, danke ...« Die Worte kamen mir kaum über die Lippen, und ich wollte nicht gehen. Ich *konnte* nicht.

»Wie gesagt«, sagte Williams Vater nach einer Weile, als würde er sich fragen, warum ich immer noch dastand.

Ich merkte, wie die Tränen in meinen Augen brannten, und machte ein paar unsichere Schritte die Treppe hinunter, konnte kaum begreifen, dass ich auf diese Art weggeschickt wurde. Da hörte ich plötzlich, wie das Schloss hinter mir klickte und die Tür geöffnet wurde. Ich stand ganz still, dann drehte ich mich um. Und da stand er in der Türöffnung. Er hatte einen Morgenmantel an, war blass und hatte glänzende Augen, es ging ihm offenbar nicht besonders gut.

»Du hast Besuch, William«, sagte sein Vater, als wäre das nicht offensichtlich, und er zögerte einen Moment, ehe er wieder in die Praxis ging.

William schaute mich an, als ob er nicht so recht wüsste, ob er halluzinierte, dass ich wirklich dastand, und schauderte. »Ich dachte, die Türklingel gehört zu haben, aber dann vermutete ich, es ist das Fieber.«

»Das war ich«, sagte ich.

»Bist du gekommen, um dich anzustecken?«, er lächelte matt.

Ich schüttelte den Kopf und trat einen Schritt zurück. »Nein, aber ich habe mir solche Sorgen gemacht, weil du nicht mehr auf meine Nachrichten geantwortet hast, gestern Abend nicht und heute auch nicht.«

William fuhr sich mit der Hand durch die Haare. »Aber ich habe doch gestern geantwortet und gesagt, dass ich krank bin? Verdammt«, rief er dann aus. »Ich wollte antworten, ich dachte, ich hätte es getan, aber ich war seit gestern Abend total down.«

Das hatte ich allmählich verstanden, jetzt nahm ich die letzten Treppenstufen zu ihm hinauf und stürzte mich in seine Arme. »Ich hatte keine Ahnung, dass du krank bist. Und als dein Vater mir das sagte, wollte ich ihm nicht glauben. Ich dachte, er sagt das nur, um ... Ja, damit ich euch in Ruhe lasse.«

»Ich kann offenbar auch richtig krank werden, obwohl das letzte Mal sehr lange her ist«, sagte William und schloss die Arme um mich. »Verzeih mir, dass ich dich erschreckt habe.«

»Du hast mich verdammt erschreckt«, murmelte ich an seiner Brust. »Vor allem, weil auch deine Freunde nicht wussten, wo du warst.«

»Verzeih mir«, sagte er noch einmal und lehnte sich zurück, damit er mich anschauen konnte. »Und ich kann es kaum fassen, dass du wegen mir hergekommen bist.«

»Ich habe vielleicht überreagiert. Und du bist mir nicht böse, dass ...« Ich konnte seinem Blick fast nicht begegnen. »Ich hätte vielleicht deine Freunde nicht fragen sollen.«

William schaute mich mit einem unbestimmten Gesichtsausdruck an. »Wie gesagt, ich kann es nicht fassen, dass du ...«, sagte er dann und zog mich an sich, drückte seine Stirn gegen meine. Die war so warm, so heiß, dass ich fast zurückzuckte. Aber ich zog mich nicht zurück, ich ließ die Wärme in mich hinein. »Ich habe ... dich so schrecklich gern, Mira«, sagte William, seine Stimme zitterte.

Kaum hatten seine Worte den Mund verlassen, da legte ich die Hände um seine Wangen und führte seine Lippen an meine. »Du wirst auch krank«, protestierte er, aber küsste mich dennoch. Und ich küsste zurück, mit allem, was ich in mir hatte, ich dachte an das, was er gesagt hatte, hob es in mir auf. Dann ließ ich die Hände sinken, er nahm sie und flocht unsere Finger zusammen, glitt mit den Händen unter meine Jacke und meinen

Pulli. Sie streichelten meinen Rücken hinauf, er küsste mich immer noch. Sein Brustkorb hob und senkte sich gegen meinen, ich schob ein Bein zwischen seine, drückte ihn an mich. Er stöhnte und küsste mich ein paar Sekunden heftig, dann zog er sich zurück, wie um seine Ungeduld zu zähmen und sich zurückzuhalten. Schließlich beugte er sich herab und drückte seine Lippen auf meine, erheblich vorsichtiger als zuvor. Aber er hielt mich fest, und in den Küssen, in seinen Armen und seinem Körper spürte ich mehr von seinen Gefühlen als in den Worten. Ich schloss die Augen und versuchte, alles von diesem Augenblick zu behalten. Außer der Schwere in meiner Brust.

Schließlich zog er sich beinahe erschöpft zurück. Legte noch einmal seine Stirn an meine, und wir standen da, ich weiß nicht, wie lange, unsere Blicke waren ineinander verschlossen, seine Wärme strömte durch meine.

KAPITEL DREIUNDVIERZIG

Heute

Ich setze mich an einen Tisch ganz oben im Kulturhaus. Ich brauche nicht noch einen Kaffee. Nachdem ich das andere Café verlassen hatte, war ich planlos umhergestreift, bis mir einfiel, dass ein Streichquartett – unter anderem mit Daniela – heute ein Lunchkonzert im Kulturhaus geben würde, und sie würde sich bestimmt freuen, wenn ich käme. Als ich gestern auf dem Rückweg von Italien war, bekam ich eine Nachricht von ihr und antwortete sehr unbestimmt. Ich schrieb nur, ich habe den Eindruck, Alessandro habe eine alte Liebe noch nicht verwunden, eingedenk dessen, was sie mir über Calle und seine vorige Beziehung erzählt hatte. Ich weiß, sie erwartet einen ausführlichen Bericht.

Aber meine Gedanken beschäftigen sich im Moment nicht mit Alessandro. Er ist nicht der Grund dafür, dass ich so aufgeregt bin. Mein Blick fliegt durch die Panoramafenster, hinunter auf Sergels Torg, dann wieder zurück und durch den großen Raum. Plötzlich verharre ich bei einer Frau, die an einem Tisch ein Stück weiter weg sitzt. Sie schaut zu mir und zuckt beinahe zusammen. Wir schauen einander an, und ich merke, wie all die Gefühle, die ich begraben und zurückdrängen wollte, seit ich William vor einer Weile begegnet bin, noch einmal hervordrängen. Sie lächelt mich unsicher an, nimmt ihre Tasche, verlässt ihren Tisch und kommt zu mir.

Ich schaue sie immer noch nur an, scheine nicht sprechen zu können. Dann stehe ich so unvermittelt auf, dass der Stuhl fast umkippt, und nehme sie in die Arme.

»Oh Mira, ich habe geglaubt, ich würde dich nie wiedersehen«, sagt Katarina und hält mich fest.

»Ich habe mich auch sehr bemüht, damit das nicht passiert«, murmele ich an ihre Schulter. »Ich wollte mich melden, aber ...« Als ich mich von ihr löse, sehe ich, dass sie Tränen in den Augen hat, und muss selbst schlucken. »Es war alles so kompliziert und schwierig, dabei habe ich dir so viel zu verdanken.«

Sie streicht sich über die Wangen und schüttelt den Kopf. »Ich habe mich sehr schlecht benommen, und du hattest wahrlich allen Grund, böse auf mich zu sein.«

»Ich habe mich auch nicht richtig verhalten ... vor der Aufnahmeprüfung. Oder ich ...«

»Dein Fokus war ein anderer«, ergänzt Katarina. »Und so im Nachhinein glaube ich, es war richtig für dich. Wie du ja selbst gesagt hast.«

»Ich weiß nicht«, erwidere ich dann und lasse mich wieder auf den Stuhl sinken und bedeute ihr mit einem Nicken, dass sie sich auch setzen soll. »Denn es ... nahm ja auch kein gutes Ende. Was machst du in Stockholm?«

Katarina lächelt abwehrend. »Darüber reden wir später. Ich habe so unglaublich oft an diese Zeit gedacht. Es tut mir wirklich leid, dass ich damals deinen Vater so vor deinen Augen heruntergemacht habe. Ich glaube, deine Mutter hätte das nicht gewollt.«

Ich schüttele den Kopf. »Es war wichtig für mich, meine Beziehung zu meinem Vater zu hinterfragen. Aber das hat es im Nachhinein auch schwierig gemacht«, gebe ich zu. »Jedes Mal, wenn ich Kontakt zu dir aufnehmen wollte, hatte ich das Gefühl, meinen Vater zu verraten, obwohl ich dann selbst ...«

Katarina unterbricht mich, indem sie meine Hand nimmt. »Ich

war ziemlich sicher, dass du deswegen Abstand von mir genommen hast«, sagte sie dann vorsichtig. »Das, und weil ich dich mit der Aufnahmeprüfung gestresst habe.«

Ich drücke ihre Hand. »Du hast nur getan, was du tun musstest, und wir wissen beide, dass mein Vater alles andere als perfekt war. Und die Wahrheit ist, wäre er nicht gewesen, dann würde William vielleicht noch …« Ich schiebe den Gedanken beiseite, denn ich kann wohl kaum meinem Vater die Schuld geben für das, was an jenem Abend passierte.

»Ihr hattet eine besondere Beziehung«, sagt Katarina weich und drückt meine Hand.

Es zieht in der Herzgegend. »Ich war so wütend, weil er nie etwas in die Hand nahm. Wütend, weil er sich plötzlich in mein Leben einmischte, was ich mir so lange *gewünscht* hatte.« Ich schaue sie hilflos an.

»Aber vielleicht nicht ganz so, wie er es getan hat?«, fügt Katarina hinzu. »Du warst wirklich verliebt in diesen Jungen, nicht wahr? Und gleichzeitig solltest du dich auf die Aufnahmeprüfung konzentrieren und dabei noch das Gemecker von mir und deinem Vater ertragen. Kein Wunder, dass es zu viel für dich wurde.«

»Ja«, murmele ich und verziehe das Gesicht. »William hat etwas Schreckliches durchgemacht. Es hat mich so gestresst. Aber es hat mich fast genauso gestresst, dass er einige Monate verreisen würde, um weg von allem zu kommen. Das war egoistisch«, füge ich dann hinzu.

»Du hattest Angst, wieder allein zu sein«, sagt Katarina.

Ich spüre fast erneut diese klebrige Panik und nicke. »Es war, als würde ich spüren, dass … Ja, ich konnte mir nicht vorstellen, wie es enden würde, aber ich hatte die unangenehme Vorahnung, meine Welt, die gerade ein wenig weiter geworden war, würde wieder schrumpfen.«

»Ach, du Arme.« Katarina streichelt meinen Arm. »Ich hatte ja keine Ahnung, und natürlich hast du alles für ihn geopfert, damals. Du bist deinem Herzen gefolgt! Aber was das Geigespielen angeht ...« Sie lächelt zögernd. »Ja. Schlussendlich ist doch alles gut geworden? Denn du bist doch hier auf die Königliche Musikhochschule gegangen, wenn ich es richtig verstanden habe.«

Ich nicke. »Ja.«

»Und das wolltest du doch, dich hier bewerben?« Sie schaut ein wenig besorgt. »Oder war das eine Art Zwang, nach allem, was geschehen war, und hattest du das Gefühl, deinen Vater im Stich gelassen zu haben, mich und deinen Vater? Aber das war nicht so«, betont sie dann.

Ich schaue nach unten und atme aus. »Erst wusste ich nicht, was ich will, und ich habe in jenem Sommer überhaupt nicht gespielt. Es ging mir nicht gut. Aber die Stimmung zu Hause wurde immer unerträglicher, und was die Einsamkeit betrifft ...« *Die Leere, die William hinterlassen hatte, war brutal*, denke ich und murmele: »Schließlich habe ich meine Sachen gepackt und bin nach Stockholm gezogen. Ich hatte einen Job in einem Supermarkt bekommen und wohnte zur Untermiete bei einer älteren Dame.«

»Ja, dein Vater hatte es mir erzählt«, sagt Katarina. »Wir hatten damals recht viel Kontakt«, fügt sie hinzu, als ich sie wieder anschaue. »Er fand es übrigens richtig, dass du weggezogen bist.«

Ich starre sie an. »Ach ja?«

»Du warst nicht die Einzige, die sich schuldig gefühlt hat.«

»Aber er …« Ich bin sprachlos und versuche zu begreifen. »Er hat nie etwas gesagt, und deshalb habe ich nicht … Ja, du weißt vielleicht, dass ich ihn nur ein paar Mal besucht habe, nachdem ich weggezogen war?«

»Ja, ich weiß.« Sie drückt meinen Arm. »Er wollte auch nicht, dass du denkst, du müsstest bei ihm bleiben.«

Die Worte überspülen mich wie ein Tsunami, und ich werde ganz still. »Auf jeden Fall«, sage ich nach einer langen Weile, »in diesem ersten Jahr in Stockholm merkte ich, dass das Geige-spielen mir fehlte, und ich fing wieder an zu üben. Und eine Person, die mich zuvor schon gefragt hatte, warum ich mich nicht direkt in Stockholm bewerbe, weil …«

»… das angeblich die beste Schule ist«, ergänzt Katarina. »Dann hast du das gemacht und bist angenommen worden. Das ist fantastisch!« Sie lächelt. »Und das mit der Musikhochschule in Piteå war sowieso keine gute Idee. Du weißt doch, dass deine Mutter auch an der Königlichen in Stockholm ausgebildet wur-de?«

»Ja, das weiß ich, obwohl wir eigentlich nie darüber geredet haben. Und du, hast du nicht auch hier studiert?« Ich schaue Ka-tarina von der Seite an und bemerke, wie das Personal des Cafés schon auffordernd in unsere Richtung schaut, weil wir nichts bestellt haben.

Katarina nickt. »Ja, das ist auch der Grund, warum ich ein paar Tage in Stockholm bin, ich wollte Klassenkameraden treffen, aber ich fahre schon heute Nachmittag zurück nach Luleå. Und deine Mutter und ich, wir haben uns auf der Musikhochschule kennengelernt, allerdings waren wir in unterschiedlichen Ausbildungen. Ich wollte Musiklehrerin werden, und sie hat das Gleiche gemacht wie du, Musikerin im klassischen Fach. Aber dann wurde sie am Ende doch Geigenlehrerin.«

Ich habe mich ein wenig vorgebeugt. »Ich habe immer geglaubt, ihr ... ich war ganz sicher, dass ihr die gleiche Ausbildung gemacht habt und meine Mutter auch Musiklehrerin werden wollte.«

Katarina lächelt. »Nein, aber sie hat sehr schnell gemerkt, dass dies ein Fehler war. Nach der Ausbildung hat sie in verschiedenen Orchestern gespielt. Daneben hat sie Geigenstunden gegeben, um ein bisschen was dazuzuverdienen, und da merkte sie, dass sie das lieber machen wollte: anderen das Geigespielen beibringen. Aber dein Vater hatte Angst, sie habe sich seinetwegen dafür entschieden, weil er in Luleå wohnte. Sie trafen sich ja während des Studiums, und da oben war es leichter, einen Job als Musiklehrerin zu finden.«

»Du liebe Zeit, davon hatte ich keine Ahnung.« Ich sinke im Stuhl zurück. Dann gehen meine Gedanken auf Wanderschaft. »Hat mein Vater deshalb so heftig reagiert, als er merkte, dass ich immer mehr Zeit mit William verbracht habe? Hatte er vielleicht Angst, dass ich es wie meine Mutter machen könnte und meinen Traum aufgeben für ... ja, für einen Mann. Auch wenn das für sie nicht so war.«

»Das kann schon sein.« Katarina nickt nachdenklich. »Sie hat immer versucht, ihn vom Gegenteil zu überzeugen, aber dein Vater hat es wohl nie wirklich geglaubt. Vielleicht besaß er nicht genug Selbstwertgefühl.«

Es schmerzt in der Brust, und ich sage: »Es ging eigentlich immer nur darum. Ich bin wirklich froh, dass ich die Ausbildung in

Stockholm gemacht habe, und die gleiche wie meine Mutter. Wie du bereits gesagt hast, lag darin ein Sinn. Und apropos Verrat, ich hatte immer das Gefühl, vor allem sie verraten zu haben.«

Katarinas Augen glänzen. »Leider war es so, dass ich dich deshalb so gedrängt habe. Wegen deiner Mutter. Ich hatte das Gefühl, ich sei ihr das schuldig, nachdem sie erkannt hatte, wie begabt du bist. Wie dumm, denn deine Mutter hat eigentlich nie Druck ausgeübt, ihre Art zu unterrichten war überhaupt nicht so.«

»Du hast auch nicht so viel Druck ausgeübt«, wende ich ein. »Und ich wollte ja nichts lieber, als dass sie stolz auf mich gewesen wäre, obwohl sie tot war.«

»Genau wie ich ihr musikalisches Erbe verwalten wollte. Aber du, meine Liebe, sie wäre stolz gewesen, was immer im Leben aus dir geworden wäre. Das weiß ich.«

Es kratzt im Hals. »Ja, natürlich, aber die Musik war ein großer Teil ihres Lebens.«

Katarina nickt langsam. »Es war irgendwie auch schade, dass sie nicht als Musikerin weitergemacht hat, obwohl sie eine wunderbare Lehrerin war. Weißt du eigentlich, dass sie während der Ausbildung eine richtig tolle Geige als Leihgabe hatte, weil sie so gut war?« Katarinas Blick verschwindet aus dem Fenster, als würde sie von vergangenen Zeiten träumen.

»Genau wie ich jetzt«, flüstere ich, wie für mich selbst. Aber dann ist es, als würde ich das, was Katarina gerade erzählt hat, weiterspinnen, und die Gedanken gehen auf Wanderschaft.

KAPITEL VIERUNDVIERZIG

Vierzehn Jahre zuvor

Ich stand in einer kleinen Garderobe hinter der Bühne, auf der ich gerade für die Aufnahmeprüfung auf der Musikhochschule in Piteå vorgespielt hatte, und packte meine Geige ein. Das Vorspielen konnte man in einem Wort zusammenfassen: Katastrophe. Ich war verwirrt, konnte mich nicht konzentrieren und spielte miserabel, und das Schlimmste von allem, es war mir eigentlich egal.

Ich rieb die Schläfen, versuchte, die Anspannung abzubauen und die Kopfschmerzen loszuwerden. Wollte nur nach Hause. Oder nicht nach Hause, ich wollte William treffen. Er war heute wieder in der Schule gewesen, kam mir nach seiner Krankheit immer noch matt vor. Oder war in den Tagen zu Hause etwas anderes vorgefallen? Ich hatte versucht, ihn zu fragen, aber er hatte mir versichert, alles sei okay. Und doch sagte mir mein Gefühl etwas anderes, er war fast zurückhaltend mir gegenüber.

Während des Vorspielens hatte ich versucht, nicht daran zu denken, meine Gefühle auszuschalten, aber das hatte nicht so recht geklappt. Und zudem hatte mein Kopf gedröhnt, dass ich dachte, er würde platzen.

Ich hatte kaum das Gebäude, in dem ich vorgespielt hatte, verlassen und war auf dem Weg zum Busbahnhof in Piteå, um nach Luleå zu fahren, da rief ich William an. Es tutete sofort besetzt, als hätte er das Gespräch weggedrückt. Kurz darauf kam eine Nachricht, und er erklärte, er sei gerade mit etwas beschäftigt und würde sich melden.

Viele Stunden später hatte er immer noch nicht angerufen, ich musste nach Hause fahren und konnte nicht in der Stadt darauf warten, dass er sich meldet und wir uns vielleicht treffen könnten. Ich wollte ihn anrufen und ihm Nachrichten schicken, aber dann dachte ich, er fände es vielleicht aufdringlich, wenn ich mich schon wieder meldete. Dass ich mir unnötige Sorgen machte. Und doch war es fast nicht möglich, dass ich mir keine machte. Schließlich weinte ich mich an diesem Abend in den Schlaf, weil ich nicht wusste, wie ich mit der Situation umgehen sollte. Ich weinte auch, weil ich körperlich total am Ende war, und ahnte, dass die Kopfschmerzen das erste Anzeichen für eine Erkältung waren, zum zweiten Mal innerhalb eines Monats.

Mitten in der Nacht erwachte ich von einem klirrenden Geräusch am Fenster. Erst dachte ich, es regnete ungewöhnlich stark. Aber ziemlich schnell merkte ich, dass es so klang, als würde jemand Kies gegen die Scheibe werfen, und kroch sofort aus dem Bett, um zu sehen, was los war. Als ich den Vorhang beiseitegeschoben hatte, sah ich William unten stehen. Mein Vater hatte Nachtschicht, und deshalb lief ich ohne zu zögern nach unten und ließ ihn herein.

»Entschuldige«, war das Erste, was er sagte, als er die Tür hinter sich geschlossen hatte, dann zog er mich an seine Brust, atmete schwer.

»Nicht so schlimm«, sagte ich, weil ich nicht wusste, was ich sonst hätte sagen sollen, ich schloss die Augen und lehnte mich an ihn. Hörte seinen schnellen Herzschlag. Er grub sein Gesicht in meine Haare, legte seine Hände auf meinen Rücken und zog mich an sich. Er zitterte, als würde er frieren oder sei erregt wegen etwas, ich spürte einen wohlbekannten Kloß im Bauch. Als er mich losließ, hatte er eine Falte zwischen den Augenbrauen. Ich fand seine Hand, verflocht meine Finger mit seinen. »Komm, wir gehen nach oben. Papa hat Nachtschicht.«

William nickte. »Ich habe kein Auto gesehen, das habe ich mir gedacht.«

Er zog sich aus, und wir krochen in mein Bett, lagen auf der Seite und schauten uns nur an, bis wir im gleichen Takt atmeten. »Entschuldige, dass ich nicht angerufen habe«, sagte er und streichelte meine Wange, fuhr mit den Fingern durch meine Haare. »Es hat alles länger gedauert, und dann ...« Seine Stimme wurde brüchig und sein Blick unsicher.

»Was meinst du mit *es*?«, fragte ich gespannt.

»Also, ich war mit meinem Vater zusammen, als du angerufen hast. Es war ein Treffen mit dem Hockeyclub in Luleå, es betraf meine Zukunft, und danach ...«

Der Kloß im Bauch wurde härter. »Lief das Treffen nicht gut?«

»Doch, supergut«, versicherte er und strich wieder über meine Wange. »Ich werde ein Probetraining mit der A-Mannschaft machen, wenn ich aus Kanada zurück bin.«

»Aha, das klingt doch prima!«, rief ich aus und war etwas ruhiger. »Aber ...?«, fragte ich nach ein paar Sekunden des Schweigens, denn ich hatte das Gefühl, dass es ein Aber gab.

»Kein Aber«, behauptete William, doch wieder einmal bemerkte ich etwas Dunkles in seinem Blick.

»Was hat er gemacht?«, sagte ich leise.

»Nein, er hat nicht ... Er hat nichts gemacht.« William zog die Decke hoch, meine Hände bewegten sich über seinen Körper.

»Bitte, erzähl es mir«, bat ich leise und war auf einmal dem Weinen nahe.

»Er *hat* nichts gemacht, das sage ich doch!«, rief William laut und zog die Decke beiseite, wie um zu beweisen, dass er nichts zu verstecken hatte.

»Verzeih, verzeih«, flüsterte ich schuldbewusst, drückte mich an seine Brust und zog die Decke wieder über uns.

»Es ist nur …«

»Anstrengend, ich verstehe«, ich versuchte zu schlucken, was ich im Hals hatte, »und wenn ich dich dann auch noch angehe.«

Ich spürte sein Nicken am Kopf. »Können wir nicht einfach *nicht* darüber reden?«, flüsterte er. »Ich möchte nur hier liegen und dich im Arm halten. Wenn ich schon mal die Chance habe.«

»Und ich will auch nichts lieber.« Ich drückte mein Gesicht in seine Halsgrube.

Aber dann musste ich doch daran denken, dass er mir etwas nicht erzählte, eine tiefe Traurigkeit durchfuhr mich. Und auch eine Angst, wie es wohl sein würde mit uns, wenn er verreist war.

»Du, denk nicht so viel«, sagte er kurz darauf, legte seine Hände um meinen Kopf und schob ihn zurück, sodass unsere Blicke sich trafen. »Können wir nicht das hier genießen?« Er holte tief Luft, bewegte seinen Mund zu meinem, strich leicht über die Lippen, atmete mich ein. Dann zog er sich zurück, schaute mir in die Augen. »Übrigens, war nicht heute dein Vorspielen?«

»Doch, ich … ja, aber es wurde verschoben«, hörte ich mich sagen. Ich weiß nicht, warum ich log. Oder, eigentlich wusste ich es ganz genau, ich hatte keine Angst zu erzählen, dass ich total versagt hatte. Es war umgekehrt. Ich hatte Angst, er würde die Schuld für mein Versagen auf sich nehmen, und das war das Letzte, was ich wollte.

»Du bist ja ganz heiß, als hättest du Fieber.« Seine Hand hielt inne, sie hatte meinen Rücken gestreichelt. »Verflucht. Ich habe dich also doch angesteckt. Aber was für ein Glück, dass das Vorspielen aufgeschoben wurde.«

»Ja, richtiges Glück«, murmelte ich und drückte mich an seine Brust.

»Und dann komme ich und wecke dich, obwohl du krank bist.«

Ich schüttelte den Kopf und schaute ihn dann an. »Das ist egal. Es ist das Einzige, was ich wollte.«

Sein Blick weitete sich ein wenig bei meinen Worten. Dann legte er seine Hand um meinen Kopf. Beugte sich herab und suchte meinen Mund, öffnete vorsichtig meine Lippen. Küsste mich so sanft, als wäre ich aus Glas. Ich legte ein Bein um ihn, drückte ihn an mich, er vertiefte den Kuss. Aber der war immer noch fast frustrierend sanft. Ich holte Luft und küsste ihn zurück, auf eine Art, die alles andere als sanft war.

»Ist das wirklich eine gute Idee, wenn du …«, flüsterte er an meinen Lippen. Aber dann war es, als könnte er nicht mehr atmen, wenn er mich nicht auch so küssen durfte. Mich berühren. Jeden Millimeter von mir erforschen.

Genieße diesen Augenblick, genieße ihn, echote es in mir.

* * *

William fuhr früh am nächsten Morgen, bevor mein Vater nach Hause kam, weg. Er hatte nebenbei erwähnt, dass am Abend ein großes Fest stattfinden würde, an einem Strand außerhalb von Luleå, und da müsse er wohl hin, weil alle seine Hockeykumpel dort waren.

»Also, ich muss natürlich nicht, aber weil ich den ganzen Sommer weg sein werde und du krank bist«, hatte er gesagt.

»Natürlich gehst du hin«, hatte ich gesagt und einen Stich in der Brust verspürt.

»Aber ich verspreche dir, ich rufe dich an, bevor ich losfahre. Ich *verspreche* es wirklich.« Er hatte mir in die Augen geschaut, mich fest an sich gedrückt.

Dennoch verbrachte ich die meiste Zeit des Tages mit einem unguten Gefühl. Und mein Vater kam ständig in mein Zimmer, um zu hören, wie das Vorspielen gelaufen war, wo ich doch am Tag danach Fieber hatte. Schließlich hielt ich es fast nicht mehr aus, und als auch William nicht anrief, genau wie am Tag zuvor, machte ich mir Gedanken, was eigentlich los war.

Als es schon nach neun war, wollte ich die Sache nicht mehr durchdenken, ich nahm sie selbst in die Hand und rief ihn an. Er ging sofort ran, noch vor dem ersten Klingeln, er klang ein wenig außer Atem. »Entschuldige, aber heute war schrecklich viel los, und ich bin jetzt erst auf dem Weg zum Fest.«

»Viel was?«, fragte ich und glaubte, im Hintergrund eine Stimme zu hören. Aber es klang auch so, als würde William weggehen, sich von dem Ort, an dem er sich befand, entfernen. Die unmittelbare Erleichterung, die sich eingefunden hatte, als ich seine Stimme hörte, verschwand.

»William, komm her, habe ich gesagt!«, hörte ich plötzlich seinen Vater brüllen.

»Ist alles okay?«, rief ich.

»Ja, ich muss nur wegkommen …«

»William, untersteh dich …«

Dann hörte ich schnelle Schritte und ein eigenartiges Ge-

räusch, dann war das Gespräch beendet. Ich starrte blöd den Bildschirm an, rief ihn sofort wieder an und landete auf seinem An-
rufbeantworter. Ich wählte noch einmal, das gleiche Ergebnis,
und dann noch einmal, es war wie ein Déjà-vu. Ich sah mich vor
seiner Haustür stehen und klingeln. Damals hatte ich keinen
Grund zur Sorge gehabt, aber das war jetzt anders. Die Panik erfasste meinen Körper, als ich die Stimme seines Vaters im Kopf
hörte, daran dachte, was jetzt vielleicht geschah. Was sollte ich
bloß machen? Busse fuhren keine mehr. Aber einfach hierbleiben, in dem Bewusstsein, dass William vielleicht ... Ich schloss
die Augen, als könne ich so den Bildern entgehen, die auf meiner Netzhaut auftauchten. Aber sie wollten nicht verschwinden,
und es war, als würde mein Herz in eine Art Overdrive schalten.
Ich ging die Treppe hinunter, stellte fest, dass mein Vater auf dem
Sofa eingeschlafen war, suchte mit den Augen und landete schließlich am Regal im Flur, wo er seinen Autoschlüssel abgelegt hatte.

* * *

Die Zeit war noch nie so langsam vergangen wie auf dem Weg
in die Stadt. Ich wollte die Sekunden beschleunigen, aber das war
genauso unmöglich, wie die Panik in Schach zu halten. Als ich
schließlich in die Straße einbog, in der William wohnte, und fast
da war, kam mir ein schwarzer Audi entgegen, den ich gut kannte, und ich sah, dass Williams Vater am Steuer saß. Ich schaute
schnell weg, wusste nicht, ob er mich erkannt hatte. Mein Herz
schien plötzlich mit zweihundert Schlägen in der Minute zu schlagen, ich zitterte am ganzen Körper, als ich das Auto vor Williams
Haus abstellte. Das Auto der Mutter war auch nicht da. Bedeu-

tete das ...? Ich stieg aus, machte ein paar wachsame Schritte auf dem Kiesweg und lief dann zur Haustür und drückte die Klinke herunter. Die Tür war verschlossen. Ich klingelte so ausdauernd, dass bestimmt die ganze Nachbarschaft es hörte. Doch im Haus war es still. Dröhnend still. Ich versuchte, durch ein Fenster zu schauen, aber die späte Abendsonne spiegelte sich in der Scheibe und blendete mich. Ich ging langsam die Treppe hinunter und zurück zum Auto, da hörte ich das Handy im Wagen piepsen und lief zurück. Die Nachricht kam von einer Nummer, die ich nicht kannte. Mit zitternden Fingern drückte ich auf lesen.

Ich bin okay! Ich bin jetzt auf dem Fest. Mein Handy ist kaputt, nur damit du Bescheid weißt. Kuss W

Er war okay! Ich blinzelte und las die Nachricht noch einmal. Konnte es fast nicht glauben. *Er muss das Handy von jemandem geliehen haben, um mir zu schreiben, hat sich wohl gedacht, dass ich mir Sorgen mache.* Ich holte tief Luft und versuchte, die Panik zu beherrschen, weil es dafür offenbar keinen Grund gab. Und doch wollte ich irgendwie mit eigenen Augen sehen, dass alles okay war, wollte wissen, was eigentlich passiert war. Oder sollte ich ihn einfach in Ruhe lassen? Dann kroch das Unbehagen, das ich schon den ganzen Tag verspürt hatte, wieder hervor, und eigentlich fuhr ich ja auf dem Heimweg an Karlsvik und Niporna vorbei.

Ich parkte das Auto ein Stück von den steilen Sanddünen entfernt, sie reichten bis zum Lulestrom hinunter, und folgte einem schmalen Pfad durch den lichten Kieferwald, da entdeckte ich William. Er schlenderte umher, den einen Arm um Emma aus meiner Parallelklasse, den anderen um einen seiner Kumpel. Mir drehte sich der Magen um, und ich überlegte, ob ich nicht lieber gleich wieder umkehren sollte. Was wollte ich hier eigentlich?

Aber dann schaute William plötzlich in meine Richtung. Er blieb stehen und blinzelte zu mir, als frage er sich, ob er wohl richtig sehe, dann ließ er Emma und seinen Kumpel los und kam zu mir gelaufen und nahm mich fest in die Arme.

»Mira, du bist hier!« Der Geruch nach Alkohol umgab ihn, und leicht verwirrt trat ich ein paar Schritte zurück, seine Arme umfingen mich immer noch, bis ich schließlich mit dem Rücken an einem Baum stand. »Ich bin so froh, dass du da bist«, flüsterte er und legte seine Stirn an meine und küsste mich.

Ich erwiderte den Kuss, aber dann holte die Realität mich ein, ich legte die Hand auf seine Brust und schob ihn ein wenig weg. »William, was ist los? Warum ist dein Handy kaputt? Ist wirklich alles okay?« Ich schaute ihn an, er strich sich mit der Hand über den Mund und trat einen Schritt zurück.

»Das habe ich doch gesagt!«, sagte er fast ärgerlich und schaute weg.

Ich schluckte. »Okay. Aber ich habe deinen Vater im Hintergrund gehört, und dann brach das Gespräch ab und ...«

»... er warf mein Handy auf die Straße, und das war's«, ergänzte William.

Ich starrte ihn an. »Sonst nichts?«

»Jetzt redest du wieder wie gestern Nacht und ...« Er ließ den Kopf hängen und schüttelte ihn dann. »Nein, das war's nicht. Wenn nicht gerade ein Nachbar vorbeigekommen wäre, weiß ich nicht, was passiert wäre. Oder der Kumpel, der mich hierher mitgenommen hat. Oder wenn Mama zu Hause gewesen wäre. Aber ich halte es nicht ...« William schaute nervös und formulierte es anders. »Es ist halt ein wenig anstrengend, wenn du dir ständig Sorgen um mich machst, und deshalb musste ich heute Abend mal raus ... ich habe eine Pause gebraucht.«

Ich schnappte nach Luft, und ein starker Schmerz im Herzen, der da schon eine Weile war, nahm an Intensität zu. Ich drückte mich an den Baumstamm hinter mir, wollte in ihm verschwinden.

»Verdammt! Verzeih mir!« William trat einen Schritt vor, er taumelte etwas und konnte sich mit einer Hand am Baum festhalten.

»Verzeih du mir, dass du mir nicht egal bist«, rief ich als Antwort, aber die Worte trösteten nicht, ich bohrte die Nägel in die Rinde des Baums, um den Schmerz abzuleiten. »Das war es also gestern und heute den ganzen Tag, als du nicht angerufen hast, wie du versprochen hattest«, murmelte ich. »Dass du eine Pause brauchst.«

Er ließ die Hand sinken und antwortete nicht gleich. »Nein, da ging es um etwas anderes.« Ich konnte es nicht lassen und schaute hinüber zu Emma.

»Denk das bloß nicht«, sagte William, als er meinen Blick sah. »Ich habe doch gesagt, dass es nicht so ist zwischen ihr und mir.«

»Wie ist es denn?«

Er seufzte und verdrehte die Augen. »Ihre Mutter und meine Mutter kennen sich seit Ewigkeiten. Also kennen wir uns auch. Aber sie weiß nichts von ...«, sagte er dann leise. »Das weiß niemand, außer ...«

»Was dir nur recht ist, wenn ich es richtig verstehe.«

Er holte Luft und sah aus, als wolle er etwas einwenden, dann schaute er ins Weite.

Ich keuchte, bohrte die Nägel in die Rinde, so fest ich nur

konnte. »Nein, verdammt schade, das alles«, krächzte ich schließlich, ließ den Baum los und ging mit schnellen Schritten zum Auto. *Verdammt schade auch, dass wir miteinander geschlafen haben.* Meine Augen füllten sich mit heißen Tränen, und als ich hörte, dass er mir nachgelaufen kam, lief ich schneller.

»Mira, warte.« Ich wollte nicht warten. *»Bitte!«*

»Und warum? Du willst mich ja doch nicht hier haben.«

»Das will ich wohl! Ich habe doch gesagt, dass ich mich freue, dass du da bist.«

Und danach hast du auch noch das andere gesagt, was alles zerstört hat, dachte ich.

Ich merkte, dass er schneller wurde, dann bekam er plötzlich meinen Arm zu fassen. Einen Moment lang standen wir nur da und keuchten und starrten einander an, ich versuchte, die Tränen wegzublinzeln. »Okay, aber du willst mich auf jeden Fall nicht ins Vertrauen ziehen.«

Er wedelte mit der Hand und sagte etwas frustriert: »Ich kann es einfach nicht erzählen, weil ...«

»Weil ...?«, fragte ich und wusste, wie bekannt das klang, was er gerade gesagt hatte, genau wie meine eigenen Worte gerade eben.

William schüttelte den Kopf, als würde er sich weigern, es zu sagen, aber schließlich murmelte er: »Der kleine Bruder von einem meiner Freunde hatte verdammte Probleme und brauchte Hilfe, okay?«

Ich runzelte die Stirn. Meinte er, dass ich das glaubte? »Hilfe bei ...?« Ich wartete ein paar Sekunden, mein Herz schlug immer schneller. »Du meinst, ihr seid ihm zu Hilfe gekommen ...?« Als William immer noch keine Anstalten machte, den Satz zu vollenden, sagte ich: »Du hast also die ganze Zeit nie gezögert ... Leute zu vermöbeln. Du gehst dich also prügeln, wie ich von Anfang an vermutet habe.« Es wurde immer schlimmer.

»Nein!«, sagte William, aber sein Blick war schwarz und das Gesicht angespannt.

»Ich kann nicht glauben, dass es wahr ist.« Ich schlug die Hand vor den Mund und taumelte ein paar Schritte rückwärts.

»Es ist nicht so!«

»Und warum habe ich das Gefühl, dass ich dir nicht glauben kann? Warum fühlt es sich an, als könnte ich dir null trauen?«

»Du kannst mir vertrauen, Mira«, sagte er und folgte mir.

»Ich habe für so was keine Zeit.« Ich drehte mich um und rannte das letzte Stück zum Auto und warf mich auf den Fahrersitz.

Als ich die Tür zuziehen wollte, packte William sie. »Was machst du? Du hast doch keinen Führerschein.«

»Und wie bin ich wohl hergekommen?«, sagte ich.

Seine Kiefer spannten sich an. »Und was, wenn sie dich schnappen? Lass mich fahren.«

»Du hast doch getrunken! Bist du verrückt? Was, wenn sie *dich* schnappen?«

Ich zog an der Tür, er hielt dagegen.

»Okay, aber dann fahre ich mit«, sagte er schließlich, ließ die Tür los und lief schnell auf die Beifahrerseite. Bevor ich das Auto starten konnte, war er eingestiegen.

Ich starrte ihn an. Mein Herz schlug wie Fäuste gegen den Brustkorb. Ich wollte ihn nicht hier haben. Ich wollte ihn verdammt noch mal nie mehr sehen! Aber es war offensichtlich, dass ich ihn nicht loswerden würde, also holte ich tief Luft, startete das Auto und fuhr los.

»Ich kann es nicht glauben, dass du ohne Führerschein fährst«, sagte er nach einer Weile.

»Aber ich kann fahren«, sagte ich und schaltete hoch.

»Trotzdem.« Es vergingen Sekunden, Minuten, dann klopfte William an die Scheibe neben sich und sagte: »Sein kleiner Bruder hat Probleme mit ... also, der nimmt einen Haufen Scheiß. Das habe ich gemeint damit, dass er Hilfe brauchte. Es ging ihm verdammt schlecht. Aber ich fand, dass ich kein Recht hatte, es zu erzählen, weil ich wollte, dass er, mein Freund, sich auf mich verlassen kann, so wie ich mich immer auf ihn verlassen konnte.« Ich holte tief Luft und schaute zu ihm hinüber. »Aber für mich gibt es nichts Wichtigeres, als dass auch du das kannst. Es ist nur so ... es ist irgendwie alles so schwierig.« Er fasste sich an die Stirn, streckte sich nach meiner Hand aus. »Aber ich will dich wirklich treffen, mit dir zusammen sein. Ich lieb...« Seine Stimme brach, »verdammt noch mal, dich, Mira.« Er drückte meine Hand an seine Stirn, seine Lippen.

Williams Worte erreichten mich, und auf einmal verstand ich überhaupt nicht mehr, warum ich ihm nicht geglaubt hatte. Aber der Schmerz war noch da, trotz allem, was er gesagt hatte, dass er ein wenig Abstand von mir brauchte. Und irgendwie verstand ich es auch nicht, vielleicht würde ich es nie verstehen, weil ich nicht in seiner Situation war.

Ich schaute ihn aus dem Augenwinkel an, hielt das Lenkrad fest. »Verzeih, es kam einfach über mich. Ich möchte auch mit dir zusammen sein. Aber es *ist* schwer. Sehr schwer.« Ich wusste nicht mehr, ob ich von ihm sprach oder von mir oder von allem. Doch ich spürte auch, was er gerade gesagt hatte, fast gesagt hätte.

Dann klingelte es plötzlich. Ich schaute nach unten, aber mein Handy lag nicht zwischen den Sitzen, wo ich es hingelegt hatte. Das Klingeln kam irgendwie von unten, hinter mir.

»Soll ich?«, sagte William und wollte sich nach hinten strecken, als würde er das Gleiche denken.

»Nein, nicht nötig. Ich glaube, es ist hinten auf den Boden gefallen.«

Aber das Handy klingelte immer weiter, ich warf immer gestresstere Blicke nach hinten. »Verdammt. Das ist vielleicht mein Vater. Er hat wohl festgestellt, dass das Auto weg ist.«

»Ich suche das Telefon.« William streckte sich wieder nach hinten, aber als er das Telefon nicht greifen konnte, löste er den Sicherheitsgurt. »Hier!«, sagte er und gab mir das Handy.

»Danke«, sagte ich und schaute auf den Bildschirm. »Scheiße, es *ist* mein Vater, der angerufen hat. Und er hat auch geschrieben.«

»Du, da vorne kommt eine ziemlich scharfe Kurve«, sagte William.

»Okay, ich will nur ...« Ich konnte es nicht lassen und klickte auf eine der Nachrichten von meinem Vater. Im nächsten Moment wurde mir klar, was ich machte, und ich schaute auf, ließ das Handy fallen und griff nach dem Lenkrad. Aber es war zu spät. Ich hörte einen entfernten Schrei, als ich verzweifelt versuchte, das Steuerrad zu drehen und wieder auf die Straße zu fahren, obwohl wir schon fast im Graben waren. Direkt in den Wald, auf die Bäume zu, die unerbittlich näher kamen, wie sehr ich auch auf die Bremse drückte. Die Sekunden sind noch nie so schnell oder so langsam vergangen, dann wurde alles schwarz.

KAPITEL FÜNFUNDVIERZIG

Heute

Ich stehe vor der großen schweren Tür, die zu Peter Bauers Geigenatelier in Gamla Stan führt und zögere. Ich weiß eigentlich nicht so recht, was ich schon wieder hier mache. Warum ich direkt hierhergelaufen bin, nachdem Katarina und ich uns getrennt hatten, und nicht in das Lunchkonzert im Kulturhaus, was ich vorgehabt hatte. Plötzlich erschien es mir so unglaublich wichtig, herauszufinden, ob ... Rasch schob ich den Gedanken beiseite, traute mich nicht, es zu Ende zu denken. Und doch betrete ich schnell das Haus, bevor ich es mir anders überlegen kann.

»Mira! Alles okay? Kein verschwundenes Leihdokument oder so?«, sagt Peter und blinzelt mir zu, als ich die Tür zum Atelier aufdrücke. Einen Moment lang fällt es mir sehr schwer, ihn anzuschauen. »Äh, nein.«

»Prima.« Er nickt belustigt. »Und wie war es in Italien? Hatte Alessandros Großmutter die Möglichkeit, die Guarneri zu bewundern?«

»Könnte man so sagen: Sie ließ mich kaum die Geige wieder mit nach Hause nehmen«, sagte ich, und Peter lachte. »Und ich weiß jetzt auch das meiste über Marco Barone.«

Peter nickt. »Ich verstehe. Dann bist du doch der Familie vorgestellt worden?«, sagt er langsam, und ich verstehe, worauf er hinauswill.

»Ja«, sage ich und hätte ihm fast erzählt, dass er vielleicht recht hatte, mit seiner Meinung über Alessandro. »Also, da war nichts Besonderes«, sage ich stattdessen, »und jetzt ist Alessandro schon auf dem Weg in die USA, während ich ... ja, ich habe ja mein Leben hier.«

Peter zupft sich am Bart und sieht nachdenklich aus. »Ich hoffe wirklich, dass du die Stelle in der ersten Geige bekommst«, sagt er schließlich.

Ich schüttle den Kopf. »Das weiß ich nicht, und wenn man Alessandro glaubt ... Dann komme ich vielleicht nie wieder zurück.«

»Was sagst du denn da?« Peter spricht leise, ich höre plötzlich eine Wut heraus.

»Ich weiß nicht, ob er es genauso meinte«, füge ich rasch hinzu und wünschte, ich hätte es nicht gesagt. »Die Radiosymphoniker scheinen jedoch nicht mehr mit mir zu rechnen ...« Ich beiße mir in die Lippe, als ich merke, wie niedergeschlagen ich mich anhöre. Ich weiß, ich sollte mich aufraffen. Es ist, als würde die gefühlsmäßige Berg- und Talfahrt der letzten Zeit sich bemerkbar machen.

»Bist du sicher, dass du das mit den Radiosymphonikern nicht falsch verstanden hast?«, fragt Peter und wird sich bewusst, dass ich das Thema wechseln will, und sagt: »Womit kann ich dir denn heute helfen?«

»Tja, du ...« Ich folge mit dem Blick einer der Fußbodendielen. »Wie immer in letzter Zeit habe ich ein merkwürdiges Anliegen, oder zumindest eine merkwürdige Frage.« Ich sehe, wie Peter ein wenig den Mund verzieht und schaue auf. »Also, es ist so, ich habe gerade erfahren, dass auch meine Mutter eine Geige als Leihgabe hatte, als sie an der Königlichen Musikhochschule in Stockholm studierte. Und nun möchte ich zu gerne wissen, was das für eine Geige war. Ich weiß ja, dass auch noch andere Stiftungen, außer dem Streichinstrumentefonds, Instrumente verleihen, außerdem ist es fast vierzig Jahre her ...«

Peter nickt und lächelt schon, bevor ich den Satz zu Ende gesprochen habe. »Wir haben natürlich ein Register von allen, die bei uns Instrumente geliehen haben, auch wenn wir Verwalter im Lauf der Jahre gewechselt haben. Ich werde im Computer nachschauen.« Er verschwindet im Raum nebenan. Nach einer Weile höre ich einen Drucker, meine Nervosität wächst. Als Peter mit einem Stapel Papier zurückkommt und darin blättert, sinken meine Hoffnungen. Aber da lächelt er. »Mir ist eingefallen, dass ich nach deinem Nachnamen gesucht habe, aber deine Mutter hat vielleicht anders geheißen?«

»Ja, sie hieß Hansson – Cecilia Hansson«, sage ich rasch.

»Sie und mein Vater waren nie verheiratet, und ich habe den Nachnamen meines Vaters bekommen.«

»Cecilia Hansson, sagst du?« Peter schaut wieder seine Papiere durch, aber nach einer kleinen Weile blickt er hoch. »Tut mir leid! Es gibt niemand dieses Namens, der entweder eine Guarneri-Geige, wie du sie hast, oder ein anderes Instrument bei uns geliehen hat. Es gibt allerdings eine Celia Hoff, das ist ja ähnlich, sie hatte die Guarneri-Geige als Leihgabe, und wir sprechen vom Jahr 1983.«

»Sieben Jahre vor meiner Geburt«, konstatiere ich. »Ja, um diese Zeit herum hat meine Mutter an der Musikhochschule studiert. Aber auch wenn Celia so ähnlich klingt wie Cecilia, so wurde sie nie so genannt. Und Hoff ... Ja, das ist ja nicht Hansson und auch sonst kein Nachname, der mir bekannt vorkommt.«

»Es tut mir leid«, sagt Peter.

»Ach was, ist nicht so wichtig«, sage ich, glaube jedoch nicht an meine eigenen Worte. »Und als ich wissen wollte, wer diese Geige bisher gespielt hat, war ich irgendwie eingestellt auf ... Ja, ich dachte automatisch an diejenigen, die sie vor langer Zeit gespielt haben.«

»Das war auch mein Gedanke, als ich dir die Liste herausgesucht habe!«, fügt Peter sofort hinzu, als würde ich mir etwas vorwerfen. »Vielleicht bin ich von den Besitzern der Geige ausgegangen. Aber es wäre doch sehr nett, wenn deine Mutter sie gespielt hätte«, sagt Peter nachdenklich.

Ich nicke, bin irgendwie traurig, dass es offenbar nicht so war.

* * *

Als ich mich kurze Zeit darauf durch all die Touristen in der Altstadt dränge, kann ich den Gedanken an Celia Hoff nicht loswerden. Schließlich suche ich Katarinas Nummer heraus. Wärme durchströmt mich, als sie antwortet und ich ihre Stimme höre. Mir ist nicht bewusst gewesen, wie sehr sie mir in meinem Leben gefehlt hat.

»Ich wollte nur sagen, wie sehr ich mich gefreut habe, dass wir uns getroffen haben. Aber ich habe noch etwas auf dem Herzen«, muss ich da noch zugeben.

Katarina lacht leise. »Das habe ich mir fast gedacht, lass hören.«

»Offenbar hat eine Celia Hoff ungefähr zur gleichen Zeit wie du und meine Mutter an der Musikhochschule studiert, und ich wüsste gerne, ob du weißt, wer das war. Ob du sie gekannt hast? Es ist nämlich so, dass ich die gleiche Geige als Leihgabe habe wie sie.«

Es wird still im Telefon. »Ich hätte nie gedacht, dass jemand noch einmal Celia Hoff erwähnt«, sagt Katarina dann mit einer merkwürdigen Stimme.

Ich bleibe stehen, dann biege ich ab in eine schmale und fast menschenleere Gasse. »Oh, das klingt nicht gut.«

»Ich weiß nicht, ob ich es so ausdrücken würde, aber ...« Katarina schweigt erneut.

»Also, du brauchst mir wirklich nichts über sie zu erzählen. Es war nur so eine Überlegung, weil sie die gleiche Guarneri gespielt hat wie ich.«

»Ich glaube, ich brauche dir nicht sehr viel über sie zu erzählen. Celia Hoff war ... deine Mutter.«

Ich stolpere über einen Pflasterstein, kann gerade noch das Gleichgewicht wiederfinden.

»Was ich damit sagen will, deine Mutter Cecilia hat eine Zeitlang diesen Namen verwendet oder richtiger, diese beiden Namen«, sagt Katarina rasch, damit ich nicht etwa glaube, dass wir von einer ganz anderen Person sprechen oder ich eine andere Mutter hatte. »Das war zu jener Zeit, als sie immer noch glaubte, sie könnte klassische Musikerin werden, und einer der Professoren, bei denen sie studierte, meinte, Cecilia Hansson sei ein viel zu gewöhnlicher Name, wenn sie Karriere machen wollte.«

»Du meinst also, sie hat ihn als eine Art Künstlernamen verwendet?«

»Ja, genau, und sie hat sich hinterher tüchtig dafür geschämt. Oder schon damals war es ihr ziemlich peinlich, und alle, die sie kannten, sprachen sie natürlich mit ihrem richtigen Namen an.«

Ich nicke, meine Schritte sind langsamer geworden, mein Herz klopft.

»Aber wie toll, dass du die gleiche Geige spielst wie sie damals«, sagt Katarina mit Wärme in der Stimme. »Die Guarneri ist fantastisch, wenn ich mich recht erinnere. Oder bist du jetzt enttäuscht? Hast du vielleicht geglaubt, dass diese Celia Hoff eine große, weltberühmte Geigerin war? Aber in diesem Fall *hättest* du sie gekannt.«

»Nein, ich bin wirklich nicht enttäuscht. Es ist nur so, dass …« Mir bleibt die Stimme weg, ich bin auf einmal voller Gefühle. »Ich habe etwas gesucht, und vielleicht war das, was ich gesucht habe … Dass die Antwort näher war, als ich je hätte glauben können. Oder ich weiß eigentlich nicht!«, sage ich im nächsten Atemzug und setze mich auf die Gasse, wie um näher an festem Grund und vernünftigen Gedanken zu sein. »Seit ich diese Geige spiele, hat es sich besonders angefühlt, fast so, als sei jemand bei mir«, sage ich mit leiser Stimme.

»Aber das ist natürlich deine Mutter!«, ruft Katarina aus.

»Das ist vielleicht nicht *so* selbstverständlich«, sage ich leise. »Aber wenn man an so etwas glaubt, wie kommt es dann, dass …« Ich streiche mit der Hand über die Straßensteine. »Ich meine, wenn du nur wüsstest, wie oft ich *wollte*, dass sie zu mir zurückkommt, nachdem sie gestorben war. Dass ich irgendwelche Zeichen von ihr bekäme. Ich habe jedoch nie etwas bekommen.«

»Ach, meine Liebe, ich verstehe, wie du denkst und wie sehr du es dir gewünscht hast«, sagt Katarina. »Aber ich finde dennoch, man sollte nicht so denken. Und vielleicht findet sie erst jetzt … Ja, ich weiß nicht, es sei irgendwie nötig.«

»Du sprichst von ihr, als würde sie noch leben«, murmele ich.

»Man kann natürlich alles Mögliche in so etwas hineininterpretieren. Sie ist nicht mehr da, aber irgendwie lebt sie doch weiter?«

Ja, in uns, denke ich. Denn das meint Katarina wohl. Und vielleicht dreht sich alles irgendwie darum?

KAPITEL SECHSUNDVIERZIG
Heute

Nach dem Gespräch mit Katarina beeile ich mich, nach Hause zu kommen, zur Guarneri-Geige. Dass meine Mutter sie auch gespielt hat! Vielleicht hätte ich schon eher begreifen sollen, dass es bei alldem nur um sie ging? Damals fühlte ich mich ihr nie so nahe, wie wenn ich ihre Geige spielte, und ich wollte sie eigentlich nie gegen eine andere tauschen. Aber ein Professor, bei dem ich an der Königlichen Musikhochschule studiert habe, behauptete, ich bräuchte eine bessere Geige. Irgendwie wurde ich die Meinungen dieser Professoren nicht los, die sowohl mich als auch meine Mutter beeinflussten. Und ich musste viele Überstunden im Supermarkt machen, um mir meine neue Geige leisten zu können. Stunden, in denen ich hätte üben sollen, was ich dann nachts nachholen musste. Zu jener Zeit habe ich nicht viel geschlafen. Meine Tage waren ziemlich ähnlich wie damals in Luleå, nachdem ich William in mein Leben gelassen hatte. Nur dass alles auf einmal ganz anders war ...

Ich werde in die Zeit zurückgeworfen, über die Katarina und ich gesprochen haben, in die Zeit, an den Abend, der alles zerstörte. An den Tumult vor der Unglücksfahrt, als ich so empört war, William und ich uns fast wieder versöhnten ... im Bewusstsein, dass alles unmöglich war, bekannten wir, was wir wirklich füreinander empfanden. Wenn die Zeit doch nur da und dort stehen geblieben wäre. Wenn mein Handy nicht geklingelt hätte und William nicht den Sicherheitsgurt abgenommen hätte, um es aufzuheben, und ich nie auf den Gedanken gekommen wäre, die Nachricht zu lesen ... Wenn ich schon gar nicht das Auto meines Vaters genommen hätte, denn um das ging es schließlich. Wenn es nie passiert wäre ... dann hätte ich nicht zum Klang von Sirenen und mit Glasscherben im Gesicht aufwachen müssen. Ich hätte nicht feststellen müssen, dass William sich gar nicht mehr im Auto befand. Ich hätte nicht solche Angst bekommen müssen, dass ich nicht einmal schreien konnte.

Keine Strafe fühlte sich hart genug an, und als ich erfuhr, dass William überleben würde, wir beide einen Schutzengel gehabt hatten, da ließ der Schock ein wenig nach. Ich verbrachte nur ein paar Tage im Krankenhaus, kam mit Schnittwunden und Schmerzen im Nacken davon, William allerdings wurde ins Krankenhaus nach Umeå gebracht, wo er lange bleiben musste, und sein Bein, seine Hüfte ... Die Wahrscheinlichkeit, dass er je wieder Eishockey spielen könnte, auf dem Niveau wie bisher, die war minimal. Ich verstand, warum Williams Vater so wütend auf mich war, als er zu mir ins Krankenhaus kam, um von Williams Verletzungen zu berichten, am Ende musste man ihn bitten, das Zimmer zu verlassen. Ich verstand, warum Williams Eltern mich behandelten wie einen Verbrecher. Ich verstand, warum sie verlangten, mich von William fernzuhalten, und sie empört waren, weil ich nur einen Strafzettel bekam, das erschien ihnen viel zu mild. Ich verstand, warum William mich verstieß.

Falsch, ich verstand es nie wirklich ... warum er mich in der Kälte zurückließ, wieder total allein. Als ich seine Mutter einige Zeit später einmal in der Stadt traf und sie erzählte, dass William trotzdem nach Kanada fahren würde und mindestens ein Jahr bleiben und dort auch seinen Schulabschluss machen würde, da wusste ich, das war das Ende für uns.

Ich frage mich, ob meine Schuldgefühle jemals gelindert würden, weil ich immer noch nicht Williams Vergebung bekommen habe? Ich hatte bis zum Schluss gehofft, er würde noch einmal zu mir kommen, bevor er nach Kanada fuhr. Dass es einen Abschied geben würde, auch wenn er für immer war.

Hat er nicht jedes Mal, wenn wir in letzter Zeit aufeinandertrafen, versucht, darüber zu reden, und ich hatte ihn jedes Mal gestoppt? Ich laufe in meiner Wohnung umher, dann klingelt plötzlich das Handy auf dem Sofatisch. Ich starre es wie gelähmt an, nehme es in die Hand. Dann sinke ich jedoch zusammen, und es vergehen wieder ein paar Sekunden, bis ich antworte.

»Weißt du, was ich gefunden habe?«, ruft Chiara am anderen Ende.

»Nein, keine Ahnung«, sage ich und höre selbst, wie abwesend ich klinge. Ich muss mich zusammennehmen. Aber als Chiara weiterredet, höre ich ihre Stimme wie aus der Ferne:

»Also, nachdem du gefahren warst, habe ich Großmutter gefragt, wieso sie so viel wusste über Marco Barone und seine Schüler. Und sie sagte, sie habe natürlich eine Menge erzählt bekommen, aber Marco habe auch eine offizielle Liste hinterlassen, die es im Archiv des Musikkonservatoriums gibt, wo er Professor war. Dieses Konservatorium ist nämlich bis heute eine Lehranstalt für Musikausbildungen. Und weißt du was, ich war gerade dort – ich war in diesem Archiv. Ich habe Marco Barones Verzeichnis bekommen! Und eine seiner Schülerinnen ...« Chiara lacht leise. »Du wirst es nicht glauben, und ich weiß, es muss nichts bedeuten, eine seiner Schülerinnen hieß Maria Bellucci. Verstehst du, ihre Initialen waren auch *MB*! Das muss wirklich nichts bedeuten, aber ich habe das Gefühl, es ist so. Ich weiß, du hast gesagt, du willst dich nicht mehr damit befassen. Aber stell dir vor, diese Maria Bellucci war vielleicht eine heimliche Tochter von … von einem der Herren, der diese Geige um jene Zeit besaß, während sie jedoch darauf spielte. In diesem Fall würde das Monogramm von ihr stammen, und vielleicht hast du auch ihre Präsenz beim Spielen gespürt. Das müsste man genauer recherchieren, und wenn du mehr über sie weißt, dann wirst du auch verstehen, warum du dieses Gefühl hast.«

»Schon …«, sage ich langsam, beuge mich herab und streiche leicht über das Monogramm der Geige, die vor mir auf dem Tisch liegt. Mir fällt ein, dass ich auch diese Geige fast so behandelt habe wie die meiner Mutter. Als ob ich tief in mir wüsste …

»Du klingst nicht sehr überzeugt? Entschuldige, dass ich mich noch einmal damit beschäftigt habe, aber als meine Großmutter von diesem Verzeichnis berichtete, konnte ich es nicht lassen.«

»Als ich dir sagte, ich würde nicht mehr weiter recherchieren wollen, fiel es mir zunächst schwer«, gebe ich zu. »Du kannst von Herzen gerne weiterforschen. Ich glaube nur, dass ich mit dem Thema abgeschlossen habe.«

Ich höre, wie Chiara schluckt, ich kann ihre Enttäuschung verstehen und erkläre ihr, ich hätte erfahren, dass meine Mutter diese Geige gespielt hat. Ich erzähle ihr auch, wie ich mir immer gewünscht habe, ihre Anwesenheit noch irgendwie spüren zu können, nachdem sie gestorben war, es jedoch nie passiert sei.

Chiara schweigt eine Weile. »Ja, jetzt verstehe ich, meine Vermutungen sind nun nicht mehr so bedeutsam für dich, und es war ja sowohl unwahrscheinlich als auch weit hergeholt. Es ist nur so, in meiner Familie waren es fast immer die Männer, die …«

Sie hält inne, und ich ahne, dass hinter ihrem Interesse noch eine persönliche Motivation steckt. Sie räuspert sich. »Wie ich schon gesagt hatte, als wir uns trafen, glaubte ich, es gäbe einen Grund dafür, wenn Dinge geschehen, und diese Geschichte sei etwas Besonderes. Vielleicht sollst du an etwas Wichtiges erinnert werden? Vielleicht stehst du an einer Weggabelung und bist unterwegs in eine Richtung, obwohl dein Herz etwas anderes sagt?«

Ich drücke das Handy ans Ohr. »Sprichst du jetzt von mir und Alessandro?«

»Aber nein! Wenn du es jedoch so sagst ... Ach was, ich weiß nicht. Ich hätte dich gerne als Schwägerin, du bist fast wie eine Schwester für mich, obwohl wir nur ein paar Tage zusammen verbracht haben. Irgendwie habe ich das Gefühl, Alessandro verdient dich nicht wirklich. Oje, was sage ich denn?«, ruft sie dann aus. »*Ich* möchte dich in meinem Leben haben. Es ist nur so ...« Chiara seufzt frustriert. »Ich weiß nicht, wie ich es ausdrücken soll. Ich glaube nur, mit ihm wirst du ein einsames Leben haben. Aber höre nicht auf mich!«

Wie sollte ich das *nicht* tun? Ihre Worte treffen mich direkt ins Herz. Besonders, wenn ich bedenke, dass Chiara Einsamkeit in einer tieferen Bedeutung meint. Man kommt sich vor wie zwei Inseln in einem großen Meer, wenn man eigentlich eine sein sollte. Man fühlt sich einsam, obwohl man der anderen Person so nah ist wie nur möglich und man eine tiefe Verbindung spüren sollte. Und es ist ja nicht so, als hätte ich diese Zweifel nicht auch schon gehabt. Ich habe innerlich sogar einen Beschluss gefasst, auch wenn mir das jetzt erst klar wird. Und dass Alessandro offenbar nicht weiß, was er mit dieser unvollkommenen Version von mir anfangen soll, das macht mich fast wütend. Ich muss auch daran denken, wie es mit dem Geigespielen und meiner Mutter war, wie sie mich immer ermuntert und an mich geglaubt hat, in jeder Beziehung. Wenn ich jemals diese Erinnerung gebraucht habe, dann jetzt.

KAPITEL SIEBENUNDVIERZIG
Heute

Ich gehe in Richtung der Musikerpraxis, aber die ist nicht mein Ziel, ich gehe an dem eindrucksvollen Hauseingang vorbei. Schließlich komme ich dort an, wo ich hinwollte, und bleibe vor einem bescheideneren Eingang stehen. Neben der Tür ist ein kleines Schild, das mir sagt, dass ich richtig bin, aber man braucht einen Türcode, um hineinzukommen. Na klar. Ich hätte anrufen sollen, aber ich hatte keine Lust auf ein weiteres mühsames Handytelefonat, so wie mit Alessandro. Ich hatte gedacht, mir eingeredet, dass er heftiger reagieren würde, als ich gestern mit ihm sprach und versucht habe, ihm zu erklären, warum wir uns nicht mehr sehen können. Aber ich habe ihm diese Entscheidung ja abgenommen, falls er sie denn je getroffen hätte. Vielleicht wäre er mir subtil ausgewichen, hätte mich in der Peripherie verschwinden lassen.

Es fühlt sich an, als hätte ich einen ordentlichen Kater, und ich kann fast nicht mehr verstehen, wie ich ihm verfallen konnte. Es ist auf einmal so offensichtlich, dass wir nicht zusammengehören. Ich wollte es so gern, obwohl ich die ganze Zeit gewusst hatte, wie falsch es ist. Ich wünschte, es hätte hinter der starken Attraktion etwas Größeres gegeben. Ich dachte, die körperliche Anziehung würde in ein Vertrauen münden, in etwas sehr viel Tieferes. Ich glaube, er hat so etwas nie gesucht. Ganz gleich, wie sehr ich als erfolgreiche Geigerin an seiner Seite geglänzt hätte, ich wäre doch nie wichtig genug für ihn geworden. Und er auch nicht für mich. Nicht wie ... William es einmal war.

Vielleicht sollte ich nicht in diese Richtung denken, in Anbetracht meines Vorhabens hier. Vielleicht ist es falsch, noch einmal fühlen zu wollen, was ich für ihn gefühlt habe. Aber etwas anderes, weniger zu wollen, das ist unmöglich. Ich weiß, man sagt, keine Liebe könne sich je mit der ersten messen. Nichts würde sich je wieder so stark anfühlen, wie wenn es zum ersten Mal passiert.

Und William wird für immer mein Erster bleiben, in vielerlei Hinsicht. Aber er muss nicht mein Letzter gewesen sein. Warum sollte ich es nicht noch einmal erleben? Ich habe immer nach dem Gefühl gesucht, das ich mit ihm erlebt habe, auch wenn ich es nicht wahrhaben wollte.

Die Minuten vergehen, es kommt niemand aus dem Haus, und niemand geht hinein. Es hat sich zugezogen und kann jeden Moment anfangen zu regnen. Ich schaue hinauf zu den grauen Wolken, die über den Himmel jagen, spüre die ersten Regentropfen und stelle mich näher an die Tür. Der Regen nimmt an Stärke zu, und schnell schüttet es. Auf dem Bürgersteig fließt das Wasser in breiten Strömen. Ich drücke mich immer näher an den Hauseingang, aber der Regen kommt von allen Seiten. Auf der Straße ist inzwischen niemand mehr zu sehen. Die vorbeifahrenden Autos haben die Scheibenwischer auf Höchstgeschwindigkeit und pflügen durch die Wasserpfützen. Hier zu bleiben ist wahnsinnig, ich muss wieder nach Hause und ihn anrufen. Da geht auf einmal die Tür auf. Ich halte die Luft an und lasse sie sofort wieder ausströmen, als ein Mädchen von vielleicht acht Jahren die Tür öffnet. Sie schaut mich neugierig an und schließt sie dann schnell. Ich halte den Kragen meiner Jacke zu und mache mich bereit, in den Regen hinauszulaufen, als das Mädchen wieder aufmacht.

»Wer bist du? Wartest du auf jemanden?«, fragt sie.

Ich lasse den Kragen los und richte mich auf. »Nein, eigentlich nicht. Ich wollte mit jemandem reden, der hier arbeitet.«

»Mit wem?«

»Er heißt William.«

Sie strahlt. »Ich kenne William, er arbeitet mit meiner Mama zusammen. Aber sie sind beide nicht da.«

Ich hole resigniert Luft. Dann lächle ich sie an, so freundlich, wie ich nur kann. »Verstehe. Wartest du auf sie? Dann wäre es besser, du würdest drinnen bleiben und im Trockenen auf sie warten.«

»Willst du das auch?« Sie legt den Kopf schief.

Ich schüttle den Kopf. »Ich glaube nicht, dass sie es eine gute Idee fänden, wenn du jemanden hereinlässt.«

Sie rümpft ein wenig die Nase. »Ich darf eigentlich nicht mit fremden Menschen sprechen.«

Ich nicke. »Da siehst du ...«

»Aber wenn du William kennst, dann bist du ja nicht ganz fremd«, fällt ihr dann ein.

»Nein, aber man soll nicht immer glauben, was fremde Menschen sagen, obwohl du mir vertrauen kannst. Geh jetzt wieder rein.«

Sie zögert, lehnt sich an die Eingangstür, die offen steht. »Es ist recht langweilig, allein da drin zu sein. Ich bin ziemlich allein«, bekennt sie plötzlich und lässt den Kopf hängen.

Meine Brust zieht sich zusammen. »Ich auch. Bin ich fast immer gewesen. Das ist anstrengend. Es gibt nur eine Person, bei der ich das Gefühl hatte, weniger allein zu sein, und das ist William.«

»Aha …«, sagt sie und schaut mich mit großen Augen an. »Und warum seid ihr da nicht zusammen, so wie Erwachsene es meistens sind?«

Ich verziehe den Mund. »Ich habe etwas sehr, sehr Dummes gemacht, aber doch gehofft, dass William … mir verzeihen würde, verzeihen *wird*.«

»War das gestern?«, fragt sie.

Ich runzele die Stirn, dann lächle ich. »Nein, das war vor vierzehn Jahren, aber seither haben wir kaum miteinander gesprochen. Er wollte nicht mit mir reden, wegen dieser Sache, oder ja, weil damals etwas passiert ist.«

»Oje, da musst du etwas richtig Dummes gemacht haben.« Ihre Augen werden wieder groß.

Ich lasse die Schultern hängen. »Ja, obwohl es keine Absicht war. Aber es hatte gewaltige Folgen. William war ein richtig guter Eishockeyspieler, und es ist meine Schuld, dass er nicht mehr spielen konnte.«

»Wie schrecklich!«, ruft das Mädchen aus.

Ich bekomme einen Stich im Herzen und nicke. »Ja, er sollte für die Profimannschaft in Luleå spielen und davor mit einer guten Mannschaft in Kanada trainieren, ich nehme also an … Ich glaube, sein großer Traum war, Eishockeyprofi zu werden.«

»Profi?«, sie schaut mich fragend an.

Ich lächle ein wenig und schüttle den Kopf. Dann vergeht mein Lächeln. »Er fuhr dennoch nach Kanada, aber damals konnte er mich so wenig leiden, dass er sich nicht einmal verabschiedet hat. Ich weiß eigentlich nicht so recht, was ich hier mache. Aber es ist vielleicht so: obwohl ich etwas sehr Dummes gemacht habe … Ich habe nie so recht verstanden, warum er nicht noch einmal mit mir reden wollte. Der William, den ich kennengelernt hatte, der war nicht so.«

Das Mädchen sieht nachdenklich aus, und ich begreife, dass ich ein ziemlich erwachsenes Gespräch mit ihr führe, ich verstehe überhaupt nicht, warum ich mich ihr anvertraue. Vielleicht, weil ich sonst niemanden habe, mit dem ich darüber reden könnte?

»Ich glaube, William ist auch ziemlich allein, wie wir beide«, sagt sie dann.

Ich schaue sie erstaunt an. »Er war es damals ...«, antworte ich zögernd. »Aber zum Thema Zusammensein, ich weiß, dass William eine Freundin hat, vielleicht fühlt er sich deshalb nicht ganz so allein.«

»William hat keine Freundin!« Sie muss fast lachen, als hätte ich etwas Komisches gesagt. »Mama macht sich deswegen Sorgen. Elin auch.«

Ich schaue sie erstaunt an und runzele die Stirn. »Ich habe gedacht, Elin ist seine Freundin. Dass er mit ihr zusammen ist.«

Das Mädchen kichert. »Man kann doch nicht mit seiner Cousine zusammen sein.«

»Wie, ist Elin ...?«

Das Mädchen schaut mich an, als würde ich überhaupt nichts begreifen. »Ja, natürlich. Hast du Cousinen?«, fragt sie dann neugierig.

»Nein, leider nicht«, sage ich und habe noch nicht ganz verdaut, was sie gerade gesagt hat. »Und du?«

»Nee ...« Sie hat etwas Trauriges im Blick, dann beginnt sie zu strahlen. »Aber es ist gut, dass du auch keine hast.«

Ich habe mit einem Mal den Wunsch, sie in den Arm zu nehmen und zu drücken. »Es war sehr schön, mit dir zu sprechen«, sage ich stattdessen, »aber du musst jetzt vielleicht ...«

Sie schaut neben mich, hinter meinen Rücken, und fängt dann an zu lächeln. »Da kommt William ... William!« Sie winkt aufgeregt, dann sucht ihr Blick weiter. »Wo ist Mama?«, fragt sie.

Ich drehe mich um, und da ist William auch schon bei uns.

»Sie muss noch etwas einkaufen, und ich bin schon mal vorgegangen«, sagt er und schaut mich an. Plötzlich spüre ich jeden Herzschlag in der Brust und merke, dass ich völlig unvorbereitet darauf bin, dass er wirklich auftauchen würde.

Er hingegen scheint nicht sehr erstaunt zu sein, mich hier zu sehen, das ist eigenartig. Oder es ist so, dass elementarere Bedürfnisse seine Gedanken beschäftigen – er ist offenbar völlig durchnässt. Sein Sakko hängt schwer über den Schultern, sein Hemd ist nicht mehr weiß, sondern durchsichtig und klebt an seiner Brust. Die Haare hängen in breiten Strähnen über der Stirn, kleine Bäche fließen über die Wangen. Er tritt in den Eingang, dann streicht er hilflos die Haare zur Seite und mit einer Hand übers Gesicht.

Das Mädchen sagt nichts mehr und schaut uns gespannt an, als würde sie sich fragen, was als Nächstes passiert. Dann schaut sie William an, sie hat etwas Schuldbewusstes im Gesicht. »Ich weiß, dass ich das Haus nicht verlassen darf und absolut nicht mit fremden Menschen reden soll. Aber sie hat gesagt, sie kennt dich, und ich solle auch nicht auf fremde Menschen vertrauen.«

Da zuckt es in Williams Mundwinkeln, ich muss nach unten schauen, um ein Lächeln zu verbergen. »Mira hat recht, eigentlich sollst du das nicht, obwohl man Mira durchaus vertrauen kann. Aber … geh du schon mal rein und warte auf deine Mama, ich komme gleich nach, ja?«, sagt er schließlich.

»Okay.« Sie nickt zögernd. »Kommst du auch?«, fragt sie mich erwartungsvoll. »Ihr seid übrigens patschnass.«

Ich werfe einen Blick auf William und schaue dann an mir herunter. Ich hatte den Eingang als Schutz und bin nicht annähernd so nass wie er, und während der Unterhaltung mit dem Mädchen habe ich vergessen, dass es regnet. Aber jetzt friere ich in der nassen Jacke. »Ich muss leider gleich wieder gehen. Aber es war sehr nett, dich zu treffen.« Ich lächle sie an.

Das Mädchen schlägt die Augen nieder, lächelt scheu zurück und verschwindet dann durch die Tür. Als sie zuschlägt, fragt William: »War es unangenehm, dass sie …?«

»Überhaupt nicht, im Gegenteil! Ich hoffe nur, ich habe nicht …« Ich weiche seinem Blick aus. »Wir haben über allerlei gesprochen, wenn sie also etwas Merkwürdiges erzählt …«

William nickt abwesend. Dann sieht er fast so schuldbewusst aus wie das Mädchen gerade eben. »Ich muss ein Geständnis machen. Ich bin eine Weile direkt um die Ecke gestanden. Als ich euch beide gesehen habe, da … ich weiß nicht. Ihr habt so vertraut miteinander ausgesehen, ich wollte nicht stören, sie hat nicht sehr viele Freunde.«

»Nein, das habe ich gemerkt.« Dann realisiere ich, was er gesagt hat. »Also, willst du …? Hast du gehört, was wir gesprochen haben?«

William schaut zu Boden, schlägt einen Schuh an den anderen. »Ich wollte nicht lauschen, und ich wollte mich vor allem ihretwegen nicht zeigen. Aber ich bin fassungslos, dass du gedacht hast, ich sei mit Elin zusammen.«

»Und ich bin fassungslos, dass sie deine Cousine ist«, gebe ich zurück

Er blickt auf und schaut mich wieder schuldbewusst an. »Ich dachte, ich hätte dir das schon mal erzählt. Erinnerst du dich, dass ich damals erzählte, ich würde zu Verwandten nach Kanada fahren? Das war Elins Familie.«

Allmählich finden die Puzzlestücke ihren Platz. Wie ein ganz schwaches Echo: *Ich habe dort eine gleichaltrige Cousine ...* Er hat nur nie gesagt, wie sie heißt.

»Und du bist ja hingefahren, um zu bleiben«, sage ich dann. »Also ... nach dem Unfall.« Das letzte Wort kann ich fast nicht aussprechen.

»Ja, aber nicht für immer ...« Er schaut unruhig. »Elin und ich, wir haben eine enge Beziehung, wir haben auch zusammen in Lund studiert. Ich war in sehr schlechter Verfassung, als ich nach Kanada kam, ohne ihre Unterstützung weiß ich nicht, was ich gemacht hätte.«

Ich nicke, spüre plötzlich, wie Schuldgefühle in mir aufsteigen. Warum bin hier? Warum habe ich gedacht, es würde helfen?

»Also mental, meine ich«, sagt William, als würde ich mich dann besser fühlen. »Und nur damit du es weißt, es gibt nichts zu verzeihen. Ich hätte dich um Entschuldigung bitten müssen. Obwohl ich eigentlich nicht möchte, dass du mir verzeihst ...«

Ich sehe eine Traurigkeit in seinem Gesicht, und er runzelt die Stirn. »Es war nie mein großer Traum, Eishockeyprofi zu werden, das war der Traum meines Vaters. Und es klingt vielleicht krass, aber irgendwie war ich erleichtert über die Verletzung und dass ich nicht mehr spielen konnte. Du hast mir also sozusagen einen Gefallen getan.«

Mir bleibt der Mund offen stehen. »Was?«, bekomme ich dann halb erstickt hervor und würde am liebsten das Band zurückspulen.

Aber William redet weiter, als hätte er es plötzlich eilig. »Und ich kann nicht verstehen, dass du geglaubt hast, ich wollte mich nicht von dir verabschieden. Nichts wollte ich lieber! Oder, ich habe es erst jetzt richtig verstanden, wie sehr ich dich verletzt habe, aber damals konnte ich nur an eins denken ... Und auch die letzten Male, als wir uns begegnet sind und ich versucht habe, dir zu erzählen, warum ich mich so verhalten habe, ist es mir schwergefallen ...« Sein Mund zittert, dann bricht es aus ihm hervor: »Ich bin schuld daran, dass du in Piteå nicht aufgenommen wurdest, ich bin schuld, dass das Vorspielen daneben ging.«

Wieder starre ich ihn an und versuche zu begreifen, was er sagt. Aber ich kriege es nicht zusammen. »Wovon redest du?«, erwidere ich herausfordernd. »Du wusstest doch nicht einmal ... Ich meine, das Vorspielen wurde verschoben, und dann ...« Er hat keine Ahnung, was danach passiert ist, weil es nach dem Unfall geschehen ist. Er hat keine Ahnung, dass ich gelogen habe und trotzdem an diesem Tag zum Vorspielen gegangen bin.

William schüttelt den Kopf. »Es wurde gar nicht verschoben. Das hast du nur gesagt, weil du Angst hattest, ich würde mir die Schuld geben dafür, dass es nicht so gut lief. Was ich wirklich getan habe, als dein Vater ...« Er zieht die Luft durch die Nase ein und schweigt.

Ein stechender Schmerz durchfährt mich, weil es genau so war. Dann zieht mein Gesicht sich verwirrt zusammen, aber William ist nicht zu bremsen:

»Ich wäre nie abgehauen, ohne mit dir zu reden. Ich wollte

nicht mal nach Kanada, aber es war wie ein verdammtes Paradox, als ich aus dem Krankenhaus nach Hause kam ...« Die Sehnen an seinem Hals spannen sich unter der Haut. »Mein Vater war so wütend, dass ich meine Zukunft im Eishockey zerstört hatte. Ja, ich weiß, er hat allein dir die Schuld gegeben. Das haben sie alle beide gemacht«, sagt William beschämt. »Aber hinterher, als ich nach Hause kam, hat mein Vater es gegen mich gewandt.«

Williams Worte peitschen in meinen Ohren, genau wie der Windstoß, der meinen Hals trifft, wo der Kragen ihn nackt lässt. Ungeschützt. Wie auch er.

»Aber was ich eigentlich sagen wollte, darüber, dass ich nicht vorhatte, abzureisen, ohne mit dir geredet zu haben. Ich bin zu dir gefahren«, sagt William dann in einem etwas ruhigeren Ton, »du warst nur nicht da. Allerdings war dein Vater zu Hause, und er ...« William schaut mich verzweifelt an, als ob er nicht weitersprechen will.

Und das ist eigentlich auch nicht nötig, denn ich weiß schon, was jetzt kommt, auch wenn ich es nicht richtig verstehe.

»Ich möchte es eigentlich nicht sagen. Ich wollte es damals nicht und will es auch jetzt nicht, ich möchte deinem Vater nichts anhängen. Aber er hat ungefähr das Gleiche gesagt wie meine Eltern zu dir; ich hätte deine Zukunft zerstört und solle mich von dir fernhalten, ich hätte schon genug angerichtet. Und es hat sich auch so angefühlt, er hat mir nämlich erzählt, dass du nicht an der Musikhochschule in Piteå angenommen worden bist. Ich hätte dich vom Üben abgehalten. Du wurdest sogar krank wegen mir, als du vorspielen solltest. Ich fand, ich hatte kein Recht mehr, in deinem Leben zu sein, schon gar nicht, wo ich doch wegfahren würde. Und als ich dann in Kanada war und Kontakt mit dir aufnehmen wollte ... Ich wollte es wirklich die ganze Zeit!« Er schaut mich an und blinzelt heftig. »Aber ich hatte das Gefühl, ich kann dir das nicht antun, wo ich doch nicht einmal wusste, wann ich wieder zurückkommen würde.«

In meinem Kopf dreht sich alles von den vielen Informationen, die William so unzusammenhängend hervorgestoßen hat, ich drücke die Finger gegen die Schläfen. »Ich glaubte, es sei meine Schuld, dass du dich nicht gemeldet hast«, sage ich schließlich matt. »Dass du ... dich gehasst hast, wegen mir.«

Er schüttelt den Kopf und streckt dann eine Hand nach mir aus, zieht sie aber schnell wieder zurück. »Das ist das Schlimmste, dass du das geglaubt hast. Ich hätte mich vielleicht nicht darum scheren sollen, was dein Vater gesagt hat. Ich hätte antworten sollen, als du versucht hast, mich zu erreichen. Aber ich hatte auch das Gefühl, schon genug in deinem Leben kaputtgemacht zu haben. Wie konnte ich dich so behandeln, wo ich doch wusste, dass ich in deinem Leben keinen Platz hatte? Alles war ein solches Durcheinander, und ich wollte dich nicht noch mit meinem Scheiß belasten. Ich habe mich so unreif verhalten in diesen letzten Tagen und auch auf dem Fest. Ich wollte, dass du eine Chance hattest, deine Ziele zu verfolgen, und wenn ich mich nur von dir fernhielt und du nicht an mich erinnert wurdest, und an alles, dann ...« Er zuckt niedergeschlagen mit den Schultern. »Aber es gibt nur eine Person, auch für mich, mit der ich mich weniger einsam gefühlt habe, und das bist ... du.« Seine Stimme bricht.

»Ich habe nicht abgeschlossen, wie hätte ich abschließen sollen!«, stoße ich hervor, aber dann spüre ich die Tränen kommen und schaue zu Boden, als die erste herunterfällt.

William macht einen Schritt auf mich zu und fängt die nächste auf und dann noch eine. Ich schaue hoch, schlucke, aber die Tränen laufen mir über die Wangen. »Es war der absolut schlimmste Sommer meines Lebens. Und auch danach ...« Meine Stimme zittert. »Und da meine ich nicht nur die Schuldgefühle, dass ich glaubte, deine Zukunft zerstört zu haben. Ich spreche von uns, von ...«

»... der Einsamkeit«, fügt er leise hinzu und sieht genauso am Boden zerstört aus, wie ich mich fühle.

Ich nicke heftig. *Wie der schlimmste physische Schmerz*, denke ich.

William atmet hörbar. »Und ich glaubte, dass ich der Grund war, warum du das Geigespielen aufgegeben hast. Das war doch dein Ein und Alles, bevor wir uns trafen ...«

»... und da hast du gedacht, es könnte wieder mein Ein und Alles werden«, ergänze ich. »Und so war es ja auch. Ich wurde dann an der Musikhochschule in Stockholm angenommen. Aber ich hätte mich nie getraut, diesen Schritt zu gehen und mich zu bewerben, wenn du nicht gewesen wärst. Ich nehme also an ...« Ich kneife die Augen zusammen und blinzle die Tränen weg. »Nicht, dass das, was passierte, irgendeinen Sinn gehabt hätte, aber es hatte schon seinen Sinn, dass unsere Wege sich wieder kreuzten.«

»Na selbstverständlich!«, sagt William. »Obwohl du neulich, als wir uns zufällig trafen, sagtest, es sei nicht so.«

Ich schaue ihn an. *Weil etwas anderes zu wehtat*, denke ich.

»Und du hast mir ja zugestimmt«, sage ich.

»Am Ende, ja«, sagt er. »Aber ich habe gelogen.«

Ich schüttele langsam den Kopf. »Ich wollte eigentlich nie,

dass das Geigespielen mein Alles ist, und ich will es auch jetzt nicht. Oder ich meine, es ist mir sehr wichtig. Aber ich will auch noch ... mehr.« Ich starre ihn an, mein Puls steigt, da vibriert es plötzlich in meiner Handtasche. »Entschuldige, ich will nur ...« Ich hole das Handy heraus und weiß eigentlich nicht, warum es so wichtig ist, nachzuschauen, wer mir eine Nachricht geschickt hat, ausgerechnet jetzt. Aber ich habe plötzlich Angst vor dem, was ich gerade sagen wollte oder nicht sagen wollte.

»Dieser Solist ... ja?«, sagt William und räuspert sich leicht, als ich ein Lächeln nicht unterdrücken kann.

»Nein, das ist ein abgeschlossenes Kapitel«, sage ich und lächle immer noch, ich muss die Nachricht von Annie, der Verantwortlichen für das Personal im Radiosymphonieorchester, noch einmal lesen.

Hallo Mira! Ein kleiner Vogel hat mir geflüstert, dass du befürchtest, wir würden dich nicht mehr haben wollen, und es tut mir wirklich leid, wenn du diesen Eindruck hattest, als wir neulich miteinander sprachen. Ich war gestresst, weil du eine Zeitlang krankgeschrieben sein würdest, weil du doch eine so gute Geigerin bist und schwer zu ersetzen. Ich freue mich auf deine Bewerbung auf die Stelle in der ersten Geige, falls du immer noch bei uns anfangen möchtest!

Und ob ich will!, denke ich und stecke das Handy wieder in die Handtasche, ich überlege, wer der kleine Vogel wohl sein könnte, und muss an Peter Bauer denken, obwohl Daniela als Erstes in meinem Kopf aufgetaucht ist.

»Es scheint, als hättest du eine gute Nachricht bekommen?«, sagt William.

Ich nicke. »Eine richtig gute, auch wenn absolut noch nichts ausgemacht ist. Das Geigespielen *ist* mir wichtig, nur dass du Bescheid weißt. Es klang vielleicht so, als ob es nicht so wäre. Ich weiß, es ist nicht so bedeutend wie deine Arbeit, aber ...«

William nimmt meine Hände und schaut mir in die Augen. »Natürlich ist es wichtig.«

»Ja, das ist es. Und ich werde kämpfen, um wieder gesund zu werden, und mindestens so gut spielen wie noch nie zuvor.«

William lächelt, eine warme Welle durchströmt mich. Vielleicht hat es doch eine Bedeutung, dass meine Mutter die Guarneri-Geige gespielt hat und sie so zu mir zurückzukommen scheint. Aber vielleicht war es auch nicht so, und mein Unterbewusstsein hat mir einen Streich gespielt. Vielleicht habe ich das alles durchmachen müssen, um daran erinnert zu werden, dass sie immer bei mir ist, ein wenig so wie Katarina meinte.

Und mein Vater ist es auch, wird mir plötzlich klar, ich kann fast seine Hand auf meiner Schulter spüren, seine Stimme hören: *Verzeih, Mira ...*

Verzeih, verzeih ... Ein gegenseitiger Wortwechsel in meinem Kopf. Und er stand doch immer auf meiner Seite, sogar nachdem ich sein Auto geschrottet hatte.

Ich schaue William an und merke, dass sein Lächeln verschwunden ist und er ernster aussieht. Er lässt mich los und blickt zur Seite. »Ein abgeschlossenes Kapitel also ...?«, sagt er dann leichthin.

»Ja.« Meine Stimme ist so leise, dass sie nicht zu hören ist, oder mein Herz schlägt so laut in meiner Brust, es ist fast das Einzige, was *ich* höre.

William nickt und schaut mich wieder an. »Du und ich, wir haben uns unter ziemlich schlechten Umständen getrennt.«

»›Ziemlich‹ ist wirklich eine Untertreibung, oder?«, traue ich mich zu antworten.

William lacht leise und kratzt sich an der Stirn. »Ja, und das Schlimmste in all den Jahren, außer dem, was wir schon besprochen haben, ist der Gedanke, dass die Zeit, die wir doch zusammen hatten, dir nicht so viel bedeutet hat wie mir. Dass es dich nicht bewegt hat, auf einer ... tieferen Ebene, so wie mich.« Seine Stimme ist brüchig geworden. »Und nur weil ich so gehandelt habe ...« Er nimmt wieder meine Hände und reibt sie mit den Daumen.

Ich versuche, nicht zu zittern unter seiner Berührung, muss jedoch all meine Willenskraft aufbringen, um nicht die Augen zu schließen und seinem Blick standzuhalten. »Ich war nie so sehr ich selbst wie zusammen mit dir.«

Er schweigt, aber sein Blick tanzt frenetisch über mein Gesicht, als wäre das, was ich gesagt habe, nicht begreiflich. Dann legt er seine Arme um mich, zieht mich an sich, bedeckt mich mit regenfeuchter Wärme. »Du warst immer in meinen Gedanken, auch wenn es schrecklich wehtat, an dich zu denken. Ich habe dich so sehr vermisst. Es war, als würde ich nie wieder ganz werden. Deswegen habe ich mich so sehr in die Arbeit gestürzt.«

»Und das ist ja auch kein Fehler«, sage ich und begrabe mein Gesicht an seiner nassen Brust, lausche dem taktfesten Trommeln seines Herzens.

»Nein, aber das *ist* nicht alles. Das ist nicht das Wichtigste.«

»Was wurde eigentlich aus dem kleinen Bruder deines Freundes? Dem ihr helfen wolltet?«

»Fragst du das, weil ich jetzt mit Jugendlichen arbeite?«, sagt

William und schiebt mich sanft von sich, damit er mich anschauen kann. »Wir konnten ihm nicht helfen.« Er schaut ein wenig ärgerlich, aber dann eher traurig. »Er kam nicht mehr heraus aus dieser Scheiße ... und lebt nicht mehr. Das ist der Grund, warum ich jetzt diese Arbeit mache.«

»Aha. Ich verstehe.« Jetzt ziehe ich ihn an mich. »Was du tust, ist *so* wichtig«, sage ich, genau wie er es vor einer Weile zu mir gesagt hat. »Und deine Eltern? Habt ihr Kontakt?«, murmele ich.

»Ich habe ab und zu Kontakt mit meiner Mutter. Sie führt die Praxis jetzt alleine. Mein Vater ist nicht gesund ... was auch bedeutet, dass er ihr ... nichts mehr tun kann.« William umarmt mich fester, und ich spüre, wie sein Brustkorb sich hebt. »Sie ist kein schlechter Mensch«, flüstert er.

»Natürlich ist sie das nicht!« Ich umfasse seine Taille. Er drückt sich fester an mich.

Dann atmet er aus, legt sein Kinn auf meinen Kopf. »Weißt du, wie viele Male ich davon geträumt habe, dich wieder so in den Arm zu nehmen? Ich hatte mir nur nicht vorstellen können, dass es geschehen könnte.«

Ich merke, wie all die Gefühle, die ich so mühsam und so lange zurückgehalten habe, hervorbrechen. Und wie hatte ich jemals glauben können, dass ich so für einen anderen empfinden könnte?

William lehnt sich ein wenig zurück, nimmt meine Hände, führt sie an seine Lippen, küsst die Knöchel. Dann drückt er meine Hände fest an seine Brust. »Verschwinde nie wieder aus meinem Leben!« In seiner Stimme liegt ein plötzlicher Schmerz.

»Ich dachte, du warst es, der ...«, beginne ich und sage nach einer Weile: »Wie könnte ich jemals auf diesen Gedanken kommen.«

»Gut, denn du bist die Beste, die ich je getroffen habe.«

Ich lächle. Wir schauen einander sekundenlang an. Dann ist es, als könnten wir nicht mehr warten, er legt seine Hände um meine Wangen und beugt sich herab, ich strecke mich hoch zu ihm. Unsere Lippen treffen sich. Zärtlich, warm, sehnsüchtig. Wir küssen einander, als wollten wir jeden verlorenen Kuss nachholen, den wir uns in der Vergangenheit hätten geben können. Als würden wir schweigend um Entschuldigung für alles bitten. Noch einmal. Für die Jahre, die wir getrennt verbracht hatten und wie wir es zuließen, dass Schuld und Scham und die Meinungen von anderen uns trennten. Und zum ersten Mal seit damals habe ich das Gefühl, nach Hause zu kommen.

Ende.

KOMMENTARE UND DANKSAGUNG

Dieses Buch ist geradewegs aus dem Herzen heraus geschrieben. Manche Geschichten kommen einfach zu einem, und dies ist so eine Geschichte. Ich bin in Luleå geboren und aufgewachsen, und ich wollte ein Buch schreiben, das teilweise dort spielt. Aber es ist vor allem eine Geschichte von einsamen Seelen, Isolation und davon, seinen Platz im Leben und einen Seelenverwandten zu finden. Davon, wie man von seiner Herkunft geprägt wird und was es braucht, um an die Spitze zu gelangen.

Ich hätte diese Geschichte nie schreiben können ohne die Interviews mit Saara Nisonen Öman, die als Geigerin beim Schwedischen Radiosymphonieorchester angestellt ist, und ohne die Besuche in der Berwaldhalle und bei den Proben des Orchesters. Tausend Dank, Saara, dass du mich so großzügig hast teilhaben lassen und mich eingeladen hast und dass du so geduldig alle meine Fragen beantwortet hast.

Dieses Buch wäre nie das geworden, was es ist, ohne die Hilfe von einigen Personen.

Ein besonderer Dank gilt Jennifer Lindström, meiner Verlegerin bei Norstedts, für unschätzbares Feedback, und dass du mich immer anspornst und aufmunterst. Wir haben diese Geschichte einige Male besprochen …

Ein warmer Dank geht an:

Tove Andersdotter, meine Lektorin, für deine Verbesserungsvorschläge und die Durchsicht des Textes, was ihm wahrlich gutgetan hat.

Edith Enberg und Maria Enberg von Enberg Agency für eure

Unterstützung, dass ihr immer bereitsteht und für meine Bücher arbeitet, in Schweden und auch außerhalb.

Fanny Birath, bei Norstedts verantwortlich für die Werbung, und allen anderen bei Norstedts, die dafür sorgen, dass meine Bücher ihre Leser:innen finden.

Sofie Sunnerstam, Magdalena Fronczak und Sebastian Skarp, die mir bei den Nachforschungen geholfen und wichtige Informationen beigetragen haben.

Robert, Hugo und Alice, dass ihr die manchmal ein wenig hysterische Schriftstellerin in der Familie ertragt. Ich liebe euch!

Schließlich möchte ich wie immer meinen Leser:innen danken. Hoffentlich gefällt euch mein neues Buch!

Verliebt in Stockholm ist eine fiktive Geschichte, und für eventuelle Fehler bin allein ich verantwortlich. An manchen Stellen habe ich bestimmte Milieus und Orte so angepasst, dass sie besser in den Text passen. Die Aufnahmeprüfung für eine Musikhochschule findet normalerweise früher im Jahr statt.

Wollen Sie mir folgen? Hier kann man mich finden:
Instagram: @annalonnqvist
Homepage und Blog: annalonnqvist.com
Facebook: lonnqvistanna

Anna Lönnqvist
Stockholm, Mai 2024

Liebe auf den zweiten Blick

An einem bezaubernden Abend in Stockholms Tivoli Gröna Lund lernen sich Ella und Ben kennen und verlieben sich auf den ersten Blick.
Doch die Dinge entwickeln sich anders und plötzlich sind zwölf Jahre vergangen. Ella ist in einer glücklichen Beziehung mit ihrem Jugendfreund Leon und arbeitet als freie Autorin. Sie hat gerade den Auftrag bekommen, die Biografie der legendären Unternehmerin Fredrika Bergh zu schreiben. Da stellt Fredrika ihr einen neuen Kollegen vor: Ben. Sie beschließt, ihn zu ignorieren. Ein lang vergangener Abend wird ihr jetziges Leben nicht verändern. Oder doch? *Wiedersehen in Stockholm* ist eine warmherzige, gefühlvolle Geschichte über spontane Anziehung, verlorene Liebe und zweite Chancen.

»Lönnqvist hat die außergewöhnliche Gabe, ergreifende Geschichten zu erzählen mit Charakteren, die man nie vergisst.« *SVT*

»Wie wenige andere in Schweden schreibt Lönnqvist über Liebe, Familie und Beziehungen.« *Breakfast Book Club*

Anna Lönnqvist, Wiedersehen in Stockholm. Roman. Aus dem Schwedischen von Regine Elsässer. insel taschenbuch 5016. 411 Seiten. Auch als eBook erhältlich

NF 635/1/01.25

London, Liebe und ein Haus voller Bücher

Charlotte lebt in Schweden und ist eigentlich zu jung, um Witwe zu sein, zu jung, um ihren geliebten Mann verloren zu haben. Sie vergräbt sich in ihrer Arbeit, bis eine unerwartete Nachricht ihr Leben auf den Kopf stellt: Sie hat von einer entfernten Tante eine Buchhandlung in London geerbt.

Kurz entschlossen fliegt Charlotte nach England, um das Haus zu verkaufen. Doch schnell fühlt sie sich mit dem Laden eng verbunden – genauso wie mit den beiden warmherzigen Mitarbeiterinnen, dem Kater Tennyson und dem Schriftsteller William. Sie versucht, das fast bankrotte Geschäft zu retten. Dabei stößt sie auf Widersprüche und Rätsel: Warum hat sie ihre Tante Sara nie getroffen, warum hat ihre Mutter nie von ihrer Vergangenheit erzählt, und was ist das dunkle Geheimnis der beiden Schwestern?

Die kleine Buchhandlung am Ufer der Themse erzählt, wie ein Haus voller Bücher, gute Freunde und ein kratzbürstiger Kater einer Frau helfen, einen Neuanfang zu wagen – ein charmanter und hoffnungsvoller Roman zum Wohlfühlen.

Frida Skybäck, Die kleine Buchhandlung am Ufer der Themse.
Roman. Aus dem Schwedischen von Hanna Granz. insel taschenbuch 4740. 550 Seiten.

»*Zwischen Himmel und Meer* ist ein wahres Juwel von einem Buch!«
Bokmumriken

Sally lebt mit Anfang fünfzig allein in Stockholm. Zu ihrer erwachsenen Tochter Josefin hat sie nur sporadisch Kontakt, die eigene Mutter nie kennengelernt. Dann erbt Sally überraschend das Haus ihres Onkels in ihrem Heimatdorf in Skåne. Die perfekte Gelegenheit für einen Neuanfang, denn auch ihre Tochter lebt mittlerweile in dem kleinen Dorf. Aus dem baufälligen Haus soll ein wunderschönes Bed & Breakfast werden. Doch was Sally nicht weiß: Auch ihre Mutter Vanja wohnt dort und hat eine enge Bindung zu ihrer Enkeltochter aufgebaut ...

Frühling, Sommer und Herbst im Bed & Breakfast von Sally in Skåne: drei Frauen, drei Generationen und drei Geschichten darüber, was es bedeutet, Mutter und Tochter zu sein.

Anna Fredriksson, Zwischen Himmel und Meer. Die Jahreszeiten-Saga: Frühling. Aus dem Schwedischen von Elke Ranzinger. insel taschenbuch 4902. 431 Seiten. Auch als eBook erhältlich

Die Jahreszeiten-Saga:
Sommer: *Ein einfacheres Leben* (Band 2)
Herbst: *Der Weg ins Apfelreich* (Band 3)

Das Geheimnis der Bronzeglocke

Linnea hat gerade eine Trennung hinter sich. Sie braucht dringend einen Tapetenwechsel, will nur raus aus Oslo. Ihre beste Freundin bietet ihr an, erst mal ins Haus ihrer kürzlich verstorbenen Großtante Marie zu ziehen. Das alte Haus mit wunderschönem Garten steht auf einer kleinen Insel in Nordnorwegen – weit genug weg also. Linnea lässt sich auf das Abenteuer ein und zieht an einem stürmischen Winterabend auf die felsige Insel. Nach und nach lebt sie sich in ihrer neuen Umgebung ein, lernt die Nachbarn und den charmanten Karsten kennen … Und entdeckt auch das Haus für sich und darin eine alte bronzene Glocke mit geheimnisvoller Inschrift, die einst Marie gehörte. Dieser Fund löst eine Suche aus, durch die Linnea mehr und mehr über Maries dramatische Vergangenheit erfährt, die auch ihr eigenes Leben für immer verändern wird …

Jorid Mathiassen, Die Insel der weißen Lilien. Roman. Aus dem Norwegischen von Nina Hoyer und Nora Pröfrock. insel taschenbuch 5006. 335 Seiten. Auch als eBook erhältlich

Alter Kahn, neue Liebe und ganz viele Bücher

Miri ist frisch getrennt. Mit ihrer besten Freundin Katja will sie einen Lebenstraum verwirklichen: Eine eigene Buchhandlung eröffnen. In einer alten Barkasse am Hamburger Hafen finden sie genau den Ort dafür. Mit Leidenschaft und Hingabe bauen die beiden Freundinnen den ramponierten Kahn zum Bücherschiff um. Auch privat geht es für Miri bergauf, mit ihrem Nachbarn Henning könnte sie sich mehr vorstellen als nur freundlichen Small Talk im Treppenhaus. Doch dann kommt eins zum anderen: Die Miete für die schwimmende Buchhandlung wird erhöht, das Schiff soll luxussaniert werden – ausgerechnet von Hennings Architekturbüro. Für Miri und Katja bricht eine Welt zusammen – können sie ihr Bücherschiff vor den Immobilienhaien retten?

Eine alte Barkasse, die von zwei Freundinnen zu einer schwimmenden Buchhandlung umgestaltet wird. Ein romantischer Neuanfang in Hamburg für eine junge Frau, die wieder Vertrauen in die Liebe finden muss – *Das kleine Bücherschiff* ist ein unwiderstehlich charmanter Liebesroman voller Humor.

Tessa Hansen, Das kleine Bücherschiff. Roman. insel taschenbuch 5003. 415 Seiten. Auch als eBook erhältlich